D1936172

Erschienen im
Jubiläumsjahr 1997
bei Klett-Cotta

Ian Morrison

Die zweite Kurve

Wie man die Geschwindigkeit von Veränderungen erkennt und nutzt

Aus dem Amerikanischen
von Wolfgang Rhiel

Klett-Cotta

Klett-Cotta
Die Originalausgabe erschien unter dem Titel
»The Second Curve. Managing the Velocity of Change«
im Verlag Ballantine Books, New York
© 1996 The Institute for the Future
Für die deutsche Ausgabe
© J. G. Cotta'sche Buchhandlung Nachfolger GmbH, gegr. 1659,
Stuttgart 1997
Fotomechanische Wiedergabe nur mit Genehmigung des Verlags
Printed in Germany
Überzug: Dietrich Ebert
Gesetzt aus der 11 Punkt Bembo von Fotosatz Janß, Pfungstadt
Auf säure- und holzfreiem Werkdruckpapier gedruckt und in
Fadenheftung gebunden von Freiburger Graphische Betriebe,
Freiburg im Breisgau

Die Deutsche Bibliothek – CIP-Einheitsaufnahme
Morrison, Ian:
Die zweite Kurve: wie man die Geschwindigkeit von Veränderungen erkennt
und nutzt/Ian Morrison. Aus dem Amerikan. von Wolfgang Rhiel. –
Stuttgart: Klett-Cotta, 1997
Einheitssacht.: The second curve ⟨dt.⟩
ISBN 3-608-91841-8

Für Nora, David, Caitlin und Bullet in Liebe.

Inhalt

Lob für Die zweite Kurve

»*Die zweite Kurve* nennt eine wichtige Wahrheit über die amerikanische Gesundheitsvorsorge beim Namen – sie ist ein im Werden begriffenes Werk. Politik, die auf dem gegenwärtigen Zustand der regulierten Vorsorge beruht, glaubt schlicht nicht an die gewaltigen Veränderungen, die noch ausstehen.«

– Alan Hoops, CEO
PacifiCare Health Systems

»Ian Morrison hat ganze Arbeit geleistet und die Führungskräfte in allen Branchen aufgescheucht, sich aus der vertrauten Welt des bisherigen Wirtschaftens in die unbequeme Welt der neuen Technologien, neuen Verbraucher und neuen Märkte zu wagen.«

– David Lawrence, Chairman und CEO
Kaiser Permanente

»Nach der Lektüre von *Die zweite Kurve* ist es, als hätte man eine 40-Watt-Birne durch einen Scheinwerfer ersetzt: Man sieht plötzlich klar und weit.«

– Ray Marcy, Präsident und CEO
Interim Services

»*Die zweite Kurve* ist Pflichtlektüre für die Führungskräfte, die ihr Unternehmen ins 21. Jahrhundert führen möchten. Das Buch bietet eine andere Sicht und einen Entwurf, mit der sich rasch ändernden Umwelt fertigzuwerden.«

– Jim Morgan, CEO
Applied Materials

»*Die zweite Kurve* dringt wie ein Leuchtfeuer durch den ›Zukunftsnebel‹, rückt neue Ideen ins Licht und regt das strategische Denken an. Durch den Einsatz von Analogien und Vergleichen aus anderen Branchen vermittelt Ian Morrison Déjà-vu-Erlebnisse und stößt Erstkurven-Manager auf das Zweitkurven-Denken.«

– Jerry Karabelas, Präsident
SmithKline Beecham, NA

»Wie lebendig und wirtschaftlich! Ian Morrison beschreibt ein Gesetz, das alles lenkt, was sich entwickelt – die ständige Erneuerung der ersten und zweiten Kurven. Wenn Veränderung das Konstante ist, ist das Veränderliche die Periode der Zyklen. Für Unternehmen, Branchen und sogar Länder könnten das Wissen darum, wo man sich auf den Kurven befindet, und das Bestimmen der eigenen Position auf den Kurven durchaus der Schlüssel zu Fortbestand und Erfolg sein.«

– Zhouying Jin
Professorin am Zentrum für Technologie,
Innovation und strategische Studien,
Institute for Quanti-Economics
and Techno-Economics Research
Chinesische Akademie für Sozialstudien

Danksagung

Die zweite Kurve ist das Ergebnis zehnjähriger Forschung und Beratung über langfristige strukturelle Veränderungen und ihre Auswirkungen auf das gesamtwirtschaftliche Umfeld, Unternehmen und Einzelpersonen. Glücklicherweise war ich in dieser Zeit mit dem Institut für die Zukunft (IFTF) verbunden – die ersten fünf Jahre als Forschungsdirektor, die zweiten fünf Jahre als sein Präsident. Das IFTF ist eine einmalige Organisation, eine Denkfabrik in Gestalt einer gemeinnützigen Organisation mit dem Anspruch, öffentlichen wie privaten Gesellschaften beim systematischen gedanklichen Umgang mit langfristigen Entwicklungen zu helfen. Ich bin sehr dankbar für die Gelegenheit, daß ich mit dem IFTF, seinen Abteilungen und seinen Kunden zusammenarbeiten konnte.

Wie jedes Buch ist auch *Die zweite Kurve* das Produkt vieler Beteiligter, ohne die es nicht zustande gekommen wäre. Mari-Pat Boughner, Leiterin der Abteilung Unternehmensentwicklung am IFTF, hat mich und das Gesamtprojekt betreut und verdient größte Anerkennung dafür, das Team zusammengehalten, uns zur Einhaltung der Termine angehalten und die wichtigen Verbindungen zwischen dem IFTF, unserem Agenten und dem Verlag hergestellt zu haben. Das alles gelang ihr zudem mit Zuversicht und guter Laune.

Mein ganz besonderer Dank gilt meinem literarischen Agenten Rafe Sagalyn, der mich ermutigt hat, die Idee der »zweiten Kurve« in ein Buch umzusetzen, und der mich mit den phantastischen Leuten bei Ballantine zusammenbrachte, mit denen zusammenzuarbeiten eine Freude war. Danken möchte ich auch Leona Nevler, Vizepräsidentin und Redaktionsleiterin bei Ballantine, die das Projekt sehr gefördert und ungemein exakte redaktionelle Anmerkungen und Empfehlungen gegeben hat; Linda Grey, Präsidentin und Herausgeberin; Clare Ferraro, Vizepräsidentin und Herausgeberin; der Cheflektorin Susan Randol für die akribische Durchsicht des Materials; Steve Black, Vizepräsident und Verkaufsleiter; Gilbert Perlman, geschäftsführender Vizepräsident; Liz Williams, Vizepräsidentin; und Kim Hovey, Werbeleiterin, für ihren Einsatz, die Begeisterung und die Unterstützung für das Buch; sowie Alberto Vitale, CEO der Ballantine-Mutter Random House, der das Projekt in seinem Haus so nachdrücklich gefördert hat.

Bo Caldwell war eine perfekte Mitarbeiterin. Sie machte aus meinem ungeschlachten Stil und den zusammenhanglosen Sätzen einen flüssig zu lesenden Text. Chris Budd recherchierte gewissenhaft die Fakten und Zahlen, die ich teilweise im Kopf gespeichert hatte, und führte wichtige Untersuchungen zu den vielen Beispielen im Buch durch. Ein Lob an Lotus für die Notes-Technologie, dank der das Manuskript in vier Monaten hergestellt werden konnte, wobei Personen an vier verschiedenen Standorten und mit drei verschiedenen Betriebssystemen das gleiche Material bearbeiteten. Große Teile dieses Buches wurden in Flugzeugen und Hotelzimmern geschrieben und waren noch am selben Tag in den Händen meiner Kollegen zur Bearbeitung. Dank Stephanie Schachter im Institut wurden wir alle im Nu Lotus Notes-Experten. Die Online-Suche, ein wahres Wunder, verifizierte Daten und half, einen knappen Termin zu halten.

Meine ehemaligen und jetzigen Kollegen am Institut für die Zukunft haben mit dazu beigetragen, daß ich nicht abgelassen habe, mir Gedanken über die zweite Kurve zu machen. Vor allem Roy Amara, mein Vorgänger am IFTF, dessen Ratschläge und Amaras Gesetz – »Die Menschen neigen dazu, die Auswirkungen einer Veränderung kurzfristig zu überschätzen und langfristig zu unterschätzen« – mich stark beeinflußt haben. Mein Kollege Paul Saffo, dessen Theorie über die zeitliche Verzögerung zwischen Einführung und Erfolg einer neuen Technologie mir wichtige Anregungen gab. Gregory Schmid, Direktor des Corporate Associates Program in Strategic Planning des Instituts, unterstützte mich großzügig mit Zeit, Material und Ideen. Er hat mir geholfen, dem Buch Gestalt zu geben, und viele großartige Beispiele beigesteuert. Außerdem habe ich sehr von der Arbeit von Greg und seinem Team profitiert (zu dem auch Nancy Ozawa und Robert Mittman gehörten); sie haben den Beitrag »Sich ändernde Vertriebsmuster: Wer besitzt den Verbraucher?« im Kapitel über den Einzelhandel und den Vertrieb vorbereitet. Gemeinsam mit einem Prognoseteam des

IFTF (Bob Johansen, Andrea Saveri, Ruth Kaplan, Tomi Nagai-Rothe, Nancy Ozawa, Paul Saffo, David Sibbet und Rob Swigart) erarbeitete Greg auch »Organisationen des 21. Jahrhunderts: Die Versöhnung von Herrschaft und Ermächtigung«, das die Analyse der organisatorischen Auswirkungen der zweiten Kurve stark beeinflußt hat. Ein besonderer Dank gilt auch Willie Pietersen, dem Chairman des Treuhänderrats des IFTF, für seinen wichtigen Beitrag zum Thema der Markenzukunft. Vieles über die Marken stammte aus einem Kapitel, das wir gemeinsam für den Beitrag »Sich ändernde Vertriebsmuster« geschrieben haben.

Mark Vogel, ein alter Hase beim Thema Wandel im Bankengewerbe, informierte und forderte mich mit Überlegungen zur Zukunft der Finanzdienstleistungen. Seine Hilfe war von großem Wert bei der Analyse über den Markt der Finanzdienstleistungen. Bob Johansen und Jeff Charles, die das Prognoseprogramm beim IFTF leiten, haben mich über die Welt der neuen Technologien ins Bild gesetzt; ihre geduldige Arbeit findet ihren Niederschlag auf diesen Seiten. Meine Kollegen von den beiden Gesundheitsvorsorgeprogrammen des IFTF sind der Kurve gedanklich weit voraus. Ich bedanke mich bei Robert Mittman, Sandra Tripp, Matthew Holt, Ellen Morrison, David Hansen und Tom Moloney sowie bei den Partnern unseres Prognoseprogramms: Bob Blendon von der Harvard School of Public Health, Abteilung Gesundheitspolitik und -management, Bob Leitman und Humphrey Taylor von Louis Harris & Associates. Ihre Sachkenntnis in Fragen der Gesundheitsvorsorge ist verblüffend, und die Zusammenarbeit mit ihnen hat mich in Sachen zweite Kurve und Tempo des Wandels weitergebracht. Die Institutsdirektorin Mary O'Hara-Devereaux leitet zusammen mit Rod Falcon die Öffentlichkeitsinitiativen des IFTF und überprüft die Bereitstellung von Vorsorgediensten an bedürftige Bevölkerungsschichten. Kein Buch über die zweite Kurve wäre vollständig, ohne auf die Bedürfnisse der Bedürftigen in unserer Gesellschaft einzugehen.

Mary O'Hara-Devereaux und IFTF-Mitarbeiter Peter Yim haben dazu beigetragen, mir die Augen über die Realität der aufstrebenden Märkte zu öffnen, insbesondere in China, und haben auch die neuen Beziehungen des IFTF zu Forschungseinrichtungen in diesem Land angekurbelt. Mein Dank geht an Frau Professor Zhouying Jin vom

Zentrum für Technologie, Innovation und strategische Studien an der chinesischen Akademie für Sozialstudien für ihre Anleitung und Freundschaft. Bill Fuller, Präsident der Asia Foundation und Mitglied des Treuhänderrates des IFTF, hat mein Bewußtsein und Verständnis für die aufstrebenden Märkte in Asien geschärft.

Die Endfassung des Manuskripts ist dank zahlreicher Anregungen mehrerer aufmerksamer Lektoren zustande gekommen. Vor allem Brian Kellys kritische Durchsicht war von großem Wert.

Meine leitende Assistentin Charlotte Gould hat in dieser unglaublich hektischen Zeit die Organisation für mich geführt. Nicht ein einziges Mal habe ich im falschen Flugzeug gesessen, an der falschen Besprechung teilgenommen oder in einem Hotel eingecheckt, das mich nicht erwartet hätte. Sie hat großartige Arbeit geleistet.

Meine Kollegen im Direktorium von Interim Services – Al Sorensen, Cinda Hallman, Harold Toppel, Jerry Grossman, Bill Evans, Michael Victory sowie CEO Ray Marcy und seine Kollegen – haben mir unendlich viel über die Anforderungen und Freuden beigebracht, eine Publikumsgesellschaft zu leiten. Ich bin ihnen sehr dankbar.

Bücher spiegeln zu einem erheblichen Teil die angehäuften geistigen Erfahrungen und Wahrnehmungen, die Ratgeber, Freunde und die Familie sammeln. Ich möchte mich bedanken bei David und Walter Hardwick, Bob Evans, Morris Barer, Bob Murdoch, Colin Campbell, Mike Palmer, Fred Cadham, David Paradine, Peter Kelly, John Salmon, Bruce Juhola, Brad Miller, Jane und Craig Williams, Peggy O'Kane, Richard Smith und Larry Leisure, die mir geholfen haben, die zweite Kurve zu verstehen (auch wenn sie das vielleicht gar nicht gemerkt haben), indem sie mich an ihrer Zeit und ihren Geschichten haben teilhaben lassen.

An die Familie und Freunde in Schottland, Kanada und Kalifornien: Euer Zuspruch, eure Freundschaft und Hilfe sind mir unendlich wertvoll.

Nora, David, Caitlin und der Retriever Bullet hatten eine Menge zu ertragen: zu viele Reisen mit dem Flugzeug und Abende, an denen ich nicht da war. Aber sie sind jede Mühe wert. Danke.

An Pat Stern, der nicht miterleben konnte, wie aus einer Idee ein Buch wurde: Du fehlst uns.

Und schließlich an die Kunden des Instituts, von denen viele in diesem Buch erwähnt werden und die mit den dort beschriebenen täglichen Schwierigkeiten leben müssen. Danke dafür, daß ich mit ihnen zusammenarbeiten durfte und sie mich auf die Risiken und Möglichkeiten der zweiten Kurve aufmerksam gemacht haben.

Ian Morrison
Menlo Park
Januar 1996

Einleitung

Sie haben geschäftlich alles richtig gemacht. Sie haben Ihr Bestes leisten wollen und es erreicht. Sie sind bei dem geblieben, was Sie können, und haben sich auf das konzentriert, was machbar ist. Sie haben Ihre Geschäftsmethoden umstrukturiert und die Übersicht eines Marktführers entwickelt. Aber trotzdem haben Sie ein ungutes Gefühl – und das mit gutem Grund. Wenn Sie bei dem Gedanken an Ihre Zukunft nicht wenigstens ein kleines bißchen durchdrehen, wird die zweite Kurve Sie kalt erwischen.

Was ist damit gemeint? Angenommen ein Unternehmen – vielleicht Ihr Unternehmen – behauptet sich ganz ordentlich, betreibt, wie es das seit jeher gemacht hat, Geschäfte, aus denen fast alle Einkünfte und Gewinne stammen. Nennen wir das seine erste Kurve. Aber jeder fürchtet insgeheim, daß diese Kurve langfristig ausläuft und durch etwas Neues ersetzt wird – eine zweite Kurve, wenn Sie wollen.

Wenn Sie Glück haben, gibt es vielleicht Anzeichen, aber möglicherweise müssen Sie sich ganz auf Ihr Gefühl verlassen. Vielleicht steigen auch die Erlöszuwächse nicht mehr so stark oder gehen sogar leicht zurück. Vielleicht treten neue Akteure auf, Leute mit einer neuen Technologie und einer Art, die Dinge etwas anders anzugehen, und sie brechen in die Märkte ein, die Sie bisher für sicher gehalten haben. Vielleicht sprießen in anderen Regionen neue Märkte aus dem Boden, wie Maulwurfhügel, und es sind einfach zu viele für Sie. Was tun Sie dann? Sie können dort bleiben, wo Sie auf dieser ersten Kurve reiten, für die nächste Produktgeneration vielleicht etwas mehr in die Forschung und Entwicklung stecken oder firmenintern Kosten senken. Kein schlechter Gedanke, und ganz bestimmt ist nichts *falsch* daran; es ist nur nicht genug *richtig* daran. Und wenn Sie diese zweiten Kurven nicht wenigstens zur Kenntnis nehmen, verpassen Sie eventuell die Riesenchance und ohrfeigen sich die nächsten zehn Jahre. Aber vielleicht sind Sie im Glück, oder gescheit, oder an einem guten Tag beides. Sie könnten es versuchen, die Pferde wechseln und auf diese zweite Kurve springen. Mutig, aber auch riskant. Sie könnten zu früh springen.

Willkommen in der Welt der zwei Kurven. Es ist eine Welt, in der die Gegenwart hart ist, aber die Zukunft ist doppelt schwer – und die einzige Gewißheit ist der Wandel. In dieser Welt zu wirtschaften ähnelt stark dem dreidimensionalen Schach, bei dem man gleichzeitig das Nahe und Ferne im Auge haben muß, während man nach oben, unten, diagonal und seitwärts zieht.

Zunächst einmal muß man die Ursprünge der zweiten Kurve erkennen, eines Phänomens, das von starken Kräften des Wandels angetrieben wird, auf die man keinen Einfluß hat: neue Technologien, neue Verbraucher und neue Märkte. Die zweite Kurve ändert ihrerseits von Grund auf die Bedrohungen und Möglichkeiten, denen man sich gegenübersieht. Um zu überleben, vom Erfolg gar nicht zu reden, muß man lernen, diese Veränderungen vorwegzunehmen. Wir leben in einer Welt, in der neue Technologie bedeutet, daß alles besser, schneller und billiger geschehen muß; in der neue Verbraucher alles, jederzeit und überall verlangen; in der das Wachstum in gewaltigen aufstrebenden Volkswirtschaften wie China, Indien und Brasilien neue Märkte und neue Wettbewerber schafft. Man muß in der Lage sein, diese Veränderungen im Zusammenhang zu sehen – und nicht nur verstehen, woher die zweite Kurve kommt, sondern auch das Tempo der Veränderungen erkennen und wie sie sich in verschiedenen Wirtschaftsbereichen auswirken. Wir untersuchen drei Bereiche: Einzelhandel und Distribution, wo die zweite Kurve bereits sehr ausgeprägt ist; Gesundheitsvorsorge, die sich mitten in einem vermeintlichen Zweitkurven-Umwandlungsprozeß befindet; und Finanzdienstleistungen, wo sich eine sehr starke zweite Kurve aufbaut.

Die zweite Kurve ist keineswegs auf große Organisationen begrenzt; auch Einzelpersonen sind betroffen und müssen sich in ihrem Berufsleben den Realitäten der zweiten Kurve stellen. Sie werden sich mit Zweitkurven-Berufsentscheidungen auseinandersetzen müssen. Klammern Sie sich an die bewährte Stabilität einer dem Tod geweihten ersten Kurve? Wagen Sie den Sprung zur zweiten? Wir wollen Ihnen helfen, das Tempo des Wandels zu beurteilen, und einige Hinweise geben, wann und wo Sie springen, denn selbst eine zweite Kurve ist trügerischer Boden, der nachgeben kann. Sie sind irgendwo in den Dreißig. Sie arbeiten 1985 für Apple. Sie haben die Welt im Griff. Die Firma wird behäbig in ihrer Geschäftspolitik – nur noch Gewinnspannen, keine Phantasie mehr. Die Begeisterung läßt nach, die Phantasie schwindet und schließlich auch die Spannen. Fragen Sie sich daher folgendes: arbeiten Sie für ein Unternehmen Apple von 1985? Oder für eine Firma Kmart von 1980, oder IBM von 1970? Oder Sears von 1960?

Sich nicht rühren kann ein Fehler sein, aber zu früh springen, vielleicht bei einer noch nicht vollentwickelten zweiten Kurve, kann Sie ebenfalls in Teufels Küche bringen. Sie müssen die Risiken und den Lohn abwägen gegen das Tempo des Wandels. Folgen Sie Steve Jobs zu Next Computer, wenn er Apple verläßt? Und was ist, wenn er von da zu Pixar geht? Next schwankt trotz der Hilfe von Ross Perot. Pixar macht Jobs erneut zum Milliardär (wenn auch nur kurz). Seien Sie bereit zu springen, aber richten Sie sich nicht in der Zukunft ein, bevor sie da ist.

Dieses Buch beruht auf meiner zehnjährigen Erfahrung am Institut für die Zukunft (IFTF), das mit großen staatlichen und privaten Organisationen daran arbeitet, wie diese ihre langfristigen Aussichten einschätzen. Das IFTF ist eine gemeinnützige Forschungs- und Beratungsgruppe, die 1968 gegründet wurde und sich der systematischen Bewertung sozialer, technologischer und geschäftlicher Trends und deren Auswirkungen auf Organisationen und Bürger widmet. Dieses Buch zieht das heran, was wir aus der Arbeit mit den Gesellschaften gelernt haben, vom Großunternehmen bis zur gemeinnützigen Gesellschaft, die sich mit den grundlegenden strukturellen Veränderungen der zweiten Kurve auseinandersetzen. Was mich im Laufe der Jahre immer wieder verblüfft hat, ist die konsequente Anwendbarkeit des Zweitkurven-Modells sowohl auf Unternehmen, unabhängig von deren Größe oder Gewinnorientierung, als auch auf Einzelpersonen, unabhängig von deren Lebenszuschnitt oder Berufsweg.

Jedes Buch über Wirtschaftsthemen (dieses nicht ausgenommen) ist im Grunde die Niederschrift von Dingen, die der gesunde Menschenverstand vorgibt. Dieses Buch wurde geschrieben, um Ihnen dabei zu helfen, ein gesundes Mißtrauen zu entwickeln gegen das, was hinter der nächsten Ecke wartet – Nebelscheinwerfer für den Weg vor uns. Wenn Sie die Ursachen für die zweite Kurve kennen und was sie für Sie und Ihr Unternehmen bedeutet, ist das eine Starthilfe für die Zukunft. Sie können Strategien entwerfen – privat wie beruflich –, die Ihnen den Umgang mit Veränderungen erleichtern, ob Sie Vorstandsvorsitzender sind oder zu denen gehören, die soeben umstrukturiert wurden. Denn der größte und tödliche Fehler ist der, überhaupt nichts zu tun.

Kapitel 1
Die Herausforderung: Zwei Kurven

VOR ETWA ZEHN JAHREN KÄMPFTEN in den USA zwei relativ neue Einzelhändler – Kmart und Wal-Mart – um die Vorherrschaft auf dem Markt, die beide die Suche des neuen Verbrauchers nach Qualität ansprachen. Kmart war das größte Einzelhandelsunternehmen des Landes und konnte gute Ergebnisse beim Aufbau neuer Läden vorweisen, die den Kunden Auswahl und Qualität boten. Doch das Unternehmen schlug den falschen Weg ein, als es seine Läden zu Fachgeschäften aufwerten wollte. Man erwarb mehrere Fachgeschäfte der verschiedensten Sparten, von Büchern bis zu Schuhen. Wal-Mart dagegen konzentrierte sich bei seinen Investitionen ganz auf das, was man für das entscheidende Element der zweiten Kurve hielt – Auswahl und gute Hausmarken bei den wichtigen Produkten. Man investierte massiv in computergesteuerte Lager- und Vertriebssysteme und baute das Ladennetz aus. Im Januar 1996 erschien in *Fortune* der Nachruf auf Kmart. Das Unternehmen war zwar noch nicht tot, doch die Fachpresse hatte es abgeschrieben. Wal-Mart hatte gut doppelt so hohe Erlöse wie Kmart und eine 16mal höhere Marktkapitalisierung. Kmart wurde aufgegeben. Was war geschehen? Wal-Mart hatte richtig auf die zweite Kurve reagiert, Kmart nicht.

Sony und Disney sind ein weiteres Beispiel für zwei Unternehmen, die beide die Zeichen der zweiten Kurve erkannten, aber das eine floriert und das andere müht sich ab. Warum? Beide expandieren, keine Frage. Sony hat einen wichtigen Schritt in die Bereitstellung von Medien getan und 1989 Columbia Pictures sowie einen Teil des französischen Musikproduzenten Traema aufgekauft. Außerdem beteiligte es sich an Gemeinschaftsunternehmen mit Interactive Network, Blockbuster und Time Warner, um Rundfunkprogramme herauszubringen, und betreibt Gemeinschaftsunternehmen mit Viacom, MTV, TCI, HBO, IMAX, Netscape Internet Access Group, Children's Television Workshop und Jim Henson Productions. Anfang 1996 waren seine Investitionen in die amerikanische Unterhaltungsindustrie über Sony Pictures Entertainment in Gefahr. Und nun ein Blick auf Disney, ein Unternehmen, das dank seiner Stärke in der Unterhaltungsbranche wächst und über Gemeinschaftsunternehmen mit Ziff-Davis Publishing Co., Ameritech, Bell South und Southwestern Bell nahtlos zu einer zweiten Kurve übergeht, um neue Märkte zu erschließen und Videoprodukte zu liefern. Außerdem betreibt es Gemeinschaftsunternehmen mit Luxembourg Géoise de Télédiffusion in Belgien und Newscorp B Sky B in Großbritannien sowie Investitionen bei Times Square, das Hotels und Theater wieder auf Vordermann bringt; darüber hinaus eröffnen Baseball- und Hockeykonzessionen in Kalifornien, Wild Animal Theme Parks in Florida und eine Werbeproduktion mit Coke neue Märkte und neue Technologien. Worin liegt der Unterschied? Sony ist ein Elektronikunternehmen, das sich in eine neue Welt einkauft, eine zweite Kurve, die es weder versteht noch kulturell richtig handhabt – es wagt den Sprung, aber der Graben war zu breit –, während Disney neuen Konsumenten weiterhin das bringt, was es am besten kennt: den Zauber der Unterhaltung.

Oder sehen wir uns Air France und British Airways an. Großbritannien und Frankreich sind von der Größe her vergleichbare Volkswirtschaften, die bis in die 1980er Jahre bei den staatlichen Fluggesellschaften ähnlich vorgingen. Damit enden die Gemeinsamkeiten aber auch schon. British Airways hat sich den anspruchsvollen Konsumenten und dem aufkommenden Weltmarkt von heute verschrieben und ist »der Liebling der Welt« geworden, dessen Erlöse und Gewinn im letzten Jahrzehnt kontinuierlich gestiegen sind. Air France hat sich dagegen dem Inlandsmarkt zugewandt, sich auf seine inländische regionale Tochtergesellschaft Air Inter konzentriert und abnehmende Zuwachsraten sowie steigende Verluste erlebt. Wachstum liegt auf der zweiten Kurve, die dem internationalen Globetrotter die Welt bringt, und British Airways hat das erkannt.

Gehen wir einen Schritt in der Zeit zurück. In den 50er Jahren wußten die Manager der Eisenbahngesellschaften in den USA, daß man ihre Welt über kurz oder lang auf den Kopf stellen würde. Die LKWs auf den Fernstraßen würden entscheidende Teile des Frachtgeschäfts an sich bringen, und das Aufkommen des Linienflugzeugs wie der 707 würde ihnen das Geschäft mit den besonders guten Passagieren wegnehmen. Sie standen vor der klassischen Zwei-Kurven-Problematik: das aktuelle Geschäft zeigte eine stabile, ja lukrative Kurve, aber hinter der nächsten Ecke wartete der Wechsel, der die Branche von Grund auf und unwiderruflich verändern sollte.

Die Manager waren nicht dumm. Sie reagierten auf die äußeren Veränderungen und definierten ihre Branche neu. Sie seien die *Transport-*, nicht die Eisenbahnbranche, sagten sie, und sie hielten Ausschau nach neuen Möglichkeiten, vom Vermieten von Bahngelände für Kommunikationsleitungen bis zu neuen Frachtkonzepten wie dem Huckepackverkehr und Pipelines für flüssige Güter. Sie verkauften ihr Gelände in der Innenstadt an Bauträger und diversifizierten mit den Erlösen. Viele scheiterten letztlich, aber nicht aus Unwissenheit. Verstandesmäßig erkannten sie die Gestalt der Zukunft, nur emotional schafften sie den Absprung nicht. Sie hingen zu sehr an den Eisenbahnen.

Das sind keine Einzelfälle. Wir nähern uns dem nächsten Jahrhundert, wo *jede* Branche bedroht ist, eine Eisenbahn des 21. Jahrhunderts zu werden, und Unternehmen in *jeder* Branche lernen müssen, zweikurvig zu fahren. Eine zweite Kurve entwickelt sich – eine Kurve, die auf Veränderungen in der Technologie, im Verbraucherverhalten und in der Geographie beruht. Sie erfordert neue Qualifikationen, neue Strategien und neue Denkweisen.

Fragen Sie Pitney Bowes, ein Unternehmen, das diese Schwierigkeiten bisher mit Erfolg gemeistert hat. 1993 war für Pitney Bowes das beste Jahr in der Firmengeschichte. Der Umsatz betrug 3,5 Milliarden $, eine Steigerung von fast 40 Prozent in fünf Jahren, der Gewinn 353 Millionen $, der höchste Wert seit dreißig Jahren. Das Unternehmen hatte gerade seinen erfolgreichen Briefsortierer Paragon vorgestellt, ein Wunderwerk modernster Technik, das 240 Einheiten pro Minute verteilen konnte.

Man hätte denken können, alles sei bestens. Das Stammgeschäft von Pitney Bowes – das Bearbeiten von Briefpost – lief so erfolgreich wie nie. Und trotzdem machte sich die Firmenleitung Gedanken: Die Infrastruktur für elektronische Kommunikation und Informationstechnologien, vor allem für die Haushalte, wuchs überproportional. Die Post von Firmen an die Haushalte machte 70 Prozent des Postaufkommens aus und damit einen erheblichen Anteil am Geschäft von Pitney Bowes; wenn Teile dieses traditionellen Postaufkommens durch Informationstechnologien ersetzt wurden – wenn beispielsweise etliche Konteninhaber ihre Bankauszüge künftig online erhielten, oder Verbraucher Zahlungen elektronisch überwiesen, oder wenn Branchen, die auf Postwurfsendungen angewiesen waren, zu dem Schluß kämen, daß es kostengünstiger wäre, eine Homepage im Internet zu eröffnen –, konnte, je nach Geschwindigkeit und Umfang dieses Prozesses, ein erheblicher Teil des Stammgeschäfts von Pitney Bowes wegbrechen. Die zweite Kurve stand vor der Tür.

Die Definition unserer Kurven

Die erste Kurve eines Unternehmens ist seine traditionelle Geschäftsgrundlage, aus der der größte Teil der laufenden Erlöse kommt – im Fall von Pitney Bowes die Betreuung des Briefverkehrs. Vielleicht lebt man gut mit dieser Kurve, vielleicht sogar sehr gut, und vielleicht auch viele Jahre. Aber über kurz oder lang beginnen die Dinge sich zu ändern – man spürt, daß die erste Kurve nicht ewig so bleiben wird –, und man weiß, daß man reagieren muß. Man kann verstärkt in die Forschung und Entwicklung investieren; Pitney Bowes investierte von 1990 bis 1992 325 Millionen $ in die Entwicklung des Paragon-Systems und anderer Technologien. Ein vernünftiger Schritt: Die Investitionen zahlten sich wirklich gut aus. Aber es waren trotz allem Investitionen in die erste Kurve, in das, was das Unternehmen seit jeher gemacht hat, und das ist heute einfach nicht mehr genug.

Und das ist das Dilemma mit der zweiten Kurve. Wenn Pitney Bowes weiter wachsen und Erfolg haben will, muß das Unternehmen sich darüber Gedanken machen, wie es diese zweite Kurve erwischt. Fast jede erfolgreiche Erstkurven-Tätigkeit war zu ihrer Zeit eine Zweitkurven-Tätigkeit. Pitney Bowes revolutionierte mit der Erfindung der Frankiermaschine in den 70er Jahren den Einzug der Posteinnahmen. IBM war zweimal auf der zweiten Kurve, einmal als Rechenmaschinen-Unternehmen, dann als Zweitkurven-Büroausrüster, der in den 60er und 70er Jahren wie ein Erstkurven-Unternehmen dominierte. Irgendwann muß jedes Unternehmen sich der zweiten Kurve stellen, denn sie wird durch äußere Veränderungen verursacht, auf die das Unternehmen keinen Einfluß hat, und das heißt, die Erstkurven-Investitionen reichen nicht mehr aus, und das Unternehmen muß ganz reale – und sehr komplizierte – strategisch schwierige Fragen angehen. Springt man überhaupt auf die zweite Kurve – einen zweiten Geschäftsbereich? Wenn ja, springt man jetzt und riskiert, die besten Kunden zu verlieren – und die solide erste Kurve? Wenn man zu früh springt, begibt man sich vielleicht aller Gewinne und (was noch schlimmer ist) macht sich zum erbitterten Konkurrenten seiner selbst oder seiner besten Kunden. Verharrt man dagegen zu lange bei der alten Kurve, erhält man vielleicht nie die Chance, sich auf der zweiten Kurve zu tummeln. Aber wann springt man, und wie? Kann man zweikurvig fahren? Gibt es diese Zweitkurven-Leute wirklich?

Ein unter Umständen beängstigendes Szenario, aber dennoch eines, dem jedes Unternehmen in jeder Branche begegnen wird. Man kann etwas tun – Strategien verfolgen, sich bei aufkommenden Veränderungen verschieden verhalten. Aber bevor wir uns dem zuwenden, sollten wir zu verstehen versuchen, wie wir dorthin gekommen sind, wo wir sind. Oft ist das *Warum* eines Wechsels genauso wichtig wie das *Wie*. Das wichtigste bei der zweiten Kurve ist, die Bestandteile der Veränderungen zu erkennen.

Ursprünge der zweiten Kurve: Was steckt hinter der Veränderung?

Woher kommt die zweite Kurve eigentlich? Bei Untersuchungen von Unternehmen, die eine solche Marktumwandlung erleben, stößt man auf drei Kräfte, die die zweite Kurve antreiben: neue Technologien, neue Verbraucher und neue Grenzen geographischer Märkte – Kräfte, die, allein oder gemeinsam, unsere Welt schneller verändern denn je.

Die neue Technologie ist schneller, besser und billiger

Für das Agieren auf zwei Kurven ist es unerläßlich, die Auswirkungen der neuen Technologien – insbesondere der Informationstechnologien – zu verstehen. Man könnte nun argumentieren, ohne die gewaltige und rasante Ausbreitung der Informationstechnologien in den letzten zwanzig Jahren gäbe es überhaupt keine zweite Kurve. Tatsächlich schafft die Fähigkeit der neuen Technologien zur grundlegenden Umwandlung einer bestimmten Branche die Unregelmäßigkeiten, die die meisten zweiten Kurven erst ausmachen. So machen z. B. erst starke neue elektronische Geräte Unternehmen wie Federal Express, AT&T und United Airlines auf den Kunden zugeschnittene Dienstleistungen möglich.

Alle dreißig Jahre schafft es eine Technologie, über Nacht zum Erfolg zu werden. Wollte man die nächste große technologische Anwendung voraussagen, wäre das so, als würde man heute anhand von Babyfotos auswählen, wer im Jahr 2016 an den Olympischen Spielen teilnimmt. Aber trotz der einer Langzeitkurve eigenen Schwierigkeiten kann man einiges über die Verbreitung von Technologie lernen und den Augenblick zu erhaschen versuchen, wenn etwas wirklich Großes sich anbahnt.

Der neue Verbraucher möchte alles jederzeit und überall

Klüger, reicher, wählerischer, anspruchsvoller: Die Verbraucher von heute stellen hohe Anforderungen an Qualität, Service, Design – und sie wollen niedrige Preise. Ihre Erwartungen verändern den Markt nachhaltig und erzeugen eine zweite Kurve für die Firmen, die sie beliefern. Der neue Verbraucher hat genügend Macht, die Produkte und Dienstleistungen, die auf den Markt kommen, zu verändern und auch die Art, wie sie angeboten werden. Und jedes Jahr werden es mehr.

Die Unbeständigkeit der heutigen Verbraucher – ihre Bereitschaft zum Wechsel – ist ein zentrales Element der zweiten Kurve. Es gäbe gar keine so ausgeprägte zweite Kurve, hätten die Verbraucher nicht eine solche Bereitschaft gezeigt, ohne Vorwarnung von einem Produkt oder einer Dienstleistung zur anderen zu wechseln. Man kann nicht verstehen, wie oder wann man von einer Kurve zur anderen wechseln soll, wenn man den neuen Verbraucher nicht versteht.

Sie haben eine bessere Schulbildung. Sie sind wohlhabender – die große Zahl von Haushalten mit einem hohen Jahreseinkommen bedeutet, daß es mehr Verbraucher gibt, die über Kaufkraft verfügen, was wiederum heißt, daß sie beim Kauf anspruchsvoller und unbeständiger sein können. Sie sind ausgesuchte Informationen gewohnt. Und sie sind kritischer – es ist sehr viel schwerer, ihnen etwas zu verkaufen. Mehr denn je sind Verbraucher bereit, einer Marke untreu zu werden und sich auf etwas Neues, anderes einzulassen.

Die Anforderungen dieser neuen Verbraucher – und die Reaktionen der Anbieter darauf – hatten erhebliche Auswirkungen. Die Firmen haben eine Revolution in der Distribution mitgemacht, um die Treue des neuen Kunden zu gewinnen und zu halten. Die Zeit bis zum Markt ist gering, die Auswahl riesig; man sehe sich nur einmal an, wie groß die Auswahl an einem bestimmten Artikel im Supermarkt heute ist im Vergleich zu vor zehn Jahren, seien es Snacks, Fertiggerichte oder das ständig größer werdende Angebot an Tiefkühlkost. Die Möglichkeiten, den Kunden zu erreichen, sind weit zahlreicher, vom Fabrikverkauf über Kaufhäuser und Versandkataloge bis zum Teleshopping. Auch der Wert des Markennamens hat sich drastisch geändert. Früher stand ein Markenname für Wert, weil er einen Qualitätsstandard versprach. Heute wird dieser Qualitätsstandard durch den Einzelhändler selbst vermittelt, der eine große Markenvielfalt bieten kann (darunter auch Hausmarken), wobei alle Marken einen Qualitätsanspruch haben, einige aber billiger abgegeben werden können, weil für sie nicht gesondert geworben werden muß.

Das Dilemma, dem neuen Verbraucher etwas zu verkaufen, sieht also etwa so aus: versucht man sein Bestmögliches mit dem, was man hat, oder rangiert man das ganze System für etwas Neueres und Besseres aus?

Die neue Marktbegrenzung ergibt sich aus dem Wachstum auf den aufstrebenden Märkten

Die aufstrebenden Märkte Asien, Osteuropa und Lateinamerika erzeugen jeder für sich und gemeinsam überall auf der Welt zweite Kurven für die Unternehmen. Sie werden Schlüsselmärkte – und Schlüsselkonkurrenten. China z. B. wird irgendwann Anfang des nächsten Jahrhunderts eine größere Volkswirtschaft als die Vereinigten Staaten sein – die Frage ist nur wann, nicht ob. Alle aufstrebenden Märkte haben ein enorm hohes Wachstumspotential für Konsumgüter, Investitionsgüter, Infrastruktur, Hochtechnologie und Dienstleistungen.

Aber das Wissen, daß es irgendwann eine neue zweite Kurve geben wird, ist noch keine Garantie für die richtige Reaktion zur richtigen Zeit. Die Abfolge und das relative Engagement auf dem jeweiligen aufstrebenden Markt und den Unterregionen der betreffenden Länder sind eine höchst komplexe Aufgabe. Sicher werden Asien und Lateinamerika wachsen, aber unterschiedlich schnell und in unterschiedlichen Bereichen.

Das heißt aber nicht, daß die hervorragende Stellung der USA auf den Weltmärkten demnächst schwächer wird. Die Vereinigten Staaten werden auch weiterhin eine große und wachsende Volkswirtschaft sein, und die einflußreichste auf dem Planeten, nicht zuletzt aufgrund der kulturellen Exporte. Die amerikanische Popkultur ist zu einem Wesensbestandteil der wirtschaftlichen Basis des Landes geworden: Coca Cola, Marlboro, Madonna, Levi Strauss, amerikanische Filme und Wiederholungen von *Eine schrecklich nette Familie* sind allgegenwärtig. Sechzig Prozent der Einnahmen von *Jurassic Park* wurden außerhalb der Vereinigten Staaten eingespielt. Und ein anderer amerikanischer Export – das Internet – ist ein Fenster auf die Zukunft des Weltmarktes, ein elektronisch vermittelter Basar, dank dem Ideen und Geld um die Welt rasen und virtuelle Geschäfte auf globaler Basis abgewickelt werden können.

Teilweise definiert der Übergang zur zweiten Kurve das, was ein Markt ist, neu. Für amerikanische Unternehmen war der »Markt« jahrelang identisch mit den Vereinigten Staaten. Zwischen 1970 und 1990 setzte sich allmählich die Erkenntnis durch, daß der wahre Markt für amerikanische Firmen zumindest auch jenseits des Nordatlantiks lag und die Länder Westeuropas einschloß. Und jetzt stehen wir plötzlich vor einem neuen Marktbegriff – der auch viele Schwellenländer umfaßt.

Wo wir heute stehen

Die entscheidende Wirklichkeit der zweiten Kurve ist natürlich die Veränderung. Das schließt Wandel auf vielen Ebenen ein: in der Gesellschaft, auf dem Markt und selbst beim einzelnen. Und sicherlich auch auf wirtschaftlicher Ebene. Unternehmen erleben internen Wandel – auf internationaler Organisationsebene –, aber auch draußen – in der Branche insgesamt.

Auf den sich rasch ändernden Weltmärkten machen viele Firmen die Erfahrung, daß ihre alte Organisation sie eher hindert, neue Möglichkeiten zu eröffnen. Normalerweise wurden Organisationen nach Modellen aufgebaut, die mechanischen, linearen Vorstellungen folgten, wie etwa die militärisch beeinflußten Organisationsstrukturen Anfang des 20. Jahrhunderts. Umstrukturierung ist die äußerste mechanische Metapher. Diese Modelle funktionierten auf regional isolierten Märkten mit wenig Wettbewerb recht gut, aber jetzt, wo die Märkte global, dynamisch und in einer komplexen Ökologie wirtschaftlicher Beziehungen verbunden sind, taugen die alten Modelle nichts mehr – ein klassischer Fall für die zweite Kurve. Für den Wettbewerb in dieser Welt müssen die Unternehmen neue Organisationsmodelle entwickeln. Die Metaphern für diese Modelle sind mehr organischer als mechanischer Art, eher ein System dynamischer Prozesse als ein statisches Organigramm. Traditionelle hierarchische Organisationen z. B. – die Armee und einige große Konzerne – steuern auf eine »Fischnetz-Organisation« zu, ein Netz aus sich ständig verändernden Ad-hoc-Hierarchien, die durch Informationstechnologie verbunden und geführt werden, eine Organisation, die ihnen größere Beweglichkeit gibt, den Anforderungen des verschmelzenden schnellebigen Weltmarktes zu genügen. Wir gehen ins 21. Jahrhundert, und diese neuen Organisationsformen werden die Unternehmen und ihre Angestellten zunehmend vor Zweitkurven-Entscheidungen stellen.

Die bedeutenden Industrien der Erde werden von der zweiten Kurve erheblich tangiert. Neue Technologie, neue Verbraucher und neue Gebiete schaffen einen Wandel, der nichts mit den begrenzten, wenn auch durchaus dramatischen Veränderungen zu tun hat, die ein Unternehmen aufgrund eines strategischen Fehlers oder einer Marktverlagerung erleben könnte. Dies ist ein massiver und grundlegender Wandel – eine Umdeutung der Begriffe – für eine ganze Branche oder einen Markt, der aus dem Zusammenwirken starker Antriebskräfte resultiert. Besonders Einzelhandel und Distribution, Gesundheitsvorsorge und Finanzdienstleistungen werden von der zweiten Kurve nachhaltig berührt.

Einzelhandel und Distribution. Die Schwierigkeit, vor der der Einzelhandel und die Distribution im Zusammenhang mit der zweiten Kurve stehen, ist die Ausschaltung des Vermittlers. Neue Verbraucher, elektronische Infrastruktur, härterer Wettbewerb und neue Absatzkanäle haben zur Folge, daß die Einzelhändler sich abmühen. Und sie haben einige interessante Antworten, von Wal-Marts virtueller Integration (die die Systeme des Einzelhändlers elektronisch in das Lager- und Liefersystem des Anbieters einbezieht) bis zu Spiegels totalem Direktabsatz, bei dem Versandhandel und Katalogverkauf bis zum letzten ausgereizt werden.

Gesundheitsvorsorge. In der Gesundheitsvorsorge wird ausgiebig über die zweite Kurve geredet. An die Stelle der Welt mit Einzelhonorar tritt die regulierte Versorgung; die stationäre Behandlung wird durch die ambulante ersetzt; und Pharmaunternehmen gehen in der Forschung und Entwicklung von traditionellen Formen der Medikamentensuche (das systematische Überprüfen unbekannter, in der Natur vorkommender Verbindungen auf therapeutische Wirkungen) zu biotechnologischen Formen über, wobei Riesenmoleküle mit spezieller therapeutischer Wirkung entwickelt werden. Aber trotz all dieser Änderungen ist die wirkliche zweite Kurve der Gesundheitsvorsorge, bei der alle Amerikaner kostengünstig versorgt werden können, noch nicht klar formuliert worden.

Finanzdienstleistungen. Wir erleben, wie der Zusammenfluß der neuen Marken, neuen Absatzkanäle, neuen Verbraucher und neuen Technologien (alles vom Internet bis zur Smartcard) die globalen Finanzdienstleistungsbranchen verwandelt, insbesondere im Einzelhandel. Traditionelle Finanzdienstleistungsunternehmen versuchen, den Einlagenabzug durch die zweite Kurve zu vermeiden – achten also darauf, daß ihre Einlagen nicht woandershin wandern –, was die Ahnungslosen an der Wall Street, in Hartford, London, Hongkong und Zürich ruinieren würde.

Den Wandel begrüßen: Der Schlüssel zum Erfolg in der Welt der zweiten Kurve

Yogi Berra hatte, wie immer, recht: »Es ist sehr schwer, etwas vorherzusagen, vor allem wenn es sich um die Zukunft handelt.« Es ist selbstredend nicht nur schwer, sondern schlicht unmöglich, die Zukunft vorauszusagen, wenn man unter Voraussagen den Griff in die Zukunft versteht, um voll realisierte Ereignisse wie eine reife Frucht zu pflükken.

Was nicht heißt, daß wir uns keine systematischen Gedanken über die Zukunft machen, Trends, aufkommenden Themen und Technologien keinen Sinn abgewinnen könnten, und dabei weitere Informationen über das erhalten, was wahrscheinlich geschieht. Wenn wir ständig vorausschauen und die längerfristigen treibenden Kräfte im Auge haben, die den Wandel in der Wirtschaft hervorrufen, wird die Welt weniger willkürlich. Es zeichnen sich Muster ab, neue Bedrohungen werden gesehen und vermieden, neue Möglichkeiten erkannt und genutzt. Wenn man das Beste, was an Gedanken und Informationen vorhanden ist, nimmt, kann man Voraussagen machen, die Firmen und Individuen sachlich begründete, langfristige, strategische Entscheidungen erleichtern. Und aus dem Grund lesen Sie wahrscheinlich auch dieses Buch.

Welche Voraussagen kann man also über die zweite Kurve machen? In Anbetracht dessen, daß man das Tempo der Veränderungen für keine der beiden Kurven vorhersagen kann und es mit einer Vielzahl von Fehlversuchen auf der zweiten Kurve zu tun haben wird, läßt sich da eine Strategie entwickeln?

Eindeutig *ja*: Es gibt viel, das wir nicht wissen, aber auch eine Menge, was wir durchaus wissen. Bei der zweiten Kurve geht es darum, sich der Herausforderung des Wandels zu stellen. Sie behaupten sich gut, sind schnell – aber werfen Sie einen genauen Blick über die Schulter und achten Sie darauf, wer zu Ihnen aufschließt. Sie werden überrascht sein.

Globale Getränkegiganten wie Coke und Pepsi haben empfindliche Niederlagen durch andere Cola-Hersteller einstecken müssen.

Krankenversicherungskolosse wie Traveler's und Metropolitan wurden durch regulierte Gesundheitsvorsorgeunternehmen wie Oxford Health Plans, United HealthCare und U. S. Healthcare abgedrängt, die sie mit einem anderen Muster abhängten.

Japanische Halbleiterhersteller, die Anfang der 80er Jahre selbst die zweite Kurve verkörpert hatten, wurden Ende der 80er und in den 90er Jahren von der neuen Zweitkurven-Halbleitertechnologie von Intel, Advanced Micro Devices und den Denkern des Silicon Valley überrannt. Durch die Konzentration auf moderne Mikroprozessoren gelang der amerikanischen Halbleiterindustrie ein Zweitkurven-Comeback. Aber das ist kein leichter Wechsel. Man erreicht die zweite Kurve nicht über Nacht. Sie sind vielleicht noch nicht so weit – als Unternehmen oder als Person. Deshalb ist das Agieren auf zwei Kurven die spannende und reizvolle Herausforderung der aufkommenden Weltwirtschaft, wo Technologie, politische Veränderungen, die neue Gebietsmärkte erschließen, und anspruchsvolle neue Verbraucher Tausende von neuen Kurven schaffen.

Zweikurvig zu fahren ist äußerst schwierig, und nur wenige schaffen es, und wenn es den Eindruck macht, als läge in alldem eine Menge Unsicherheit – so trügt dieser Eindruck nicht. Man kann nur eins mit dieser Unsicherheit machen: lernen, mit ihr zu leben. Letztlich ist das Agieren auf zwei Kurven ein Balanceakt. Man kann gut zurechtkommen, wenn man ein Bewußtsein für den Wechsel und die Werkzeuge entwickelt, damit umzugehen. Darin liegt die Kunst: den Wechsel zu nutzen, um die kreative Spannung zu schaffen, die Sie und Ihr Unternehmen voranbringt.

Kapitel 2
Die Welt gemäß zwei Kurven

Die zweite Kurve hat weitreichende und weithin spürbare Auswirkungen, die uns als Einzelperson tangieren, den Markt verändern, Unternehmen umstrukturieren und selbst wichtige Branchen umwandeln. Auf dem Weg von der ersten zur zweiten Kurve kommt es zu fundamentalen Umwandlungen, Spannungen, die in der Tabelle unten zusammengefaßt sind. Das Verständnis dafür, wie verschieden die Kurven sind, ist ein wichtiger erster Schritt, mit ihnen umgehen zu können. Die Erkenntnis, daß die zweite Kurve sich in wesentlichen Punkten von der ersten unterscheidet, ist der beste Weg, mit dem Agieren auf zwei Kurven zu beginnen.

Der Zweitkurven-Markt

Die Kräfte der Technologie, Verbraucher und Geographie haben Zweitkurven-Märkte geschaffen, die äußerst wettbewerbsfähig sind. Der Wettbewerb geht nicht nur von Akteuren der ersten Kurve aus, sondern auch von neuen Mitspielern der zweiten. Es ist eine seltsame Mischung: man erlebt ein gewaltiges Aufeinanderprallen der Giganten und gleichzeitig einen Schwarm Piranhas, die einem hinten in die Beine beißen. Kein sehr gutes Bild, aber es trifft die Eigenart der Wettbewerbslandschaft.

Diese neuen Märkte sind auch dynamisch und unsicher, angetrieben durch die Technologie in den Händen von Anwendern mit rasch wechselnden Verbraucherpräferenzen. Politische Wild cards erhöhen die Unsicherheit noch. So ist die zweite Kurve, und der künftige Erfolg auf Märkten erfordert beherztes Vorgehen.

Diese Märkte werden zunehmend voneinander abhängig. Denkt

VON DER ERSTEN ZUR ZWEITEN KURVE

Erste Kurve	Zweite Kurve
MARKT	
Kapital	Wissen
Hersteller	Verbraucher
Atlantik	Pazifik
Japan	China
Internationaler Handel	Elektronischer Handel
Computer	Internet
Geld	Menschen
ORGANISATION	
Mechanisch	Organisch
Technik	Ökologie
Kapitalgesellschaften	Einzelne und Netze
Horizontale und vertikale Verflechtung	Virtuelle Verflechtung
Geschäftsvorgänge	Kultur
DAS INDIVIDUUM	
Harte Arbeit	Hypereffektivität
Sicherheit	Unsicherheit
Aktueller Berufsweg	Künftiger Berufsweg
Glaube	Hoffnung
Treue	Mut

man linear – teilt die Welt einfach in mundgerechte Bissen –, ergibt es wenig Sinn, Befehls- und Kontrollhierarchien militärischer Art über ein komplexes, globales Zweitkurven-Gebräu zu legen. Notwendig ist organisches Denken bei Unternehmen wie Individuen, die die voneinander abhängigen Elemente dieses Marktes verknüpfen können, nicht das Herausschälen bestimmter Bereiche, die dann mit einem Gebietsanspruch belegt werden. Ihr Gebiet wird zunehmend Teil des Gebietes eines anderen werden, und alle – denken Sie an die Gnus, Löwen und Zebras in der Serengeti – müssen miteinander auskommen.

Einige wichtige Trends charakterisieren die Verlagerung von der ersten zur zweiten Kurve auf dem Markt.

Vom Kapital zum Wissen

Erfolgt die Umwandlung von Kapital in Wissen, ist es wichtig, das in einen geographischen Zusammenhang zu stellen. Einerseits sammelt sich beträchtliches Kapital in den Entwicklungsländern an. 1995 überstiegen die Devisenreserven der Entwicklungsländer erstmals die der Industriestaaten. Die andere entscheidende Verlagerung der Zukunft betrifft den Standort der Hauptstadt der Technologie und des Wirtschaftswissens auf dem Planeten.

Professor Zhang-Liang Chen ist Korektor der Universität Peking, der chinesischen Elitehochschule. Als ich mit ihm zusammentraf, unterhielten wir uns über die Tätigkeiten seiner Studenten in der biochemischen Abteilung. Die Besten und Gescheitesten aus einem Reservoir von 1,2 Milliarden Menschen landen am Ende an der Universität Peking, und die Biochemie ist eine der größten Abteilungen dort. Demnach wären praktisch alle graduierten Biochemiker der Universität Peking in der Lage, an den großen Universitäten in Nordamerika und Europa ihren Doktor in Biochemie zu machen, und viele tun es auch. Gegenwärtig sind 95 Prozent der Graduierten jener Doktorandenprogramme, die ihr Examen an der Universität Peking gemacht haben, in den USA oder Europa. Sie gehen nicht nach China zurück. Dieses Muster haben wir auch bei anderen Schwellenländern gesehen. Um das Muster richtig einordnen zu können, muß man wissen, daß über 50 Prozent der in Technik und Naturwissenschaften verliehenen Doktortitel in den Vereinigten Staaten an Ausländer gehen, und überproportional viele an Asiaten. In der Vergangenheit blieben diejenigen, die zu einem Fortgeschrittenenstudium in Naturwissenschaften, Mathematik oder Technik in die Vereinigten Staaten kamen, im Lande und wurden Teil des amerikanischen Wissens und Arbeitsvermögens, das die Informationswirtschaft antreibt. Doch die Zahlen ändern sich deutlich: so sank z. B. der Anteil der Doktoranden aus Taiwan, die nach der Dissertation in den Vereinigten Staaten blieben, von 53 Prozent 1980 auf 32 Prozent 1991. Im gleichen Zeitraum ging der Anteil der koreanischen Graduierten, die in den Vereinigten Staaten blieben, von 41 auf 23 Prozent zurück.

Ich fragte Professor Chen, ob er glaube, daß seine Graduierten auch weiterhin im Ausland studieren und dort bleiben würden. »Im Moment trifft das zu, weil wir keine Arbeit für sie haben«, sagte er. »Demnächst gilt das nicht mehr«, meinte ich. Er antwortete: »Ganz bestimmt nicht. Wir verfolgen ein ähnliches Muster, bei dem diese Ressourcen in China bleiben.«

Die Folgen sind klar, und man kann sich Ähnliches vorstellen, wenn man an die unendlichen geistigen Reserven des indischen Subkontinents denkt und an die offenbar starke kulturelle Neigung zur Naturwissenschaft und Mathematik dort und in Asien generell, die unterstrichen wird durch entsprechende Ergebnisse asiatischer Mathematikstudenten in den Vereinigten Staaten. Es ist zu vermuten, daß auf unserem Weg zu einer Wissenswirtschaft, die immer ungebundener und globaler wird, sowie einer zweiten Kurve, die überall sein kann, dieses Überall nicht unbedingt im Silicon Valley, in Boston oder Seattle liegen muß. Immer mehr spricht für Shanghai, Peking oder Bangalore, weil allein schon das Gewicht der Zahlen und das Leistungspotential in der Grundlagenforschung sich zu diesen Staaten hin verlagern.

Das heißt natürlich nicht, daß wir alle Silicon Valley verlassen, denn reine wissenschaftliche Forschung in neuen Wohlstand, neue Arbeitsplätze und ein neues Verständnis zu verwandeln, erfordert eine sehr komplexe Infrastruktur, also etwas mehr als nur ein paar gescheite Doktoren. Im Menlo Park, wo das Institut für die Zukunft liegt, befindet sich im Umkreis von eineinhalb Kilometern um unsere Verwaltung an der Sand Hill Road ein beträchtlicher Prozentsatz des amerikanischen Risikokapitals. Wir sind umgeben von spezialisierten Anwälten, Beratern, Risikokapitalgebern – von denen jeder eine Rolle in einer komplexen Ökologie spielt, die Silicon Valley so erfolgreich macht, wie es ist. Eine gute Darstellung dieses Phänomens, das die Geographen Ballungswirtschaft nennen, liefert AnnaLee Saxenian in ihrem Buch über Silicon Valley, *Regional Advantage: Culture and Competition in Silicon Valley and Route 128*, einer eingehenden Analyse des Erfolges von Silicon Valley als einem Netz geistiger Ressourcen.

Trotzdem bedeutet die Verlagerung zum Wissen, daß die Wissensbasis sich bewegen kann. Der vielleicht größte Reiz, der die überragende Bedeutung von Silicon Valley im Zeitalter der Information sichern wird, liegt nicht nur darin, daß es San Francisco, Stanford, Berkeley und die Infrastruktur der Sand Hill Road und des Silicon Valley hat, sondern auch ein mediterranes Klima, das die meisten Menschen bevorzugen. Und deshalb ziehen wir nicht weg – denn das Wetter ist so schön.

Vom Hersteller zum Verbraucher

Der entscheidende Unterschied zwischen der ersten und zweiten Kurve liegt darin, daß die erste Kurve weit stärker auf das Erstellen von Produkten oder Dienstleistungen konzentriert ist. Sie ist produktionsorientiert, während die zweite Kurve fast immer eine Art Leidenschaft und ein tiefes Verständnis für die Bedürfnisse des Verbrauchers hat. Am besten beschreibt man die Umwandlungen der zweiten Kurve wohl mit der Aussage, daß es sehr viel wichtiger sein wird, Verbraucher zu besitzen als Produktionsfaktoren.

Vom Atlantik zum Pazifik

Wenn die geographische Achse der ersten Kurve der Nordatlantik ist, ist die der zweiten eindeutig der Pazifik. Das voraussichtliche Wachstum in China und Indien, dazu die anhaltende Bedeutung Japans und die Dynamik der vier asiatischen Tigerstaaten sowie Westamerika machen den Pazifik zum Verbindungsglied der zweiten Kurve. Auch wenn Japan eine alternde reife Volkswirtschaft ist, spielt es doch nach wie vor eine bedeutende Rolle als Investor in ganz Asien und wird auch weiterhin eine weltweit wichtige Kraft bleiben. Doch der Aufstieg der asiatisch-pazifischen Region wird die nächsten zwanzig Jahre anhalten und eine bedeutsame Verschiebung in der Ausrichtung von der ersten Achse New York und London zu einer Achse mit sich bringen, die sehr viel stärker nach Kalifornien und zum pazifischen Rand ausgerichtet ist. Innerhalb dieser größeren Verschiebung gibt es einige hochinteressante

Bewegungen wichtiger Akteure etwa zwischen Vancouver und Hongkong. Der Aufstieg bestimmter Städte bei diesen globalen Umwälzungen verspricht, sehr spannend zu werden.

Einhundert Unternehmen der Global Fortune 500 (vom Wirtschaftsmagazin *Fortune* herausgegebene Liste der 500 größten Unternehmen der Welt) haben ihren Firmensitz in Tokio, zweiunddreißig in Osaka. Die Erlöse der in Tokio ansässigen Unternehmen machen fast 24 Prozent der Erlöse aller Unternehmen der Global Fortune 500 aus. Die in Osaka ansässigen Firmen steuern weitere 10 Prozent bei. Aus den USA kommen 151 der 500 Unternehmen, aus dem zweitplazierten Japan 149. Auf Japan entfallen allerdings 37 Prozent der Erlöse, auf die USA nur 29 Prozent, während die Gewinne der amerikanischen Unternehmen fünfmal so hoch wie die der japanischen waren.

Von Japan nach China

Innerhalb dieser Verlagerung zum pazifischen Raum galt Japan eindeutig als die erste Kurve in Asien, und es hat, relativ gesehen, aus drei elementaren Gründen eine schwere Zeit durchgemacht.

Erstens ist Japan als Gesellschaft das am schnellsten alternde Land der Welt. Unter den OECD-Staaten rutschte es von einem der jüngsten Länder, was den Prozentsatz der über 65jährigen an der Gesamtbevölkerung betraf, in eine Situation ab, in der es im Jahr 2010 eine der ältesten Bevölkerungen der Industriestaaten haben wird. Das übt enormen Druck auf den Abhängigkeitsquotienten aus (das Verhältnis zwischen nicht erwerbsfähigen und erwerbsfähigen Personen). Es belastet die Renten-, Sozialversicherungs- und Gesundheitsvorsorge-Systeme, die für Japan in der Vergangenheit ein enormes Kapitalreservoir dargestellt haben. Der Mangel an Einwanderern und ein natürlicher Bevölkerungsanstieg haben bewirkt, daß Japan in anderen asiatischen Ländern und Nordamerika nach Arbeitskräften Ausschau halten mußte. Und es wird zunehmend zu einem Land, das Kapital und Wissen in andere Teile der Welt verlagert und Geld nach Hause überwiesen bekommt, das für die Bedürfnisse und Aufwendungen einer alternden Bevölkerung verwendet wird.

Der zweite Grund für gewisse Bedenken bezüglich der Fähigkeit Japans, zu einer Zweitkurven-Kraft zu werden, liegt darin, daß die japanische Form des Kapitalismus unglaublich verwickelte Investitionsprotokolle kennt, die das Tempo und die Flexibilität einschränken. Die große Stärke Japans ist das langfristige Denken, seine Schwäche vielleicht eine Unfähigkeit zu reagieren. Im Internet tummeln sich aus zwei Gründen nur wenige japanische Unternehmen: erstens ist die Softwareentwicklung keine japanische Stärke, und zweitens ist die Nutzung des Internet in Japan sehr teuer. Aber die dunkle und bedrohliche Seite für diese Verwicklung ist das von einigen Analysten so genannte Kartenhaus kapitalistischer Beziehungen, in dem die Banken durch Sicherheiten und Wechselbeziehungen weit besser gestellt sind. Der wahre Umfang des japanischen Einflusses auf Gebieten wie Immobilien wird unterschätzt. Einige Analysten meinten, daß die USA während der Spar- und Darlehenskrise bei allen Fehlern doch vernünftigerweise in den sauren Apfel bissen, während Japan nicht so schnell reagiert und seinen enormen Schuldenüberhang weder zur Kenntnis genommen noch darauf reagiert hat.

Ein dritter Grund dafür, daß der Übergang Japans zur zweiten Kurve nicht so leicht sein könnte, ist folgender: die zweite Kurve hat mit Unbeständigkeit und Unsicherheit zu tun, und es fällt der japanischen Gesellschaft kulturell vielleicht schwer, auf diese Unbeständigkeit und Unsicherheit zu reagieren.

Vom internationalen zum elektronischen Handel

Bei der Welt der ersten Kurve ging es in den letzten zwanzig Jahren um Handel zwischen Industriestaaten. Die zweite Kurve hat mit einer Verlagerung zum Handel mit Schwellenländern zu tun. Sie hängt aber darüber hinaus auch mit einer Verlagerung des Standortes weg vom Handel im materiellen Raum hin zum Handel im digitalen Raum zusammen. Der elektronische Handel kennt die Grenzen, die die Staaten errichten, nicht. Und das wirft einige sehr interessante und ausgefallene Fragen mit Blick auf Produktion, Konsum und Verkauf von Gütern und Dienstleistungen auf. Es ist z. B. durchaus denkbar, daß neue Softwareprodukte über das Internet in einer gemeinsamen Anstrengung verschiedener Systeme in mehreren Ländern entwickelt werden. Es wird mit der Zeit immer schwieriger werden, die jeweiligen Zölle und Handelsgeschäfte bei derartigen Produktionsverfahren auszuweisen. Es wird immer schwieriger werden, weil wir wegkommen von Produkten, die hergestellt werden und einen Wertzuwachs erfahren, der durch zusätzliche Arbeit an einem bestimmten Ort erfolgt. Wir werden zunehmend die Situation haben, daß die Wertschöpfung durch globale Teams erfolgt, die im gesamten virtuellen Raum arbeiten und den Wert eines Produkts erhöhen, das immer öfter durch die Software als durch bloße Technologie verkörpert wird. Und das bedeutet, daß all unsere Bilanzierungsgrundsätze darüber, wo Güter und Dienstleistungen und Endwert entstehen, äußerst schwer zu dokumentieren und auszuweisen sein werden, was die nationalen Grenzen verwischt und die Handelsstatistiken noch stärker trübt, als sie vielleicht ohnehin schon sind. Der problemlose Geldverkehr über globale Finanznetze wird diese Grenzen noch weiter verwischen.

Von Computern zum Internet

Ist der Markt der ersten Kurve ein Markt, auf dem das Arbeiten mit einem einzelnen Computer das Informationsmuster war, wird die zweite Kurve am besten durch das Internet verkörpert. Als ich diese Zeilen schrieb, brachte der *San Francisco Chronicle* einen Artikel über Internet-Unternehmen; am gleichen Tag erreichte die Netscape-Aktie einen Kurs von 140. Die Euphorie wird mit der Tulpenmanie des 17. Jahrhunderts in Holland verglichen, als die Spekulation den Preis einzelner Tulpenzwiebeln höher als den für ein Haus trieb. Vielleicht erleben wir so etwas auch beim Internet. Diese Unternehmen müssen in Zukunft echte und erhebliche Erlöse erwirtschaften, und die Investoren spekulieren darauf, daß das Bildsymbol, das Microsoft zu einer solchen Marktdominanz verhalf, ein ähnlicher Erfolg im Internet wird. Das könnte ein Irrtum sein. Es ist leicht zu verstehen, daß ein 70prozentiger Marktanteil bei Suchhilfen zu einer solchen Vorherrschaft führt, wie sie Microsoft in der Welt von Microsoft/Intel hat, aber das ist in einer Welt der Kompatibilität vielleicht anders, die durch extrem leistungsfähige Technologien ermöglicht wird, bei denen eine Maschine mit jeder anderen kommunizieren kann. Da Pferdestärken und Innovationstempo zunehmen, wird die Zeit an der Sonne für den einzelnen Akteur vielleicht immer kürzer – Netscape dann Java, Sun Microsystems neuestes Internet-Tool –, und das könnte uns wiederum zu der Frage veranlassen, ob irgend jemand wirklich dominieren kann, und ob ein globaler Standard für etwas so Wichtiges wie das Internet, das rasch zum Mittler für die Kultur und den Handel wird, von nur einem Unternehmen beherrscht werden kann.

Bestimmt wird das Internet eines der zentralen Phänomene der nächsten zwanzig Jahre. Die Frage wird sein, wessen Software den Ton angibt und in welche Marktstrukturen diese Tools eingebettet sein werden. Wird es ein Monopol, oder werden es sehr viel stärker auf Wettbewerb, Dynamik und Wechselbetrieb ausgerichtete Tools und Techniken? Nach der Theorie der zweiten Kurve letzteres.

Vom Geld zu den Menschen

Die erste Kurve ist vom Geld abhängig. Sie ist dort, wo Kapital wichtig ist, wo Gewinn wichtig ist, wo Spannen wichtig sind, und sie ist die Grundlage für Bargeld in der Hand. Bei der zweiten Kurve geht es dagegen mehr um Menschen. Sie ist in höchstem Maß von den Fähigkeiten einzelner Menschen abhängig, weniger von rein finanziellen Dimensionen. Und darin liegt das eigentliche Dilemma. Nur Geld zu besitzen bedeutet noch nicht, daß man eine zweite Kurve konstruieren kann. Ohne Menschen und ohne die richtigen Menschen kann man es nicht. Die zweite Kurve braucht Menschen, die sich ändern und neue Wege akzeptieren können, etwas zu tun, die das Unbekannte, das Fremde und das Sonderbare ergreifen. Vor allem aber gehört die zweite Kurve zu verschiedenen Organisationen, die Begabungen, Qualifikationen und Interessen mischen.

Zweitkurven-Erfolgsgeschichten weisen die richtige Mischung an Menschen auf. In den folgenden Kapiteln bringen wir einige Beispiele, aber das beste ist vielleicht die Kombination bei Netscape: der junge Softwareneuerer (Marc Andreessen) mit dem erfolgreichen unternehmerischen Visionär (Jim Clark von Silicon Graphics) und dem erfahrenen Spitzenunternehmer von Zweitkurven-Firmen (Jim Barksdale von Federal Express und McCaw Cellular). Dies ist das Zweitkurven-Team schlechthin.

Zweitkurven-Organisationen

Wenn man an Unternehmensorganisation denkt, so funktioniert das, was sich bewährt hat, in vielen Fällen nicht mehr, bewirkt einen Schritt von der Kontrolle und Koordination hin zur Kreativität und Freiheit und ruft organisatorische Mischformen hervor. In seinem Buch über Bionik *(Bionics: Economy as Ecosystem)* spricht Michael Rothschild auch über die Verlagerung zu einer Wirtschaft, in der die Gesetze der Biologie und Volkswirtschaft vereint sind. Paul Hawken, Gründer von Smith & Hawken, einer umweltbewußten und erfolgreichen Kette von Gartencentern, geht in *The Ecology of Commerce* einen Schritt weiter und behauptet, die Erde sei verloren, wenn nicht gewinnorientierte Kapitalisten nach umweltbewußten und ökologisch stabilen Möglichkeiten strebten, bei denen die Gedanken des Naturschutzes und Recyclings in die Herstellungsprozesse selbst eingebaut sind.

Im folgenden einige Entwicklungen, die den Wechsel von Erstkurven- zu Zweitkurven-Organisationen verdeutlichen:

Vom Mechanischen zum Organischen

Die erste Kurve bevorzugt Hierarchien, militärische Befehle und Kontrolle sowie Organisationspläne. Die zweite Kurve ist organisch, chaotisch, etwas anarchisch und widersetzt sich starren Formen organisatorischer Kontrolle. Die Bilder und Sprache der Erstkurven- und Zweitkurven-Organisationen weichen folglich erheblich voneinander ab. Die mechanische Erstkurven-Organisation neigt zur Sprache der Militärs: Division, Einheiten, Abschnitte. Das sind militärische Ausdrücke, die in der Wirtschaft verankert sind und ein Denken nach Art der ersten Kurve spiegeln.

Die Zweitkurven-Organisation besteht aus Netzen und Allianzen. Sie hebt stärker auf Beziehungen und persönliche Verbindungen ab als auf Organisationspläne, starre mechanische Arbeitsplatzbeschreibungen und Weisungsbefugnisse. Wer ein erfolgreiches High-Tech-Unternehmen besucht – Netscape heute oder Apple Mitte der 80er Jahre –, wird kaum jemanden finden, der auch nur behauptet, die Leitung zu haben. Solche Firmen kommen ohne Kontrolle aus und genießen es. Aber selbst bei den normaleren Zweitkurven-Unternehmen gibt es einen Fluß der Beziehungen und Rollen, der sich stark von den herkömmlichen Unternehmenshierarchien unterscheidet, in denen die meisten amerikanischen Firmen noch stecken.

Technik gegen Ökologie

»Umstrukturierung« war das Schlagwort der letzten fünf Jahre. Es ist die letzte mechanische Metapher und der letzte Erstkurven-Akt. Umstrukturieren ist der Versuch, das Letzte aus der ersten Kurve herauszuholen. Es ist Taylorismus in Reinkultur – die Grundeinstellung der wissenschaftlichen Gestaltung der Arbeitsverrichtung, wie sie nach 1910 von F. W. Taylor entwickelt wurde. Es wird im Grunde argumentiert, daß der ersten Kurve auch das letzte Bißchen Ineffizienz ausgetrieben werden müsse, um die Wirtschaftlichkeit zu wahren. Dies ist eine absolut vernunftgemäße Antwort auf die globalen Zwänge, die wir beschrieben haben. Aber es ist nicht die zweite Kurve. Man kann den Weg zur Größe nicht umstrukturieren. Man kann den Weg zu einer Zweitkurven-Umwandlung nicht umstrukturieren, weil die Umstrukturierung das Geld des Unternehmens wahrscheinlich gezielt für die erste Kurve einsetzen und sich der Leute entledigen wird, die etwas völlig anderes auf der zweiten Kurve aufzubauen versuchen. Jeder gute Umorganisator wird wahrscheinlich Zweitkurven-Aktivitäten vernichten, die er in der Organisation vorfindet, weil sie nicht zu entscheidenden Unternehmensprozessen passen.

Bei der zweiten Kurve geht es um ökologische, weniger um technische Beziehungen, und wahrscheinlich werden die Berater eine neue, weit ökologischere Form der Intervention finden, die sie an den Mann bringen können, weil die Umstrukturierung bei den Umstrukturierten natürlich einen üblen Nachgeschmack hinterlassen hat. Es ist so, wie wenn eine Horde hochdotierter Umorganisatoren über das Unternehmen herfiele und es ausschlachtete. Als ich 1985 erstmals in die Vereinigten Staaten kam, reiste ich viel herum und saß mit Führungskräften der Spitzenunternehmen im Flugzeug – IBM, Du Pont, Chevron. Diese Manager rissen sich für ihr Unternehmen in Stücke. Sie wirkten wie weggetreten. Das war einmal. Viele Firmen haben in einem solchen Umfang entlassen und umstrukturiert, daß die Motivation dahin ist. Die jüngste IFTF-Untersuchung von Bob Johansen und Rob Swigart, »In Good Company«, widmet sich besonders der geistigen Leere und Bedeutungslosigkeit, die in vielen der umstrukturierten Firmen empfunden werden, wenn Unternehmen auf der ersten Kurve straucheln.

Kapitalgesellschaften gegen Einzelne und Netze

Es trifft vielleicht zu, daß die Kapitalgesellschaft ein Erstkurven-Phänomen ist und Zweitkurven-Organisationen sehr viel eher Einzelpersonen und Netze sowie verschiedene Kombinationen aus Einzelpersonen und Netzen sind, die Werte schaffen. Das heißt nicht, daß alle Kapitalgesellschaften als Wirtschaftsgebilde verschwinden. Das ist wohl unwahrscheinlich, denn wir haben bestehende Strukturen, die erfolgreich sind und weltweit immer häufiger übernommen werden, etwa die Aktienmärkte, Personengesellschaften und die Möglichkeit, Geld aufzunehmen, weil bestimmte Unternehmen die rechtliche und finanzielle Infrastruktur besitzen, sich Kapital zu beschaffen, die Bücher zu führen und Gewinne oder Verluste auszuweisen, die von den Aktionären überprüft werden können. Ein solches System ist von Hause aus nützlich, und tatsächlich haben auch die meisten Zweitkurven-Unternehmen den Markt bis zur Neige genutzt, etwa die Netscapes, Silicon Graphics und Intuits dieser Welt. Auf der zweiten Kurve sind durch die Mechanismen des traditionellen Aktienmarktes große Vermögen geschaffen worden. Aber innerhalb der Organisation und Kapitalgesellschaft binden sich die wichtigen Einheiten zunehmend und sehr viel enger an die betroffenen Einzelpersonen und Netze. Das gleiche trifft auf die meisten aufkommenden Zweitkurven-Unternehmen zu, die von Risikokapitalgebern gegründet werden. Die Idee allein reicht nicht. Wichtig ist, wer dahintersteht, wie das Führungsteam aussieht und wie die Adressenkartei.

Horizontale und vertikale Integration gegen virtuelle Verflechtung

Bei der ersten Kurve geht es um horizontale und vertikale Zusammenschlüsse. In den folgenden Kapiteln werden wir darlegen, wie erste und zweite Kurven sich in den verschiedenen Industriebereichen behaupten. Und dabei zeigt sich immer wieder, daß die Rauferei auf der ersten Kurve in vielen Fällen eine horizontale oder vertikale Verflechtung als Reaktion auf den erhöhten Wettbewerbsdruck ist, der einmal zu spüren ist, weil die erste Kurve sich festigt und rigoros vorgeht, zum andern weil die zweite Kurve der ersten ziemlich zusetzt.

Die Reaktion der Unternehmen in Zeiten großer Unsicherheit lautet häufig *Wenn du nichts davon verstehst, kauf es.* Viele Versuche gehen auf das Konto von Erstkurven-Akteuren, die die Bedrohung durch eine zweite Kurve spüren und meinen, sie könnten sie einfach kaufen und damit das Unternehmen retten. Ein Beispiel dafür ist u. a. der Erwerb von Medco durch Merck, vielleicht der extremste Fall, daß die erste Kurve in aller Eile etwas über die regulierte Vorsorge lernen wollte, indem sie einen ihrer Meinung nach führenden Vertreter der Zukunft übernahm. 6 Milliarden $ sind sehr viel Lehrgeld, um herauszufinden, was sich tut. Weitere Beispiele sind die abgebrochenen Versuche bei Fusionen zwischen Kabel- und Telefongesellschaften, die sich wegen des Wertes, den der andere in ihren Augen hatte, mächtig ins Zeug legten, um zu fusionieren und die Mutter aller Kommunikationsunternehmen aufzubauen, nur um die Vereinbarungen dann durch rechtliche Hindernisse, kulturelle Unvereinbarkeit und das Tempo technologischer Veränderungen rückgängig machen oder verwässern zu lassen.

Es hat einige vertikale Zusammenschlüsse gegeben, aber weit häufiger waren horizontale Verflechtungen auf der ersten Kurve. Es wird künftig immer weniger Banken geben, da die erste Kurve sich infolge einer höchst unsicheren zweiten Kurve bei den Finanzdienstleistungen festigt. Die Erstkurven-Reaktion in vielen Branchen besteht darin, es mit Skaleneffekten (Einsparungen durch Erhöhung der Produktionskapazitäten) zu versuchen. Das geschieht in der Telekommunikation. Das geschieht auf den meisten Gebieten.

Eine Variante auf der zweiten Kurve sind allerdings Unternehmer, die die Möglichkeiten eines Zusammenschlusses mit vielleicht verschlafenen Erstkurven-Branchen richtig erkennen. H. Wayne Huizenga, der Gründer von Waste Management, baute ein Milliardenunternehmen auf und dann ein zweites, Blockbuster Entertainment. Im Moment gründet er ein Unternehmen namens Republic, eine Holdinggesellschaft für Müllentsorgung, Werbeplakate und Alarmsysteme – was sich nicht sonderlich nach zweiter Kurve anhört. Aber in Wirklichkeit fusioniert er in stark aufgesplitterten Branchen, in denen sich Marktanteile und Einsparungen durch Erhöhung der Produktionskapazitäten bieten. Er kennt sich im Mietgeschäft wirklich aus und weiß, wie man dort Geld macht, das der gemeinsame Nenner in der Müllentsorgung und im Videoverleih ist.

Die zweite Kurve hat mehr mit virtueller als vertikaler oder horizontaler Verflechtung zu tun. Beispiele gibt es reichlich in der Elektronikbranche. Computer- und Kommunikationsunternehmen stellen selten alle Teile der Produkte her, die sie verkaufen. Sie schaffen die Art von virtuellem Unternehmen, das Bill Davidow (Koautor von *The Virtual Corporation)* und seine Kollegen so eindringlich beschrieben haben – verschiedene Einzelteile des Produkts werden von einem Netz aus Subunternehmern hergestellt, die über Verträge, Personengesellschaften und Allianzen verbunden sind. Ähnliches läßt sich von einigen der erfolgreichen staatlichen Organisationen für Gesundheitsvorsorge sagen, mit denen wir uns in Kapitel 10 beschäftigen. Virtuelle Verflechtung ist ein Kennzeichen der zweiten Kurve.

Geschäftsvorgänge gegen Kultur

Die Arbeit am Institut für die Zukunft hat sich in letzter Zeit in erheblichem Umfang auf die Darstellung alternativer Visionen der Organisation des 21. Jahrhunderts sowie die Bestimmung von sechs Mustern konzentriert, die über die beiden Kurven verteilt sind, vom Mechanischen zum stärker Organisch-nichtlinearen, von der Konzentration auf Geschäftsvorgänge zu der auf die Kultur.

Die hyperkonzentrierte Firma. Die klassische Neugründung im Silicon Valley oder die Abteilung eines Großunternehmens, die sich auf ein zentrales Objekt stürzt, beschränkt nur durch ihre eigentlichen Fähigkeiten. Ein Beispiel dafür wäre die IBM-Abteilung für Mikroelektronik, die sich seit kurzem ganz darauf konzentriert, wieder auf dem Gebiet der Chips und Halbleiter aktiv zu werden.

Der Kulturmoloch. Die Großorganisation, die mit Hilfe gemeinsamer Wertvorstellungen und Normen lange und weitreichende Kontrolle ausübt. Beispiele sind die katholische Kirche, der koreanische *Chaebol*, die starken Bande der chinesischen Geschäftsfamilien in Südasien und die Familien von Monterrey in Mexiko.

Das erweiterte Unternehmen. Das vertikal verflochtene Unternehmen, das beabsichtigt, weniger, intensivere und bedeutsamere Beziehungen zu seinen Lieferanten und Händlern herzustellen. Letztlich läuft alles unter dem Markennamen oder mit Zustimmung der Muttergesellschaft. Ein Beispiel sind MCI und News Corporation of America, die sich zu einem Gemeinschaftsunternehmen zusammenschließen, bei dem sie ein erweitertes Unternehmen im Verlagsbereich gründen. Die besten Beispiele liefern jedoch die Autohersteller. Volvo z. B. beabsichtigt, ein globales erweitertes Unternehmen aufzubauen, das die Wertvorstellungen von Volvo – Qualität, Sicherheit und Umweltbewußtsein – beachtet und auch bei allen Lieferanten und Händlern von Volvo in den verschiedenen Abteilungen für sie eintritt. Die Automobilunternehmen versuchen zunehmend, erweiterte Fabriken zu bauen, nicht nur bei den Zulieferern, sondern auch bei den verschiedenen weltweit eingesetzten Teilen, etwa wie im Fall des Ford Mondeo, eines Wagens, der für den Weltmarkt konzipiert ist.

Das Bündnis mit Risikoteilung. Der Versuch von Gesellschaften, Wertvorstellungen durch Gemeinschaftsunternehmen und Bündnisse aufzubauen, wobei Fachwissen zum beiderseitigen Vorteil gemeinsam genutzt werden kann. Die Beziehungen müssen nicht von Dauer oder exklusiv sein; tatsächlich sind sie es meistens nicht. Beispiele sind die Fremdbeschaffung von Forschung und Entwicklung, die bei einigen der größeren Unternehmen immer häufiger vorkommt, die nicht mehr alles innerbetrieblich erledigen wollen, und auch bei Pharmaunternehmen, die zunehmend erkennen, daß die eigene Forschungs- und Entwicklungsabteilung keinen Verkaufsschlager bei den Medikamenten garantieren kann, egal wie groß sie sind und wieviel sie in die Forschung und Entwicklung investiert haben. Viele sind eine Minderheitsbeteiligung bei kleineren, auf Forschung und Entwicklung spezialisierten Biotechnologie-Unternehmen eingegangen, manche auch eine Mehrheitsbeteiligung. Das ist eine Form eines Bündnisses mit Risikoteilung.

Der andere Bereich, in dem das Bündnis mit Risikoteilung immer häufiger eingegangen wird, ist die regulierte Gesundheitsvorsorge. Große Health Maintenance Organizations (HMO) wie Health Net, PacifiCare, FHP, U. S. Healthcare und United HealthCare sind Bündnisse mit Risikoteilung eingegangen. In den meisten Fällen besitzen diese Organisationen gar nichts; sie haben Verträge mit Versorgern, entweder Ärzten oder Krankenhäusern, die bereit sind, einen Teil der Vorsorgerisiken zu übernehmen – letztlich selbst Versicherungsträger zu werden. Durch die Risikoteilung beim Aufbau von Netzen erhöhen sie den Wert für ihre Kunden, die Arbeitgeber und die Patienten, die sie versorgen. Im gesamten Gesundheitswesen sind sie diejenigen, die in den letzten Jahren offenbar mit großem Erfolg den Übergang von einer Kurve zur anderen geschafft haben. Sie haben Geld verdient und wurden belohnt dafür, eine zweite Kurve geschaffen zu haben.

Die Fischnetz-Organisation. Ein Netz ständig wechselnder Hierarchien, die durch Informationstechnologie verbunden und geführt werden, mit mehreren aktiven und verantwortlichen Zentren, die schnell reagieren können, um sich den Marktbedingungen anzupassen. Die großen globalen Beratungsfirmen sind vielleicht die reinsten Fischnetze. (Der Begriff stammt aus *Upsizing the Individual in the Downsized Organization* von Robert Johansen und Rob Swigart sowie aus *Globalwork: Bridging Distance, Culture, and Time* von Mary O'Hara-Devereaux und Robert Johansen.)

Das Fischnetz ist so geartet, daß es auf eine sich rasch ändernde Umwelt zu reagieren versucht. Bob Johansen hat es als vom Rand her wachsend beschrieben, wobei das Zentrum des Netzes der tote Teil ist, der Rand der lebendige. Das Netz ist nur so stark wie seine Knoten und Verbindungen. Es ist mit anderen Worten für seine Stärke, Elastizität und Fähigkeit, die Aufgabe zu erfüllen, entscheidend auf Kontakte und Kommunikationsnetze angewiesen. Die großen Beratungsfirmen wie Andersen, McKinsey, Booz Allen & Hamilton und Price Waterhouse sind in hohem Maß Fischnetz-Organisationen. Zu den Werkzeugen, die zur Unterstützung der Fischnetze erforderlich sind, gehören fortschrittliche Formen von Gruppen. Lotus Notes wird oft als das erste wirkliche Groupware-Produkt bezeichnet, und es ist kein Zufall, daß Fischnetz-Organisationen wie Andersen, Price Waterhouse und McKinsey zu den größten und ersten Anwendern der Technologie von Lotus Notes gehören.

Chaord. Eine Wortneubildung aus Chaos und Ordnung von Dee Hawks, dem Gründer von Visa. Sie meint den Gedanken der sich selbst schaffenden Organisation, die ein besonderes organisches, formfreies Unternehmen darstellt, das von spontaner Anpassung an Marktnischen getrieben wird. Diese Organisationen sind scheinbar frei von zentraler Kontrolle und entwickeln sich als Antwort auf das Umfeld, in dem sie sich betätigen, und fast gemeinsam mit ihm. Das chaotische Kleinunternehmen (vielleicht sogar das Institut für die Zukunft) gehört möglicherweise in diese Kategorie; diese Organisationsart ist fließend, hat eine große Leitungsspanne und reagiert – hoffentlich – auf einen sich wandelnden Umweltzusammenhang. In größerem Maßstab ist Virgin Group sicher in mancher Hinsicht insofern ein *Chaord*, als sein Interesse und die Fähigkeit, sich auf Kundenwünsche einzustellen, was seine Handlungsfähigkeit angeht, wirklich sehr organisch sind.

Insgesamt stellen diese Modelle kontinuierliche Schritte dar, von der genauen zentralen Kontrolle zur Kontrolle an den Rändern; vom Mechanischen zum Organischen; von berechenbaren, gelenkten Situationen zum kreativen Chaos. Die Unternehmen werden in den nächsten zehn und mehr Jahren wahrscheinlich all diese Modelle nutzen, um sich auf den Weltmärkten zu behaupten. In Wirklichkeit sind die Modelle natürlich ein Symptom, eine Art, sich über Organisationen der Zukunft Gedanken zu machen. Es gibt nicht unbedingt ein vorgeschriebenes Modell, und man kann eine Organisation sicher nicht als Verkörperung nur eines dieser Modelle betrachten; die meisten Organisationen werden Mischformen sein. Weil jedes Modell seine eigenen strategischen Vorteile hat, werden die Unternehmen es wahrscheinlich mit mehreren Modellen versuchen, und ein Unternehmen probiert vielleicht verschiedene Modelle zu verschiedenen Zeitpunkten aus. Möglicherweise wenden sie sogar eine gleichzeitige Kombination dieser Modelle an – etwa das hyperkonzentrierte Modell für die Vermarktung eines bestimmten Produkts, das Fischnetz für den Verkauf und Service und *Chaord* für die besonders modernen Forschungsabteilungen. Die Modelle können von Unternehmen zu Unternehmen unterschiedlich sein.

Beim Übergang ins 21. Jahrhundert werden diese Organisationsformen für die Unternehmen und ihre Mitarbeiter vermehrt zu einem Zweikurven-Dilemma. Tatsächlich springen Organisationen von der ersten zur zweiten Kurve, wenn sie von der herkömmlichen Befehls- und Kontrollstruktur zur fließenderen Dynamik der dezentralen Organisation übergehen, die kleine Gruppen befähigt, schnell und flexibel zu reagieren, egal ob *Chaord*, Fischnetz oder Bündnis mit Risikoteilung.

Kapitel 3
Die zweite Kurve und der einzelne

Amerikanische Unternehmen haben beim Einsatz von Arbeitskräften im vergangenen Jahrzehnt eine erstaunliche Wandlung durchgemacht. Noch vor fünfzehn Jahren erhöhten sie die Zahl der Arbeitskräfte in unglaublichem Tempo und betrachteten die Arbeit offenbar als scheinbar unerschöpfliche Quelle für einen billigen und guten Wachstumsfaktor. Heute behandeln die Unternehmen Arbeit als teures, unrentabel genutztes Produktionsmittel, das zahllose Möglichkeiten für Kostensenkungen in einer stärker umkämpften Umwelt bietet. Diese rasche Umkehr in der Rolle der Arbeit bildet den Kern einer größeren Umorientierung bei Arbeitsplätzen, Verantwortlichkeiten und dem Platz der Arbeiter in Organisationen des 21. Jahrhunderts.

Die meisten Branchen und Zweitkurven-Unternehmen haben festgestellt, daß sie mit weniger Mitarbeitern auskommen. Produktionsbetriebe haben das schon früh erkannt, als ausländische Wettbewerber in den 60er und 70er Jahren auf viele ihrer Märkte vordrangen. Dienstleistungsunternehmen griffen den Gedanken während des allgemeinen wirtschaftlichen Abschwungs Ende der 80er, Anfang der 90er Jahre auf. Während nur wenige Branchen weiterhin neue Mitarbeiter einstellen, werden in den meisten Branchen Arbeiter entlassen oder auf dem aktuellen Stand gehalten. Zur letzteren Gruppe gehört praktisch die gesamte Dienstleistungsindustrie, die in den letzten drei Jahrzehnten die meisten neuen Arbeitsplätze geschaffen hat. Der Dienstleistungssektor erhöht die Produktivität durch den Einsatz von weniger Mitarbeitern pro Umsatzeinheit, aber da der Sektor insgesamt wächst – neue Firmen kommen hinzu, vor allem bei den Dienstleistungen im gewerblichen Bereich –, steigt auch die Gesamtbeschäftigung im Servicebereich.

Ein Weg, mit den steigenden Arbeitskosten umzugehen, ist der, bei den Kosten zu kürzen, die am schnellsten steigen. Die Sozial- und Versicherungsleistungen sind weit schneller gestiegen als die Lohnkosten. Folglich gewähren die Arbeitgeber diese Leistungen jetzt weniger Mitarbeitern. Im letzten Jahrzehnt ist der Anteil der Arbeiter, die Zuschüsse zur Kranken- oder Rentenversicherung erhalten, drastisch gesunken. Dazu haben die Arbeitgeber den Versicherungsschutz wo eben möglich abgebaut, indem sie die Zuschüsse gekürzt, mehr Teilzeitbeschäftigte mit geringen oder gar keinen Versicherungsleistungen eingestellt und Arbeit an kleine Firmen ausgelagert haben, deren Zuschüsse begrenzt sind. Die Bank of America hat ihre Kassierer komplett von Voll- auf Teilzeit umgestellt, um flexibler zu werden und die Lohnnebenkosten einer Ganztagsbeschäftigung zu senken, die für viele Teilzeitkräfte attraktiv ist.

Die Fremdbeschaffung hat in den letzten zehn Jahren stark zugenommen, nicht nur als Werkzeug zur Einsparung von Lohnnebenkosten, sondern auch als eine grundlegend andere Organisationsform. Die Zeitarbeitsbranche – Manpower, Kelly, Interim, Olsten u. a. – beschäftigt als Branche insgesamt etwa 2 Prozent der Erwerbskräfte. Nach dem Abschwung 1990–1992 sorgte diese Branche jedoch für fast 20 Prozent der neuen Arbeitsplätze (netto). Branchenführer wie Ray Marcy, Chef von Interim Services, glauben, daß Interim und andere Firmen, statt Zeitarbeitskräfte zu vermitteln, in der Zukunft die gesamte Beschäftigungsfunktion für ihre Kunden regeln werden. Erste Anzeichen dafür sind bereits vorhanden. Pitney Bowes macht fast eine Milliarde Dollar mit einer Dienstleistung für große Unternehmen, bei der Logistik, Ausrüstung und der Postverkehr extern betreut werden. Pitney Bowes seinerseits hat einen Vertrag mit Interim geschlossen, die Personalseite dieses Geschäfts abzuwickeln. In der Krankenversicherung sind die Versicherungsgesellschaften der Meinung, daß die Milliarden Forderungen, die sie bekommen, zuviel für sie sind, und sie geben wie wild Arbeit nach draußen an Electronic Data Systems oder First Data Corporation ab, die Scheckbearbeitung an die Chase Manhattan Bank, ja sogar Arbeit an die Caribbean Data Systems-Gruppe der American Airlines, deren Billiglohn-Angestellte in der Karibik die Daten für Ihr Flugticket und für Ihre Versicherungsansprüche eingeben. Diese Beziehungsnetze werden durch Technologie vermittelt und erlauben den Gesellschaften, sich auf ihre eigentlichen Stärken und den Kundendienst zu konzentrieren.

Neue Technologien haben den einzelnen auch am Arbeitsplatz tangiert. Die Technologie ermöglicht den Arbeitern, etwas zu tun, was sie in der Vergangenheit selbst nicht hätten tun können, was weniger eine technologische Revolution als eine geistige Verschiebung für Arbeiter wie Manager ist, ein Durchbruch im Lernprozeß, wie sich Technologie und Arbeiter integrieren lassen. Nicht nur die Arbeit an sich ändert sich, auch die Erfahrungen der einzelnen Arbeiter und Arbeitsteams. Das »Immer-und-überall-Büro«, das Stan Davis 1987 in seinem Buch *Future Perfect: A Startling Vision of the Future We Should Be Managing Now* prophezeite, ist heute in vielen Unternehmen Wirklichkeit. Und die neuen Instrumente ermöglichen den Firmen, Betriebsverfahren auf der Grundlage neuer Annahmen darüber zu ändern, wo die Arbeit erledigt werden kann, mit welchem Grad an Schwierigkeit die einzelnen Arbeiter fertigwerden und wo innerhalb der Organisation Entscheidungen getroffen werden. Neue Instrumente erleichtern neue Aufgaben, die dann neue Eigenschaften verlangen. Tausende von Mitarbeitern im Außen- und Kundendienst in den verschiedensten Branchen benutzen z. B. inzwischen tragbare Computer oder spezielle Informationsgeräte, um Vorgänge zu erfassen, Zugang zu Daten zu erhalten, Entscheidungen vor Ort zu erleichtern und die Ergebnisse ihrer Arbeit an das Firmenbüro, die Fabrik oder das Vertriebszentrum zu übermitteln.

Verkaufen war einmal etwas sehr Personenbezogenes und erfolgte auf der Grundlage persönlicher Beziehungen im Rahmen vorgegebener Verfahren und Preisspannen. Heute können Außendienstprofis ihr eigener Finanzanalyst sein. Mit einem PC, entsprechender Software und unternehmenswirtschaftlichen Modellen können sie beim Kunden augenblicklich alternative Preisangebote, verkaufsfördernde Maßnahmen und Liefertermine abrufen. Das erlaubt Käufer und Verkäufer, für beide Seiten vorteilhafte Geschäfte abzuschließen, die weit komplizierter und exakter sind als sie früher hätten sein können – und das alles sehr viel schneller. Die Ergebnisse des Verkaufsgesprächs können an die Firma übermittelt werden, wo sie in die Produktionspläne, die Versandplanung und die Systeme zur Umsatzüberwachung eingehen.

Die Kombination dieser Veränderungen wirkt sich auf den einzelnen auf mehrere Arten aus. Die Änderungen im Verhalten des einzelnen lassen sich wie folgt charakterisieren:

Harte Arbeit gegen Hypereffektivität

Der Erstkurven-Beschäftigte ist ein hart arbeitender, motivierter, gestreßter Angestellter – das Erfolgsmodell aus viel Zeit, Produktivität und guten Ergebnissen durch Energie, Zeit und Können.

Die zweite Kurve hat mit hypereffektiven Angestellten zu tun. Führende Softwarehersteller schätzen, daß der Produktivitätsunterschied zwischen den besten und schlechtesten Programmierern den Faktor 50 hat. Das spiegelt letztlich die Tatsache, daß das Schreiben codierter Zeilen nicht der Endpunkt ist, an dem man die Softwareproduktivität messen sollte. Es geht darum, wie schnell ein einzelner oder ein Team ein funktionierendes Produkt herstellen kann, das effektiv und genau läuft und nur wenige Fehler hat. Das beste Beispiel dafür ist vielleicht Hubert Lipinski, ein ehemaliger Kollege am Institut für die Zukunft, der nach seinem Weggang Mitbegründer der späteren Firma CC Mail wurde, heute eine Sparte von Lotus, ein internationaler Unternehmensbereich von IBM. Hubert notierte sich im Grunde im Kopf Objektprogramme, noch bevor es den Begriff gab, und konnte gedanklich viele Codezeilen zu kleinen Objekten verknüpfen, die man auf bestimmte Subroutinen anwenden konnte, wenn man den ursprünglichen Quellcode hinschrieb, der am Ende das CC Mail-Produkt wurde. Hubert ist ein außergewöhnlicher Mensch, aber typisch für viele der großen Softwaregenies, die in ihrem Kopf enorme Mengen komplexer Zusammenhänge speichern können und offenbar großen Spaß daran haben, einen elegant geschriebenen Code zu erstellen, der problemlos funktioniert.

Dank der Entwicklung von CASE-Tools (computer-aided software engineering) braucht man kein solches Genie, um einen Softwarecode zu schreiben. Objektprogramme und alle vorhandenen und noch kommenden Softwaretools verprechen, daß die Produktivität der Softwareentwicklung sich mit der Zeit drastisch verbessert. Trotzdem wird es nach wie vor so sein, daß bestimmte Leute mit diesen Tools weit besser umgehen können als andere, und der Unterschied beim Ergebnis, vorausgesetzt diese Tools sind für das Anordnen von Symbolen, wird einigen Arbeitern die Eigenschaften eines Meisters verleihen. Das Organisieren in der Umgebung eines Meisters unterscheidet sich erheblich von dem in einem hierarchischen System. Ein Sinfonieorchester von 15 000 Mann ist konzeptionell einem Orchester von 100 Mann nicht unbedingt überlegen.

Sicherheit gegen Unsicherheit

Das Schöne an der ersten Kurve ist, daß sie recht sicher ist. Dort bekommt man sein Geld, dort hat man eine sichere Arbeit, sein Büro, dort sind der Platz, die Menschen und das Unternehmen, zu denen man gehört. Sie ist das, was Sie wissen, was Sie sich zutrauen, was Sie glauben, täglich liefern zu können. Die zweite Kurve ist unsicher. Es ist nicht klar, ob das, was man tut, richtig ist. Die zweite Kurve ist etwas unheimlich, weil es nicht um einen klaren Wechsel geht, um verschiedene Unternehmensprozesse, die man in Angriff nehmen sollte. Es ist eine sehr schwierige Veränderung. Warum sollte jemand gehen? Warum sollte jemand die Sicherheit der ersten Kurve zugunsten der zweiten aufgeben? Das ist das zentrale Problem bei der zweiten Kurve.

Der Grund ist, daß die Sicherheit der ersten Kurve trügt. Es ist ein Gefühl, daß nur, weil es jetzt gut geht, das nicht bedeutet, daß es immer so bleibt. Und grundsätzlich ist die psychologische Seite der zweiten Kurve vielleicht der schwierigste Bereich des Managements. Die Generation des Babybooms wird älter, und wir werden immer risikoscheuer. Wir sind nicht mehr die Marihuana rauchenden ungebundenen Gestalten von einst, die keinem über dreißig trauten. Die Amerikaner setzen um die Mitte herum Fett an, demographisch wie körperlich. Die Zahl der 45- bis 55jährigen wird sich in den USA zwischen 1990 und 2010 verdoppeln, wenn der Babyboom wie ein Schwein durch eine Anakonda wandert. Das verschiebt die Einstellung der Nation von der Risikobereitschaft zur Risikoscheu, von der Begrüßung des Neuen zum Bedürfnis zu bewahren, aufrechtzuerhalten und sich auf die Verantwortlichkeiten der mittleren bis späteren Jahre vorzubereiten. Viele Angehörige des Babybooms sehen sich einer Bedrohung durch massiv kreditfinanzierte Hypotheken, eine hochgradig aggressive Arbeitssituation und die Aussicht auf einen dreifachen Horror gegenüber: die Ausbildung der Kinder rückt bedrohlich näher, die Eltern sitzen in Altenheimen und haben nicht genügend Ersparnisse für eine Langzeitpflege *und* eine Horde Unternehmensberater will Montag in einer Woche ihre Firma aufsuchen.

Ängste dieser Art verstärken die Schwierigkeit, die viele Mittelstandsarbeiter mittleren Alters beim Umgang mit der zweiten Kurve haben. Es ist um einiges leichter, als Angehöriger irgendeiner anderen Generation über die zweite Kurve auf dem laufenden zu sein, denn als mittelständischer Angehöriger der Babyboom-Generation. Es ist etwas anderes, wenn man 45 ist, der Babyboom-Generation angehört, für eines der 500 größten Unternehmen der USA arbeitet und womöglich von irgendwelchen Freaks bei Netscape verheizt wird. Und so wird die psychologische Seite der zweiten Kurve für Manager in den nächsten zehn Jahren zu einer großen Herausforderung: Wie soll man inmitten besorgter, alternder und anfälliger, mittelalter Babyboom-Arbeiter den Gedanken propagieren, daß ihre Organisationen sich ändern müssen, wenn sie diesen neuen Herausforderungen begegnen wollen?

Als ich im Sommer 1995 in China war, habe ich oft an meine Kinder gedacht. Sie sind neun bzw. elf Jahre alt. Ich dachte an die Welt, in der sie sich bewähren müssen, bewähren gegen die Studenten von Professor Chen von der Universität Peking; ich dachte daran, wie sie vielleicht dem Lebensstil und der Art von Arbeit und Verantwortung nacheifern könnten, die zu erreichen uns in einer Welt gelungen war, in der es weniger global und weniger aggressiv zugegangen ist. Dann kam ich nach Hause und war beruhigt, weil sie neugierig sind, begabt und gescheit. Sie werden einen Weg finden, so hoffe ich, vielleicht mit ein bißchen Hilfe von den Eltern, damit sie sich im 21. Jahrhundert behaupten können. Aber unsere Kinder und wir werden sehr behutsam und sehr eifrig sein müssen, wenn wir lernen und nach der zweiten Kurve suchen. Bis dahin ist es etwas beängstigend, wenn man daran denkt, wie man im Sinn eines Übergangs von der ersten zur zweiten Kurve den richtigen Berufsweg einschlägt.

Aktueller gegen künftigen Berufsweg

Die zweite Kurve ist ein wenig unheimlich. Wenn man sie auf sich zukommen sieht, weiß man, sie kann große Chancen bergen, aber egal wie viele Gelegenheiten man in dieser aufkommenden zweiten Kurve sieht, sie ist nach wie vor fremd und neu, und sie kann Angst einflößen. Der Umgang mit der zweiten Kurve ist für Manager wie Angestellte gleichermaßen hart. Alberto Vitale, Chef von Random House, sagte dazu, *Jetzt hat jeder zwei Jobs.* Man muß an seiner Zweitkurven-Karriere arbeiten, obwohl man noch in der ersten steckt.

Der Manger hat dieses unangenehme Gefühl in der Magengegend. *Ist das wirklich eine zweite Kurve? Haben wir wirklich, was man braucht, um es zu schaffen? Bin ich der richtige Führer für die zweite Kurve? Was wird, wenn wir scheitern – aus der Firma, und aus mir?* Mit einem Wort, die zweite Kurve stellt Führungsqualitäten auf die Probe und verlangt Weitsicht, Überzeugungskraft und Mut. Man muß ganz cool sein und ein bißchen verrückt. Den Angestellten bringt die zweite Kurve neuen Druck. *Wie kann ich meine umstrukturierte Arbeit tun und dennoch an der zweiten Kurve partizipieren? Was erwartet man von mir? Kann ich das leisten? Passe ich da hinein?* Die Angestellten müssen herausgefordert und gleichzeitig beruhigt werden. Der Druck ist für die Babyboom-Angehörigen mittleren Alters mit familiären Verpflichtungen besonders hoch.

Aber dieser Druck – auf Manager oder Arbeiter – sollte nicht zu Verzweiflung führen. Alles Wachstum – privat, beruflich, finanziell – erfolgt auf der zweiten Kurve. Mit etwas Glück und einer guten Portion gesundem Menschenverstand werden Sie zu den Gewinnern gehören. Und in diesem Sinn hier einige Tips, wie man die Zweitkurven-Karriere angeht:

Bauen Sie auf dem auf, was Sie haben. Es ist schön, sich selbst neu zu entdecken, aber bauen Sie Ihre neue Karriere auf bestehenden Interessen und Fähigkeiten auf. Stellen Sie die Verbindung zur zweiten Kurve mittels einer oder mehrerer Ihrer aktuellen Stärken her.

Holen Sie das Zweitkurven-Modell nach Hause. Wenn Sie verheiratet sind, einen Partner oder sonst einen für Sie wichtigen Menschen haben, bietet sich Ihnen eine Möglichkeit, es im Team mit der zweiten Kurve zu versuchen. Heimarbeit. Zweitkurven-Gründung. Die ausgefallene neue Aufgabe.

Hören Sie auf Nike. Manchmal ist *Just Do It* (Der Werbeslogan von Nike) der beste Rat. Kein Mensch weiß genau, wie die zweite Kurve in Ihrer Branche verlaufen wird. Achten Sie auf die in diesem Buch beschriebenen Zeichen und Signale, und dann »just do it«.

Glaube und Treue gegen Hoffnung und Mut

Die Schlüsseleigenschaften eines Erstkurven-Erfolgs sind Glaube und Treue. Der Glaube, daß das Unternehmen an Produkten und Dienstleistungen das liefern kann, was es zusagt, und Treue zur Organisation. Bei der zweiten Kurve geht es um Hoffnung und ganz sicher auch um Mut. Die zweite Kurve ist eine etwas unheimliche Angelegenheit, weil, wie bereits dargelegt, reichlich Unsicherheit herrscht und die Technologie, Infrastruktur und Unbeständigkeit der Märkte den Glauben der Menschen an sich selbst und die Zukunft strapazieren.

Lektionen zum Lernen

Wir können einiges über die Welt gemäß zwei Kurven lernen:

Betrachten sie die zweite Kurve nicht irrtümlich als eine geordnete neue Welt

Die zweite Kurve ist der Wilde Westen. Sie ist die Grenze. Sie ist der Wechselbereich. Und das heißt, daß man nicht darauf bauen kann, den Apparat, die Einrichtungen oder die Sicherheit der ersten Kurve zu haben. Der größte Fehler, den man machen kann, ist anzunehmen, die zweite Kurve sei wie die erste, nur an einem anderen Ort: So wie McDonald, nur mit gutem Essen.

Wie und wann diese Veränderungen eintreten, ist völlig ungewiß

Das Gemeine an der Zukunft ist, daß sie sich nicht voraussagen läßt. Wir können systematischer als die meisten anderen Menschen über das nachdenken, was uns erwartet, aber weil die Zukunft noch nicht eingetreten ist, wissen wir nicht, was geschehen wird, und eine Menge hängt von den Entscheidungen und Handlungen wichtiger Einzelpersonen ab. Aus diesem Grund arbeitet das Institut für die Zukunft als eine Einrichtung, die Menschen helfen will, längerfristig zu denken, mit Entscheidungsträgern, um ihnen zu helfen, ihren Entscheidungen *Gestalt zu geben*, nicht unbedingt um ihnen Voraussagen über das zu geben, was geschehen wird, egal was, denn dieses Egal-was ist einfach nicht fest umrissen.

Aber es gibt einige Egal-was, demographisch gesehen. Wir werden jeweils um ein Jahr älter. Wir können einige ganz kluge Voraussagen darüber machen, wie der demographische Aufbau nach fünf oder zehn Jahren aussieht. Bei einem Zeitraum von 30 Jahren sind die Voraussagen etwas ungenauer, denn man kann einige entscheidende Veränderungen verpassen, wie etwa die Veränderung der Fruchtbarkeitsziffer, zu der es 1968 in den USA kam, als die vereinten Auswirkungen der Beatles und der Pille die Geburtenrate in Amerika drastisch änderten.

Die Menschen neigen dazu, die Auswirkungen einer Veränderung kurzfristig zu überschätzen und langfristig zu unterschätzen

Wir haben nun einmal dieses grundlegende Problem: Wir plustern Veränderungen in bestimmten Bereichen auf und bagatellisieren sie in anderen. Das Internet ist ein Paradebeispiel dafür. Man könnte glauben, daß ganz Amerika nachts im Net surft, und kein Mensch mehr fernsieht und sich auch keine Videos mehr ansieht und nicht mehr gemeinsam mit der Familie ißt. Das Internet ist zweifellos ein Phänomen, das sich rasant ausbreitet, aber es hat doch noch nicht alle von uns erfaßt. Die Leute lesen Bücher. Die Leute haben nur soviel Zeit am

Tag, und die Zeit wird so knapp, daß sie die Veränderungen begrenzt, die von all den Marktschreiern für möglich gehalten werden. In einer Welt miteinander konkurrierender Ansprüche von Büchern, dem Internet und Filmen wird es sicher Wachstum im Internet geben, aber es werden keine anderen Kanäle ausgemerzt. Nur weil Surfen im Internet etwas Unwiderstehliches ist, heißt das noch nicht, daß es meine Nutzenfunktion derart beherrscht, daß ich nichts anderes mehr tue. Sucht ist ein Marketingmodell. Es ist ein starkes Modell, aber den meisten von uns gelingt es trotz aller Mängel, die Sucht in uns zu überwinden und einen Anschein von Ausgewogenheit in unserem Leben zu wahren.

Gründen sie die Zukunft auf Informationen über die Gegenwart

Wenn man über die Welt der zweiten Kurve und die mit ihr verbundenen Ängste nachdenkt, ist es letztlich entscheidend zu verstehen, was im Hier und Jetzt vor sich geht. Es gibt eine Beschreibung der Zukunft (sie wird »Goose« Gossage zugeschrieben, dem ehemaligen Werfer der New York Yankees), die lautet: *Die Zukunft ist im wesentlichen so wie die Gegenwart, nur länger.* Da ist etwas Wahres dran: Wenn man einen Blick auf die dahinstürmende Geschichte wirft, stellt man fest, daß die Zukunft im Denken vieler Menschen wahnsinnig komprimiert wird. Sie neigen zu der Annahme, daß in weiter Ferne liegende Phänomene in Wirklichkeit viel näher sind als sie scheinen. Mein Kollege Paul Saffo vom Institut für die Zukunft sagt dazu: »Man sollte niemals gute Sicht mit kurzer Entfernung verwechseln.«

Kapitel 4
Die neue Technologie: Schneller, besser, billiger

Technologie spielt bei der Schaffung einer zweiten Kurve eine so entscheidende Rolle, daß es sie ohne wahrscheinlich gar nicht gäbe. Aber es ist wichtig, die Dinge richtig zu gewichten und sich nicht von dem Gedanken überwältigen zu lassen, als sei die Technologie die Ursache des Wandels oder bestimme gar dessen genaue Richtung und Tempo. Tatsächlich ermöglicht die Technologie Veränderungen und verstärkt auch deren Richtung. Die Richtung von Veränderungen wird nicht durch die Technologie bestimmt; in vielen Fällen wird sie durch Entscheidungen vorgegeben – Entscheidungen von Einzelpersonen, Unternehmen oder auch Regierungen. Neue Technologien können die zweite Kurve auf zwei Arten antreiben. Sie schaffen zweite Kurven in den Branchen, die sie entwickeln, und sie ermöglichen die Veränderungen, die zweite Kurven in den Unternehmen und Branchen hervorbringen, die sie anwenden. Ein Beispiel für den ersten Fall ist der Schritt vom Großrechner zum PC in der Computerindustrie, für den zweiten Fall die Wirkung, die vernetzte Computer darauf haben, wie Einzelhändler sich organisieren oder Banken arbeiten.

Die zweite Kurve kann zu sämtlichen Technologien kommen, aber die Innovationen vor allem in den Bereichen Informations- und Kommunikationstechnologie wirken sich auf fast jede wirtschaftliche Tätigkeit aus und treiben die zweite Kurve auf eine besondere Art voran.

Guter Betrieb, gute Betreiber: Die Leistung der Technologie

In der Technologie von heute ist Leistung das Zauberwort. Was Computer heute können, davon ahnte ein Computerfreak vor zehn Jahren kaum etwas, und die Liste dessen, was man mit einem Computer machen kann, wird erstaunlich schnell länger. Die Fortschritte sind umso eindrucksvoller, wenn man sie im Gesamtzusammenhang sieht.

Eine der großen technologischen Veränderungen seit dem Zweiten Weltkrieg ist das Aufkommen der Festkörperelektronik und des Mikroprozessors. Gordon Moore, einer der Väter des Halbleiters und der Computerindustrie, stellte das Mooresche Gesetz auf, ein bemerkenswerter Vorgriff auf die Möglichkeiten der Informationstechnologie. Es besagt im wesentlichen, daß die Zahl der Transistoren pro Chip sich alle 18 Monate verdoppelt – ein gewaltiger Anstieg der vorhandenen Leistung, der die Anwendungen der Informationstechnologie auf allen Gebieten vorantreiben konnte. Ähnlich gab es auch in anderen sich parallel entwickelnden Technologien (etwa bei optischen Speichern, relationalen Datenbanken, Netzreglern u. a.) enorme Sprünge bei der Leistungsfähigkeit der Computer. Einfach ausgedrückt, bekommen wir kleinere Geräte mit mehr Leistung zu geringeren Preisen, und dank der Innovation bei der Kommunikation sind diese Geräte besser verbunden, kompatibler und mobiler denn je.

Man könnte sich leicht in all dieser Leistung verlieren und einfach so bei den eindrucksvollen Zahlen verweilen, wie man ein Kunstwerk betrachtet (denn das ist es in mancher Hinsicht), aber natürlich steckt noch mehr dahinter. Das entscheidende an all dieser Leistung ist, was sie kann, und die Antwort lautet: eine Menge. Sie hat alle erdenklichen Das-hätte-ich-nie-für-möglich-gehalten-Dinge möglich gemacht, Dinge, die für fast jeden von uns bis in die eigenen vier Wände drangen. Als ich z. B. Anfang der 70er Jahre an der Universität Edinburgh studierte, war die Arbeit im Computerzentrum – so fortschrittlich sie damals war – eine einzige Qual. Man tippte mehrere Anweisungen auf einer Lochkartenmaschine ein, eine Karte pro Befehlszeile; dann überließ man die Karten einem Kartenleser, der sie schubweise abarbeitete. Es war mühselig, den Kartenstapel einzugeben: man nahm die Karten, legte sie in einen kleinen Korb und kam ein oder zwei Tage später wieder, denn als kleiner Student hatte man in der Welt der Computer einen geringen Stand. Man kam also nach zwei Tagen wieder vorbei und holte das Ergebnis ab, nur um festzustellen, daß man sich auf der ersten oder zweiten Karte des 50er-Stapels vertippt hatte, so daß man den Tränen nahe war oder zumindest in der Stimmung, etwas früher als gewöhnlich in die Kneipe zu gehen. Computer waren ausgesprochen benutzerfeindlich. Sie schienen nirgendwo eine Hilfe zu sein und machten das Verfahren obendrein umständlich.

Man vergleiche die Rechenleistung in jener Umgebung (von der übrigen Umgebung ganz zu schweigen) mit dem Macintosh, der auf meinem Schreibtisch steht, ein PowerBook Duo. Wenn ich morgens ins Büro gehe und ihn anstelle (oder wenn ich, was öfter vorkommt, mich von einem Hotelzimmer einwähle), habe ich nicht nur Zugang zu unserer E-Mail und den Servern und kann mit meinen Kollegen kommunizieren; nur ein Tastendruck entfernt ist das Internet und alle Menschen auf dem Planeten, mit denen man seine Zeit vergeuden kann. Das ist ein ziemlich starker Wandel in einer relativ kurzen Zeit.

Dieser enorme Leistungsanstieg der Computer hat neue Dinge ermöglicht und tut es weiterhin. Er liefert z. B. weitere Arten zum Dialog mit dem Computer. Wir sind nicht mehr auf Tastatur und Touchscreen begrenzt; Computer verstehen inzwischen auch gesprochene Befehle. Die Leistungssteigerung hat auch umfangreiche Datenverarbeitung auf den Schreibtisch und in die Aktentasche gebracht, die vor zwanzig Jahren noch unvorstellbar war. Und das alles ist nicht nur möglich, es ist auch vorhanden. Mark Weiser von Xerox PARC spricht von »allgegenwärtigem Rechnen« – Computer sind so billig geworden, daß man sie überallhin mitnehmen kann. Beinahe wie Papier und Bleistift haben die Computer selbst kaum noch einen Wert; vielleicht bewegen wir uns demnächst in einer Welt, in der die Geräte praktisch kostenlos zur Verfügung stehen, so wie heute die Mobiltelefone. Ein einfaches Beispiel ist die Weihnachtskarte – oder die Absolut Wodka-Werbung mit einer Wodkaflasche –, die singt, dank einem Chip und einem kleinen Lautsprecher, der so billig ist, daß man ihn wegwerfen kann.

Minitel aus Frankreich ist ein weiteres Beispiel. Die französische Regierung war der Meinung, Computer seien so billig geworden, daß man mit ihnen das Telefonbuch ersetzen und eine elektronische Plattform für andere Dienstleistungen ins Leben rufen könnte (und gleichzeitig eine neue französische Branche, die diese Geräte herstellte). Die Idee des Minitel-Systems wurde durchgezogen; sie hat zwar viele französische Haushalte computerkundig gemacht, sich aber bis zu einem gewissen Grad hinter einem technologischen Standard verschanzt, der etwas überholt ist.

Das Minitel-Terminal sieht altmodisch aus, der Bildschirm ist unscharf, das Keyboard klein und schlecht zu benutzen, und viele halten den Bildschirm für langsam und die Menüs für schwerverständlich. Aber trotz alledem ist Minitel nach zwölf Jahren zu einem Bestandteil des französischen Alltagslebens geworden. Und das mit gutem Grund: der Service ist umfassend und betreut 6,5 Millionen Terminals, die von 14,4 Millionen Menschen benutzt werden, knapp einem Drittel der erwachsenen Bevölkerung, Männer und Frauen, Stadt- und Landbewohner fast gleichstark vertreten, wobei die größte Benutzergruppe die Erwachsenen mittleren Alters sind. 1994 erreichte der Umsatz 6,6 Milliarden Francs (1,2 Milliarden $) gegenüber nur 582 Millionen $ für CompuServe, Amerikas beliebtestem kommerziellen Online-Dienst. Die meisten Dienstleistungen des Netzwerks werden nicht subventioniert, nur das Netzwerk selbst. France Telecom hat so viele Geräte ausgegeben, daß man frühestens für 1996 mit einer Amortisierung der Investitionen rechnet.

In den Anfängen waren die Hauptstützen von Minitel trotz fehlendem Ton und schlechter Bildqualität Spiele und Sex (die sogenannten *services bleus)*, die die Menschen mit dem System vertraut machten und ihnen die Benutzung beibrachten. Seit 1991 ist diese Gattung von 22 Prozent des Gesamtangebots (das Banking, Tourismus und offizielle Lokalinformationen umfaßt, nicht jedoch Adressenauskünfte) auf 14 Prozent zurückgegangen.

Heute sind die beliebtesten Dienstleistungen von Minitel die, die

Auskünfte bieten; das System umfaßt 24 600 Dienstleistungen, die von über 10 000 Firmen vermittelt werden. Fast ein Fünftel der Konteninhaber von Crédit Commercial de France, einer mittelgroßen französischen Bank, benutzen ihr Minitel für Bankgeschäfte. Und die französische Eisenbahn SNCF erhält jährlich 24 Millionen Anfragen, überwiegend nach Abfahrtszeiten und Strecken. Diese Servicevermittler nahmen 1994 3,1 Milliarden Francs Tantiemen auf die von France Telecom erhobenen Telefongebühren ein. 1994 führte Minitel ein Modell ein, das Kreditkarten lesen kann. Außerdem arbeitet das Unternehmen an Modellen, die Daten mit größerer Geschwindigkeit senden und empfangen können.

Zunehmend gibt es überall Computer, die alles tun und unsere Art zu leben und zu arbeiten ändern. Und die beiden technologischen Bereiche, die uns am stärksten tangieren, sind Information und Kommunikation.

Alles, was Sie schon immer über Informationstechnologie wissen wollten

All diese Innovationen und die Möglichkeiten, die sie bieten, wirken sich zwangsläufig darauf aus, wie wir über den Umgang mit Informationen denken, im Geschäft wie daheim.

Zuerst das Geschäft. In alter Zeit (es ist erst ein paar Jahre her) bestand ein erheblicher Unterschied zwischen Daten, die online sein mußten, und denen, die abgelegt werden konnten. Die einzigen Daten, die man online hielt, in Echtzeit, waren diejenigen, die man für die Abwicklung des Tagesgeschäfts benötigte, alles andere wurde abgelegt. Doch immer mehr ist fast alles online verfügbar. Die Versicherungsgesellschaft USAA, die ehemalige Militärangehörige der USA betreut, ist ein hervorragendes Beispiel. Vor fünfzehn Jahren ging die Gesellschaft dazu über, die erfaßten Daten im wesentlichen online aufzubereiten, wahrscheinlich bevor die zweite technologische Kurve das zuließ. Sie möchte alle eingehenden Vorgänge und die älteren Unterlagen automatisieren, damit der Sachbearbeiter, wenn der Kunde die USAA anruft, während des Telefonats dank optischer Speicherung und moderner Computer alle Kundendaten auf den Bildschirm holen kann. Das ist eine ziemlich eindrucksvolle Leistung, wenn man die Unmengen von Vorgängen und Informationen bedenkt, die bei Versicherungen anfallen.

Großunternehmen sind nicht die einzigen, die sich die Leistungsfähigkeit der Computer zunutze machen, um Daten abzurufen; auch Einzelpersonen tun das. Ich saß bei einem Flug einmal neben einem Anwalt, der für eine große Kanzlei in New Orleans arbeitete. Er hatte beschlossen, an einem ruhigen und gesunden Ort zu wohnen, und war nach Boulder, Colorado, gezogen. Dort richtete er sein Büro ein, betreute aber weiterhin seine weltweit anspruchsvollen Klienten auf seinem Spezialgebiet. Er war deshalb sehr früh (Mitte der 80er Jahre) dazu übergegangen, praktisch jeden Korrespondenzvorgang online greifbar zu haben. Alles – jeder Brief, den er geschrieben und erhalten hat – wurde online gespeichert. Das Ergebnis? Beeindruckend. Wenn ein Klient anruft, hat dieser Anwalt auf Knopfdruck sämtliche Unterlagen zur Verfügung, die mit diesem Klienten zu tun haben. Und das gilt nicht nur für seine Klienten, sondern auch für seine Bekannten. Das System eröffnet ihm enorme Möglichkeiten, die ohne die Leistungsfähigkeit der heutigen Technologie undenkbar wären.

Die Leistungsfähigkeit der Informationstechnologie bietet großen wie kleinen Firmen praktisch aller Branchen neue Wege sich zu betätigen. Der alte Einwand, »das können wir nicht machen, wir sind zu klein«, gilt in vielen Fällen nicht mehr. Die grundlegenden Bausteine einer globalen Unternehmung sind PCs, nicht Großrechner, die Millionen kosten. Die technologische Leistung, die einem normalen Kleinunternehmen zur Verfügung steht, bietet zunehmend die verschiedensten neuen Möglichkeiten: für neue Produkte, neue Dienstleistungen und, im größeren Rahmen, für ganz neue Branchen, die sich den Unternehmen auftun.

Sprich mit mir, Liebling: Kommunikationstechnologie

Dank der Mikroprozessoren haben wir also jetzt diese unglaublich leistungsstarken Computer. Wir haben PCs und eine dezentralisierte Umgebung. Aber inzwischen tut sich etwas bei der Kommunikation, etwas richtig Großes. Die Erfindungen und Neuerungen in der Kommunikationstechnologie haben die PCs von fast simplen Imitationen einer Schreibmaschine zu aufregenden neuen Betriebsplattformen gemacht. Und wie Paul Saffo betont hat, ist das wichtige immer weniger der Computer selbst, sondern das, womit er verbunden ist.

Die Technologien, die der Entwicklung der Kommunikation zugrunde liegen, sind zahlreich und vielfältig und umfassen Trends wie diese:

- Kommunikationslaser, Glasfaser und große rechnergesteuerte Vermittlungssysteme, die gemeinsam die Geschwindigkeit und Kapazität des Telefonnetzes steigern;
- Technologien zur Datenkompression, die ermöglichen, aus bestehenden Netzen mehr herauszuholen, indem diese Infrastrukturen für Anwendungen mit ansonsten hoher Bandbreite (Grafiken, Videoclips und Videos mit Vollbewegung) genutzt werden, so daß man keine neuen Infrastrukturen wie Glasfaser installieren muß.
- Sogenannte ATM-Technologien (asynchroner Transfermodus), die zwei einfache verdrillte Telefonkabel annäherungsweise in ein Glasfaser- oder Koaxialkabelnetz mit hoher Bandbreite umwandeln können.

So weit sind wir noch nicht, aber derartige Fortschritte in der Datenkompression und leistungsfähigere Mechanismen für die Nutzung computerisierter Kommunikationsnetze deuten doch auf die Möglichkeit einer enormen Expansion bei den höheren Bandbreiten, wo früher nur geringere Bandbreiten möglich waren, ohne daß man gleich überall auf der Erde Löcher graben muß – wenngleich für die Teile der Welt, die Gelegenheit haben, ganz neu in die Infrastruktur zu investieren, eine große Bandbreite ein guter Einstieg ist. Die Chinesen z. B. sind im Begriff, mit Hilfe der Hongkong Telecom und einiger anderer

Anbieter zwischen den hochentwickelten Küstenstädten im Osten Chinas ein großes Glasfasernetz zu verlegen. Das wird die Kommunikationskapazität des Landes wesentlich erhöhen. Ähnlich breitet sich die Kommunikation via Mobiltelefon in den Industriestaaten sprunghaft aus und verschafft der niedrigen Bandbreite überall Zugang zu Computern und Kommunikation, indem sie sich drahtloser Technologie bedient, was die Notwendigkeit enormer Investitionen in eine feste Infrastruktur wie das Verlegen von Glasfaserkabeln überflüssig macht. Es läuft offenbar auf folgende Frage hinaus: kann die drahtlose Technologie bei steigender Nachfrage nach Breitbanddiensten die Bedürfnisse einer rasch wachsenden Wirtschaft ausreichend befriedigen?

Das ist ein grundlegendes Problem für jeden, der Telekommunikation bereitzustellen versucht, auch für die chinesische Führung. Einerseits gibt es eine rapide zunehmende Nachfrage nach elementaren telefonischen Dienstleistungen, andererseits das potentielle künftige Wachstum der Breitbanddienste. Wenn man unterstellt, daß drahtlose und Breitbandtechnologie nicht vereinbar sind, wird es interessant, wie dieses Problem gelöst wird.

Was wird denen als nächstes einfallen?

Die Kombinationsplatte

Entscheidend ist, daß die erhöhte Leistungsfähigkeit der Computer Informationen weitgehend verfügbar macht. Und dank der heutigen Kommunikationstechnologie kann sich fast jeder bei jedem zuschalten. Wenn man die Leistung der heutigen Informationstechnologie mit ihren Fähigkeiten kombiniert, scheint nur der Himmel Grenzen zu setzen. Sehen wir es uns an.

Das Internet

Das Internet ist wahrscheinlich das beste Beispiel für die auf die Spitze getriebene Überschneidung von Computer und Kommunikationstechnologie. Auch wenn das Internet selbst vielleicht nicht die Plattform für das gesamte 21. Jahrhundert ist, gibt es uns doch eine frühe Vorstellung davon, wie Netze in Zukunft aussehen könnten. Es wird aufgrund der hinter ihm stehenden Dynamik sicher eine starke Kraft sein, gesellschaftlich und zunehmend auch wirtschaftlich. Das Internet berührt weltweit in dem Maß immer mehr Haushalte, wie wir uns von einem Phänomen, das einmal ausschließlich die Domäne verschworener Technikfreaks war, hin zu einem eher allgemeinen kulturellen Medium bewegen. So ist es auf jeden Fall in den Vereinigten Staaten. Und so wird es auch weltweit mehr und mehr kommen, wenn der Zugang zum Internet durch politische Initiativen von Ländern wie Japan erschwinglicher wird, wo er gegenwärtig noch ziemlich teuer ist – aber wahrscheinlich nicht mehr lange.

Das Internet ist auch ein Vorläufer für neue private Netze. Die Privatnetze der Zukunft werden wahrscheinlich die Haupteigenschaften des Internets von heute vereinen: ein Medienmix – Stimme, Daten, Grafik, Bilder und Clips – und die Softwareanwendungen werden über ein weltweit gefördertes Netz zur Verfügung stehen und eine erstaunliche Informationsfülle bieten. Die aktuellste bevorstehende Anwendung des Internet ist zweifellos das sogenannte Intranet, bei dem die Internet-Tools wie ein internes Betriebssystem benutzt werden, das Kompatibilität bei den Plattformen sowie zwischen den Unternehmenssystemen und dem Internet selbst zuläßt. Zwei noch verbesserungswürdige Bereiche im Internet sind die Sicherheit der Transaktionen (auch wenn an dieser Frage schon intensiv gearbeitet wird) und, was noch wichtiger ist, die redaktionelle Überlagerung, die den Benutzern nicht nur erlaubt zu surfen, sondern ihnen auch die Sicherheit gibt, daß die Suche nach Informationen inhaltlich umfassend und gewissenhaft erfolgt. Trotz all des Theaters um das Surfen gleicht das Stromern durch das Internet gegenwärtig ein bißchen dem Schlendern durch einen aufregenden elektronischen Basar, in dem man auf jeden Fall unterhalten wird, aber nicht genau weiß, was man kauft.

Das Internet stellt ein wichtiges Experiment des Lebens im 21. Jahrhundert dar. Computerleistung, Kommunikationsleistung, zwingende Anwendungen und Anwendbarkeit werden in einer elektronischen Infrastruktur kombiniert, die dem gesamten Planeten zugänglich gemacht wird. Und aus der Verbindung dieser anspruchsvollen Instrumente mit der Bevölkerung ergeben sich neue Anwendungen und Ideen. Das Internet bringt ungeheuer viele Experimente hervor, von denen zwar zahlreiche scheitern werden, aber dennoch ist das Internet als eine Quelle von Zweitkurven-Aktivitäten, – Ideen und – Einsichten sicher unerreicht.

Kundendienst

Bringt man Informationen und Kommunikationstechnologie zusammen, sind die Verbesserungsmöglichkeiten beim Kundendienst gewaltig. Sehen wir uns AT&Ts 1–800-COMPARE an, ein Service für Kleinunternehmer, die die Kosten ihrer gegenwärtigen Telefongesellschaft mit denen eines Wettbewerbers vergleichen möchten – AT&T gegen einen von MCI oder Sprint angebotenen Service. Der Service läuft auf einer Workstation von Silicon Graphics und verwendet ein Datensuchprogramm, das die Telefonate des Betreffenden überprüft und anhand der aktuellen Ferngesprächsdaten eine Vergleichstabelle erstellt. Dann erarbeitet es auf der Stelle eine Kalkulationstabelle, die dem Kunden sagt, ob er bei einem Wechsel der Gesellschaft bei Ferngesprächen Geld sparen würde – das alles online –, während der Kunde am Telefon ist. Ein recht bemerkenswerter Einsatz von Informationen und Technologie: Man sollte meinen, daß die Telefonaufzeichnungen von AT&T vom Echtzeit-Direktmarketing her nicht besonders wertvoll sind, doch dank der heutigen Datensuchtechnologie sind sie es. Ein wichtiger Unternehmensfaktor wird ein Marketinginstrument – es ist, als fände man im Abraum einer Goldmine Nuggets.

Fernservice

Fernservice wie Kundendiensttechnologien entstehen aus der kombinierten Leistungsfähigkeit von Kommunikation und Technologie. Man denke an die AT&T-Werbung, in der der Chirurg eine Ferndiagnose stellt. Obwohl Telemedizin sich seit langem abzeichnet und richtig erst noch eingesetzt werden muß (manch einer wird sagen, wir brauchen keine chirurgischen Roboter, wir haben jetzt schon zu viele), gibt es Situationen, die Fernservicetechnologie erfordern. Bei großen körperlichen Beschwerden z. B., fehlenden Spezialkenntnissen oder wenn es schwierig ist, einfach jemanden zu erreichen, der Hilfe braucht, könnten u. U. Technologien erforderlich sein, die den Fernservice unterstützen. Das größte telemedizinische Projekt in den Vereinigten Staaten läuft in texanischen Gefängnissen, in denen 1995 über 2 500 Gefangene telemedizinisch behandelt wurden. Mit Hilfe eines integrierten Computers, den AT&T Global Information Solutions stellte, eines Radiance-Videokonferenzsystems, das Compression Labs Inc. lieferte, sowie speziell entwickelter medizinischer Peripheriegeräte und Kameras betreibt die medizinische Abteilung der University of Texas in Galvestone das einzige Gefängnishospital des Bundesstaates mit Tertiärvorsorge.

Die Notwendigkeit ist selbstverständlich nicht auf das Gebiet der Medizin beschränkt. Denken Sie etwa an einen Flugzeugtechniker im Laufradbogen einer großen Düse, der ein Problem entdeckt und im Handbuch ein bestimmtes Teil nachschlagen möchte; über CD-ROM-Technologie oder Fernzugriff auf eine Rundfunkdatenbank könnten spezielle Informationen, die für die Reparatur wichtig sind, auf ein Sichtgerät geholt werden (einen ein oder zwei Zoll kleinen Fernsehmonitor, der am Helm des Technikers angebracht ist).

Direktmarketing

Die Kombination aus Computer und Kommunikationstechnologie war einer der Schlüsselfaktoren hinter dem Aufkommen des Direktmarketings in den Vereinigten Staaten und weltweit. Desktop publishing und die Schaffung kundenspezifischer Informationen durch das Direktmarketing, Zeitschriften und die Zeitungsbranche haben den Verlegern und Anzeigenkunden ermöglicht, mit hochsegmentierten Informationen einzelne Benutzer anzuvisieren. Die Zeitschriftenwerbung oder ein Brief ist auf mich zugeschnitten, entweder auf der Ebene des Haushalts, über die Postleitzahl oder, was noch spezifischer ist, für mich persönlich als Ergebnis irgendwelcher erklärter Vorlieben, die gesammelt und gespeichert wurden und demjenigen zur Verfügung stehen, der mir die Werbe- oder Briefsendung schickt. Die steigende Leistung der Technologie macht es möglich, nicht nur endlos Listen für diese Instrumente des Direktmarketings zu erstellen, sondern diese Listen auch auf dem laufenden zu halten und sie – vielleicht in der Zukunft – für irgendwelche Geschäfte zwischen Verbrauchern und Listenbenutzern zu verwenden, an die noch kein Mensch gedacht hat. Es ist z. B. durchaus denkbar, in einen Dialog mit diesen Anbietern zu treten, um Zugang zu bestimmten Dienstleistungen über das Internet, interaktive Fernsehprogramme oder Druckangebote auszuhandeln, die mit unterschiedlichem Rabatt (auch gratis) als Gegenleistung für Informationen über die eigenen Kaufgewohnheiten bereitgestellt würden.

Fortschritte in der Technologie werden sich auch auf den bestehenden Berg geschäftlicher Informationen auswirken, der bei Banken und anderen Kreditkartengesellschaften ständig anwächst, die über Sie nicht nur wesentlich mehr wissen als Ihre Mutter, sondern auch einige besondere Vorstellungen darüber haben, wie Sie Ihr Geld ausgeben sollten – genau wie Ihre Mutter.

Persönliche Jeans

Eines der ausgefallensten Beispiele für den Einsatz neuer Technologie sind die persönlichen Jeans von Levi Strauss, Jeans, die nach Ihren Maßen und einer allgemeinen Anprobe speziell für Sie angefertigt werden. Die Sache läuft wie folgt ab: in einem Levi's-Laden werden Ihre Maße genommen und zusammen mit Ihrem Namen in einen Computer eingegeben, der Ihnen dann sagt, welcher von rund 400 Prototypen auf der Grundlage der Levi's 512 Ihren Maßen am nächsten kommt. Sie probieren eine Hose an, um die genauen Maße zu überprüfen – den vermeintlich perfekten Sitz – und wählen dann Blau, gebleicht, Natur, stonewashed oder Weiß. Das System erstellt eine Lagerkennzahl für Ihr persönliches Jeansmodell und übermittelt Ihre Werte an die Levi Strauss-Fabrik, wo mittels einer computergesteuerten Zuschneideanlage die Stücke zugeschnitten, mit einem Strichcode versehen (der in die Kundenkartei aufgenommen wird, so daß Sie mit

Hilfe dieses Codes in Zukunft weitere Jeans bestellen können), gewaschen und genäht werden. Levi's garantiert die Lieferung (an Sie oder den Laden) binnen drei Wochen und betont, daß dieser Termin immer unterschritten wird. Die Jeans sind etwa 12 Prozent teurer als das Normalmodell.

Die von Custom Clothing Technology Corp. of Newton in Massachusetts entwickelte Technologie arbeitet mit Lotus Notes. In den USA bietet Levi's persönliche Jeans in den eigenen Läden und an sechzehn Orten in Kanada an. In London und Belgien laufen Tests, und Levi's hat Japan als künftigen Markt im Auge. Sie sollten schon passen – der neue Verbraucher wird keinen Aufpreis für einen Werbegag zahlen, der nichts bringt.

Die Kleinen gehen auf die Weltmärkte

Für kleine Unternehmen wird es immer leichter, wie die großen zu handeln. Größe und Anspruch sind nicht mehr das Vorrecht der Fortune 500; heute sieht man kleine Unternehmen das tun, was die großen tun: sie agieren auf globaler Basis, werben um Verbraucher, stellen Verbindungen zu anderen Partnern her und partizipieren an der Wertkette. Das Institut für die Zukunft ist ein recht gutes Beispiel. Es ist ein Unternehmen mit rund 30 Vollzeitkräften und hat in letzter Zeit aktiv in der Forschung und Beratung für Firmen in China, Hongkong, Japan, Singapur, Schweden, Frankreich, England, Deutschland, Peru, Kanada, Mexiko und Italien sowie in den gesamten Vereinigten Staaten gearbeitet. Dazu ist das Institut in der Lage, weil es sich verschiedener technologischer Instrumente bedient (Fax, E-Mail, Lotus Notes, Internet, u. a.); vor zwanzig Jahren wäre eine so globale Beratertätigkeit nicht möglich gewesen.

Optische Berechnung

Silicon Graphics (das weiter unten eingehender vorgestellt wird) ist ein Schrittmacher in optischer Berechnung. Viele kennen es als die Firma, die Hollywood mit raffinierten Spezialeffekten versorgt, aber dahinter steckt mehr. Wichtiger ist die Technologie, die diesen Effekten zugrunde liegt, eine hochentwickelte Workstation, die eingerichtet ist auf die schnelle Verarbeitung komplexer Bilder und die Schaffung von Räumen und virtuellen Räumen, wo man sich Informationen auf interessante Art ansehen kann. Wahrscheinlich wird optisches Berechnen in Zukunft der Eckpfeiler des Geschäfts: Mehr komplexe Informationen müssen verarbeitet werden, und führende Unternehmen, die einen Überblick über diese Informationen brauchen, müssen ihn sich über komplexe Grafiken beschaffen. Der Zugang zu Informationen wird zunehmend dem Umkreisen einer Art graphischem Informationsgebirge ähneln, weniger dem Zusammensuchen aus einem einfachen zweidimensionalen Modell. Der Gedanke, komplexe Informationen vierdimensional darzustellen – in den drei räumlichen Dimensionen und der Zeit, damit eine Art animierte Dynamik entsteht –, wird dem Manager des 21. Jahrhunderts die verschiedensten Tools an die Hand geben.

Zweite Kurven: Demnächst in Ihrem Theater

Die leistungsfähige Technologie erzeugt bereits zweite Kurven, und dieser Trend scheint nicht nachzulassen; wir werden im nächsten Jahrzehnt mehr und mehr zweite Kurven erleben. Noch haben wir die Grenzen der Physik nicht erreicht, und wenn überhaupt, stellt das Mooresche Gesetz künftige Kapazitäten hinsichtlich Geschwindigkeit, Leistungsfähigkeit und der Fähigkeit, neue Technologien billiger und für mehr Menschen bereitzustellen, zurückhaltend dar.

Die Frage nach der zweiten Kurve lautet demnach nicht, *ob*, sondern *wann*, und dann *wie schnell*. Die Unbekannten sind die Geschwindigkeit, mit der diese Kurven entstehen, und – was aus praktischer Sicht sehr wichtig ist – wie man erkennen kann, ob eine neue Technologie eine echte Innovation ist oder ein Trugbild.

Die Spreu vom Weizen trennen

Nach Roy Amara, meinem Vorgänger als Präsident des Instituts für die Zukunft, gibt es eine Tendenz, die Auswirkungen von Phänomenen kurzfristig zu überschätzen und langfristig zu unterschätzen. Nirgendwo könnte das eher zutreffen als bei der Technologie. Vielen von uns, vor allem den Amerikanern, ist der Wunsch, die Innovation der Woche als ein das Leben veränderndes Großereignis zu sehen, beinahe angeboren. Man könnte es voreilige Extrapolation nennen, und die besten Beispiele dafür liefern die Schriften und Gedanken der Futuristen der letzten einhundert Jahre, in denen die Möglichkeiten der Technologie fast bis zum Aberwitz getrieben werden – was man den »persönlichen Hubschrauber im Jahr 2000« nennen könnte. Viel von dem Trara um die zweite Kurve ist schlicht Trara, mehr nicht. Viele Leute haben ein Interesse daran, unrealistische Erwartungen hinsichtlich dieser zweiten Kurve zu erzeugen, und es ist für die Manager sehr schwer, sich die zweite Kurve der Technologie vorzustellen. Woher will man denn wirklich wissen, ob dies der Beginn einer bedeutenden Entwicklung ist und nicht Zeitverschwendung?

Es gibt in der Welt der zweiten Kurve aus zahlreichen Gründen zahlreiche Fälle von Verwechslungen. Wir wollen hier versuchen, sie einzuordnen, um etwas Ordnung in dieses Chaos um die zweite Kurve zu bringen.

»Original« und »Kopie«

Was auf den ersten Blick wie zweite Kurven in der Technologie aussieht, ist häufig überhaupt kein Durchbruch, sondern lediglich eine marginale Verbesserung bestehender Technologien. Das findet man oft in der Pharmaindustrie, wo bei Medikamenten häufig zwischen »Original« und »Kopie« unterschieden wird. Das Widersinnige ist natürlich, daß niemand sich hinsetzt, um ein Medikament zu kopieren. Das Bestreben bei zehnjährigen Entwicklungszeiten für ein neues pharmazeutisches Produkt ist selbstverständlich immer, Erster zu werden. Aber weil die Forschung schwierig ist und der Druck besteht, dieses Ziel zu erreichen, wird irgend jemand immer Zweiter. Nicht, daß diejenigen, die einem auf den Fersen sind und als zweite ins Ziel kommen, nichts erreichen oder kein Geld machen. Auch ihre Verbesserungen tragen zu den Innovationen bei, und bis in die jüngste Zeit waren Imitationen wirtschaftlich erfolgreich. Sie erregen nur nicht soviel Aufsehen wie die Originale.

Leider gibt es, nicht einmal andeutungsweise, eine Garantie, daß die echten Originale (technische wie kommerzielle) lange vorher angekündigt würden. Wenn man an die grandiosen Fehlstarts der letzten Jahre denkt, stößt man bei einigen der frühen Innovatoren wie Osborne Computers, Atari und Hayes Modems, die als ihrer Zeit weit voraus bejubelt wurden, nur um wenige Jahre danach wirtschaftlich am Ende zu sein, auf echte Fragezeichen. Es sind nicht nur die Smith Coronas (der Schreibmaschinenhersteller) dieser Welt, die verschwinden. Oft sind es frühe Zweitkurven-Pioniere, die (a) mit dem Tempo der Innovationen nicht Schritt halten können, aus welchen Gründen immer; oder (b) einfach zu früh zu bequem werden – sie sind lediglich etwas früh dran und enden ironischerweise als Erstkurven-Akteure in einer Zweitkurven-Welt.

Die technischen Verlockungen

Ein weiterer Grund dafür, daß etwas, das so aussieht, als würde es eine zweite technologische Kurve werden, es doch nicht wird, liegt darin, daß technologische Innovationen häufig von Leuten kommen, die nicht wirtschaftlich denken. Viele technologische Innovationen haben als Triebkraft, was Robert Oppenheimer mit Blick auf das Manhattan-Projekt »die technischen Verlockungen« nennt: der Impuls für die Innovation geht nicht vom Geld aus, sondern ist Innovation um der Innovation willen. Eine bedeutende Rolle haben diese technischen Verlockungen im Silicon Valley gespielt, wo die Pioniere und Visionäre in die Technologie vernarrt waren, bis sie sich ins Geld vernarrten – wenngleich es zutrifft, daß die Zeit, die es dauert, daß aus einem Technikfreak ein Geldfreak wird, in den letzten Jahren kürzer geworden ist. Siehe Netscape, das weiter unten gewürdigt wird.

Die unendliche Suche nach der besseren Mausefalle

Der Glaube, daß es noch eine bessere Mausefalle geben sollte, auch wenn die vorhandene absolut einwandfrei funktioniert, ist das, was einige Zweitkurven-Schwindler umtreibt. Wenn eine Neuerung anerkannt und bewundert und fast bis zu dem Punkt herausgehoben wird, wo sie mehr gilt als der Markt, wird es schwierig zu entscheiden, was was ist.

Ein gutes Beispiel dafür ist Newsweek Interactive, das unter Inserenten so begehrt war, daß der Platz auf dem interaktiven CD-ROM-Produkt zugeteilt wurde, wenn die Inserenten bereit waren, echten Platz in *Newsweek* zu buchen. Jetzt überlegen Sie sich folgendes: die demographischen Daten für CD-ROM-Versionen von Newsweek Interactive sind gut, aber der Service selbst wird vom Publikum kaum angenommen. Im Moment erfolgt der Verkauf über Kundenbüros von Serviceunternehmen, und kaum jemand benutzt das Produkt wirklich, aber trotzdem hat der Reiz der Innovation – eine lockere Art, *Newsweek* zu lesen – dazu geführt, daß die Inserenten buchstäblich gebettelt haben, in ein Medium aufgenommen zu werden, von dem kein einziges Exemplar ausgeliefert wurde. Es ist widersinnig, in Ordnung, aber auch sehr bezeichnend für das, was die zweite Kurve für die Leute bedeutet: Sobald es um Technologie geht, entsteht ein ungeheurer Druck, ein Zweitkurven-Akteur zu werden, egal ob man dabei etwas verdient oder nicht. Zuerst springen, und dann sehen, ob es sich lohnt.

Stehaufmännchen in der Technologie

Wenn man Zweitkurven-Schwindler enttarnt, stößt man auch auf Technologien, die immer wieder auftauchen, aber nie Fuß fassen. Sie heben nie richtig ab, verschwinden aber auch nie völlig, selbst wenn sie auf dem Markt schon mehrmals gescheitert sind. Ihre Entwickler und Anbieter sehen riesige Märkte, die aber nie Wirklichkeit werden. Warum nicht? Ganz einfach: es besteht kein zwingender Bedarf für sie. Auch wenn die verschrobene Oma gern ein Video-Standfoto ihres neuen Enkels hätte, würden die meisten doch wohl ein Flugticket vorziehen, mit dem sie ihn besuchen könnten. Oder ein schönes scharfes Foto mit der Post. Bildtelefone sind eine Stehaufmännchen-Technologie. Obwohl die Technologie recht viel Beachtung findet, strebt sie doch ständig mühsam danach, allgemein anerkannt zu werden. Wahrscheinlich wird sie auch in zehn Jahren noch nicht weiter sein.

Zweitkurven-Schnepfenjagd: Die Suche nach der tödlichen Anwendung

Die ganze Spiegelfechterei bringt alles durcheinander und entfacht darüber hinaus eine Jagd, die Suche nach der großen Weißen Schnepfe, der tödlichen Anwendung. Irgendwie fangen die Leute an zu glauben, daß irgendwo da draußen die Anwendung ist, die Anwendung zur Beseitigung aller Anwendungen, diejenige, für die viele Leute viel Geld zu zahlen bereit sind. Man muß sie nur entdecken. Die Schwierigkeit mit dieser Theorie (wir wollen sie großzügigerweise so nennen) liegt darin, daß sie diese latente Forderung nach einer bestimmten technologischen Form voraussetzt. Das klingt einfach nicht aufrichtig; tödliche Anwendungen werden in Wirklichkeit von Benutzern und Anbietern gemeinsam entdeckt. Sie existieren nicht nur so und müßten nur gefunden werden. Genau das Gegenteil ist der Fall: sie existieren nicht und müssen geschaffen werden, und das geschieht am besten durch Benutzer, die mit irgendwelchem Zeug herummachen. Glücklicherweise finden Unternehmen mit Zweitkurven-Technologie Anschluß, und deshalb hat auch eine Firma wie Netscape Erfolg. Sie geben ihr Produkt im Grunde ab, statt den Versuch zu unternehmen, es auf einem neuen Markt zu verkaufen. Sie bauen Benutzer auf, indem sie es niedrig (sprich »umsonst«) auspreisen, dann lernen sie mit jenen Benutzern, wie ihr Produkt verwendet werden kann. Und siehe da: eine echte Zweitkurven-Technologie.

Erscheint es nicht ziemlich anmaßend anzunehmen, daß es da draußen eine tödliche Anwendung gibt wie den »Traumfeld«-Effekt: *Wenn man ihn aufbaut, kommen sie?* Und ist es nicht eine ziemlich überhebliche Form des Marketings, einem Verbraucher eine bestimmte

Anwendung (oder ein Produkt oder eine Dienstleistung) unter die Nase zu halten, bis er schließlich erklärt, »Sie haben die tödliche Anwendung gefunden!«? (Die interaktiven Video-Versuche in verschiedenen Teilen des Landes sind Beispiele dafür.) Was wirklich getan werden muß, ist, neue Wege aufzuzeigen, wie man mit Technologien experimentiert, und zwingende Anwendungen zu suchen, die diese Technologien effektiv nutzen.

Tödliche Anwendungen erwachsen fast immer aus »Sex, Drugs and Rock ‚n' Roll« – aus was sonst? Rufgeräte, Piepser und Mobiltelefone waren bei Nutten und Dealern gang und gäbe, lange bevor die Ärzte und Immobilienmakler sie entdeckten. Und wenn man sich ansieht, wer vor allem die Anbieter und Benutzer von Technologien waren, mit denen man Videobilder oder Standfotos über das Internet verbreiten konnte, liefen einige der rasch um sich greifenden Anwendungsmöglichkeiten und die Anfänge eben dieser Technologien sehr oft auf illegale Betätigungen einer ganz bestimmten (zweifelhaften) Art hinaus. Im Dezember 1995 beschränkte CompuServe nach einer Anweisung der deutschen Staatsanwaltschaft tatsächlich vorübergehend den Zugang zu über 200 sexbezogenen Datenbanken, die Gesetze dieses Landes gegen anstößiges Verhalten verletzten.

Raubkopien von Software sind vielleicht die tödliche Anwendung des 21. Jahrhunderts. Als ich zuletzt in Hongkong war, kursierten in der Lokalpresse Gerüchte über täglich stattfindende Schließungen illegaler Softwareläden in der Stadt. Diese Läden wurden regelmäßig überfallen und machten einen Tag später wieder auf. Das interessante daran war, daß dieser Besuch einen Monat vor der offiziellen Freigabe von Windows 95 erfolgte – all diese illegalen Läden hatten nur den einen Zweck, ein CD-ROM-Laufwerk komplett mit Windows 95 und einigen anderen Anwendungsprogrammen zu verkaufen, alles für 35 $. Piraten hatten sich im voraus freigegebene Kopien von Windows 95 beschafft und produzierten fröhlich Hunderte und Tausende von Kopien davon zum Verkauf an ebenso fröhliche Softwarekunden in Hongkong – und jeder hielt das irgendwie für in Ordnung.

Dieser Vorfall macht einiges deutlich: erstens das Ausmaß kultureller Unterschiede auf dem Planeten, wenn es um geistiges Eigentum geht, ungeachtet rechtlicher und gerichtlicher Instanzen zum Schutz solcher

Ansprüche. Zweitens die Tatsache, daß die Technologie leider und auch voraussehbar für gute wie für schlechte Zwecke genutzt werden kann. Sie steht Piraten und anderen bösen Buben genauso zur Verfügung wie den braven Jungs.

Wie schnell ist ein Senkrechtstarter?

Also, Sie haben alle Gauner aus der Stadt vertrieben. Was nun? Sobald Sie sicher sind (soweit das möglich ist, wenn wir von der Zukunft reden), daß Sie eine echte zweite Kurve entdeckt haben, müssen Sie als nächstes herauszufinden suchen, wie schnell sie ist, das Tempo der Veränderungen abschätzen. Wie schnell können sich die Dinge ändern? Wie schnell werden sie sich ändern?

Jeder, der glaubt, eine echte zweite Kurve entdeckt zu haben, hofft natürlich, am Beginn einer Technologie einzusteigen, deren Kurve den klassischen Verlauf eines Hockeystocks mit unaufhaltsamen Wachstums- und Gewinnraten nimmt. Aber diese Kurven steigen oft träger – d. h. langsamer – als man denkt; Paul Saffo hat seine Ansichten über die Verbreitung der Technologie in einem Beitrag mit dem Titel »Paul Saffo und die 30-Jahr-Regel« in der *Design World* vom 24. November 1992 dargelegt. Er beschreibt dort eine dreißigjährige Zeitkonstante, die mehrere hundert Jahre für verschiedene Technologiearten gültig gewesen ist, was das Eindringen einer Technologie in eine bedeutungsvolle Branche oder ihre Verbreitung zu einem kulturellen Phänomen betrifft. Es dauert dreißig Jahre von der Erfindung bis zur vollen Marktakzeptanz. Diese langsame Anpassung gilt offenbar von der Erfindung der Druckerpresse im 15. Jahrhundert über die Einführung des Telefons und des Automobils Ende des 19. Jahrhunderts bis zum Radio, Fernsehen und dem Faxgerät im 20. Jahrhundert.

Als erstes ist die Frage der Größe zu betrachten. Auf welcher Ebene definiert man die Technologie – und im weiteren Verlauf den Trend? Der Gedanke eines dreißigjährigen Übergangs ist vielleicht auf einem sehr hohen Gesamtniveau gültig, wenn man an Informationstechnologie und sehr breite gesellschaftliche und wirtschaftliche Veränderungen denkt. Wenn man jedoch auf die Ebene einer Einzeltechnologie hinuntergeht, sind dreißig Jahre vielleicht zu lang. Es gibt genügend Beispiele für einzelne Technologien, die einen Markt relativ schnell durchlaufen und trotzdem beträchtliche Auswirkungen gehabt haben: Personalcomputer zwischen 1981 und 1986; Faxgeräte Mitte bis Ende der 80er Jahre; Mobiltelefone Anfang der 90er Jahre.

Es ist auch ein wesentlicher Unterschied zu machen zwischen grundlegenderen Technologien – etwa der Elektronenstrahllithographie zur Herstellung von Mikrochips –, die erhebliche langfristige Auswirkungen haben, und der Umsetzung dieser Technologien beim Verbraucher oder den Unternehmen. Nehmen wir etwa die fundamentale Spannung zwischen dieser 30-Jahres-Theorie einerseits und dem Mooreschen Gesetz, also dem Gedanken, daß sich die Kapazität eines Halbleiterchips alle anderthalb Jahre verdoppelt. Dieses Gesetz hat seit 1960 Gültigkeit und das wird sich wahrscheinlich bis mindestens zum Jahr 2000 nicht ändern – eine interessante Zweikurven-Situation.

Ev Rogers, der Vater der Verbreitungstheorie, ist der Meinung, das 30-Jahre-Modell sei nicht mehr durchgängig anwendbar, und führt an, daß es vom Ende des Zweiten Weltkriegs bis etwa 1985 keine ausreichend große technologische Grundlage im Privat- und Arbeitsleben der Menschen gab – es war einfach keine Technologie da, die die Menschen hätten gebrauchen können. Inzwischen nehmen wir die Technologie an, am Arbeitsplatz, zu Hause, eine Folge des dramatischen Vordringens der Informationstechnologie im letzten Jahrzehnt. Und daß die Welt, in der wir leben, zunehmend technologisch beeinflußt wird, hat zu einem drastisch veränderten Bewußtsein und Gebrauch der Technologie geführt. Wir wissen, wie man die Technologie einsetzt, und wir akzeptieren das; sie ist allgegenwärtig, vom Mikrochip, der uns warnt, daß wir das Licht am Auto haben brennen lassen, bis zur EC-Karte, mit der wir um 2 Uhr nachts Geld abheben, um etwas gegen einen plötzlich aufkommenden Hunger zu tun. Rogers kommt zu dem Schluß, daß die Kurven in der Zukunft sehr viel kürzer sein werden.

Was nur die Notwendigkeit unterstreicht, die Technologievariable als unbestimmt zu definieren. Rogers beschäftigte sich mit der Verbreitung des Personalcomputers und kam schließlich zu dem Ergebnis, daß dies die falsche Variable sei. Er hätte statt dessen die Verbreitung des Mikroprozessors untersuchen sollen, denn Personalcomputer sind ja nichts anderes als verpackte Mikroprozessoren für eine bestimmte Anwendung.

Definitionen und Messungen auf der zweiten Kurve sind unglaublich wichtig und unglaublich schwierig. Welches ist die Analyseeinheit für die zweite Kurve? Diese Schwierigkeit gilt besonders für die Technologie, aber auch für alle anderen Zweitkurven-Phänomene. Die zweite Kurve kann tatsächlich so unscharf sein, daß aus ihr eine Reihe Mehrfachkurven wird, eine Mischung aus Fehlstarts, sonderbaren frühen Signalen und echten Pionieren. Aber es gibt Zeiten und Umstände, wo wir als eine Gesellschaft bereit sind, zur nächsten Kurve zu springen: dann nämlich, wenn die Sache so zwingend ist, wenn die Nöte und Probleme der alten Ordnung überhand nehmen, wenn die Infrastruktur, die die Veränderung unterstützen soll, eine kritische Masse erreicht.

Durchbrüche, die keine sind

Die ohnehin schon vorhandenen Schwierigkeiten, die eine zweite Kurve bereitet, die von der Technologie kommt – das Aufspüren von Schwindlern und das Messen der Geschwindigkeit der echten Kurven –, werden noch erhöht, wenn man Geld in die Gleichung aufnimmt. Die erste Kurve ist langweilig, aber lohnend, die zweite aufregend, aber trügerisch. Banker und Geschäftsleute neigen zur ersten Kurve, Technofreaks zur zweiten.

Der Konflikt zwischen den beiden Kurven entspricht im Grunde dem zwischen Alte-Welt-Technologie und neuer Technologie, zwischen bewährter Basis und Innovation. Die künftigen Spannen werden zweifellos von der zweiten Kurve kommen, das Problem ist nur, daß sie nicht von Anfang an da sind; es sind keine wirklichen Spannen. Netscape z. B. wirft kaum wirkliche Erlöse ab; und General Magic erzielt einfach keinen wirklichen Gewinn. Ein interessantes theoretisches Problem, das aber ganz real wird mit ganz realen Konsequenzen, wenn man eine große Firma leitet und versucht, im Geschäft zu bleiben, solange man am Drücker ist. Wie können Sie Investitionen in die zweite Kurve eventuell rechtfertigen? Weil das Geld von der bewährten Basis kommt, muß der Innovator die Verbraucher (und Investoren) vom besonderen Wert überzeugen, damit er einen Keil treiben und irgendein Wachstum schaffen kann. Z. B.:

IBM gegen Apple

Versetzen Sie sich in die Lage von IBM Ende der 70er, Anfang der 80er Jahre, als Steve Jobs und Steve Wozniak Apple Computer gründeten. Während Apple bemüht war, ein Produkt herzustellen, das auch auf anderen als Hobbymärkten zu verkaufen war, machte IBM mit seinen eingeführten Großrechnern das große Geld. Es wäre für die IBM-Oberen unglaublich schwierig gewesen, das Ableben dieser Ertragsquelle nicht nur gutzuheißen, sondern sich auch noch vorzustellen, daß die Apple II-Technologie jemals soweit gedeihen könnte, daß sie eine ernsthafte Bedrohung auf dem Weltmarkt würde, oder gar soweit wie IBM mit seiner Zuverlässigkeit und Leistungsfähigkeit bei Großrechnern. Angesichts der prekären Lage kann man wirklich Mitgefühl für das Topmanagement von IBM aufbringen. Es ist die Grausamkeit der bewährten Basis.

Zwanzig Jahre danach hat sich das Blatt pikanterweise gewendet. Mit der Ankündigung von Windows 95 hat die IBM PC-Plattform – mit der Achse Microsoft/Intel und der bewährten Basis – im wesentlichen bis zu dem Punkt aufgeschlossen, wo das Mac-Betriebssystem vor zehn Jahren war. In mancher Hinsicht sind also Microsoft und Intel, die Anfang der 80er Jahre eindeutig zu den Zweitkurven-Akteuren gehörten, zu Erstkurven-Akteuren geworden. Die Frage lautet nun: werden sie bei dieser ersten Kurve bleiben oder von einer zweiten Kurve bedroht werden? Sie sind beim Eintritt ins 21. Jahrhundert unter den großen Erstkurven-Unternehmen. Und die Zukunft von Apple ist eine der großen Zweitkurven-Fragen: Kommen Steve Jobs und Freunde zurück, um Apple zu retten, oder geht Apple den Weg von Atari und Hayes Modems – Pioniere, die sich nicht halten konnten?

Die RBOCs

Praktisch alle Firmen der Regional Bell Operating Companies (RBOCs) mußten zum einen oder anderen Zeitpunkt das relative künftige Wachstum des guten alten Telefondienstes – ihre erste Kurve – gegen neue Medien abwägen, ob das Fax, Daten, Videokonferenzen, Online-Dienste oder sonst etwas war – die zweite Kurve. Das Institut für die Zukunft, das mit diesen Unternehmen zusammenarbeitete, erstellte konsequent Szenarios und Prognosen, die zeigten, daß die neuen Medien um einiges langsamer wachsen würden, als die eifrigen Regional Bell Operating Companies gehofft hatten, und daß, ganz allgemein, das Fernsprechwesen (das normale Telefon) noch länger ein gewichtiger Umsatzträger sein würde, als man im Unternehmen vielleicht dachte. Diese Prognose hat sich als richtig erwiesen, trotz des Booms bei Mobiltelefonen und Faxgeräten. 1994 betrug der gesamte Umsatzerlös der sieben Baby Bells (Ameritech, Bell Atlantic, BellSouth, NYNEX, Pacific Telesis, SBC Communications und US West) 88,218 Milliarden $, von denen 85 Prozent auf die normalen lokalen Dienstleistungen entfielen, auch auf verwandte Merkmale wie Anklopfen. Die restlichen 15 Prozent kamen aus neuen Dienstleistungen wie Mobiltelefonen, Piepser, Computer und andere Dienstleistungen.

Ein Blick auf einige Akteure

Der Konflikt zwischen der bewährten Basis und Innovationen läßt sich vielleicht am besten anhand der Probleme darstellen, denen einige der großen Akteure im Technologiegeschäft gegenüberstehen.

Pitney Bowes

Es besteht von Hause aus ein Konflikt zwischen der ersten Kurve (der bewährten Basis) und der zweiten Kurve der neuen Technologie. Sobald man den Konflikt erkennt, liegt die Herausforderung darin, einen Austausch zwischen den beiden Gruppen herzustellen, um tatsächlich herauszufinden, was Wirklichkeit, was Illusion und was längerfristig machbar ist. Hier ist offensichtlich Führung gefragt; irgend jemand muß in der Lage sein, die kühlen Köpfe, die aufgrund ihrer Erfahrung maßvoll reagieren, mit den Verrückten der zweiten Kurve ins Gleichgewicht zu bringen, die mit dem Neuen nur spielen wollen.

Vor ein paar Jahren analysierte George Harvey, Chairman von Pitney Bowes, die vertrackte Lage, in der sein Unternehmen sich befand. Er wußte, daß einerseits Potential für eine zweite Kurve vorhanden war, was den Ersatz der Post durch Technologie betraf. Er konnte Anzeichen im Unternehmen erkennen, und man hatte Vorkehrungen für den Bereich der zwischenbetrieblichen Kommunikation getroffen – Investitionen in Kopier- und Faxgeräte, Diktaphone und sprachgesteuerte Systeme. Er erkannte, daß das traditionelle zwischenbetriebliche Postaufkommen der Großunternehmen in den USA, das Pitney Bowes durch Frankiermaschinen und postalische Postproduktionskapazitäten gefördert hatte, künftig nicht mehr der am schnellsten wachsende Geschäftsbereich sein würde. Das neue Wachstum würde von Dienstleistungen im Bereich der Kleinunternehmen und auf dem Weltmarkt sowie von neuen Formen der Post kommen. Ähnliche Sorgen hatte Pitney Bowes bei der Post zwischen Unternehmen und Haushalten, weil dieser Postbereich eventuell ersetzt würde. Mitteilungen der Finanzdienstleister (Bankauszüge, Rechnungen, Kreditkarten etc.) und der Direktmarketing-Unternehmen konnten elektronisch übermittelt werden, sobald in den Haushalten die entsprechende Infrastruktur vorhanden war. Aber wie Harvey richtig feststellte, war eine verfrühte Aufgabe des Erstkurven-Geschäfts kurzfristig weder strategisch noch finanziell sinnvoll. Die Unsicherheit der zweiten Kurve war systemimmanent aber auch real, und Harvey brachte bei seiner Entscheidung viel Erfahrung mit. Er hatte das schon einmal erlebt, die verfrühten Versuche anderer, das Büro ohne Papier einzuführen – aber aus dem Büro ohne Papier wurde nie etwas. Das Beste, was dem Papier je passieren konnte, war der Computer, der eine Explosion in vielen Bereichen brachte: Desktop publishing, Verzeichnisse und das Papier als Nahtstelle.

Die meisten Firmen, die erfolgreich zweikurvig fahren, haben beides: kühle Köpfe und Heißsporne. Im Fall Pitney Bowes ging ein großer

Teil der Beschäftigung mit der zweiten Kurve von der Zukunftsgruppe aus, an deren Spitze der kühle Kopf George Harvey stand, zu der aber auch einige der vielversprechenden mittleren und oberen Manager gehörten, die das Unternehmen als ihr Unternehmen für das 21. Jahrhundert betrachteten und das Zweitkurven-Geschäft bei Pitney Bowes in den Vordergrund rücken und fördern wollten.

Silicon Graphics Inc. (SGI)

Bei SGI riecht es nach der zweiten Kurve. Das Unternehmen wurde von Stanford- und Hewlett-Packard-Leuten gegründet und ist spezialisiert auf Grafik-Workstations der oberen Preisklasse. Seine Philosophie lautet, schnellere und bessere Computer zu bauen. SGI ist, was die Produkte, das Personal und die Art angeht, wie es im Silicon Valley wahrgenommen wird, ein Beispiel für ein rasch wachsendes Unternehmen – es gilt als ein führendes Unternehmen, das die zweite Kurve verkörpert. SGI liebt es, spät zu starten und dem Markt trotzdem einen Schritt voraus zu sein, eine Haltung, die eine Betriebsmethode und in gewisser Weise auch eine Metapher für den Betriebsablauf ist. Das gelingt natürlich nur – ohne daß man die Zukunft voraussagen kann –, wenn man die Betriebsabläufe so beschleunigt, daß man zu anderen Firmen aufschließen und sie überholen kann. Das erreicht SGI u. a. dadurch, daß es den Personalbestand durch Untervergabe der Verfahren niedrig hält, die das Unternehmen nicht als strategisch ansieht. Der geringere Personalbestand ermöglicht SGI, nötigenfalls schneller zu reagieren und die Richtung zu ändern.

SGI wurde 1982 von Jim Clark gegründet, der seine Stelle als Professor in Stanford 1981 aufgab, um Computertechnologie für 3-D-Grafik zu entwickeln und zu vermarkten. SGI stellte in dem Jahr das erste 3-D-Terminal vor, zwei Jahre später folgte die erste 3-D-Workstation, die 75 000 $ kostete. 1986, SGI war bereits der führende Hersteller von 3-D-Workstations der oberen Preisklasse für den technischen und wissenschaftlichen Markt, ging das Unternehmen an die Börse und hatte einige weitreichende Entscheidungen zu treffen. Es konnte weiterhin hochpreisige Produkte herstellen, oder sich technologisch in niedrigere

Gefilde begeben; man entschloß sich, beides zu tun. Mit den Systemen für 50 000 bis 100 000 $ bleibt SGI im Club der teuren Hersteller und auf dem laufenden darüber, wie deren sich ändernde Bedürfnisse sich auf die Computer auswirken, die SGI produziert. Die kreativsten Leute aus der Forschungs- und Entwicklungsabteilung des Unternehmens sehen, was die besonders anspruchsvollen Kunden (etwa Industrial Light & Magic, NASA, Boeing, Disney, Merck und die Militärs) in der Zukunft vielleicht haben wollen, und kommen mit neuen Produktideen. Und die Forschung und Entwicklung ist nicht die einzige Abteilung im Unternehmen, die Kontakt zu Kunden hat; Ingenieure werden zum Teil daran gemessen, wieviel Zeit sie mit Kunden verbringen.

Jim Clark verließ SGI 1994, um Netscape zu gründen, und SGI und AT&T kamen im gleichen Jahr überein, gemeinsam ein interaktives Kommunikationssystem zu entwickeln. Das Jahr darauf erlebte das Traumteam: SGI und Dreamworks SKG errichteten gemeinsam ein 50 Millionen $ teures digitales Animationsstudio, das 500 Rechner unterstützen kann. SGI arbeitete auch mit Rocket Science Games zusammen und entwickelte Autorentools (Tools, mit deren Hilfe man Software sehr viel schneller schreiben kann) für die nächste Generation Computerspiele. Berühmt sind die Spezialeffekte von SGI für die Filme *Forrest Gump* (u. a. Szenen, in denen Tom Hanks mit John F. Kennedy und John Lennon zusammentraf.) und *Jurassic Park* (dessen Dinosaurier, die viele Kinobesucher unter die Sessel trieben, tatsächlich von Computern erschaffen wurden). Die gleichen Maschinen werden beim Entwerfen von Automobilen und Flugzeugtragflächen eingesetzt, wo sie die Entwicklungszeiten – vom Entwurf über den Prototyp bis zum fertigen Flugzeug – erheblich verkürzen. Bei diesen Anwendungen verarbeiten die SGI-Computer gewaltige Datenmengen und detaillierte 3-D-Bilder, die bewegt, von allen Seiten betrachtet und nötigenfalls geändert werden können; so können die Designer beispielsweise die Luftströmung beobachten, ohne einen Fuß in den Windkanal zu setzen. Auch in der Welt der Medizin sind SGI-Rechner gut vertreten. Wissenschaftler untersuchen mit SGI-Computern Zelloberflächen und Immunreaktionen; Ärzte bestimmen mit ihnen die exakte Lage von Tumoren bei Patienten mit früher inoperablem Gehirnkrebs; und demnächst werden Chirurgen sie bei Operationen einsetzen. Gegenwärtig versucht SGI, von der reinen Workstationumgebung auch zu anderen Serveranwendungen wie Internet Servern und »Data mining« zu kommen – wo man rückwärts gehen und mit im wesentlichen alten Systemen wie dem 1–800-COMPARE von AT&T, das wir bereits erwähnt haben, schöne Sachen machen kann.

Chief Executive Officer Ed McCracken glaubt, daß die einzige Quelle von Wettbewerbsvorteilen auf dem High-Tech-Markt in der vordersten Reihe der Innovationen zu finden ist. Ich wurde vor ein paar Jahren sein Nachfolger als Präsident; er sagte, er sei nicht klug genug, die Zukunft vorauszusagen, er glaube nicht an strategische Planung und versuche in seinem Unternehmen, die Prozesse zur Entscheidungsfindung und die Geschäftsabläufe so zu beschleunigen, daß er es sich leisten könne, spät zu starten und dem Markt trotzdem vorauszusein. Danke, Ed, eine großartige Einführung für einen Futurologen.

McCracken ist ein ungewöhnlicher Firmenchef. Für alle, die ihn nicht kennen: er kommt aus einer Farmerfamilie im Mittelwesten, ist ausgebildeter Elektroingenieur, veranstaltet Meditationskurse für gestreßte Führungskräfte und erlaubt Managern nicht, Produkte mehr als zwei Jahre vorauszuplanen, was er damit begründet, daß in unserer Welt des High-Tech niemand so gescheit sei, langfristig zu planen. Er glaubt vielmehr daran, die Entwicklungszyklen der Produkte zu komprimieren, sie so kurz wie möglich zu halten – zwölf bis achtzehn Monate – und nennt als Beispiel die Indy-Workstation, eine teure, leistungsfähige Grafik-Workstation, die laut McCracken keine neue Digitalkamera gehabt hätte, wenn die Planung der Maschine nur drei Monate früher begonnen hätte. McCracken hat SGI in einer Zeit geleitet, in der das Unternehmen einige interessante Gemeinschaftsprojekte verwirklicht hat. Interactive TV von Time Warner, das Video on demand (Filme auf Abruf.), Bildungsmaterial, interaktive Videospiele und Homeshopping anbietet, verwendet SGI–Videoserver und Set-Top-Boxen, die um die SGI-Chips herumgebaut sind. Nintendo und SGI entwickeln gemeinsam ein Videogerät. Und zusammen mit Disney hat das Unternehmen Aladdins Reise in Epcot entwickelt.

SGI räumt den Anforderungen der Kunden höchste Priorität ein. Das Unternehmen reagiert sofort auf Firmenwünsche und bemüht sich ständig und energisch, selbst schwierige Probleme zu lösen. McCracken ist ein uneingeschränkter Verfechter der Forschung und Entwicklung – ein Merkmal des Zweitkurven-Engagements –, und das Unternehmen investiert (neben Intel) mehr Geld als die meisten Firmen in die Forschung und Entwicklung. 1994 gab SGI 12 Prozent seiner Erlöse – 177,2 Millionen $ – für Forschung und Entwicklung aus. Das Topmanagement von SGI soll sicherstellen, daß die Organisationsstruktur des Unternehmens die besten Technologen anhält, nahe bei den Kunden zu bleiben, die aufgeteilt sind nach ihren Bedürfnissen und der Technologie, die diese Bedürfnisse befriedigt. Das Management weist jedem Kundensegment ein Projektteam zu, und gemeinsam entwerfen sie die Antwort auf die Anforderungen des Kunden.

Der Ruhm von SGI dringt über die High-Tech-Welt des Silicon Valley hinaus. Als Präsident Clinton und Vizepräsident Gore ihre Technologiepolitik ankündigten, war SGI das einzige Unternehmen, das sie besuchten. McCracken, der sein Leben lang ein Republikaner war, wurde aufgrund der Technologiepolitik Clintons ein Anhänger des Präsidenten. Im Januar 1994 gründete Präsident Clinton den National Information Infrastructure Advisory Council (NIIAC), um die Entwicklung der National Information Infrastructure zu fördern – der Einfluß auf die Kommunikationspolitik hat und in Fragen von Dienstleistungen, Privatsphäre und Wahrung der Privatshäre Empfehlungen an den Kongreß ausspricht –, unter der Führung von Handelsminister Ron Brown und der Interagency Infrastructure Task Force. Der NIIAC, der aus 37 Mitgliedern der Branchen Telekommunikation, Kabel sowie Rundfunk und Fernsehen besteht, wird gemeinsam von McCracken, dem Präsidenten von National Public Radio und Chief Executive Officer Delano Lewis geleitet.

Im September 1995 wurde bekannt, daß Präsident Clinton McCrakken mit der National Medal of Technology auszeichnen würde, die jährlich vom Präsidenten verliehen wird und in den Vereinigten Staaten die höchste Ehrung für technische Leistung ist – eine Art Oscar für die zweite Kurve für McCrackens Arbeit an erschwinglichen optischen Computer- und Supercomputer-Technologien in 3-D sowie für seine technischen Führungsqualitäten, durch die SGI zu einem fortschrittlichen globalen Technologieunternehmen wurde.

Netscape

Die Geschichte von Netscape ist die Geschichte eines jungen Visionärs aus der Abteilung für Computerwissenschaft der University of Illinois, der ein Suchtool für das Internet World Wide Web erfand und binnen vier Jahren von einem obskuren Helden der Internet-Gemeinde zu einem der Initiatoren einer Erstemission wurde, die es auf eine Marktkapitalisierung von 2,6 Milliarden $ brachte. Und all das, obwohl sein Produkt ursprünglich einfach verschenkt wurde und der Reingewinn noch Monate nach der Emission negativ war. Die technischen Visionäre können, so rein sie auch sind, irgendwie doch in recht kurzer Zeit zum Kapitalismus bekehrt werden.

Netscape, 1994 gegründet, produziert den Navigator, den meistgenutzten Software-Browser für das World Wide Web. Die unglaubliche und fast augenblickliche Beliebtheit verdankt der Navigator seiner Neuartigkeit – es war das erste verfügbare Tool, das ungeübten Benutzern half, sich durch das Internet zu klicken. (Der Erfolg war anfangs auch das Ergebnis der Preisgestaltung: eine Zeitlang wurde die Software *verschenkt.*) Netscape kann eindrucksvolle und einmalige Zahlen vorweisen. Ende 1995 hatte Netscape eine Marktkapitalisierung, die sich 4 Milliarden $ näherte, und der Umsatz des ersten Halbjahres 1995 betrug 16,6 Millionen $ – aber es gab keinen Gewinn. Der Auftritt des Unternehmens auf dem Aktienmarkt war umwerfend: Die ursprünglich für 28 $ angebotene Aktie eröffnete mit einem Kurs von 71 $, der Ende November 1995 den erstaunlichen Wert von 130 $ erreichte.

Es begann 1992 an der University of Illinois, wo Marc Andreessen als damals einundzwanzigjähriger Student zu einer kleinen Gruppe von Programmierern gehörte, die Mosaic schufen, einen Prototyp des Navigator. Mosaic wurde praktisch über Nacht zum Erfolg: Es war das erste Browserprogramm, das das Surfen im World Wide Web leicht machte, *und man konnte es kostenlos laden* – die University of Illinois verschenkte es. Nach achtzehn Monaten betrug die Zahl der Internet-Benutzer 20 Millionen, fast das Dreifache der ursprünglichen Zahl, und die Zahl der World Wide Web-Stellen hatte sich mehr als verhundertfacht. Andreessen machte sein Examen und bekam eine Stelle bei Enterprise Integration Technologies, einem kleinen Unternehmen im

Silicon Valley, das Sicherheitsprodukte für das Internet entwickelte. Einen Monat nach Arbeitsbeginn erhielt Andreessen elektronische Post von SGI-Gründer Jim Clark, der sich für das Internet interessierte – vor allem für die Entwicklung von Tools und Interfaces, die das Surfen im Internet angenehmer und leichter machten. Im April 1994 gründeten Clark und Andreessen mit 4 Millionen $ von Clark Mosaic Communications, das sie im November 1994 in Netscape Communications Corporation umbenannten, um rechtlichen Schwierigkeiten mit der University of Illinois aus dem Weg zu gehen. Clark holte sich die meisten von Andreessens Studienkollegen, um eine neue Version von Mosaic zu entwickeln, die eingebaute Sicherheit hatte, schneller war und anspruchsvolle Grafiken verarbeiten konnte. Im Dezember 1994 brachte Netscape Navigator heraus, mit Erfolg, wie wohl jeder sagen würde: Sieben Monate später stellte Navigator zwei Drittel der neun Millionen Browser, die im World Wide Web benutzt wurden. Im Januar 1995 kam Jim Barksdale als Chief Executive Officer (CEO) zu Netscape. Das konnte sich auszahlen: Barksdale war vorher CEO bei McCaw Cellular, und davor Geschäftsführer bei Federal Express gewesen, dessen Erlöse damals von 1 Milliarde $ auf 7,7 Milliarden $ stiegen. Barksdale hatte die zweite Kurve schon einmal gemeistert.

Netscape ist ein Unternehmen, das das Internet sehr früh als große geschäftliche Chance entdeckt hat. Damit steht es allerdings nicht allein; auch andere Gesellschaften haben diese Möglichkeit erkannt, aber Netscape kennt seine Wettbewerber: Etwa die Hälfte der gut 300 Netscape-Angestellten arbeitet in der Forschung und Entwicklung. Netscape muß seine Erwartungen in die zweite Kurve umsetzen. Kann es den Ertrag erwirtschaften, der dem Einsatz entspricht? Alles wird darauf ankommen, den hohen Marktanteil eines kostenlosen Produkts zu Geld zu machen. Ein frühes Beispiel dafür, wie die Vormachtstellung von Netscape in Gewinn umgewandelt werden könnte, ist der Verkauf der Rechte, damit es die erste Suchmaschine von Netscape wird, die Yahoo verdrängt – die bevorzugte Suchmaschine der meisten Internet-Surfer.

Lektionen zum Lernen

Die anliegenden Fragen sind vielschichtig und komplex, und man muß viel lernen, aber die Erfahrungen anderer sind ein wertvoller Grundstock. Hier ist eine Art Spickzettel für grundlegende Dinge.

Leistungsfähige Technologien bringen neue Kurven hervor

Vor allem das Internet ist eine globale Ursuppe des Wandels. Aus ihm werden sehr rasch neue Zweitkurven-Ideen hervorgehen. Computer- und Kommunikationskapazitäten, Kostenwirksamkeit und Nutzen werden in den nächsten zehn Jahren zunehmen, und egal was mit der Wirtschaft geschieht, die Tools der Informationstechnologie werden starke Verbreitung finden und neue Möglichkeiten eröffnen. Das heißt, die Unternehmen müssen sich an eine Welt anpassen, in der neue Produkte und Dienstleistungen Wirklichkeit werden, auch wenn wir nicht genau erkennen können, wie diese Produkte und Dienstleistungen beschaffen sein werden; wir müssen auf eine Welt vorbereitet sein, in der sie existieren. Mit anderen Worten, es reicht nicht aus, die gegenwärtigen Produkte und Dienstleistungen als Bezugsgröße zu verwenden. Wir müssen aufhören, eins auf das andere zu beziehen und statt dessen anfangen, diese ungewisse, aber starke Zukunft als Bezugsgröße heranzuziehen. Sonst werden wir abgehängt.

Technologieprognosen sind unglaublich schwierig

Dies ist weniger eine Lektion als eine Mahnung, etwas, das Sie auf hinterlistige Weise beruhigen soll. Das Widersinnige ist, wir wissen, daß es weitere leistungsfähige Technologien geben wird; wir wissen, daß sie viel verändern und gewaltige Chancen bieten werden; aber es ist fast unmöglich, ihre genaue Form, Gestalt und Funktion vorauszusagen. Auch wenn wir am Institut für die Zukunft davon leben, zehn Jahre vorauszuschauen, fällt es uns doch schwer, uns auf technologischem Gebiet so weit vorzuwagen. Wir arbeiten am Institut gerade intensiv daran, den Horizont der informationstechnologischen Welt zu erweitern, indem wir die technischen Kapazitäten, die wir in den Labors der Lieferanten unter unseren Kunden entstehen sehen, auf die Veränderungen in den Betrieben projizieren, die von den führenden Benutzern unter unseren Kunden vorweggenommen werden. Wenn wir fortschrittliche Benutzer und Lieferanten zusammenbringen, können neue Trends und Anwendungsideen entstehen, wie im folgenden beschrieben. Aber es ist ungeheuer schwierig angesichts der wahrscheinlichen Veränderungen und Umkehrungen, zu denen es aufgrund wichtiger Veränderungen in der Technologie und großer Unsicherheit darüber kommen kann, was aus den neuen Technologien in den Händen der Benutzer wird. Viele Systeme, Untersysteme, Tools und Technologien entstehen gleichzeitig. Die Kombinationsmöglichkeiten dieser neuen Fähigkeiten sind gewaltig. Die Richtung ist klar, und es ist auch klar, daß das Tempo hoch sein wird, aber die Folgen sind noch einigermaßen unklar.

Die Technologie entwickelt sich weiter

Da die Informationstechnologien sich ständig weiterentwickeln und die Innovationen von heute die alltäglichen Werkzeuge von morgen sind, werden sich die Geschäftsabläufe zwangsläufig ändern. Erfolg wird das Unternehmen haben, das diese neuen Werkzeuge dahin lenken kann, Veränderungen zu initiieren – neue Möglichkeiten und Entscheidungen zu schaffen. Für das nächste Jahrzehnt können wir damit rechnen, daß sich folgende allgemeine Trends fortsetzen:

Die Tools werden kleiner und leistungsfähiger. Mikrochips werden schneller, leistungsfähiger und billiger; die Fähigkeit zur Mehrfachverarbeitung wird Standard; Speicher werden zuverlässiger und billiger; Batterien werden stärker, leichter und haben eine höhere Lebenssdauer. Tragbare und Personalcomputer werden folglich kleiner, leistungsfähiger und benutzerfreundlicher. Auf betrieblicher Ebene wird sich bei

Informationssystemen der Trend vom Großrechner zu Desktop-Plattformen fortsetzen. Massive Parallelverarbeitung (besonders leistungsstarke Mikroprozessoren arbeiten im Tandembetrieb) ermöglicht die noch schnellere und noch effizientere Verarbeitung noch größerer Datenmengen.

Die Datenverarbeitungskosten werden sinken. Die Kosten der Datenverarbeitung sind bereits jetzt bei Desktopgeräten deutlich geringer als bei Großrechnern, und dezentrale Systeme (sogenannte Client Server) bieten erheblich mehr Flexibilität. Dieser Trend wird sich in dem Maß fortsetzen, wie den Herstellern von Mikrochips Durchbrüche wie der Intel Pentium und der Power-PC des Apple-IBM-Motorola-Konsortiums gelingen.

Technisch unbegabte Menschen werden sich beim Umgang mit Computern leichter tun. Desktop-Video, leistungsstarke Grafikdisplays, Stimmerkennung und -synthese sowie die Dateneingabe mit dem Stift werden die Computer natürlicher im Gebrauch und allgegenwärtiger machen.

Die Informationstechnologie wird den Haushalt erobern. Das häusliche Umfeld wird sich in den nächsten zehn Jahren ebenso stark verändern wie das Büro in den letzten zehn Jahren. Das Fernsehen wird digital und interaktiv, mit einer Fülle von Informationsdienstleistungen für die Verbraucher (den Kundenwünschen angepaßtes Programm, Video on demand, Homebanking, Informationsdienste, interaktive Spiele). Telefon, Kabelfernsehen und Computer schaffen gemeinsam Mehrzweck-, multimediale Informations- und Unterhaltungsmöglichkeiten. Eine Folge dieser Entwicklung wird eine Beschleunigung der Telearbeit sein, denn das Büro zu Hause wird zu einer voll funktionsfähigen Erweiterung des Büros im Unternehmen. Überstunden zu Hause sind zu einer der tödlichen Anwendungen der späten 90er Jahre geworden.

Vernetzung wird die Leistungsfähigkeit der Technologie bestimmen. Entscheidend war die zunehmende Vernetzung der Computer. Anfang der 80er Jahre waren die meisten Computer so, wie sie hießen: *Personal*computer.

1985 war nur ein Prozent der damals betrieblich genutzten Computer mit einem lokalen Bereichsnetzwerk verbunden. Bis zum Jahr 2000 wird fast ein Drittel der Desktop-Workstations mit einem lokalen Netzwerk verbunden sein, und immer mehr Benutzer werden auch Zugriff auf externe Netzwerke, Datenbanken und E-Mail haben. Man redet bereits von kleinen Bereichsnetzwerken, die mehrere Computer im Haushalt verbinden. Außerdem haben praktisch alle Laptops inzwischen eingebaute Kommunikationskapazitäten. Und es gibt eine ganze Gruppe einfacherer Geräte und Softwareprodukte, deren einziger Zweck es ist, Zugang zu verschaffen: Mobiltelefone, Piepser, Faxgeräte, persönliche Zeichengeber, Videokonferenzen, Voice Mail und E-Mail. Groupware – Informationstools, die die Zusammenarbeit von Gruppen fördern – wird vielleicht der am schnellsten wachsende Bereich der Informationstechnologie.

Das Muster ändert sich

Nur weil diese Technologien vorhanden sind, heißt das realistischerweise noch nicht, daß sie auch benutzt werden oder gar erwünscht sind. Aber erinnern wir uns an den Ausgangspunkt für die Informationstechnologie Ende der 80er Jahre. Neue Technologien brauchen normalerweise länger als erwartet, um vom Markt akzeptiert zu werden, aber wenn es dann soweit ist, übertreffen ihre Wachstumsrate und ihr Einfluß auf die Arbeitsverfahren oft die Erwartungen. Zu den Informationstools von morgen gehören u. a.:

Datenautobahn. Dank Glasfaserkabeln mit großer Bandbreite wird die Datenautobahn mehr Daten übermitteln können denn je, auch Videodaten. Gemeinsam mit den neuen drahtlosen Kommunikationsmöglichkeiten ermöglicht das den weltweiten Zugang zu jedermann und jeder Zeit. Die Wirtschaft wird die Großbereichs-Netzwerke sehr viel stärker nutzen, etwa für den elektronischen Datenaustausch, Geldüberweisungen und Marktuntersuchungen in Echtzeit, weil die große Bandbreite ihnen ermöglicht, mehr Daten und Bilder mit höherer Qualität zu übermitteln.

Informationssuchwerkzeuge. Informationen sind nutzlos, solange sie bedeutungslos sind. Informationssuchwerkzeuge (sogenannte Agenten) durchsuchen Hunderte von Datenbanken nach Informationen, die für die anliegenden Aufgaben benötigt werden. Diese Such- und Abschirmprotokolle ermöglichen den Unternehmen, die Unmengen an Informationen erfolgreich zu nutzen, die bald verfügbar sein werden.

Computer mit Stimm- und Handschriftenerkennung. Stimm- und Handschriftenerkennung machen den Dialog zwischen Mensch und Computer natürlicher und umfassender. Diese Systeme werden diejenigen, die sich vor Computern fürchten, und, sobald sie mit Übersetzungsprogrammen ausgerüstet sind, Arbeiter, die die Gastsprache nicht sprechen, in die Lage versetzen, Computer ohne Schwierigkeiten zu benutzen und eine neue Art von Arbeitsgemeinschaft schaffen.

Integrierte Multimedien. Mit verbesserten Technologien zur Videokompression, vollwertigem Video auf dem Schreibtisch und in das Telefon integriert, kann das Netzwerk überall und zu jeder Zeit komplette Videokonferenzen ermöglichen – falls, wie und wann der Markt es wünscht. Elektronische Postsysteme werden Videoclips, gesprochene Kommentare und komplexe Grafiken umfassen. Unternehmen werden überall auf der Welt Präsentationen in Echtzeit vornehmen können.

Virtuelle Realität. Mit Hilfe simulierter Übungen wird die virtuelle Realität die für eine Aufgabe wichtige Ausbildung derjenigen erlauben, deren Arbeit lebensgefährlich ist, also u. a. Soldaten, Piloten, Polizisten, Feuerwehrleute, Ärzte und Krankenschwestern. Suchen Sie nach der virtuellen Realität, damit die Ausbildung aus dem Klassenzimmer an die Front kommt, indem Sie zeitsynchrones, erfahrungsgestütztes Lernen fördern.

Groupware. Groupware sind verschiedene Computertools, die Gruppen helfen, besser zusammenzuarbeiten. Diese Tools können die Kommunikation verbessern (gemeinsame Bildschirmnutzung, Telekonferenzen, Gruppenschreiben), Gruppenabläufe unterstützen (Arbeitsflußsoftware) und eine Bank für Gruppendaten bereitstellen (in Dateien ablegen/wiederfinden und filtern/klären). Diese Tools sind besonders hilfreich bei kulturvergleichender Teamarbeit, der globalen Verwirklichung von Teamarbeit und der Schaffung maßgeschneiderter Tools für Gruppen in jedem Unternehmen.

Informationsvorrichtungen. Diese preiswerten tragbaren Geräte sorgen für höchstmögliche mobile Verbindung und bringen die traditionellen Bürotools an die Front. Mit eingebautem Funk können die Benutzer Faxe und E-Mail verschicken und empfangen, sich die neuesten Börsennotierungen ansehen, auf Datenbanken von Unternehmen zugreifen und Presseverlautbarungen über sie interessierende Gebiete verfolgen. Diese Vorrichtungen werden die Form der Informationsarbeit verändern, weil sie den Rahmen der betrieblichen Handlungsweisen überall/jederzeit erweitern.

Lokale Bereichsnetzwerke. Lokale Bereichsnetzwerke machen aus dem Personalcomputer einen interpersonalen Computer und definieren Informationstools nicht danach, was sie sind, sondern danach, womit sie verbunden sind. Lokale Bereichsnetzwerke können von jedem Ort im Unternehmen auf Datenbanken des Unternehmens zugreifen, die Informationen z. B. jedem zugänglich machen, der sie braucht. Das kann die Machtstruktur traditioneller Unternehmenshierarchien ändern.

Unsere Faszination über die Leistungsfähigkeit und die Möglichkeiten der einzelnen Tools verdrängt oft die allgemeinere Bedeutung dieser Entwicklungen. Wir stehen im ganz elementaren Sinn am Rand einer anderen Revolution im Wesen der Informationstechnologie und ihrer Wirkung auf die Unternehmen. Technologie, die den Menschen zuerst ersetzte und ihm später Macht verlieh, schafft jetzt Gemeinschaften, indem sie Menschen miteinander und mit den Informationen verbindet, die sie brauchen. Diese paradigmatische Veränderung in der Technologie führt dazu, ganz anders über die Arbeit und Arbeitsbeziehungen zu denken.

Fehlschläge sind auf der zweiten Kurve häufig

Die meisten von uns glauben gern, daß es bei der zweiten Kurve um das vorhersehbare Auftreten neuer Technologie geht. Leider erweisen sich die meisten Zweitkurven-Technologien als völlig wertlos oder werden, wenn man Glück hat, zu einem Pyrrhussieg auf dem Weg zu einer besseren technologischen Zukunft. Es ist kaum möglich, an Technologie zu denken und nicht gleichzeitig auch an Risiken. In einer größeren Untersuchung über die Zukunft der forschungsintensiven Branchen Amerikas gaben wir eine Arbeit bei führenden Wirtschaftswissenschaftlern der Stanford University in Auftrag, die sich mit technologischen Veränderungen beschäftigen. Sie kamen nach einer eleganten Durchsicht der Literatur zu dem Schluß, daß es aufgrund der von Hause aus vorhandenen Risiken und Unsicherheiten sowie der Schwierigkeit, privat die Vorteile technologischer Innovationen wirklich zu begreifen, zu einer systematischen Unterinvestition durch die Gesellschaft in neue Technologien kommen wird. Diejenigen, die auf der zweiten Kurve agieren, tun das weitgehend wegen des technischen Reizes – nicht wegen des Geldes –, und die meisten, wenn nicht alle, sind zum Scheitern verurteilt. Die Frage ist die: werden wir als Gesellschaft die Akteure der zweiten Kurve auch weiterhin unterstützen? Zum einen setzen wir offenbar großes Vertrauen in sie, wenn wir trotz hoher Risiken ihre Aktien kaufen, zum andern unterlassen wir dagegen auf staatlicher und unternehmerischer Ebene die Investitionen in die Forschung und Entwicklung, die all das doch erst in Gang gesetzt haben.

Die Technologie wird das Dilemma der zwei Kurven allein durch ihre Leistungsfähigkeit verschärfen

H&R Block (die Eltern von CompuServe) und seine Konkurrenten wie America Online fangen bei dem Gedanken, daß einer der beiden Wettbewerber sie völlig ausschalten könnte, an zu zittern. Entweder wird das Microsoft-Netzwerk durch seinen Zugriff über Windows 95 so stark, daß es die Online-Dienste beherrscht, oder Microsoft, America Online, CompuServe und Delphi werden alle uninteresant für das

Phänomen, also das Internet, das keinen Vermittler pro Mitglied, pro Monat zwischen Ihnen und der wilden elektronischen Grenze braucht. Die Antwort liegt vielleicht irgendwo in der Mitte, wo Benutzer sich auf die Online-Dienste als Tor zum Internet und Tor zur verkabelten Welt eingerichtet haben. Vielleicht halten sie den Online-Diensten die Treue, vorausgesetzt die Preise dieser Dienste sind wettbewerbsfähig, und die Dienste selbst sind unentbehrlich.

Die andere Seite dieser Verschärfung ist das Gegenteil von dem, worauf wir bereits im Zusammenhang mit Mark Andreessen und der immer kürzer werdenden Zeitspanne zwischen technischer Genialität und gewöhnlicher Vermarktung hingewiesen haben. Für die Pioniere unter den Zweitkurven-Unternehmen wird die Zeit an der Sonne kürzer. So wie die technologische Leistungsfähigkeit und die Verbundenheit einer verkabelten Welt zunehmen, werden diese Augenblicke an der Sonne für diese Pioniere kürzer. Und die Geschwindigkeit, mit der neue Kurven konstruiert werden müssen, wird noch größer.

Der Aufbau nachhaltiger Technologieunternehmen könnte in Zukunft schwieriger werden

In den USA sehen wir Forschung und Entwicklung – insbesondere die Grundlagenforschung – bedroht, weil die Sowjetunion nicht mehr als Feind zur Verfügung steht; wir als Gesellschaft haben damit einen weniger zwingenden Grund, jetzt, wo der kalte Krieg vorüber ist, in die Grundlagenforschung zu investieren. Die Innovationen, ob in der Computer-, Pharma- oder Halbleiterbranche, beruhen andererseits zunehmend auf der Software, nicht der Hardware. Das ist insofern beunruhigend, als das geistige Eigentum offensichtlich weltweit nicht geachtet wird, was tiefe kulturelle Wurzeln haben mag und u. U. auch schwer zu überwinden ist. Die fehlende Rücksichtnahme und der Mangel an Unterstützung für die grundlegende Forschung und Entwicklung könnten einige der Innovationen und Kapazitäten der forschungsintensiven Zukunftsbranchen beeinträchtigen. Die Technologie hat in den letzten fünfundzwanzig Jahren zweifellos enorm zur Steigerung des globalen Lebensstandards beigetragen und wird es auch in

Zukunft tun. Aber einige der heutigen Verhaltensweisen könnten diesen Wachstumsmotor drosseln und das Vordringen der Innovationen verlangsamen und damit auch den Produktivitätsmotor, der zu höheren Lebensstandards führt.

Kapitel 5
Der neue Verbraucher: Alles, jederzeit, überall

Verbraucher sind nicht mehr so wie früher. Sie sind anspruchsvoll, wohlhabend, gut ausgebildet und erwarten, jedes Produkt jederzeit und überall bekommen zu können – und das selbstverständlich zu einem günstigen Preis. Die Zahl der neuen Verbraucher wächst von Jahr zu Jahr, und ihr Vorhandensein verwandelt den Markt erheblich. Sie sind kritischer als ihre Vorgänger und kaufen nicht mehr nur aufgrund eines Etiketts oder eines niedrigen Preises.

Was bedeutet das für die Branchen, die ihnen etwas verkaufen wollen? Zunächst einmal ist es schwer, die Aufmerksamkeit dieses Verbrauchers zu erwecken, davon, ihm etwas zu verkaufen, ganz zu schweigen, und selbst wenn man das schafft, glaubt er einem vielleicht doch nicht. Viele der Personen mit verfügbarem Einkommen sind aus Haushalten mit zwei Einkommen. Die Verbraucher von heute sind übermüdet und überarbeitet und, als wäre das noch nicht genug, auch etwas abgestumpft, womit der einfache Umsatz der Vergangenheit angehört. Die einzige Schicht mit echter Muße sind heute die Arbeitslosen.

Die Verbraucher sind *nicht* mehr so wie früher, und der Markt ebensowenig. Die Zeit bis zum Markt ist kurz, die Auswahl groß, der Klang des Markennamens ist nichts Sicheres – weshalb viele Märkte für jeden zu haben sind. Neue Verbraucher verlangen Veränderungen, und Zweitkurven-Unternehmen sollten gut zuhören.

Neu und verbessert: Der Verbraucher von heute

Der eigentliche Ursprung des neuen Verbrauchers ist der Babyboom, der in den Vereinigten Staaten für etwa ein Drittel der Bevölkerung verantwortlich ist. Den Angehörigen des Babybooms ist es gelungen, jede Einrichtung zu beherrschen, mit der sie in Berührung gekommen sind, vom Kindergarten über die Grundschule und das College bis zum Arbeitsplatz. (Und im Jahr 2020 werden sie die Pflegeheime beherrschen.) Sie sind gut informiert, auf Draht und online und haben Anlaß, die richtigen Entscheidungen zu treffen. Und mit alldem ist eine tiefe Skepsis gegenüber der wahrgenommenen Autorität einhergegangen. Die Verbraucher sind mehr denn je bereit, die Treue zu wechseln und mit dem Neuen und Anderen zu experimentieren.

Sie unterscheiden sich, kurz gesagt, in fünf Punkten von den Verbrauchern der Vergangenheit:

Sie sind besser ausgebildet.
Sie sind kritisch.
Sie sind besser informiert.
Sie sind individualistischer.
Das, was sie schätzen, hat sich geändert.

Die Ausbildung der Verbraucher

Am auffälligsten an den Angehörigen des Babybooms – und demnach an den heutigen Verbrauchern – ist ihre Ausbildung. Über die Hälfte dieser Gruppe schaffte es bis zum College, und die Hälfte davon hat studiert. Sie haben somit eine bessere Schulbildung als alle Verbrauchergruppen vor ihnen. Aber das ist noch nicht alles: auch die auf sie folgenden Gruppen sind bestens ausgebildet. In den USA haben von den Verbrauchern, die am Lebensende aus den Verbrauchsmodellen herausfallen, normalerweise unter zehn Prozent eine Collegeausbildung. Aber die neuen Verbraucher, die an ihre Stelle treten, haben einen anderen Hintergrund: 60 Prozent von ihnen waren auf einem College, und etwa 25 bis 30 Prozent haben auch einen Collegeabschluß. Das Bildungsniveau der Verbraucher steigt also dank des Austausches der alten gegen neue Verbraucher ständig an. Und das ist nicht nur in den Vereinigten Staaten so; es ist eine weltweite Erscheinung.

Dieser Anstieg des Bildungsniveaus hat Verbraucher hervorgebracht, die nicht nur in der Lage sind, eine Entscheidung zu treffen, sondern auch bereit dazu, die außerdem keine Angst haben, die Autorität des Verkäufers in Frage zu stellen, was sie früher einfach nicht getan haben; ein Markenname war ein Verkaufsargument, ein niedriger Preis ebenfalls. Heute ist die Gleichung nicht mehr so einfach; der Verbraucher hat seinen eigenen Kopf.

Eine Frage des Geschmacks

Mit der Schulbildung kommt die kritische Einstellung in Fragen des Geschmacks. Das Qualitätsniveau und die Extravaganz, die die Leute wünschen – täglich, einschließlich Produktdesign, guter Aufmachung und Service –, sind außergewöhnlich. Die größere Zahl an Haushalten mit hohen Jahreseinkommen bedeutet, daß es mehr kaufkräftige Verbraucher gibt, was wiederum heißt, daß sie bei ihren Kaufentscheidungen anspruchsvoller und unberechenbarer sind. Immer häufiger bestimmen Verbraucher die Regeln.

Schieb mich an: Infomatierte Verbraucher

Die Technologie hat beim Aufkommen des neuen Verbrauchers eine Schlüsselrolle gespielt, als sie den Menschen die Instrumente an die Hand gab zu lernen, welche Wahlmöglichkeiten sie haben, und dann richtig zu wählen. Sie hat außerdem den Herstellern und Händlern ermöglicht, sehr viel schneller auf Konsumentenwünsche einzugehen. Die Kombination aus neuen Verbrauchern und neuer Technologie erlaubt gewaltige Veränderungen, bietet den Verkäufern neue Wege, den Verbraucher zu erreichen, und den Verbrauchern neue Wege, den Anbieter zu erreichen, zu beherrschen und zu dirigieren.

Dabei reden wir nicht nur über ein paar Privilegierte. Mehr als die Hälfte der Berufstätigen in den Vereinigten Staaten hat Zugang zu einem Computer, vom PC auf dem Schreibtisch des Facharbeiters über das tragbare Gerät zur Bestandskontrolle bis zum Kassenterminal an der Supermarktkasse. An drei Vierteln aller in den letzten zehn Jahren entstandenen neuen Arbeitsplätze gibt es solche Geräte. Die Menschen sammeln und analysieren diese Informationen nicht nur, sie sehen auch, wie der Arbeitsplatz durch diese Informationen täglich verändert wird.

Die Verfügbarkeit der Technologie ist nicht auf den Arbeitsplatz beschränkt. 37 Prozent der Haushalte haben inzwischen einen Computer, und schätzungsweise 40 Prozent dieser Haushalte sind über ein Modem mit der Außenwelt verbunden, ein Anteil, der wächst, je mehr Personalcomputer mit eingebautem Modem und Faxanschluß ausgeliefert werden. Online ist erst ein relativ kleiner Prozentsatz der amerikanischen Haushalte verbunden; etwa 4 Prozent der Haushalte haben heute einen Online-Zugang, und die Zahl der amerikanischen Haushalte, die mit dem Internet verbunden sind, liegt irgendwo zwischen 4 und 7 Prozent, wenngleich die aktiven Benutzer weniger als ein Prozent ausmachen (allerdings steigen diese Zahlen rasch). Wie groß das Internet werden kann, ist ungewiß. Eine Möglichkeit wäre die, daß es zum Laboratorium für Wirtschaft, Kommunikation und Unterhaltung im 21. Jahrhundert wird, das die zunehmende Leistungsfähigkeit der Computer, die wachsenden Kapazitäten der Kommunikation und die steigende Zahl der Möglichkeiten zusammenbringt, die ein mit solchen Geräten ausgestatteter Planet bieten kann. Und es besitzt jene Ungebundenheit, die zu gewaltigem finanziellen Wachstum führt.

Die Technologie an sich ändert die Verbrauchsmuster nicht zwangsläufig, verschafft den Konsumenten jedoch Zugang zu Instrumenten, die sie bei ihren Kaufentscheidungen nutzen können. Je mehr Haushalte von der Informationstechnologie erfaßt werden, desto mehr neue Möglichkeiten eröffnen sich den Verbrauchern. Es gibt vor allem ein Segment, das das Institut für die Zukunft »infomatierte« Haushalte nennt, Haushalte, die über mindestens fünf der acht folgenden Technologien verfügen: Videorecorder, CD, Laserplatten, Faxgerät, Anrufbeantworter, Voice Mail, Computer und Mobiltelefon. 1993, als dieser Maßstab erstmals entwickelt wurde, waren nach dieser Definition etwa

11 Prozent der Haushalte in einer nationalen von Louis Harris durchgeführten Stichprobe infomatiert. Anfang 1995 war diese Zahl auf über 20 Prozent gestiegen, und sie nimmt weiter kräftig zu. Dabei handelt es sich bei diesem Segment keineswegs um eine Bande von Technologiefreaks; es sind vielmehr Personen aus den verschiedensten Lebensbereichen, im allgemeinen wohlhabende Angehörige des Babybooms, die ein College besucht haben und die Technologie dazu benutzen, ihr Leben ganz normal zu erweitern, auch die Art, wie sie als Verbraucher interagieren.

H&R Block ist ein Unternehmen, das gut mit Veränderungen umgehen kann. Henry Bloch hat aus ganz einfachen Anfängen ein riesiges Geschäft für den Konsumgütermarkt der mittleren bis unteren Preisklasse aufgebaut: Ausfüllen der Steuererklärungen für den Durchschnittsarbeiter. Henry und Richard Bloch gründeten das Unternehmen, das damals United Business hieß, 1946 und boten in ihrem Service u. a. das kostenlose Ausfüllen der Steuerformulare. Als die Bundessteuerbehörde diesen Service 1955 untersagte, strukturierten die Brüder Bloch um, konzentrierten ihr Geschäft auf eine Seitenlinie – Steuerberatung – und firmierten neu als H&R Block. Das Geschäft lief gut; 1962 wurden nach einem öffentlichen Zeichnungsangebot 75 000 Aktien verkauft.

Sechzehn Jahre später begann das Unternehmen zu expandieren. 1978 erwarb man Personnel Pool of America, ein Unternehmen für Aushilfsdienste, und 1980 CompuServe sowie 80 Prozent von Hyatt Legal Services, einer Anwaltskanzlei mit vielen Büros (die 1987 wieder verkauft wurde). 1985 wurde Path Management gekauft, eine Firma, die Seminare veranstaltete (und 1990 ebenfalls wieder verkauft wurde). 1991 erwarb Personnel Pool of America Interim Services. 1992 löste Tom Bloch seinen Vater Henry als Präsident ab. 1994 stieß das Unternehmen den Bereich Aushilfsdienste im Zuge einer Erstemission ab, um sich ganz auf elektronische und Computerdienste zu konzentrieren.

Der enorme Erfolg des Unternehmens über die Jahre geht im wesentlichen auf unglaubliche Disziplin von Henry Bloch und seinen Kollegen sowie auf einen Sinn für Einfachheit und gutes Geschäftsgebaren zurück. Als ich Henry Bloch kennenlernte, war sein Sohn Tom

Chief Executive Officer (CEO) der Firma; ich war für einen Sitz im Board (Verwaltungsrat) von Interim Services im Gespräch, eine weitere Tochtergesellschaft. Auf dem Rückflug von einem Besuch an der Ostküste machte ich in Kansas City halt. Als ich in die Firmenzentrale von Block kam, war ich erstaunt über die Ausmaße, die für eines der 200 größten amerikanischen Unternehmen recht bescheiden waren. Ich betrat das Gebäude, und die Empfangsdame begrüßte mich: »Sie müssen Ian sein.« Dann bat sie mich, in der Halle Platz zu nehmen. Ein paar Minuten später kam Henry Bloch herunter und sagte: »Ian, schön Sie zu sehen.« Es geschieht nicht jeden Tag, daß man in der Halle direkt vom CEO eines Großunternehmens begrüßt wird. (Nebenbei bemerkt: Ed McCracken von Silicon Graphics pflegt einen ähnlichen Stil, der stark vom typischen Unternehmenslager abweicht, in dem die Firmenchefs sich hinter einer Tür verschanzen, bewacht von einem Drachen von Sekretärin, die Berge von Hindernissen vor dem Besucher auftürmt.) Es ist bezeichnend für Henry Blochs Art und Persönlichkeit, daß es ihm wichtig war, ein solches Bild zu vermitteln – nur daß es kein Bild ist. Es ist er selbst.

Die Geschichte der zweiten Kurve von Bloch ist eine technologische Geschichte, denn natürlich erkannte man bald, daß Steuerberatung auf lange Sicht bei aller Nützlichkeit zunehmend ein Teil der elektronischen Infrastruktur werden konnte, sei es am Einzel-PC oder online. Man sah in der Firma, daß das Unternehmen mit den hohen Liquiditätsreserven nicht unbedingt die beste Anlagemöglichkeit darstellte und es vielleicht bessere Wege gab, das Geld anzulegen. So erwarb man CompuServe und Interim. Der Grund für das Interesse von Block an den Aushilfsdiensten war einfach: da die Steuerberatung jedes Jahr ein Großereignis mit unzähligen Zeitarbeitern war, die Bloch beibrachte und ausbildete, hatte man das Gefühl, in zwei Stammbereichen wirklich firm zu sein, nämlich im Management der Zeitarbeiter und des Franchisings (womit das Block-System wirklich voll beschäftigt ist). Interim Services (damals noch Personnel Pool of America) war ein mittelgroßer Aushilfsdienst mit Wachstumsambitionen. 1990 kam Ray Marcy als neuer CEO dazu, und kurz darauf wurden Interim Services und einige andere Firmen aufgekauft. Der Name Interim wurde übernommen und das Geschäft weiter ausgebaut. 1994 wurde Interim als eigenständige Aktiengesellschaft an der NASDAQ ausgegliedert. Das Geld, das Block aus diesem Geschäft zufloß, wurde teilweise für den Erwerb von MECA-Software verwendet (das später wieder verkauft wurde).

Block kennt sich mit der zweiten Kurve aus und weiß, wie man früh einsteigt – und mit Gewinn wieder aussteigt. Aushilfsarbeit ist ein Beispiel. Wichtigster Zweitkurven-Akteur in der Block-Mannschaft ist gegenwärtig jedoch CompuServe, ein Aktivposten, dessen Anteil am Marktwert von Block beständig steigt. Zum Stil von Block gehört es, den Tochtergesellschaften viel Freiraum zu gewähren, u. a. auch unabhängige Boards of Directors, wenngleich die Muttergesellschaft Block stets das letzte Wort hatte, also die Familie Bloch. Tom Bloch ist ein sehr kluger, engagierter, zurückhaltender Mann, den die meisten als zu zurückhaltend für einen CEO halten würden. Im August 1995 beschloß Tom, als Firmenchef aufzuhören und die Zügel einem fremden CEO zu überlassen. Kurz darauf wurde Richard H. Brown, Vize-Chairman von Ameritech, zum Präsidenten und CEO ernannt, ein Schritt, der im wesentlichen den Übergang von H&R Block von der ersten zur zweiten Kurve vollzieht. Heute sind sie online stark vertreten und betreuen den neuen infomatierten Verbraucher, mit einem Vermächtnis auf der ersten Kurve eines Unternehmens mit hohen Liquiditätsreserven aus einer Low-Tech-Branche, die im Dienst schwer arbeitender Amerikaner steht.

Der maßgeschneiderte Kunde

Individuelle Verbraucher sind immer häufiger nur noch eins: Individuen, die in der Masse oder auch nur einem größeren Segment nicht mehr ohne weiteres auszumachen sind. Der Verbraucher von heute hat vermehrt ganz eigene Vorlieben. Verbraucher mögen gemeinsame Interessen haben und sind vielleicht in Grenzen einzuordnen, doch meistens sind ihre Interessen so speziell und vielfältig, daß das allgemeine Raster der jüngeren Vergangenheit zu ihrer Charakterisierung nicht mehr ausreicht.

Das stellt die Massenanbieter auf der ersten Kurve vor einige Probleme. Bei der zweiten Kurve geht es zunehmend darum, Einzelpersonen bei der Erfüllung einmaliger Kombinationen aus Bedürfnissen und Wünschen zu helfen, nicht darum, möglichst viele Menschen zu finden, die bestimmten Kriterien genügen können.

Eine Sache des Herzens

Diesen vier Eigenschaften liegt eine fünfte zugrunde, die eng mit ihnen verbunden und in einigen Fällen auch der Grund für die Veränderung ist: einfach ausgedrückt, die Wertvorstellungen der Verbraucher haben sich geändert, und man sieht den Unterschied an ihrem Verhalten und den Erwartungen. Der Umweltschutz z. B. wirkt sich immer stärker auf die kaufende Öffentlichkeit aus und wird aus ganz offensichtlichen Gründen höchstwahrscheinlich bis weit ins 21. Jahrhundert hinein ein zentraler Wert bleiben. Vor allem das weitere Wachstum der asiatischen Volkswirtschaften (vgl. dazu Kapitel 6) wird die Umwelt wahrscheinlich zu einem noch größeren Sorgenkind machen und noch beunruhigendere Fragen nach der Nachhaltigkeit wirtschaftlichen Wachstums oder gar der Nachhaltigkeit des Planeten aufwerfen, wenn man das prognostizierte Wirtschaftswachstum in den bedeutenden Entwicklungsländern betrachtet. Eine nicht unerhebliche Verbrauchergruppe nimmt den Umweltschutz sehr ernst; es ist oft mehr als eine rein verstandesmäßige Entscheidung, fast eine Sache des Herzens, eine religiöse Vorliebe, was so weit gehen kann, daß Verbraucher sich vom Umweltbewußtsein eines Unternehmens in Sachen Marketing und Produktion – oder dessen Fehlen – beeinflussen lassen.

Der Wandel bei der wahrgenommenen Bedeutung von Markennamen ist ein weiteres Beispiel für den Wertewandel. Die Konsumenten von heute lassen sich nicht mehr so leicht von Markennamen betören, die nicht konsequent Qualität zu einem angemessenen Preis bieten. Gleichzeitig haben die Verbraucher jedoch eine Fähigkeit und sogar Bereitschaft gezeigt, völlig neue Marken zu unterstützen, denen sie erstaunlich treu bleiben. Der Aufstieg von Unternehmen wie Starbucks, Intuit, Nike und Reebok beweist die Fähigkeit der Babyboom-Generation, Marken zu machen und anzunehmen, mit denen sie sich identifiziert, und zu Marken zu stehen, die ihrer Meinung nach einen

Gegenwert bieten. Markentreue im klassischen Sinn ist wohl passé, aber wo es um veränderte Wertvorstellungen geht, ist sie nach wie vor aktuell.

Sie bringen Veränderungen: Der Einfluß des Verbrauchers auf den Markt

Die Verbraucher haben mehr und mehr das Sagen. Und die Verkäufer müssen, wenn sie überleben wollen, zuhören und reagieren. Das Aufkommen des neuen Verbrauchers hat fünf Besonderheiten des Zweitkurven-Marktes hervorgebracht:

Die Zeit bis zum Markt ist kurz.
Die Auswahl wird größer.
Absatzkanäle haben sich geändert und aufgeteilt.
Das Werteangebot hat sich geändert.
Wem der Kunde gehört, ist unklar.

Wann möchten Sie es haben?

Wo man auch hinsieht, das Tempo, mit dem die Volkswirtschaften arbeiten, wird höher. Die Verbraucher verlangen prompte Reaktionen, und die Verkäufer wetteifern darum, der schnellste zu sein. Und dieser Wettbewerb um Zeit, auf dem Markt von heute ein sehr realer Faktor, beeinflußt den Markt entscheidend und auf verschiedene Weise.

Erstens, die Zeit bis zum Markt: Die Verbraucher von heute verlangen Reaktionsfähigkeit, beim Service ebenso wie bei der Produktqualität. Für Verkäufer und Lieferanten bedeutet das, daß die Produkte oder Dienstleistungen, die sie anbieten, zeitig geliefert werden müssen – sehr zeitig. Die Anbieter stehen unter hohem Druck, die Zeit zwischen Herstellung und Lieferung des Produkts zu senken, damit es ins Regal kommt, und sie schaffen es: Die Produkte kommen sehr viel schneller auf den Markt als noch vor fünf oder zehn Jahren. Die Zeit vom ersten Entwurf eines Produkts bis zur Auslage in den Geschäften hat sich für viele Produktbereiche im Durchschnitt halbiert, von Sony-Unterhaltungselektronik über Toyota-Autos bis zu AT&T-Laptops. Die Innovationen beim Geschäftsablauf und der Information am Verkaufspunkt haben dazu beigetragen, die Dinge zu beschleunigen. Warenhäuser und Einzelhandelsgeschäfte hätten nicht so schnell auf die Bedürfnisse des Kunden reagieren können, wenn sie nicht jederzeit genau gewußt hätten, was der Kunde kauft (und nicht kauft) und zu welchem Preis. Kassenterminals sind an die Stelle von Angestellten getreten, und die Händler nehmen aufgrund von Erfahrenswerten einmal pro Woche Schätzungen vor und haben die Zeit bis zum Markt für die Waren, die der Kunde wünscht, erheblich reduziert.

Zweitens die Lieferbarkeit der Produkte: Sobald eine Ware auf dem Markt ist, erwarten die Verbraucher, sie jederzeit und überall erwerben zu können. Einige Unternehmen wie Levi Strauss (vgl. Kapitel 4) sind bestrebt, den gesamten Geschäftsablauf umzustrukturieren, damit sie ein nach Kundenwünschen hergestelltes Produkt in Rekordzeit umschlagen können. Reaktionen von Lieferanten und Händlern auf den Wunsch der Verbraucher, Waren und Dienstleistungen jederzeit und überall zu bekommen, erlebt man, wohin man blickt, in der eigenen Umgebung und weltweit. Nehmen wir die automatischen Bankschalter, den Rund-um-die-Uhr-Service von Safeway und – als wahrscheinlich erstaunlichstes Beispiel – die allgegenwärtigen Verkaufsautomaten in Tokio. Praktisch an jedem Gebäude der Stadt sieht man irgendeinen Verkaufsautomaten hängen; man holt Geld aus dem Portemonnaie und kann fast alles bekommen: Whiskey, Strumpfhosen, Erfrischungsgetränke, gekühlten Kaffee, Zigaretten, Sandwiches und alle möglichen sonstigen Sachen zum Essen und Knabbern. Auswahl und Menge sind unglaublich, und die Einführung der Geräte ist ein Beleg für japanische Findigkeit. Noch bemerkenswerter ist, daß es keinen Vandalismus gibt. Daß diese scheinbar so schutzlosen, mit Waren vollgestopften Kästen nicht angetastet werden, zeugt für die Stabilität der Kultur Japans und die Stärke des japanischen Gesellschaftssystems.

Hinter der Sache mit der Zeit steckt in Wirklichkeit der Versuch, neue Wege zu finden, die Verbraucher schneller, besser und billiger zu bedienen, und das geschieht häufig dadurch, daß man sich die Stärke der Zweitkurven-Technologie zunutze macht. Wenn ein Händler beispielsweise in die logische Zeilensequentialtechnologie investiert, in die computerunterstützte Fertigung und moderne Logistiksysteme, kann er ein nach Kundenwünschen gefertigtes Produkt innerhalb einer Woche liefern; die Lebenszyklen der Erzeugnisse werden also kürzer, und die Fähigkeit, ein neues Produkt herauszubringen, wird abhängig von der Kreativität und Geschwindigkeit. Und so wie die Zeit bis zum Markt ständig abnimmt, nimmt das Tempo des Wettbewerbs zu.

Pfefferkorn-Käsecracker nach Farmerart

Die Waren sind nicht nur schneller im Regal, man kann auch zwischen immer mehr Produkten wählen. Die Auswahl wird größer, und man sieht es, an den Waren, zwischen denen man wählen kann, und an den vorhandenen Zahlungsmethoden. Die Auswahl ist nicht nur größer, sie ist das A und O. Die Zahl der neueingeführten Produkte ist in den letzten fünf Jahren gewaltig gestiegen, und die der Waren, die tatsächlich in den Regalen eines normalen Geschäfts stehen, hat sich in den letzten zehn Jahren verdoppelt – wer daran zweifelt, gehe in irgendeinen Supermarkt in den Vereinigten Staaten. Als ich Mitte der 70er Jahre zum erstenmal nach Nordamerika kam, fuhr ich im Winter oft nach Palm Springs, um dem Regen in Vancouver zu entfliehen. Dort, im Vons Grocery Store, faszinierte mich immer wieder die Abteilung mit den Crackern. Daß sie eine ganze Cracker-Abteilung hatten – daß es überhaupt so viele Cracker geben konnte –, fand ich schon umwerfend. Aber es war nicht nur die Menge, sondern auch die unfaßbare Vielfalt, die Tatsache, daß es so viele Kombinationen gab und jemand tatsächlich Pfefferkorn-Käsecracker nach Farmerart oder sonst etwas kaufte. Man kam aus dem Staunen gar nicht mehr heraus.

Aber die Cracker-Abteilung ist auch ein gutes Beispiel für das simple Ausufern der Produktideen, das ein Ergebnis der Überschneidung von neuer Technologie und neuem Verbraucher ist. Wenn man Produkte schnell entwickeln und testen und die Vorlieben der Verbraucher mit moderner Scannertechnologie verfolgen kann, kann man die Grenzen des Pluralismus wirklich ausloten. Und wenn man an einen individuellen Lebensstil glaubt, wo statt Massenabfertigung Individualität herrscht, ist die logische Erweiterung das sogenannte Eins-zu-eins-Marketing, bei dem Einzelpersonen bedient werden, nicht Bereiche. Es ist klar, daß ein solches Marketing ein kräftiger Impuls für die Zunahme der Auswahl ist.

Kurz gesagt, die Leute versuchen sich vorzustellen, wie sie durch Innovationen die Wertschöpfung erhöhen können, ob es um Cracker, Tortilla-Chips, Silizium-Chips oder Computer geht. Und wir versuchen durch Differenzierung, neue Wege zu suchen, nicht zu einer Ware zu werden, und wenn dabei neue Produkte herauskommen, ist es auch gut.

Die Auswahl ist nicht nur hinsichtlich der Produkte groß, sondern auch hinsichtlich der Bezahlung. Man kann immer häufiger bar, mit Kreditkarte, EC-Karte oder demnächst mit virtuellem Geld in Form von Geldkarten, Smartcards und virtuellem digitalen Bargeld über das Internet zahlen. Diese Zahlungsmethoden ermöglichen, daß materiell wie virtuell neue Transaktionsformen aufkommen. Der Anblick eines Imbiß-Automaten, der Kreditkarten annimmt, ist etwas unheimlich, aber es ist noch gar nicht so lange her, da ging es uns bei Lebensmittelgeschäften genauso, und die Menschen bezahlen zunehmend fast alles mit der Karte. Sie verwenden Kreditkarten als Instrument zur Geldverwaltung, indem sie den Float nutzen, und sie verwenden EC-Karten (wo kein Float entsteht) aus Gründen der Annehmlichkeit – man braucht kein Scheckheft mehr. Für viele von uns ist der Einkauf mit Karten dieser oder jener Art etwas Selbstverständliches geworden. Wir benutzen Karten überall, vom Schnellrestaurant bis zur Tankstelle, wo man dank in die Zapfsäulen eingebauter Datenkassen nicht einmal mehr mit einem Tankstellenangestellten verkehren muß. Wir reden von einer auf nachsichtige Weise leistungsfähigen Technologie.

Einkaufen vom Sessel aus

Diese Auswahl ist keineswegs auf Produkte und Zahlungsweisen beschränkt; wir sehen weitere Möglichkeiten in Einkaufskanälen und darin, wo und wie wir einkaufen und auch wie wir bezahlen. Die Kombination aus anspruchsvollen Verbrauchern und neuer Technologie hat sich nachhaltig auf die Distributionskanäle ausgewirkt, und die Methoden, wie Händler heute Kunden erreichen, sind ganz anders –

und weit vielfältiger – als vor noch gar nicht so langer Zeit. Dank Kreditkarten, Datenkassen und eines Netzes von Bankautomaten sorgt die Transaktionsbearbeitung weltweit für frischen Wind und eine völlig neue zweite Kurve der Absatzkanäle. Die Kombination aus elektronischem Handel, gestärkten und aufgeklärten Verbrauchern, der neuen Rolle von Service und Geschwindigkeit sowie aufregenden neuen Technologien und unternehmerischem Gespür schafft völlig neue Wege für den Absatz von Produkten und Dienstleistungen.

Man muß nicht lange suchen, um eine Vorstellung von der Vielfalt zu bekommen: Einkaufszentren, Discountläden, große Kaufhäuser, Versandkataloge, Versandcoupons, Teleshopping, interaktive Kioske, PC Malls und andere Läden, alle mit verlängerter Öffnungszeit (oft rund um die Uhr und mit 7-Tage-Woche), sind nur einige Beispiele. Im folgenden einige der wichtigeren neuen Absatzkanäle.

Neue Versandwege

Der Versandhandel ist ein bedeutender Vertriebsweg, vor allem in den USA, zunehmend aber auch in Europa und Japan, wo der Versandbereich rasch expandiert. In den USA hört man verschiedentlich, das könnte den Markt sättigen, und das Versandhausmarketing werde bald seinen Höhepunkt erreichen. Aber selbst wenn der Umfang Höchstwerte erreicht, wird der Versandhandel aufgrund von Verbesserungen und Innovationen beim Versandsystem wahrscheinlich noch nützlicher werden – die Instrumente wie Computer, mit denen Marktforscher die Vorlieben einzelner Verbraucher feststellen können, werden differenzierter, Adreß- und Versandsysteme werden fehlerfreier und sicherer, und die Zielinformationen werden präziser.

Die Expansion beim Internet als Mechanismus für den Austausch

Ganz besondere Möglichkeiten für die Zukunft hinsichtlich der Vertriebswege im Einzelhandel erwachsen aus dem Internet. Es ist eine ziemlich verführerische technologische Kombination, weltweit und systematisch auf Informationen zugreifen zu können, wobei man auch noch zufällig einen Glückstreffer landen kann. Es ist richtig, daß das Internet im Augenblick noch eher ein Spielzeug ist, weniger ein praktisches Instrument: Wünsche (ob es dabei um den Einzelhandel, Waffen oder irgend etwas dazwischen geht) werden u. U. nachlässig erfüllt, um es vorsichtig auszudrücken, weil es an zuverlässigen Kontrollen und Ausgleichseinrichtungen fehlt, die man in einem herkömmlichen Einzelhandelsgeschäft oder bei einer Dienstleistung erwarten würde – einfache Dinge wie Lieferbarkeit eines Produkts, ob der Laden geöffnet ist und ob ein Geschäft sicher abgewickelt werden kann oder nicht. (Möchten Sie wirklich, daß hunderttausend Menschen Ihre Kreditkartennummer erfahren?) Aber ungeachtet dieser Stolpersteine ist das Internet ein äußerst interessantes Experiment im Handel, das in den nächsten zehn Jahren ablaufen wird. Es wird vielleicht nicht das Rückgrat des elektronischen Handels der Zukunft, aber es könnte durchaus seine Metapher sein.

Der Lebensmittelhandel

Einige der interessanteren Veränderungen bei den Absatzkanälen haben sich im traditionellsten Bereich des Einzelhandels ergeben, dem Lebensmittelhandel. Safeway hat den »Peapod-Service« ins Leben gerufen, der wirklich die Rückkehr zur Lieferung ins Haus bedeutet – nur daß er elektronisch übermittelt wird. Die Benutzer dieses Services haben eine Art Vorratsliste der üblichen Lebensmittel, wählen sich in die Datenbank von Safeway ein und geben ihre Bestellung auf. Die Benutzer erklären, das überlegtere Einkaufen durch den Preisvergleich am Bildschirm statt der Impulskäufe im Laden mache die Kosten wie Anfangs-, Monats-, Bestell- und Liefergebühren wett. Trotzdem muß der Service sich noch in größerem Stil durchsetzen. Es hat immer noch etwas zutiefst Menschliches, auf der Suche nach einem Produkt an den Regalen im Geschäft vorbeizulaufen. Supermärkte sind vielleicht einer der erfreulicheren Bereiche amerikanischer Kultur, und es wird noch lange dauern, bis ich das Recht aufgebe, in einen Lebensmittelladen zu gehen.

Direktabsatz

Über 40 Prozent der Post, die die Haushalte bekommen, ist Versandhandelspost. Haushalte mit hohem Einkommen sind die bevorzugte Zielgruppe für praktisch jegliche Firmenpost, und in vielen Fällen erhalten sie 50 bis 100 Prozent mehr Post als Haushalte mit geringerem Einkommen. Während Haushalte mit Mitgliedern zwischen 50 und 64 Jahren eher Werbung ohne Erwerbscharakter, Zeitschriften und persönliche Briefe erhalten, bekommen jüngere Babyboom-Haushalte (deren Mitglieder 30 bis 39 Jahre alt sind) mehr geschäftliche Werbung, Kataloge und Finanzunterlagen. Diese Art gezielter Briefsendungen von Unternehmen wird den jüngeren Haushalten höchstwahrscheinlich erhalten bleiben, wenn sie älter werden und wohlhabender.

Da die Zahl der Haushalte mit guter Schulbildung und hohen Einkommen steigt, hat die Werbung diese Märkte weiterhin im Auge. Die Reaktion auf herkömmliche Werbung ist hoch, vor allem bei Haushalten, die gut mit Kommunikationsmedien ausgestattet sind und im allgemeinen um fast 50 Prozent bereitwilliger auf Werbung reagieren als der durchschnittliche amerikanische Haushalt. Und obwohl viele Haushalte bei Umfragen angeben, lieber weniger Werbung zu bekommen, findet ein großer Teil von ihnen diese Post doch nützlich und interessant – sie lesen von den Postsendungen doppelt soviel wie sie Interviewern gegenüber zugeben, wie eine indirekte Untersuchung des U.S. Postal Service ergeben hat. Bei herkömmlichen Befragungen, ob die Haushalte lieber weniger Werbesendungen bekämen, bejahen die Befragten meistens nachdrücklich – überwiegend wohl, weil das die richtige Antwort zu sein scheint. Aber die indirekten Befragungen zeigen, daß die Menschen sehr viel mehr lesen, als sie bei direkten Befragungen zugeben.

Sie hätten doch nicht etwa lieber einen Buick? Der Wandel bei Markennamen

Die wesentliche Veränderung, die im Einzelhandel stattfindet, ist eine Umdeutung der Werte. In der Vergangenheit tat man Wert fast als etwas

Nebensächliches ab. Aber die anspruchsvollen Konsumenten von heute legen immer mehr Wert auf Preis, Qualität und Service. Sie möchten die besten Marken zu günstigsten Preisen, und sie wollen als Beteiligte zuvorkommend behandelt werden. Wal-Mart ist in puncto Verständnis, Betreuung und Belieferung vielleicht die Spitze, was dieses schwierige dreifache Versprechen betrifft. Das Unternehmen ist sehr darauf bedacht, die Kosten niedrig zu halten, gleichzeitig aber eine sehr gute Gegenleistung zu bieten, sowohl mit Hausmarken als auch mit national führenden Marken wie Procter & Gamble, und die diesbezüglichen Bemühungen fließen komplett in alle Produktions-, Lagerhaltungs- und Logistiksysteme ein, die alle zum Ziel haben, die Bedürfnisse der Kunden zu erfüllen.

Wal-Mart erreichte den Kunden auf eine neue Art: große Discountläden mit einem Sortiment an erstklassigen, aber preisgünstigen Produkten außerhalb der Städte mit ausreichend Parkmöglichkeiten. Die Investitionen flossen in den Bau neuer Läden und in Bemühungen, die Waren noch effizienter an den Kunden zu bringen. Da der Kunde sich bald auf die Qualität der angebotenen Waren verlassen konnte, konnten die Preise niedrig und die Auswahl groß gehalten werden. Wal-Marts Anteil am gesamten Einzelhandelsumsatz stieg, während der der Konkurrenz stagnierte oder sank – vor allem von Sears Roebuck, JCPenney und Kmart, Unternehmen, die auf ältere Standorte setzten oder versuchten, in abgelegenere Bereiche zu expandieren oder sich in Qualität und Auswahl ihres Angebots nicht so schnell anpaßten.

Ein Ergebnis dieser Umdeutung ist der Niedergang des Glanzes der Markennamen. In der Vergangenheit stellten Markennamen einen Wert dar, weil sie den Kunden einen bestimmten Qualitätsstandard versprachen, aber heute verkauft ein Markenname ein Produkt nicht mehr so wie früher. Das Interesse der Kunden an Preis, Qualität und Service wiegt den Bombast eines Markennamens auf, so daß der Name allein einfach nicht mehr genügt. Inzwischen wird der Qualitätsstandard oft vom Einzelhändler angegeben, der eine Vielzahl Marken führen kann (darunter auch Eigenmarken), die alle Qualität versprechen, z. T. aber sehr preisgünstig sind, weil nicht einzeln für sie geworben werden muß.

Geteilte Treue und Hausmarken

In einer Welt, in der Absatzkanäle sich wandeln und aufteilen, in der die Verbraucher anspruchsvoll sind und der Markt vor Auswahl und Kraftsprüchen über die Geschwindigkeit strotzt, verschwimmt der Begriff der Kundentreue. In einer gefestigteren Umwelt – wo die Markentreue berechenbar war, Innovationen kaum vorkamen und der Hersteller durch die Massenmedien über Geschmack und Vorlieben des Verbrauchers herrschte – war die Markentreue entscheidend für den Erfolg der vielen großen Konsumgüterunternehmen. Diese Markentreue wurde tatsächlich wie eine Metapher auf andere Güter und Dienstleistungen übertragen; es gab nicht nur bei Waschmitteln und Colagetränken große Marken, sondern auch bei den Finanzdienstleistern, etwa Chase, Wells Fargo und der Bank of America, nicht zu vergessen Automobilmarken wie Volvo, Mercedes und BMW. Selbst die Beratungsbranche hatte bedeutende Marken aufzuweisen – McKinsey & Co. und Bain & Co. z. B.

Eine Marke ist nicht nur ein Produkt, das mit dem Etikett eines bestimmten Herstellers versehen ist. Eine traditionelle Marke ist im übertragenen wie wörtlichen Sinn ein Produkt oder eine Dienstleistung, bei der der Verbraucher meint, über den Preis und die eigentliche Funktionsfähigkeit hinaus bestimmte Vorteile zu erwerben. Eine Marke ist ein Symbol, das Teil der kulturellen Phantasie wird. Sie beschwört eine Lebensart herauf, einzigartige Assoziationen, Lifestyleattribute und Status. Die Marke kann sozial annehmbar sein (Gillette Rasierapparate, Pampers Windeln, Coke oder Pepsi), in Mode (Absolut Wodka, Swatch Uhren) oder Ausdruck eines Lebensstils (BMW, Eddie Bauer oder Reebok). Vor allem aber muß sie eine Beschaffenheit und Qualität aufweisen, die zwischen Hersteller und Verbraucher immer wieder ein Band der Treue knüpft.

Manchmal kann eine Marke im Vergleich mit Wettbewerbern einen hohen Preis haben, das muß sie aber nicht. Normalerweise liegt die Ertragskraft großer Marken in der Menge und den Skaleneffekten der Massenanziehung, nicht nur im Stückpreis. Und weil der Hersteller den traditionellen Markenartikel kontrollierte, erzielte er auch den Gewinn.

Und dann kam die Haus- oder Händlermarke, die sogenannte Gattungskopie, aber das war sie ganz und gar nicht. Das Gattungsprodukt ist eine Sache, nichts weiter als ein Artikel ohne Etikett, ohne Markenname und von geringerer Qualität. Die Hausmarke nutzt die Macht der Einzelhandels- und Vertriebskette und deren Kontrolle über den Absatzkanal, um die gleiche Art von Markenkapazität zu wiederholen, die der Hersteller einst hatte. Der Einzelhändler tätigt die gleichen Investitionen in Werbung, Forschung, Produktqualität, Positionierung und Verpackung, so daß der Verbraucher ein Produkt gleichwertiger, wenn nicht höherer Qualität wahrnimmt und es sich zu einem Wettbewerbspreis beschaffen kann. Der offensichtliche Reiz der Hausmarke für den Einzelhändler liegt darin, daß sie, weil sie die Investitionen vornehmen und die Entscheidung über die Produktauswahl treffen, bei Hausmarken weit höhere Gewinnspannen erzielen als bei Fremdmarken. Dazu – dem Verkauf von Produkten mit ihrem eigenen Label – sind die Einzelhändler aufgrund ihrer Macht in der Lage. Ihnen gehört der Kunde und der Laden, und sie können ihre Hausmarken dort plazieren, wo sie wollen, und sie erhalten hohe Nachlässe von den Ursprungslieferanten, die oft die Markenhersteller selbst sind. Die Einzelhändler haben auch die Kontrolle über die Absatzkanäle.

Hausmarken erfordern das Management einer Eigenmarke, genauso wie ein Hersteller ein ganz spezielles Qualitätsimage für seine besten Erzeugnisse schafft und fördert. Die Select-Schokoladenplätzchen von Safeway enthalten mehr Butter und bessere Schokolade als die der führenden Marken und werden dem Kunden mit einem Qualitätsanspruch angedient, der seine Erwartungen an führende Marken hinsichtlich Frische, Geschmack und Anziehungskraft erreicht oder gar übertrifft. Und Wal-Mart verkauft von seiner qualitativ anspruchsvollen Hausmarke Sams-Cola mehr als von Coke.

Die Verbreitung der Hausmarken in amerikanischen Supermärkten folgte unmittelbar auf die Revolution, die in Großbritannien und Kanada stattfand, den Ursprungsländern der klassischen Beispiele und Vorläufer der Hausmarke. In Großbritannien waren die Hausmarken äußerst erfolgreich: Über 50 Prozent des dortigen Einzelhandelsumsatzes an Lebensmitteln entfallen auf Hausmarken. Aggressive Hausmarkenhändler haben ihre eigenen Lieferanten, eigene Einkäufer für Wein und ausgeklügelte Maßnahmen zur Durchsetzung der Markenqualität bei Wein, Spirituosen, Nahrungsmitteln und Waren, die früher einmal große Markentreue genossen. Marks & Spencer hat den Hausmarken jahrelang den Weg bereitet. Sie führen ausschließlich die Marke St. Michael, deren Qualität in den Bereichen, die sie abdecken, einen ausgezeichneten Ruf hat. Auch das englische Unternehmen Tesco hat überwiegend auf das Hausmarken-Modell gesetzt. In Kanada war Loblaw, die größte kanadische Lebensmittelkette, ein Pionier bei der Einführung von Hausmarken. Die Zusammenarbeit von Loblaw mit einigen Einzelhändlern in den USA (darunter Safeway) hat die Entwicklung anspruchsvoller Hausmarken gefördert. Loblaw ist Nordamerikas erfolgreichster Einzelhändler mit Hausmarken. Loblaws Gattungsprodukte und Hausmarken haben die Supermärkte in ganz Nordamerika erobert. Loblaw stellt die in Kanada meistverkauften Kekse her: President's Choice Decadent Chocolate Chips. Sie verkaufen sich besser als die Chips Ahoy von Nabisco, obwohl das Loblaw-Erzeugnis in nur 23 Prozent der Läden des Landes zu haben ist, die Chips Ahoy dagegen in 98 Prozent der Läden! Der Schlüssel zum Erfolg der Loblaw-Kekse ist nicht nur der niedrigere Preis, sondern auch der bessere Geschmack: Die Chips Ahoy bestehen nur zu 24 Prozent aus Chips und werden mit Pflanzenöl hergestellt, die President's Choice-Kekse bestehen dagegen zu 40 Prozent aus Chips und werden mit Butter hergestellt.

Nach einem Bericht der *New York Times* vom 6. Februar 1994 stößt Loblaw in die Vereinigten Staaten vor. Im Februar 1994 war die Marke President's Choice in über 1 200 amerikanischen Geschäften vertreten, einschließlich Ketten wie D'Agostino's in New York, Jewel in Chicago und Lucky in Kalifornien. Loblaw kurbelte seine Marktdurchdringung 1992 an, indem das Unternehmen Wal-Mart, dem größten Einzelhändler der Welt, bei der Entwicklung von Hausmarken half, von denen es inzwischen etwa 600 gibt.

Einige Einzelhändler machen nicht nur ihre Produkte zu Hausmarken, sondern auch ihre Verfahren. Wal-Mart stand bei beidem in vorderster Reihe, automatisierte seine Vertriebszentren, was Versandkosten und -zeit reduziert, und führte ein computergestütztes Lagerhaltungssystem ein, das die Ausgangsprüfung und Nachbestellungen beschleunigte. Die zweite Kurve im Einzelhandel ist die, bei der der Händlermarke gleiches oder größeres Gewicht eingeräumt wird, aber auch die, bei der der Händler eine enge elektronische und geschäftliche Zusammenarbeit mit seinen Lieferanten aufgebaut hat, um sicherzustellen, daß sie ein Produkt in der richtigen Menge und rechtzeitig liefern können. Beide Seiten unterstützen das Produkt angemessen und verankern ihre Bestandskontroll- und Herstellungssysteme fest zwischen Händler und Lieferant. Diese umfassende Integration wendet sich an das erweiterte Unternehmen der Zukunft, wo immer mehr Firmen geschäftlich fest mit Lieferanten und Händlern integriert sind.

Bei der Hausmarke geht es wirklich um eine grundlegende Verlagerung im Wertangebot, um eine Revolution, bei der die Macht im Einzelhandelsspiel die Vertriebskette abwärts und näher zum Kunden wandert. Diese Wertumwandlung und die Verlagerung hin zu den Hausmarken werden verstärkt Möglichkeiten für die zweite Kurve schaffen. Wahrscheinlich werden wir ähnliche Erscheinungen des Hausmarkenphänomens auch in anderen Bereichen der Waren und Dienstleistungen erleben. Wir haben es bereits in größerem Umfang beim Gesundheitswesen erlebt, wo Pläne der regulierten Gesundheitsvorsorge die Leistungen einiger Ärzte und Krankenhäuser (Markenführer) mit Erfolg zu Hausmarken machen und diese Ärzte und Krankenhäuser zu »Markenartikeln« aufzubauen versuchen, obwohl gar keine Exklusivverträge mit ihnen bestehen. Das gleiche erleben wir im Bankwesen, wo firmeneigene Kreditkarten Hausmarken für Finanzprodukte schaffen und das Stammkreditinstitut eine No-name-Bank vom Land ist.

Haben Marken Zukunft? Immer häufiger stellen sich Marketingstrategen diese Frage und erklären, der Vormarsch der Hausmarken sei ein unumstößliches Indiz dafür, daß die traditionellen Markenartikel bedroht sind. Diese Logik ist falsch. Die Zunahme bei den Hausmarken bedeutet nicht zwangsläufig den Tod der Markenartikel; auch Hausmarken können echte Markenartikel sein. Die Hausmarken haben sich von Schmarotzern zu eigenständigen Markenartikeln entwickelt.

Nachdem die Einzelhändler diese zentrale Wahrheit erkannt hatten, stiegen sie selbst in das Markenartikelgeschäft ein und nahmen es mit den Herstellern auf deren eigenem Gebiet auf. Sie kauften Konsumgüter von ihren Lieferanten, versahen sie mit ihrem eigenen Etikett und unterboten die Markenartikel der Hersteller im Preis. Eins sei jedoch klargestellt. Ein Wettbewerber, der einen führenden Markenartikel kopiert, ist kein Markenartikler, sondern ein Schmarotzer, der über den Preis mit dem Markenartikel konkurriert. Wie alle Schmarotzer hat er kein eigenes Leben. Würden die Hersteller diesen Markenzeichen-Schmarotzern preislich Paroli bieten, würden letztere nicht überleben. In den meisten der frühen Fälle hatte der Eigenmarken-Händler nicht in die Forschung oder den Service investiert, um die Qualität und die Beständigkeit des Produkts sowie das Vertrauen beim Kunden aufzubauen. Er betätigte sich als Trittbrettfahrer bei der Gewinnspanne, die ein anderer geschaffen hatte.

Aber immer öfter ziehen Einzelhändler eine Marke auf. Die Einzelhandels- oder Hausmarke hat die Qualität, Beständigkeit und Verbraucherbeziehung entwickelt, die Kennzeichen des traditionellen Markenartikels sind. Diese Händlermarken griffen in den 80er Jahren in Europa und Kanada rasch um sich, und die dabei erzielten Erfolge werden in die Vereinigten Staaten importiert. Wahrscheinlich werden sie sich im vor uns liegenden Jahrzehnt nachhaltig auf das globale Konsumgütergeschäft auswirken. Die bedeutendsten Einzelhandelsanalysten in den Vereinigten Staaten erwarten, daß der Anteil der Hausmarken von 18 Prozent 1993 auf 33 Prozent im Jahr 2000 steigen wird und 2004 seinen Höchststand mit 45 bis 50 Prozent erreicht; der Anteil der Hausmarken wird sich mit anderen Worten mehr als verdoppeln. Daneben sehen wir auch andere Anzeichen für ein Wachstum der Händlermarken:

Die Stärke der Hausmarken in Großbritannien. Auf die Hausmarken entfallen 36 Prozent der Umsätze in den englischen Lebensmittelmärkten gegenüber schätzungsweise 15 Prozent in ganz Westeuropa und 14 Prozent in den Vereinigten Staaten. Die Umsätze der Hausmarken in Europa steigen jährlich um 11 Prozent gegenüber nur 6,5 Prozent Wachstum bei den Fabrikmarken.

Der Rückgang der Markentreue in den Vereinigten Staaten. Die Roper Organization hat einen ständigen Rückgang bei der Bevorzugung bekannter (d. h. Fabrik-) Marken durch die amerikanischen Verbraucher von 75 Prozent 1975 auf 60 Prozent 1993 festgestellt. Ähnlich hat Gallup einen stetigen zahlenmäßigen Anstieg derjenigen registriert, die der Meinung sind, daß Handels-, Händler- oder Hausmarken im allgemeinen genauso gut sind wie landesweit beworbene Marken: 1981 waren es 33 Prozent der Befragten, 1990 bereits 67 Prozent.

Die Reaktion auf den Schwarzen Freitag. Am Freitag, dem 2. April 1993, setzte Philip Morris den Preis für eine Packung Marlboro Zigaretten drastisch um 40 Prozent herunter; es war eine Reaktion auf die konstant niedrigeren Preise der Handelsmarken. Die Schockwelle raste über das Konsumgüterland, wobei der größte Schaden an der Wall Street angerichtet wurde. Die 25 größten Markenartikelhersteller verloren an einem einzigen Tag – »Schwarzer Freitag« – fast 50 Milliarden $ an Marktwert. Als Antwort auf die Herausforderungen durch Händlermarken und auf die ohnehin niedrigen Preise von Einzelhandelsgiganten wie Wal-Mart mußten andere führende Unternehmen dem Beispiel von Philip Morris folgen.

Sechs zentrale Kräfte treiben den Wechsel von den Fabrik- zu den Handelsmarken voran:

Hersteller sind zu sehr auf die Preisbildung fixiert. Die ganzen 80er Jahre hindurch erhöhten die Hersteller die Preise ihrer Markenartikel um Sätze, die deutlich über denen des Verbraucherpreisindexes lagen. Laut *Fortune* erklärte Ed Artzt, damals CEO des Konsumgütergiganten Procter & Gamble, 1992: »Wir stellten überrascht fest, daß der Aufschlag [auf Fabrikmarken gegenüber Handelsmarken] zu hoch geworden war, über 35 Prozent. Ab diesem Punkt verlieren Fabrikmarken Marktanteile an die Handelsmarken.«

Einzelhandelsunternehmen fusionieren. England war einmal ein Land kleiner Ladenbesitzer, heute ist es ein Land von Super-Einzelhändlern. Beginnend in den 70er Jahren unter Führung von Giganten wie Tesco und Sainsbury, hat sich der englische Lebensmitteleinzelhandel deutlich konzentriert. Dieser Trend ist auch in den Vereinigten Staaten festzustellen, wo Einkaufszentren mit Dauertiefstpreisen wie Target, Price/Costco und Wal-Mart sich immer größere Anteile am traditionellen Lebensmitteleinzelhandel sichern. Wal-Mart z. B. hat im Einzelhandel den höchsten Umsatz pro Quadratmeter. Der Umsatz 1993 betrug 73 Milliarden $, etwa so viel wie der von Procter & Gamble, Coca-Cola und NJR Nabisco zusammen. Eine solche Konzentration bei den Absatzkanälen verlagert die Macht in Richtung Einzelhandel. Wenn das mit der größer werdenden Lücke zwischen der Gewinnspanne der Fabrik- und der Händlermarken zusammenkommt, entstehen die notwendigen, wenn auch nicht hinreichenden Bedingungen für mächtige Handelsmarken.

Der Absatzweg Einzelhandel hat es geschafft. Markenartikel waren einmal die Domäne der Hersteller, die alles selbst machten, bis hin zur Forschung, Produktentwicklung, Werbung, Ladenverkaufsförderung und Positionierung. In Großbritannien investierten jedoch große Einzelhändler wie Marks & Spencer, Tesco und Sainsbury Millionen in die Positionierung aller Ladengeschäfte und des breiten Angebots an Hausmarken als Marke. Marks & Spencer wurde zu einem Synonym für hochwertige Produkte in so unterschiedlichen Verbrauchsbereichen wie Unterwäsche, Kartoffelchips und Strickwaren. Sainsbury, das sich auf den Einzelhandelsverkauf von Lebensmitteln, Weinen und Spirituosen konzentrierte, war beim Aufbau der Marke Sainsbury – und der Produktqualität, die das ermöglichte – so erfolgreich, daß es mit der eigenen Cognacmarke Sainsbury im Wettbewerb gegen Martell und Courvoisier bestehen kann. Große Einzelhändler wie Sainsbury oder Marks & Spencer können die Forschungs- und Werbungskosten für den Aufbau eines Markennamens auf ein gewaltiges Sortiment verteilen und so enorme Skaleneffekte erzielen. Solange sie den Markennamen nicht durch schlechte Qualität in irgendeinem Bereich schädigen, können sie Markenbewußtsein für Produkte beanspruchen, die vielleicht wie Gattungshausmarken scheinen. Um den Markennamen zu schützen, legen sie größten Wert auf die Qualitätskontrolle sämtlicher Produkte. Im Fall Tesco und Sainsbury hat der Absatzweg Einzelhandel begriffen, was notwendig war, um echte Markennamen zu schaffen und zu pflegen.

Die Rolle der Massenmedien ändert sich. Großbritannien gilt eigentlich nicht als Initiator von etwas so Amerikanischem wie dem Einzelhandel. Warum kamen Hausmarken dort so früh auf? Laut David Nichol, Handelsmarken-Guru und Präsident von Loblaw, liegt die Erklärung vielleicht zum Teil in der Unterentwicklung der Massenmedien in Europa. Im Gegensatz zu den Vereinigten Staaten gab es in Europa keinen Werbefunk, und Werbefernsehen spielte eine relativ kleine Rolle im Leben der Zuschauer. Die Amerikaner wurden mit Produktaufschriften groß, die in Programminhalte eingebettet waren, zuerst im Rundfunk, dann im Fernsehen. Die Folge war, so Nichol, daß die amerikanischen Konsumenten 80 Prozent der Marken, die sie einmal kaufen würden, kannten, bevor sie den Supermarkt betraten. In Großbritannien dagegen nicht, wo die Verbraucher auf die BBC angewiesen waren und die zurückhaltenden, seltenen Werbesendungen auf dem einzigen Werbekanal. Die Hersteller bauten folglich niemals soviel Markenmacht beim Verbraucher auf. Da die Medienauswahl in den Vereinigten Staaten ausufert und die Massenmedien als Werkzeug zur Markenindoktrinierung verblassen, zersetzen die Gelegenheiten, den Verbraucher über alternative Kanäle zu gewinnen (einschließlich Hausmarken, gezielter Verkaufsförderung mit Coupons und neuer Medien), wahrscheinlich weiterhin das traditionelle Fabrikmarkenmuster.

Neue Technologien haben die Vertriebskette geändert. Die Informationstechnologie hat auch Auswirkungen auf die Vertriebskette gehabt. Die Zunahme bei Scannern, der Transaktionsverarbeitung am Verkaufspunkt und bei Datenbank-Managementsystemen hat die Macht der Marktforschungsmaschine die Vertriebskette weiter hinunter von den Herstellern zu den Einzelhändlern verschoben. Die Geschäftsführer in den Läden, nicht die Führungskräfte in New York, verfügen jetzt über die Informationen und können in Echtzeit Anpassungen bei der Preisgestaltung, der Positionierung und der Verkaufsförderung vornehmen.

Die Wertära dämmert. Wir sind in eine neue Wertära eingetreten. Dies ist eine strukturelle, keine zyklische Veränderung, und wir gewöhnen uns am besten schnell daran. Egal was, jede erfolgreiche Marke muß der neuen Wertgleichung genügen, die der immer anspruchsvollere und gebildetere Verbraucher weltweit verlangt. So fällt die Wahl einer gescheiten Generation beispielsweise auf Generika. Wohlhabende Verbraucher mit guter Schulbildung werden sehr viel eher nach markenlosen Produkten fragen als Verbraucher mit schlechterer Bildung. Entsprechend sind Käufer hochwertiger Produkte nicht arm. Im Gegenteil, sie kaufen bei Target and Nordstrom, Price/Costco und Saks Fifth Avenue ein, im Discountladen und der Spezialboutique, immer auf der Suche nach dem Wert. In einer Umfrage stellte Louis Harris & Associates 1993 fest, daß die Auffassung vom Wert von Handelsmarken gegenüber traditionellen Marken mit dem Haushaltseinkommen steigt. Die zweite Kurve gehört der Handels- oder Hausmarke.

Zweitkurven-Akteure auf der Suche nach dem neuen Konsumenten

Die Unternehmen haben auf verschiedene Weise auf die Anforderungen und Herausforderungen der neuen Verbraucher reagiert. Hier einige Beispiele.

Direktmarketing in höchster Vollendung: Spiegel

Spiegel ist ein Unternehmen, das den Katalogabsatz an private Haushalte perfektioniert hat. Es führt eine Mustermappe von Unternehmen mit Fachkatalogen, die einen großen Bereich abdecken, von der eigenen Kleidung bis Eddie Bauer, und hat Adressenlisten, die neueste Kaufmuster und Reaktionen auf alle Arten des Direktversands enthalten. Die Firma hat es geschafft, vier Bereiche in einem Geschäft zusammenzufassen: vom Computer erstellte aktuelle Adressenlisten potentieller Kunden; eine Auswahl an Spezialherstellern von Qualitätserzeugnissen; ein sehr leistungsfähiges Vertriebssystem, das einen Kundenauftrag in zwei bis drei Tagen abwickeln kann; und ein guter Ruf für Produktqualität und Kundendienst mit kostenloser Rücknahmegarantie für alles, was dem Kunden nicht gefällt, ohne Rückfragen.

Es ist Spiegel außerdem gelungen, eine Marktnische zu schaffen und einen Branchenstandard aufzubauen.

Joseph Spiegel hat das Unternehmen 1865 in Chicago gegründet, kurz nachdem er aus dem Gefängnis entlassen wurde. Er begann mit dem Verkauf von Möbeln. Der große Chicagoer Brand von 1871 zerstörte das Lager, aber Spiegel wurde nicht lange zurückgeworfen – er hatte einen großen Teil der Möbel in einem Hinterhof gelagert – und war bald wieder im Geschäft. Die Firma expandierte, zum Teil dank des Eisenbahnbooms und der steigenden Einwandererzahl, und 1905 nahm Spiegel den Versandhandel auf – zum Teil auf Anraten seines Sohnes Arthur (Arthur übernahm das Geschäft bald darauf.), aber auch als Reaktion auf die Konkurrenz zweier Versandhandelsfirmen am Ort, Montgomery Ward und Sears.

1912 begann Spiegel mit dem Verkauf von Damenbekleidung, und bald bildete der Katalogverkauf den Kern des Geschäfts, so daß Spiegel schließlich während der Weltwirtschaftskrise den Einzelhandelsbereich abstieß. Das Unternehmen ging den Katalogverkauf neu und sehr erfolgreich an und war auch mit einigen Maßnahmen das erste: das erste Versandhandelsunternehmen, dessen Kataloge Fotos aufwiesen und auch das erste, das einen Weihnachtskatalog herausbrachte. Die größte Ersttat war jedoch der Kredit, ein Schritt, der eine wichtige Rolle für den Erfolg von Spiegel spielte. Während des Zweiten Weltkriegs kam es zu Kreditbeschränkungen, die dazu führten, daß Spiegel wieder ins Einzelhandelsgeschäft einstieg, aber nicht lange, und seit 1953 ist das Unternehmen wieder ein reiner Versandhandelsbetrieb.

1965 wurde Spiegel von Beneficial Corporation aufgekauft. Mitte der 70er Jahre war das Versandgeschäft gewachsen und blühte, was Spiegel starke Konkurrenz von Sears, Montgomery Ward, Aldens und JCPenney brachte. Spiegel probierte etwas Neues aus: seine Wettbewerber waren alle gleich, und deshalb orientierte Spiegel sich nach oben und peilte den oberen Mittelstand an, indem es Markenartikel ins Angebot aufnahm: Ralph Lauren, Calvin Klein, Liz Claiborne. Der Otto Versand, ein europäisches Versandhaus, kaufte Spiegel 1982, und der Umsatz verdreifachte sich in den nächsten vier Jahren. 1987 ging das Unternehmen an die Börse.

Dann kamen die Übernahmen. Spiegel erwarb Eddie Bauer 1988

und 1990 die First Consumer National Bank, was den Grundstein für das Kreditkartengeschäft von Spiegel legte. 1993 übernahm Spiegel New Hampton, heute Newport News, dessen Kataloge auf den unteren Bereich des mittleren Marktsegments abzielen. Homeshopping war das nächste. 1994 kündigten Spiegel und Time Warner ein Gemeinschaftsunternehmen zur Schaffung eines neuen Einkaufskanals an, Katalog 1, der betuchtere Konsumenten als die bestehenden Einkaufskanäle ansprach. (Dieses Vorhaben wurde 1994 nach enttäuschenden Ergebnissen des Markttests zurückgefahren: Spiegel stellte die Fernsehproduktion von Katalog 1 ein und reduzierte das Programm von 24 Stunden täglich auf zwei Stunden am Samstag.) Spiegel testete auch den Vertrieb über CD-ROM und America Online.

Seit 1994 ist Spiegel auch international vertreten; Start war mit drei Eddie Bauer-Läden in Tokio und dem Katalogverkauf in Japan und Deutschland. Der Konzern nutzt intensiv neue Technologien. Die Datenbank mit den Kaufgewohnheiten der Kunden ist im Grunde an die Stelle der demographischen Erhebungen als Basis für Marketing- und Absatzentscheidungen getreten. Die Firma verwendet einfach die Daten aus den Käufen der Kunden, um Trends zu beobachten, neue Märkte zu erkennen und Käuferprofile zu erstellen. Spiegel aktualisiert diese Datenbank täglich; Informationen werden bis hinunter zur Lagerhaltungseinheit (einer Lagerzahl, die für die Lagerhaltung und Preisgestaltung verwendet wird) und zur Kundenebene gesammelt. Das Unternehmen kann mit Hilfe dieser Daten die neuesten Entwicklungen aufspüren und diese Änderungen in neue Entwürfe und den Katalog selbst einfließen lassen. Spiegel kann diese Daten auch in Form geographischer Kundenprofile aufbereiten, was sich bei Briefsendungen auszahlt, die für besondere Regionen bestimmt sind. Durch die Analyse der Kundenprofile und Kaufinformationen kann Spiegel seine Katalogangebote hinsichtlich Häufigkeit, Timing und Katalogart genau auf den Kunden abstimmen, eine Methode, die mindestens so gut wie demographische Erhebungen ist – und nach Meinung der Firmenleitung noch besser. Eddie Bauer verwendet die gleichen Daten bei Entscheidungen darüber, wo neue Läden eröffnet werden sollen – was selbstverständlich überall dort geschieht, wo die eigenen Katalogkunden konzentriert sind.

Trotz eines Rückgangs der Gesamtumsätze im Versandhandel von 31,1 Milliarden $ 1992 auf 29,3 Milliarden $ 1993 hat Spiegel im Versandgeschäft eine markante zweite Kurve aufgebaut. Inzwischen experimentiert das Unternehmen gezielt mit neuen Möglichkeiten wie Online-Diensten sowie Rundfunk und Fernsehen – und sieht sich erneut der zweiten Kurve gegenüber.

Safeway: Was der Kunde haben möchte, bekommt er auch

Vor zehn Jahren galt Safeway als nicht wettbewerbsfähig und ohne Zukunft; heute ist es ein sehr starker Wettbewerber und einer der größten Lebensmitteleinzelhändler der Welt mit 1 062 Läden, von denen die meisten im Westen und zentralen Ostküstenbereich der Vereinigten Staaten und Kanadas liegen. Safeway besitzt auch 35 Prozent der Vons Companies, der größten Supermarktkette Südkaliforniens, und 49 Prozent von Casa Ley, S. A. de C. V., das Kleinkaufhäuser für Lebensmittel und Großhandelsgeschäfte im Westen Mexikos betreibt. Die Herstellungs- und Verarbeitungsbetriebe produzieren Milch, Brot, Speiseeis, Käse, Erfrischungsgetränke, Obst und Gemüse sowie Tierfutter. Das kanadische Unternehmen hat einen Großhandelsbetrieb, der nationale und Hausmarken an unabhängige Lebensmittelgeschäfte und gewerbliche Kunden liefert.

Safeway betätigt sich generell in drei typischen Bereichen. Es betreibt größere Geschäfte aus wirtschaftlichen Gründen; es hat ein großes Angebot an Lebensmitteln und allgemeiner Handelsware; und es betreibt Fachabteilungen wie Arzneimittel und Delikatessen/Bäckereien, die seit jeher hohe Spannen erzielen. Die Leitung der Läden ist überwiegend dezentral; die einzelnen Geschäftsführer sind weitgehend selbständig, woran sich die Hoffnung knüpft, daß die Läden schneller auf lokale Marktbedürfnisse reagieren. Safeway versucht außerdem, die Absatzstrategie an den sich wandelnden Lebensstil der Kunden, die demographischen Veränderungen und die Produktpräferenzen anzupassen; z. B. Value Pack-Produkte – Familienpackungen, die man sonst vielleicht nur in Mitgliedern vorbehaltenen Clubläden erwarten würde, und fettarme Gerichte in Einzelportionen.

In Hausmarken ist Safeway ganz groß; mit Partnern wie Cott und anderen Herstellern werden Produkte der Safeway-Marke Select hergestellt. Die meisten Erzeugnisse, die Safeway unter verschiedenen Händlermarken verkaufte, bekamen den Namen der Hausmarke Select, eine neue Verpackung sowie Unterstützung durch Zeitungswerbung und Aktionen in den Läden, die die Kunden unterrichten sollten; die Zahl der Safeway-Hausmarken ist daher von über einhundert auf etwa zwölf zurückgegangen, zu denen Lucerne und Select gehören. In den letzten Jahren führte Safeway ein Sortiment mit etwa 350 neuen Select-Produkten ein, und das soll fortgesetzt werden.

Die Fachabteilungen und Dienstleistungen, die Safeway in jüngster Zeit eingeführt hat, sind vielgestaltig und umfassen u. a. Videoverleih, Fotoarbeiten sowie Bankautomaten in den Läden und Bankfilialen. In einigen Läden an der Ostküste hat Safeway sogar Kioske für den automatischen Vorverkauf von Konzertkarten aufgestellt, die mit Touchscreen-Monitoren ausgestattet sind und die Platzwahl mit Hilfe eines Sitzplanes erlauben. Außerdem bieten sie den bereits beschriebenen Peapod-Service.

Kurz, der Lebensmittelhandel mag ein Erstkurven-Geschäft sein, aber Safeway sieht sich neu als Laden, in dem der neue Verbraucher alles für den täglichen Bedarf unter einem Dach findet.

Lektionen zum Lernen

Die Verbraucher von heute bringen Veränderungen, einverstanden. Der Markt, den sie beeinflussen, ist gekennzeichnet durch schnellere Reaktionen auf ihre Bedürfnisse, eine größere Auswahl sowie neue und vielfältige Absatzkanäle mit einem anderen Wertangebot, wodurch man sich täglich Kundentreue verdienen kann, indem man nicht nur Qualität und gute Preise bietet, sondern auch Service mit einem Lächeln. Die zweite Kurve weist jedem Marktsegment den Weg, nicht nur dem traditionellen Lebensmitteleinzelhandel, auch den Finanzdienstleistungen, der Telekommunikation, der Unterhaltung und der Gesundheitsvorsorge. Entscheidend für den Erfolg jedes Zweitkurven-Akteurs wird sein, daß er auf die Verbraucher eingeht.

Man kann aber auch einiges lernen, wenn man wachsam ist, vor allem aus den folgenden wichtigen Lektionen.

Seien sie aktiv, nicht passiv

Die meisten Erstkurven-Unternehmen sehen in den Verbrauchern kaum mehr als Futter für ihr Geschäft; hinter verschlossenen Türen reden sie oft so oder ähnlich über die Konsumenten – ein gewaltiger Fehler. Zweitkurven-Unternehmen gehen dagegen im allgemeinen auf den Verbraucher zu, machen sich seine Bedürfnisse, Wünsche und Bestrebungen zu eigen, oft mit großem Engagement. Diese Besonderheit ist entscheidend sowohl für die Zweitkurven-Unternehmen als auch für die -Verbraucher: Sie sind aktiv, nicht passiv; sie sitzen nicht da und warten ab. Sie sind draußen, suchen nach Qualität und nehmen die Dinge in die Hand, um sicherzustellen, daß sie sie auch bekommen.

Stellen sie sich dem Widerspruch, den die Verbraucher von heute hervorrufen

Die Unternehmen sitzen bei der zweiten Kurve, wie sie von den heutigen Verbrauchern geschaffen wird, zwischen Baum und Borke. Marketing und Verkauf werden immer kompliziertere Vorgänge: Die Anbieter versuchen, ihre Produkte (oder Dienstleistungen) dadurch zu verkaufen, daß sie über eine Vielzahl von Kanälen auf die Verbraucher zugehen – sie sogar hofieren. Die Verbraucher verlangen gleichzeitig, daß die Produkte schneller lieferbar sind, aber auch qualitativ besser und billiger. Während also die Komplexität des Prozesses zunimmt, sollen die Kosten des Produkts abnehmen, und das unter einen Hut zu bringen, ist gar nicht einfach. Die Technologie bietet zwar etwas Hilfe, löst aber das Problem nicht. Die Firmen müssen immer kreativer werden, wenn sie Wege finden wollen, diesen Widerspruch zu überwinden – indem sie den Kunden z. B. in einen Angestellten für Dateneingabe verwandeln, wie Charles Schwab and Company es mit ihrer StreetSmart-Software tut.

Geben sie ihren Leuten das Zeichen zu dienen

Es ist ein Klischee, daß die Menschen auf Anreize reagieren, aber wenn es um den Dienst am Kunden geht, trifft es zu. Man muß die Ermahnung zum Dienen durch Ausbildung, Befähigung und Anreize unterstützen, das zu tun, was notwendig ist. Nicht nur Nordstrom und Wal-Mart tun dies, auch Intuit bei persönlicher Finanzsoftware, PacifiCare in der Gesundheitsvorsorge und Federeal Express beim Versand.

Einen sicheren Hafen gibt es nicht

Erstkurven-Akteure sind häufig versucht, sich zurückzulehnen und zu erklären, »Das kann uns alles nicht berühren.« Doch die Kombination aus neuen Verbrauchern und neuen Technologien wird die verschlafenen Erstkurven-Nester höchstwahrscheinlich aufstöbern, egal wo sie sind. So ist es den Hardwareläden ergangen, als Home Depot auftrat, und auch den Kaffeegeschäften, als Starbucks auf der Bildfläche erschien. Es ist Banken passiert und Fluggesellschaften und Unternehmen der Gesundheitsvorsorge. Niemand sollte glauben, immun zu sein gegen den Verbraucher oder die Technologie der zweiten Kurve, nur weil er mit Erfolg die erste Kurve gemeistert hat.

Kapitel 6
Die neue Grenze: Wachstum auf aufstrebenden Märkten

Der Markt von heute ist etwas ganz anderes als der Markt der Vergangenheit, selbst der jüngeren Vergangenheit. Die politischen und wirtschaftlichen Veränderungen der letzten zehn Jahre haben die Märkte verwandelt und erweitert, aus lokalen Märkten und Verbrauchern Weltmärkte bzw. globale Verbraucher gemacht. Insgesamt haben diese Verlagerungen – das Aufkommen neuer globaler Verbraucher und neuer globaler Wettbewerber – das reale Austauschverhältnis auf den neuen Weltmärkten verändert.

Die zweite Kurve gehört zu den aufstrebenden Märkten, aber das ist nicht so einfach wie es klingt. Der Übergang zu diesen Märkten ist schwierig, weil die erste Kurve viel vom Ertrag, das meiste Kapital und einen unverhältnismäßig hohen Anteil am Konsum beansprucht – aber die zweite Kurve enthält das gesamte Wachstumspotential, genauso wie dort, wo neue Technologie und neue Verbraucher betroffen sind.

Die globale Verbraucherexplosion

Die globale Verbraucherexplosion hat sich daraus ergeben, daß riesige Länder wie China, Indien, Indonesien, Brasilien und Rußland nach Jahrzehnten der Armut aus so unterschiedlichen Gründen wie Marktveränderungen oder geänderten politischen Anschauungen auferstanden sind (oder, wie im Fall des etwas kleineren Südafrika, weil das Land sich nach der Apartheid der Weltwirtschaft anschloß). Wir wissen, daß das Aufkommen neuer großer und starker Volkswirtschaften die globale Verbraucherlandschaft radikal ändern wird; ungewiß ist allein die Flugbahn dieser Wachstumsmärkte und der genaue Standort des Wachstums innerhalb der Länder und Regionen.

Aufstrebende Märkte

Bei jeder Einschätzung des weltweiten Wirtschaftswachstums lautet das Ergebnis, daß die asiatischen Märkte irgendwann im nächsten Jahrhundert die globale Szene beherrschen. Vor allem China wird dominieren, irgendwann im 21. Jahrhundert zur größten Volkswirtschaft der Welt avancieren und größere Erschütterungen wie die Kulturrevolution der 60er Jahre verhindern. Auch die indische Volkswirtschaft wird sich entfalten, teils aufgrund der gewaltigen Bevölkerungszahl, teils infolge der politischen Liberalisierung und weil jahrzehntelange Investitionen in die Ausbildung Früchte tragen, zumindest für den gut ausgebildeten Mittelstand, der allein ein riesiges Land bevölkern könnte. Auch Indonesien, ein übersehener Riese mit über 200 Millionen Menschen, macht als globale Kraft rasche Fortschritte und wird auf lange Sicht zu einem bedeutenden Faktor in der asiatischen Region werden. Der Aufstieg der vier Tiger – Südkorea, Singapur, Taiwan und Hongkong – ist gut belegt. Aber unter diesen aufstrebenden Riesen gibt es noch einige weitere Tiger: Shanghai, das Pearl River Delta und andere werden sich zu eigenständigen Stadtstaaten oder staatlichen Volkswirtschaften mit sehr rasch wachsendem Potential entwickeln. Wir beschäftigen uns in diesem Kapitel eingehend mit diesen aufstrebenden asiatischen Märkten.

Auch Lateinamerika – und Brasilien – wird einer der Hauptakteure sein. Die lateinamerikanischen Länder haben Zeiten erlebt, als es Mode war, sie als potentielle Märkte zu sehen, aber jetzt deuten allein schon die schiere Größe und die Übernahme der Marktmechanismen auf ein mögliches deutliches Wachstum hin.

Die Lage in Osteuropa und der ehemaligen Sowjetunion ist weit schwieriger: Etwas einfacher zur westeuropäischen Grenze hin, schwieriger, wenn man an die Zukunft Rußlands denkt.

Daneben gibt es Städte und Länder, die, was die Größe der Bevölkerung und gesamtwirtschaftlichen Zahlen betrifft, nicht so strahlend dastehen, die aber trotzdem als Blitzableiter für die künftige Entwicklung fungieren werden, so wie Hongkong und Singapur es in den letzten dreißig Jahren getan haben. Vietnam, Thailand und Malaysia erleben ein rasches Wachstum und werden auch weiterhin wichtige Anker für die künftige Wirtschaft Asiens und die Wiege neuer globaler Konsumenten der Mittelschicht darstellen.

Betrachtet man diese Märkte, denkt man normalerweise an eine Progression, einen Entwicklungspfad, auf dem Märkte sich vom Status eines Schwellenlandes auf einer Woge der Industrialisierung zu einem entwickelten Industriestaat bewegen. Japan ist heute eine Bezugsgröße, und Südkorea ist dort, wo Japan vor zwanzig Jahren war. Hongkong ist dort, wo Japan vor fünfundzwanzig Jahren war, und so fort. Diese Denkweise als ein Modell für aufstrebende Märkte zu benutzen, ist zum Teil korrekt: Die Industrialisierung ist ganz eindeutig Bestandteil der Entwicklungsstrategie Indiens und Chinas sowie auch der anderen Giganten, die wir genannt haben. Aber es wäre falsch anzunehmen, daß die Extrapolation so geradlinig und einfach abläuft, und zwar aus drei Gründen.

Erstens ist es eine beängstigende Vorstellung für die Umwelt, einfach den Industriekapitalismus des 19. Jahrhunderts auf die übrigen 5 Milliarden Menschen auf der Erde anzuwenden. Der Grad der Umweltverschmutzung nimmt parallel zur Urbanisierung und Industrialisierung zu (zumindest in der Industrialisierungsphase; eine Informationswirtschaft ist möglicherweise umweltfreundlicher). Aber es ist auch wichtig, die Londoner Erfahrungen aus den 50er Jahren zu berücksichtigen, als das Verbrennen einer Tonne Kohle in einem Privathaushalt hundertmal schädlicher für die Umwelt war als die Verfeuerung der gleichen Menge in einer richtig eingestellten Industrieanlage mit angemessener Naßreiniger-Technologie. Die Vorstellung zügelloser Industrialisierung in den Entwicklungsländern ist aus Umweltgesichtspunkten beängstigend, weil sie zu Lasten der natürlichen Ressourcen geht (wie z. B. die Abholzung des Regenwaldes im Amazonas-Becken), die Umwelt verschmutzt und weil Städte, Fabriken und Verkehr zur globalen Erwärmung beitragen. Das ist von besonderer Bedeutung in China mit seiner sich rasch industrialisierenden Bevölkerung von 1,2 Milliarden Menschen und seinen gewaltigen Kohlevorkommen.

Zweitens besteht die Möglichkeit des Überspringens: Bestimmte Länder können eine Etappe einfach überspringen. Die übersprungene Etappe könnte mit der technologischen Anwendung zu tun haben oder damit, daß sie bestimmte Bereiche des Entwicklungszyklus auslassen. Es ist z. B. denkbar, daß die asiatischen Städte den Weg Kaliforniens einschlagen, wo jeder ein Auto als persönliches Verkehrsmittel besitzt. Bereits jetzt im Verkehr erstickende Städte – etwa Shanghai, Peking und Bangkok – könnten niemals 20 oder 30 Millionen Bewohner mit eigenem Auto verkraften. Sie werden also wahrscheinlich neue Lösungen für den Massenverkehr und die Entwicklung dichtbesiedelter Stadtgebiete suchen. Schon die Größenordnung dieser Städte ist gewaltig und unterscheidet sich erheblich von der in den Industrienationen Europas und Nordamerikas. Wir staunen über New York und London, und doch ist die Vorstellung von Megastädten in Asien – Städten mit 25 bis 35 Millionen Einwohnern – etwas ganz Reales.

Der dritte Grund hat mit dem Gegensatz des jüngsten Erfolges von China und Rußland als aufstrebenden Wirtschaftsmächten zu tun. Bill Overholt, Verfasser des Buches *The Rise of China: How Economic Reform Is Creating a New Superpower* und CEO des Bankers Trust in Hongkong, schreibt, beim Aufstieg Chinas gehe es nicht darum, daß freies Unternehmertum und Demokratie gleichzeitig übernommen würden, sondern darum, die Marktkräfte als Mechanismus zur Steigerung von Wohlstand und Lebensstandard im Rahmen eines totalitären kommunistischen Herrschaftssystems anzunehmen. Er erklärt (und andere scheinen ihm beizupflichten), es sei unmöglich, aus den Wurzeln eines Entwicklungslandes ohne starke zentrale Kontrolle eine reife Volkswirtschaft zu schaffen. Die Geschichte von Taiwan, Südkorea, Singapur und Hongkong läßt vermuten, daß Marktdynamik und das gleichzeitige Fehlen demokratischer Institutionen ein erfolgreicher Weg für Wachstum sind.

Das ist betrüblich für diejenigen unter uns, die Demokratie für einen Grundstein der Zivilisation halten, aber gegen die geschichtlichen Beweise ist nur schwer etwas zu sagen. Das Debakel in Rußland ist im wesentlichen das Ergebnis der Gewährung von Freiheiten ohne die notwendige Stärke von Einrichtungen, die diese Freiheiten wahren. Langfristig lautet die Frage, ob solche Entwicklungsstrategien für die

Weltgemeinschaft akzeptabel sind: Wird die Weltgemeinschaft China, Indonesien und Indien Spielraum gewähren, sich in einer Umwelt zu entfalten, wo demokratische Einrichtungen, wenn schon nicht gebilligt, dann doch wenigstens ansatzweise eingeführt werden? Dies ist eine langfristige zentrale politische Bewährungsprobe und eventuell ein versöhnlicher Umstand beim relativen Wachstum dieser Volkswirtschaften. Es gibt auch Antwort auf die allgemeinere Frage, ob die westliche Urform der Entwicklung (Kapitalismus, verknüpft mit demokratisch fundierten staatlichen und verantwortlichen Einrichtungen wie Aktienmärkten) tatsächlich ein Modell ist, das in allen künftigen entwikkelten Staaten gilt oder nicht. Es scheint eher so, daß diese asiatischen Volkswirtschaften noch für mindestens die nächsten zwanzig Jahre, wahrscheinlich länger, ein ganz anderes Entwicklungsmuster haben werden, nämlich eine Mischung aus asiatischen Einrichtungen und Wettbewerbsfähigkeit am Weltmarkt, nicht die Nachahmung traditioneller nordamerikanischer oder europäischer Demokratien.

Erstkurven-Länder

Die wichtigsten Erstkurven-Länder sind die Vereinigten Staaten, die Länder der Europäischen Gemeinschaft und Japan. Beispiele für Erstkurven-Akteure aus der zweiten Reihe sind die vier Tigerstaaten Singapur, Taiwan, Hongkong und Südkorea. Die vier Tiger werden praktisch als Erstkurven-Vertreter akzeptiert; die einzige Einschränkung ist, daß es relativ kleine Einzelstaaten sind. Doch als Exporteure sind sie groß. Insgesamt beliefen sich die Exporte der vier Tiger 1994 auf 10,2 Prozent der Weltexporte, während die Exporte der Vereinigten Staaten es auf 12 Prozent brachten.

Die Bevölkerung von Südkorea, Singapur und Hongkong beträgt 20 Prozent der amerikanischen Bevölkerung oder 4,5 Prozent der chinesischen. Alle vier Tigerstaaten öffneten ihre Märkte für ausländische Wettbewerber und zwangen die eigenen Unternehmen, sich Märkten mit scharfem Wettbewerb anzupassen. Die vier Tiger sind ungewöhnlich erfolgreich, haben sich im Bewußtsein der Welt aber noch nicht als Teil der Erstkurven-Hauptströmung etabliert.

Zweitkurven-Länder

Zu den wichtigen aufstrebenden Zweitkurven-Ländern gehören China, Indien, Indonesien, Brasilien, Rußland und Südafrika. Einige wie China und Rußland haben sich den Marktkräften geöffnet und Nachholbedarf an den Früchten des Marktes. Andere, wie Brasilien, kommen nach Jahrzehnten politischer Unbeständigkeit und extremer Inflation langsam in Fahrt. Protektionismus hat ebenfalls eine Rolle gespielt, genau wie in Indonesien. Südafrika ist ein sich »wieder entwickelndes« Land, das eine neue Volkswirtschaft mit einer anspruchsvollen, aber geschützten weißen Wirtschaft in einer vollintegrierten Gesellschaft aufzubauen sucht. Die Märkte all dieser Zweitkurven-Länder haben folgende Eigenschaften gemeinsam:

Es sind außergewöhnlich große Märkte

Bis auf Südafrika – mit 45 Millionen Einwohnern – sind all die Zweitkurven-Märkte extrem bevölkerungsreich. Die globale PC-Industrie hat die Zweitkurven-Länder entdeckt. Laut *Forbes* brachten die aufstrebenden Volkswirtschaften es 1995 auf 25 Prozent des fast 100 Milliarden $ großen Weltmarktes für PCs. Hewlett-Packard setzte 1980 auf den aufstrebenden Märkten praktisch nichts, im Jahr 1995 dagegen 3 Milliarden $ um.

Sie haben sich dem weltweiten Wachstum verschrieben

Alle aufstrebenden Zweitkurven-Märkte scheinen sich dem Wachstum durch ehrgeizige Beteiligung an einem globalen Markt verschrieben zu haben. Einige Analysten halten dies für die direkte Folge des Niedergangs der komplexen und ineffizienten Handelsvereinbarungen im kommunistischen Block. Als die Mauer fiel, öffnete sich der Markt. Nach der Öffnung kamen gewaltige Menschenmengen mit den Segnungen des Marktes in Berührung, eine Umkehr gibt es nicht. Die kumulative Wirkung der Ursachen macht sich bemerkbar: Der zunehmende Handel steigert die Einkommen, die den Inlandskonsum steigern, der die Wettbewerbsfähigkeit steigert.

Sie erzielen gewaltige Handels- und Devisenüberschüsse

Diese Länder erzielen inzwischen stattliche positive Handelsbilanzen und Devisenüberschüsse, die ihnen im 21. Jahrhundert zunehmend zu mehr Macht verhelfen. Sie werden sparen, investieren und in einigen Fällen durch Investitionen in die Forschung und Entwicklung auch in eine führende Position gelangen können. China hat sich z. B. vorgenommen, seinen High-Tech-Sektor in den nächsten zehn Jahren auszubauen.

China

China ist zweifellos ein Zweitkurven-Land, aber auch ein Land mit einer wichtigen Verbindung zur ersten Kurve des Kapitalismus. Drei der vier Tiger – Singapur, Taiwan und Hongkong (das 1997 an China fällt) – sind im Grunde marktorientierte Absatzgebiete für Auslandschinesen, Brücken vom chinesischen Festland zum Westen. Der chinesische Staat hat klargemacht, daß er weltweit mitspielen will, doch realistisch betrachtet ist es eigentlich eher das chinesische Volk – chinesische Großfamilien in ganz Asien und Nordamerika –, das die wirkliche zweite Kurve darstellt.

Es gibt nur ein China. In Asien hat das chinesische Volk eine gemeinsame Kultur entwickelt, die über Grenzen und Jahrtausende reicht. Jahrtausende stand China im Zentrum und an der Spitze der Weltwirtschaft. Chinesische Kaiser herrschten bis in die Zeit der industriellen Revolution über die größte und mächtigste Volkswirtschaft. Über hundert Jahre war China ein sich mühender Gigant, zuerst als koloniales Notstandsgebiet, dann als kommunistischer Staat, der seine Millionen zu ernähren suchte. Seit 1978 befindet sich China auf einem neuen Weg, der die Stärke der Marktkräfte mit monolithischer kommunistischer Kontrolle verbindet. Heute ist China eine kraftvolle und ruhelose Mischung aus neuer Marktdynamik und alter kommunistischer Befehls- und Kontrollstruktur und im Begriff, den Status eines Dritte-Welt-Staates hinter sich zu lassen.

Der Markt heizt das Wachstum an. Die Schaffung von Wohlstand und neuen Verbrauchern erhöht den Wunsch nach Freiheit aller Art. Peking hat es als notwendig erachtet, immer wieder wirtschaftliche Kontrolle auszuüben, um die überhitzten Wachstumsherde abzukühlen. Zuletzt geschah dies in der besonderen Wirtschaftszone der Insel Hainan, wo die Zentralregierung im Grunde die Bauwirtschaft anhielt, um einem zügellosen spekulativen Immobilienboom Einhalt zu gebieten. Westliche Unternehmensleiter vermissen des öfteren ein kritisches Verständnis des Umfangs, in dem die Politik Vorrang vor der Wirtschaft hat. Letztere ist ersterer eindeutig untergeordnet, was klar in der Bereitschaft der chinesischen Behörden zum Ausdruck kommt, ihre Beziehungen zu den Vereinigten Staaten aufs Spiel zu setzen, indem sie aus verschiedenen politischen Gründen Raketen gegen das benachbarte Taiwan richtet.

Diese beunruhigende Vermischung von Befehls- und Kontrollstruktur, die mit Marktkräften verknüpft wird, deckt sich kulturell paradoxerweise mit der chinesischen Geschichte und der konfuzianischen Philosophie. Für die Chinesen gibt es fünf zentrale Beziehungsebenen, die das Verhalten und die Überzeugungen beherrschen. In bedeutungsmäßig absteigender Reihenfolge sind dies die Beziehung von Kaiser zu Untertan (sprich von Chef zu Angestelltem), von Vater zu Sohn, Bruder zu Bruder, Ehemann zu Frau, Freund zu Freund. Das Verständnis dieser Beziehungen erklärt schwierige Seiten der chinesischen Kultur wie z. B. das Erdulden der Herrschaft eines anscheinend despotischen Führers, die Macht der Großfamilie und die unglaubliche Schwierigkeit für Nichtchinesen, die versuchen, in die chinesische Wirtschaft einzudringen.

China mag schwer zu verstehen sein, aber es im 21. Jahrhundert links liegen zu lassen, ist kurzsichtig, gefährlich und schlicht dumm. Irgendwann zu Beginn des nächsten Jahrtausends wird China die größte Volkswirtschaft auf dem Planeten sein. Es wird die zweite Kurve *sein.* Die großchinesische aus Hongkong, Taiwan und China bestehende

Wirtschaft ist bereits jetzt ein gewaltiger Wirtschaftsblock, der der Wirtschaft Europas hinsichtlich der wirtschaftlichen Verflechtung Konkurrenz macht. So waren z. B. die fünf größten Investoren auf dem chinesischen Festland 1994 Hongkong und Macau (20,2 Milliarden $), Taiwan (3,29 Milliarden $), die Vereinigten Staaten (2,49 Milliarden $) und Japan (2,08 Milliarden $). Hongkong und Taiwan investieren zehnmal soviel wie die USA.

Während Taiwan und Hongkong seit dreißig Jahren pro Jahr zwischen 5 und 10 Prozent Wirtschaftswachstum verbuchen, hat China in den letzten zehn Jahren – und vor allem in den letzten fünf Jahren – ein zweistelliges reales Wirtschaftswachstum auf sehr großer Bevölkerungsbasis erlebt. Nicht nur Tempo und Umfang des Wachstums sind beeindruckend, sachkundige Beobachter innerhalb und außerhalb Chinas glauben auch, daß die Größe der chinesischen Volkswirtschaft zwischen 40 und 140 Prozent zu gering angegeben wird. Das hat drei Gründe:

Die eiserne Reisschale

China ist immer noch ein kommunistisches Land, das seinen über 1,2 Milliarden Menschen Nahrung und Wohnung zu geben sucht. Die überwiegend agrarische Wirtschaft Chinas wird wie die vieler Entwicklungsländer in offiziellen Statistiken kleingerechnet. Außerdem zahlen Arbeiter in staatseigenen Wohnungen eine sehr geringe Miete. Für Facharbeiter in der chinesischen Verwaltung beträgt sie u. U. nur wenige Mark im Monat. Der wahre Wert dieser Mieten wird nicht erfaßt. Wenn die Realeinkommen dieser Familien steigen, können sie es sich nicht leisten, in eine Privatwohnung umzuziehen, die genauso teuer ist wie überall auf der Welt, doch die Auswirkungen auf das verfügbare Einkommen dieser Haushalte sind enorm. Die chinesischen Warenhäuser sind voll mit Konsumgütern, die die wichtigsten Konsumbedürfnisse einer ständig wohlhabender werdenden chinesischen Bevölkerung decken, die nicht nur in den speziellen Wirtschaftszonen an der Küste sehr präsent ist, sondern auch in Peking, Shanghai und den anderen Großstädten.

Der wilde Osten

Man muß diese speziellen Wirtschaftszonen gesehen haben, um es zu glauben. Shenzhen ist eine Stadt mit etwa 3 Millionen Einwohnern an der Nordgrenze der Neuen Territorien Hongkongs. Vor 15 Jahren gab es sie noch nicht, aber heute stehen dort mächtige Wolkenkratzer, moderne Hotels und unzählige Fabriken. Und ein etwa 130 Kilometer langer Streifen im Pearl River-Delta, ein Gebiet, das weit über die Grenzen der speziellen Wirtschaftszone hinausreicht, erlebt einen ähnlichen Aufschwung. Shenzhen und das Pearl River-Delta, die durch Kapital und Know-how überwiegend aus Hongkong, zum Teil aber auch aus Taiwan und den USA, angekurbelt werden, muten ein wenig wie der Wilde Westen an. Überall riecht es nach Aufbruch: Auf den Schnellstraßen tummeln sich BMWs, und die Fabriken arbeiten mit modernster Herstellungstechnologie und Arbeitern, die man aus den ärmsten Regionen Chinas geholt hat. In vielen dieser Fabriken wird inoffiziell und fernab der wachsamen Blicke von Behörden produziert, oder die Gemeinschaftsunternehmen sorgen für den lokalen Konsum und machen die neuen chinesischen Unternehmer reich.

Statistisches Wachstumsmanagement

Bei aller wirtschaftlichen Dynamik ist China doch immer noch ein kommunistisches Land und eine Planwirtschaft. Planer müssen recht behalten. Deshalb manipulieren sie die Zahlen so, daß das herauskommt, was sie vorausgesagt haben. Man sollte chinesische Statistiken mit Vorbehalt und immer in der Erkenntnis lesen, daß Gesamtstatistiken für Investitionsentscheidungen an einem wirtschaftlichen Brennpunkt wie Shanghai bedeutungslos sind, das um ein Vielfaches schneller wachsen kann als der Landesdurchschnitt.

China muß einen Wachstumspfad beschreiten, nicht nur, um das Los seiner Bürger zu verbessern, sondern auch um seinen Platz als bedeutende Wirtschaftsmacht in der Weltgemeinschaft einzunehmen. Wenn man die Zukunft Chinas betrachtet, muß man es unter drei Gesichtspunkten tun:

Dem Gesichtspunkt von außerhalb Chinas und Asiens. Für Menschen aus dem Westen ist China eine außergewöhnliche Gelegenheit und gleichzeitig eine enorme Bedrohung – eine klassische Zweitkurven-Situation. Einerseits betritt China eine Bühne, auf der es an Verbrauchsgütern unendlich reich werden wird, schon allein aufgrund der Zahlen. Andererseits sind seine Möglichkeiten als konkurrierender Hersteller dieser Produkte schwindelerregend. Das Gebiet um Shanghai ist in den letzten zehn Jahren praktisch aus dem Nichts zu einem der größten Wirtschaftsfaktoren der Welt geworden. Lord Young, ehemals Chairman von Cable & Wirless, nennt es den Maschinenraum des 21. Jahrhunderts.

Dem Gesichtspunkt der Hongkong-Chinesen. Die Unternehmer aus Hongkong, von denen viele aus Shanghai kommen, haben mit Kapital und Know-how am Aufbau der speziellen Wirtschaftszonen an der Küste Chinas mitgewirkt. Ein Teil des Geldes zum Aufbau einer modernen Industriebasis ist aus den USA und selbst Taiwan über Hongkong geflossen. Seit 1985, als in Vorwegnahme der Rückkehr Hongkongs nach China alle größeren Verlagerungen stattfanden, haben die Menschen sich eingerichtet. Sie haben Positionen und Standorte bezogen und für sich entschieden, wie sie mit der Ungewißheit leben wollen. In einer Hinsicht gibt es keine Ungewißheit über Hongkong nach 1997. Die Ungewißheit hat zu tun mit dem Umfang, in dem Hongkong das zentrale Tor zur westlichen Welt und dem Weltmarkt wird, und ob Shanghai und andere Küstenstädte eine größere und bedeutendere Rolle gegenüber Hongkong einnehmen werden oder nicht. Das sind Schlüsselfragen für die Führer aus Wirtschaft, Kultur und Staat in Hongkong und Peking, wenngleich klar ist, daß die Rolle der Kolonialregierung darin besteht, den Übergang zu gewährleisten. Ihre Rolle bei künftigen Regierungen ist bereits minimal. Es besteht keine Ungewißheit darüber, daß die Chinesen kommen. Ungewiß ist nur, wieviel Einfluß Hongkong in einem Land mit zwei Systemen hat, und wie weit Peking sich an seine Zusage hält, den Lebensstil Hongkongs 50 Jahre zu respektieren.

Dem Gesichtspunkt der Chinesen. Als erstes müssen wir festhalten, daß es nicht nur eine chinesische Sichtweise gibt. Auf einer Ebene existiert nur ein China, auf einer anderen dagegen viele Chinas, die aus zahlreichen Gruppen, Regionen, Ministerien und Familien bestehen, die um Positionen in einer komplexen (und polyglotten) Wirtschaft streiten. Jedem, selbst hochrangigen Chinesen, fällt es schwer vorauszusagen, wie sich eine so komplexe Gesellschaft entwickelt. Und es ist keineswegs so, daß sie es nicht sagen würden; sie wissen es einfach nicht.

All diese Umstände tragen dazu bei, China zu einem klassischen Zweitkurven-Akteur zu machen. Es ist wichtig und wird es weiterhin bleiben. Niemand weiß genau, wie groß oder wie wichtig, wenngleich man gar nicht so genau auf die Wachstumsrate einzugehen braucht. China ist ein großer Fisch, nach allen Voraussagen. Die Wirtschaft könnte auf einen hohen einstelligen Wert absacken, oder aber anziehen; so oder so wird China in den nächsten zehn bis fünfzehn Jahren zu einer Großmacht. Man kann es nicht übergehen.

Indien

Indien ist, wie China, ein Bevölkerungsgigant; es hat knapp eine Milliarde Menschen und ein höheres Bevölkerungswachstum als China. Wie bei den meisten Zweitkurven-Ländern sind auch Indiens Unwägbarkeiten politischer Natur. Das Land hat zahlreiche politische Verwerfungen der herrschenden Parteien mit deutlichen ideologischen Unterschieden erlebt und wird höchstwahrscheinlich auch weiterhin damit leben müssen, wenngleich die meisten Parteien nicht mehr soviel Zeit auf die Kritik an den Reformen verschwenden und sich allmählich damit abfinden, daß Indien Privatinvestitionen braucht – auch aus dem Ausland. Die politischen Parteien sind noch weit von einer Einigung entfernt; es gibt viele unterschiedliche Vorstellungen darüber, wie weit man gehen soll.

Das Land war ein geschützter Markt, sein Wirtschaftswachstum durch das tiefe Mißtrauen gegenüber den Marktkräften beschränkt. Von den 50er bis in die 70er Jahre überwachte die Regierung selbst die Kreditgewährung und Industrieplanung. Indien versucht, sich als ein Land zu präsentieren, das die Einschränkungen lockert, doch das zu glauben fällt schwer. So gibt es z. B. nach wie vor Beschränkungen für ausländischen Besitz. Die Liberalisierung von 1991 hat zwar die meisten Konzessionsvergaben in Industrie und Handel abgeschafft – was den privaten Sektor nachdrücklich angekurbelt hat –, aber der öffentliche Sektor nimmt immer noch etwa 50 Prozent der Industriekapazitäten ein, und dieser Bereich ist weder privatisiert noch mit mehr Autonomie ausgestattet worden.

Dank der angelaufenen Liberalisierung hat Indien allein aufgrund seiner Größe Investitionen in die Infrastruktur angezogen, aber das Land ist aus verschiedenen Gründen ein schwieriges Pflaster für Geschäfte:

Unsichere Bündnisse: Die indische Regierung und ausländische Investoren

Indien macht es ausländischen Investoren nicht leicht. Es trifft zwar zu, daß die ausländischen Investitionen rasant zugenommen haben – 1994 waren es noch 950 Millionen $, während es allein in den ersten vier Monaten 1995 700 Millionen $ waren –, doch ausländische Investoren erklären, daß es zwar leichter geworden sei, höheren Ortes Genehmigungen zu erhalten, es aber weiter unten Hindernisse gebe, die oft Bestechungsgelder erforderten. Die Politiker waren zeitweilig offenbar geneigt, ein indisches Unbehagen über ausländische Kapitalisten in einen allgemeineren Ärger über ausländische Übel umzuwandeln; anscheinend hat die Regierung selbst gemischte Gefühle, wo es darum geht, ausländischen Investoren eine Rolle in der indischen Wirtschaft zuzugestehen. Die Regierung von Maharashtra z. B., die fast ein Viertel der ausländischen Investitionen in Indien beansprucht, stoppte ein Kraftwerksprojekt von 2,8 Milliarden $, für das sich die vorangegangene Regierung verbindlich entschieden hatte – und das, nachdem das texanische Erdgasunternehmen Enron, das vertraglich verpflichtet war, das Werk zu bauen und zu betreiben, bereits rund 300 Millionen $ investiert hatte. Die Begründung der hinduistischen nationalistischen Minister des Bundesstaates lautete, die Regierung müsse ausländische Versuche unterbinden, Indien zu verderben und zu übernehmen, eine

Erklärung, die breite Unterstützung fand, da es einige berechtigte Fragen dazu gab, wie der Vertrag bewilligt wurde. Im September 1995, nachdem lokale Geschäftsleute die Besorgnis geäußert hatten, die Vertragsaufkündigung werde die Energieversorgung von Maharashtra gefährden und künftige Investoren verprellen (der Bundesstaat ist auf energieintensive Industrien angewiesen), erklärte die Regierung von Maharashtra sich bereit, die Verhandlungen wiederaufzunehmen, und Enron hat Bereiche benannt, in denen es sich eine Änderung vorstellen könnte. Doch insgesamt sind die Investoren aufgrund der Unzuverlässigkeit der Regierung zunehmend beunruhigt.

Die Verwicklungen der Kultur

Kulturelle Unterschiede wirken sich erheblich auf den Markterfolg aus. Eine politische Partei in Bangalur drohte, die Filialen von Kentucky Fried Chicken zu zerstören, und behauptete, KFC zwinge den ahnungslosen Indern eine ungesunde Ernährung auf. Nach Einwänden von Umweltschützern und Gesellschaftsaktivisten verlegte Dupont eine Nylonfabrik; ähnliche Stimmen wenden sich auch gegen eine Papierfabrik des indonesischen Unternehmens Sina Mas.

Wem kann man trauen?

Wie die meisten Zweitkurven-Wirtschaften ist Indien bekannt für Korruption. Es hat Anklagen wegen Zahlungen der Unterwelt an Politiker gegeben, und die Bharatiya Janata Partei von Maharashtra behauptet, Beweise für Telefonate ehemaliger Bundesminister mit Schmugglern in Dubai zu besitzen. Eine Explosion in Westbengalen von 1993, die ursprünglich Terroristen zugeschrieben wurde, war, wie sich später herausstellte, das Ergebnis eines Unfalls in einer kleinen Bombenfabrik, die von einem Mitglied der regierenden Marxisten betrieben wurde; außerdem ist bekannt, daß Gangster Wahlkabinen entfernt und Wahlurnen verstopft haben, was die Politiker veranlaßte, mit ihren eigenen Gangstern zurückzuschlagen. Dieses Vorgehen fand schließlich Eingang in die Ämterbesetzung und sicherte sogar Regierungsverträge und -ämter in einigen Bundesstaaten. Einige der frischgebackenen Gangster landeten am Ende sogar in der Politik.

Unsichere Einrichtungen

Das Land hat außerdem einen Kahlschlag bei den Gerichten erlebt. Verzögerungen im Rechtssystem sind an der Tagesordnung; Mörder sterben eher an Altersschwäche als durch den Strang. Bekannte Gangsterbosse erhalten kommunale Führungspositionen und werden zur potentiell politischen Kraft. 1991 verhaftete die Polizei zwei Männer, die verdächtigt wurden, illegale Devisengeschäfte zu betreiben. Die Notizbücher der Verdächtigten enthielten Aufzeichnungen über Zahlungen von prominenten Politikern – u. a. Rajiv Gandhi – und Spitzenbeamten. Aber trotzdem geschah nichts; niemand wurde verhaftet, niemand protestierte. Als 1994 schließlich das oberste Gericht von dem Zwischenfall unterrichtet wurde, erhielt die Polizei Anweisung einzuschreiten. Ein untergeordneter Politiker wurde befragt, aber kein Mensch glaubt, daß ihm etwas passiert, und ganz bestimmt nicht in absehbarer Zeit. Es herrscht offenbar die Meinung, daß die Handlungsweise der Polizei sich meistens daran orientiert, was politisch zweckdienlich ist, weniger an Schuld oder Unschuld.

Es gibt jedoch Anzeichen für einen Wandel, und auch wenn in Indien zweifellos einiges auf die Probleme eines aufstrebenden Zweitkurven-Giganten hinweist, gibt es doch auch Anzeichen für Wachstum. Der Automobilmarkt ist ein Bereich, auf dem sich einiges tut. Vor allem amerikanische und japanische Unternehmen sind bemüht, auf dem indischen Automobilmarkt Fuß zu fassen, was sie auch mit Erfolg praktizieren. Die Frage ist oft, wie groß ihr Einsatz ist. Im September 1995 kündigten Ford und Honda Pläne für Gemeinschaftsunternehmen mit indischen Unternehmen an. Ford, das gemeinsam mit Mahindra & Mahindra produzieren will, einer großen indischen Technikgruppe, verzichtete auf seine übliche Forderung nach einer Mehrheitsbeteiligung und war mit 50 Prozent zufrieden, erwarb aber gleichzeitig noch 6 Prozent des Stammunternehmens der von der Familie geführten

Gruppe. Ford hofft, 1996 mit der Montage von 25 000 Escorts in einem der Mahindra-Werke beginnen zu können, um dann Ende 1998 ein neues vollintegriertes Werk einzuweihen, das 100 000 Fiestas pro Jahr herstellt.

Ausbildung und konkurrierende Ansprüche

Angekurbelt wird der Aufstieg Indiens als einer Zweitkurven-Macht durch die Ausbildung. Der Prozentsatz der Kinder, die ihrem Alter nach eine höhere Schule besuchen könnten und dies auch tun, stieg von 1970 bis 1991 von 26 auf 44 Prozent. Dennoch besteht die Sorge, daß die Schulbildung beim größten Teil der Bevölkerung keinen genügend hohen Stellenwert besitzt. Bei den jüngsten Wahlen wetteiferten Parteien mit Versprechungen höherer Subventionen (für Bauern z. B.), so daß weniger Geld für Ausbildung, Gesundheit und die grundlegende Infrastruktur bleibt.

Die konkurrierenden politischen Ansprüche der traditionellen ersten Kurve des landwirtschaftlichen Indiens behindern das Aufkommen Indiens als eines Zweitkurven-Wettbewerbers. Sie werden den Prozeß jedoch nur verzögern. Indien wird im 21. Jahrhundert zu den wichtigen Zweitkurven-Akteuren gehören.

Indonesien

Indonesien hat schon länger als China eine offene Wirtschaft, und der Prozentsatz der schulfähigen Kinder, die eine höhere Schule besuchen, stieg von 1980 bis 1991 von 16 auf 45 Prozent. In China lag die entsprechende Zahl 1991 bei 51 Prozent, was auf die Möglichkeit schließen läßt, daß Indonesien ein weiterer asiatischer Koloß ist, der sich für einen Zweitkurven-Erfolg empfiehlt. Aber das Land ist noch nicht gestartet; es hat einige Fehlstarts gegeben, wofür es einige Erklärungen gibt.

Politik und Familie

Die Vorherrschaft der Familienunternehmen und die Korruption stellen eine erhebliche Beeinträchtigung dar. Die Suharto-Familie herrscht mit starker Unterstützung durch die Regierung, wobei die Menschenrechte heute Berichten zufolge weniger geschützt sind als zu Zeiten der holländischen Kolonialherren. Suhartos Familie besitzt die Großunternehmen und kontrolliert die Auslandsverträge, eine Situation, die einige »Vetternkapitalismus« nennen. Das Land hat versucht, einigen aussichtsreichen Branchen wie der Raumfahrt Mut zu machen und zu helfen. Insgesamt hat jedoch eine traditionelle Gruppe von Wirtschaftlern einen Rahmen für Wachstum geschaffen und sich dabei auf makroökonomische Stabilität und die Abkehr von Subventionen konzentriert.

Monopole und nichttarifäre Hindernisse

Viele Monopole und nichttarifäre Hindernisse schützen die Grundprodukte. In Indonesien wird Zucker z. B. 17 Prozent über dem Weltmarktpreis verkauft. Migas, das Generaldirektorium von Oil and Natural Gas, versucht, die Gesetze zu ändern, die die Weiterverarbeitung von Erdöl und -gas regeln, in der Hoffnung, private und ausländische Beteiligungen anzuregen. Im März 1995 gab es auf der gesamten Inselgruppe nur 1490 Tankstellen, so daß Autofahrer häufig minderwertiges, mit Kerosin gemischtes Benzin bei Straßenhändlern kaufen mußten. Nach Berichten der amerikanischen Botschaft über die Erdölindustrie können die inländischen Raffinerien die Nachfrage nicht mehr decken, und die Importe flüssiger Treibstoffe nehmen stark zu; 1993 wurden 45,3 Millionen Barrel Erdöl importiert, eine Steigerung gegenüber dem Vorjahr um 18,3 Prozent. Die Regierung sagt für das Jahr 2000 einen Heizölverbrauch von 54,6 Milliarden Litern und für 2004 von 67,5 Milliarden Litern voraus.

Marketing und Distribution der Erdölerzeugnisse werden vom staatseigenen Erdölkonzern Pertamina bestimmt. Die Erdölpreise werden vom Staat festgesetzt und künstlich niedrig gehalten. Kerosin kostet in Indonesien 0,12 $ pro Liter, in Thailand 0,31 $ und auf den Philippinen 0,23 $. Diesel kostet in Indonesien 0,16 $ pro Liter, in Malaysia und Thailand dagegen 0,23 bzw. 0,27 $.

Private und ausländische Investitionen in Raffinerien sind zwar erlaubt, aber da die Privatinvestoren die Preise nicht selbst festsetzen können, ist der Investitionsanreiz gering. Außerdem dürfen private Raffinerien laut Verordnung nur für den Export produzieren oder müssen an Pertamina verkaufen, wenngleich ausländische Unternehmen z. T. in die vorgelagerten Verfahren wie Bohrungen und Exploration eingeschaltet sind. In Erwartung der Deregulierung haben über dreißig Unternehmen Anträge auf den Bau von Raffinerien gestellt, obwohl keines der zwölf Unternehmen, die seit 1993 eine Zusage haben, bisher sehr weit gekommen ist. Der Staat zeigt weiterhin deutlich seine Ablehnung gegen die Öffnung des Einzelhandelssektors für ausländische Investitionen. Den Status der Pertamina zu ändern und die Subventionen auslaufen zu lassen sind beides politisch heikle Fragen.

Aber trotz dieser Einschränkungen gibt es Anzeichen für ein Wachstum. Ein neues Erdgasfeld vor den Natuna Inseln, das bis zu 30 Jahre ausgebeutet werden könnte, wird erschlossen, doch einige Leute meinen, die steigenden Reallöhne würden arbeitsintensive indonesische Branchen wie die Textilindustrie wettbewerbsunfähig machen und Investitionen in Branchen mit mittlerer Konzentration wie die Elektronik abschwächen. Das Land braucht nach Meinung der Technologen bei High-Tech-Produkten wie der Luftfahrt einen neuen beträchtlichen Vorteil. Die als Technokraten bekannten Minister sind anderer Meinung; sie wollen den Staat aus der Industrie heraushaben. Die Weltbank pflichtet dem bei und stellte kürzlich fest, daß marktferne Investitionen in die Technologie, wie indonesische Verkehrsflugzeuge, aufwendig und unrentabel waren.

Indonesien hat Ausländer in seinen Aktienmarkt investieren lassen, der dank der frühen Entwicklung beim umfassenden Wirtschaftsaufbau des Landes stark ist. Aufgrund dieser Stärke können Unternehmen Geld aufbringen, ohne große Kredite aufzunehmen. Im September 1995 kündigte die indonesische Zentralbank neue Bestimmungen an, die die Rechenschaftspflicht im Bankwesen erweitern sollen, nachdem Zahlen veröffentlicht worden waren, die auswiesen, daß die notleidenden Kredite der staatlichen Banken zwischen April und Juni zugenommen haben.

Indonesien hat bevölkerungsmäßig ein starkes Fundament, reichlich Bodenschätze und einige der wichtigsten Stützen für ein Marktwachstum im Zweitkurven-Bereich wie zunehmend besser ausgebildete Arbeiter und einen starken Aktienmarkt. Aber wie die meisten Zweitkurven-Länder ist Indonesien anfällig für politische Einmischungen in den Markt und für die korrupten Praktiken eines straff beherrschten politischen Regimes.

Brasilien

Wie Indonesien ist auch Brasilien reich an Bodenschätzen, aber das politische und soziale System ist schwach. Das Land war nicht in der Lage, eine Verfassung zu verabschieden, die länger als zehn Jahre gilt, und konnte auch die Inflation nicht bekämpfen. Seit 1979 hat Brasilien fünf Währungen gehabt, dreizehn Finanzminister, siebenundzwanzig Sparpläne und neunundfünfzig Maßnahmen zur Preiskontrolle.

In Brasilien herrschen ebenfalls Mißtrauen gegenüber Ausländern und eine Benachteiligung ausländischer Investitionen sowie ausländischen Eigentums. Zollschranken schützen die heimische Wirtschaft – ein krasser Gegensatz zum völlig anderen und sehr erfolgreichen Ansatz der vier Tiger. Gesetze, die einen hohen inländischen Fertigungsanteil vorschreiben, erschweren die brasilianische Autoproduktion, und die Computerindustrie hinkt hinter der restlichen Welt her, was bedeutet, daß die Unternehmen veraltete Technologie verwenden.

Das Land hat gewaltige soziale Ungleichheiten und extreme ideologische Zusammenstöße bei politischen Umstürzen erlebt. Während eine Landreform seit ewigen Zeiten versprochen wird, wird die Zahl der Armen, die kein Land besitzen, auf 12 Millionen geschätzt. Aber wie hoch diese Zahl immer ist, die Zusage der Regierung, 280 000 Familien auf 27 Millionen Acre Land anzusiedeln, ist ein Tropfen auf den heißen Stein.

Die Ausbildung ist in Brasilien noch immer ein Negativposten. Von denen, die eine höhere Schule besuchen könnten, taten dies 1991 nur

39 Prozent, der niedrigste Wert der hier angesprochenen Länder, allerdings arbeitet der Kultusminister an Verbesserungen. Er hat vom Kongreß zusätzlich 12 Milliarden Real (ca. 11 Milliarden $) für die Grundschulen gefordert und plant Fernsehunterricht (über Satellit) für die Lehrer an 46 000 Schulen.

Für die Gesundheitsvorsorge gibt Brasilien jährlich 80 $ pro Kopf aus, weniger als ein Drittel dessen, was Argentinien bereitstellt. Der Gesundheitsminister hat von einigen seiner Kollegen Rückendeckung für eine Gesundheitssteuer von 0,25 Prozent auf Bankgeschäfte erhalten.

Die brasilianischen Steuern sind hoch und kompliziert. Bundes-, Länder- und lokale Behörden erheben sechsundfünfzig verschiedene Steuern, von denen einige Waren im gesamten Produktions- und Distributionsbereich treffen. Laut Marcus Pratini de Moraes, Chef des Verbandes der Exportfirmen, sind Steuern Brasiliens größter Exportposten, noch vor Kaffee und Walzstahl, 8,5 Milliarden $ zusätzlich zu den 43 Milliarden $ für Güterexporte. Die Gesamtsteuerlast erreicht den Rekordwert von 31,5 Prozent des Bruttoinlandsprodukts, der Mitte der 80er Jahre noch bei 24 Prozent gelegen hatte. Steuerhinterziehung ist weit verbreitet, so daß diejenigen, die am Ende zahlen, wie Großunternehmen, oft das Gefühl haben, mehr als ihren gerechten Anteil zu tragen.

Und doch gibt es Änderungen. Die Inflation ist mehr oder weniger unter Kontrolle. Mitte 1994 stiegen die Preise noch um 40 bis 50 Prozent im Monat, Ende 1995 dagegen kaum noch. Die brasilianische Währungseinheit, der Real, war im Juli 1995 ein Jahr alt und ist immer noch stabil. Daneben gibt es andere Anzeichen:

Präsident Fernando Cardosos Regierung bemüht sich, die Wirtschaft auf dem Weg über Verfassungsreformen zu öffnen, die den Markt entlasten würden und erforderlich sind, um die Inflation niedrig zu halten und das Wachstum anzukurbeln. Und der Kongreß prüft Vorschläge, die die Staatsmonopole reformieren und andere Bereiche privatisieren würden. Auch Steuer- und Sozialversicherungsreformen sind in Arbeit. Im Juni 1995 standen Ergänzungsanträge auf dem Plan, die privaten Franchisenehmern die Telekommunikation eröffnen und das Erdölmonopol von Petrobras beenden würden. Petrobras betreibt Brasiliens gesamtes Erdölgeschäft »über dem Zapfhahn«, d. h. bis zu dem Moment, wo das Benzin durch den Zapfhahn läuft, auch die Exploration, Produktion und Raffination. Es wurde vor vierzig Jahren gegründet, um den Erdölmultis mit dem Slogan *Das Erdöl gehört uns* Paroli zu bieten, hat einen guten Service und ist immer noch eine emotionsgeladene Angelegenheit.

Ein weiteres Zeichen für die Öffnung der Wirtschaft ist Brasiliens Teilnahme an Mercosur, der Zollunion, die Paraguay, Argentinien, Uruguay und Brasilien ins Leben rufen wollen. Doch die Handelsbilanz war 1995 sieben Monate hintereinander negativ, und Cardoso reagierte mit einer Drosselung der Automobilimporte. Diese Maßnahmen erfolgten nach kräftigen Zollerhöhungen bei Automobilen und zahlreichen anderen Konsumgütern, die schon früher im Jahr durchgeführt worden waren.

Es gibt Anzeichen für mehr Vertrauen in die wirtschaftlichen Aussichten Brasiliens. Persio Arida, Gouverneur der Zentralbank und einer der Väter des Antiinflationsplans, der Cardoso zur Macht verhalf, trat im Mai 1995 zurück. Er war eine Geißel der schlechtgeführten Banken im Besitz der brasilianischen Bundesstaaten. Druck durch den Bundesstaat São Paulo führte zu seinem Sturz, und das Vertrauen in Cardoso war so groß, daß die Märkte nicht nachgaben. Zwölf multinationale Unternehmen wollen bis zum Jahr 2000 8 Milliarden $ investieren, und im Juli 1995 beschloß Volkswagen, eine neue Fabrik in der Nähe von Rio de Janeiro zu bauen. In dem Werk werden Lastwagen und Busse gefertigt; es wird dem Staat 250 Millionen $ an Direktinvestitionen und 1 800 neue Arbeitsplätze bringen.

Wie China, Indien und Indonesien hat auch Brasilien eine gewaltige Bevölkerung sowie einige der entscheidenden Bedingungen für einen langfristigen wirtschaftlichen Erfolg. Es wird im 21. Jahrhundert zu den wichtigsten Zweitkurven-Wirtschaften gehören – sofern es sich nicht durch politisches Mißmanagement selbst ein Bein stellt.

Rußland

Rußland verfügt über große Rohstoffvorräte, insbesondere Erdöl und -gas. Das Territorium ist riesig, die geographische Lage des Landes günstig. Aber für Wachstum gibt es viele Hürden. Das Rechtssystem liegt im argen, die Steuern sind hoch und nicht berechenbar, und das Land leidet unter der politischen Instabilität: Im Oktober 1993 waren Parlament und Regierung nicht in der Lage, ohne militärische Intervention zu einer Einigung zu kommen – das Parlamentsgebäude wurde von Panzern beschossen. Offensichtlich ist noch viel zu tun.

Eine der ersten unternehmerischen Aufgaben Rußlands wird es sein, sich dem eigentlichen Geschäft zuzuwenden, bei dem die Unternehmen die Nachfrage der Kunden befriedigen und sich selbst finanzieren; bisher ist alles mehr in Richtung Produktionsverband gelaufen. Leistungsfähigkeit ist noch kein Charakteristikum der russischen Herstellung: Avtovaz, Rußlands größter Automobilproduzent – und unglücklicherweise auch der leistungsfähigste –, fertigt einen Lada (im Grunde ein alter Fiat) in 450 Arbeitsstunden; um das richtig einschätzen zu können, muß man wissen, daß Toyota einen Wagen in weniger als 15 Arbeitsstunden baut. Auch die Zuverlässigkeit läßt zu wünschen übrig; es heißt, man solle beim Kauf eines Neuwagens darauf achten, daß Getriebe und Schaltung verbunden sind. Die Probleme von Avtovaz sind: zu viele Arbeiter, zu wenige Modelle und zu geringe Werksverbesserung.

Nicht viel besser sieht es im Bankensektor aus, wo die Liquidität zur Diskussion steht – eine ernsthafte Frage, wie im August 1995 deutlich wurde, als das Kreditsystem der russischen Interbank aufgrund eines fehlerhaften Modems ausfiel, was dazu führte, daß eine angesehene Bank eine Zahlung versäumte. Als Reaktion versuchten russische Banken verzweifelt, Schatzwechsel zu verkaufen, um die Barmittel zu erhöhen, aber all das trieb nur die Verzinsung in die Höhe – und die Zentralbank brauchte eine Weile, bis sie reagierte. Vor dieser Krise gab es in Rußland rund 2 500 Banken, aber als Folge werden wahrscheinlich etwa 100 auf der Strecke bleiben.

Am russischen Aktienmarkt geht es mal auf mal ab. Im September 1994 erzielte der ROS-Index (das russische Gegenstück zum Dow-

Jones-Index) einen Höchststand und fiel dann bis zum Februar 1995 um 75 Prozent (erholt sich allerdings wieder ein bißchen). Die politische Unruhe ist sicher mitverantwortlich für diesen Rückgang, aber es steckte doch mehr dahinter: ein gewisses Gewährenlassen russischer Firmen gegenüber ihren Investoren. Die Rolle des Aktionärs kann unsicher sein: Dividendenzahlungen sind ungewöhnlich, zum Teil weil die Manager wegen der hohen Steuern lieber Bargeld sehen. Und einige Firmen machen sich erst gar nicht die Mühe, vor der Ausgabe neuer Aktien die Zustimmung ihrer Aktionäre einzuholen. 1995 betrieb die Primorsky Shipping Company eine nichtgenehmigte Aktienemission für eine Tochtergesellschaft – und verdoppelte ihr Aktienkapital.

Der Aktienerwerb ist aus mehreren Gründen nicht ganz einfach. Erstens gibt es keinen Markt für die Aktien von 90 Prozent der privatisierten Firmen. Ausländer müssen die Genehmigung einer Bank haben, bevor sie investieren können. Das gilt auch für Gazprom, ein großes Energieunternehmen, nur daß Gazprom noch etwas weiter geht: wenn ein Aktionär verkaufen will, kann Gazprom das ablehnen. Kein Wunder, daß die Aktien des Unternehmens kaum gehandelt werden. Die Aktienkurse anderer Gesellschaften schwanken stark, wobei der Geldkurs bis zu 100 Prozent abweichen kann. Der eigentliche Aktienkauf verläuft etwas ungewöhnlich: vor den Fabriktoren stehen Menschen und halten ein Schild hoch, womit sie zu erkennen geben, daß sie Aktien kaufen möchten; Aktienzertifikate gibt es nicht. Der Eigentumsnachweis steht im Aktienbuch des Unternehmens, das natürlich der Gesellschaft gehört und alles andere als sicher ist. Ein aluminiumverarbeitender Betrieb in Krasnojarsk strich einen Aktionär, den das Unternehmen als unerwünscht betrachtete, einfach von der Liste, und damit hatte es sich.

Die Erdölindustrie, so sollte man meinen, ermutigt ausländische Investitionen. Westliche Erdölunternehmen sind auch an den großen bekannten Erdölvorkommen interessiert, aber auch hier gibt es Probleme. Die russischen Erdölfelder liegen in Teilen des Landes, in denen beispielsweise schwer zu arbeiten ist. Und die staatseigene Transneft, die die russischen Erdölpipelines betreibt, hält bekanntermaßen die Hand auf; Anfang 1995 lag das Bestechungsgeld für den Zugang zu den Pipelines bei 2 bis 3 $ pro Tonne.

Und trotzdem ändert sich etwas. In der Fertigung gibt es Wachstum und Fortschritt. 1994 übernahm der ehemalige sowjetische Minister Nikolai Pugin die Leitung des Unternehmens Gaz, das mobile Abschußrampen für die sowjetischen Raketen baute. Unter Pugin fertigt es heute den Gazel, einen 1,5-t-LKW, von dem 1994 14 000 Stück verkauft wurden; für 1995 sind 75 000 Wagen geplant. Produziert wird bei Gaz sechs Tage in der Woche mit drei Schichten pro Tag; das Unternehmen schätzt, daß demnächst vielleicht 300 000 Wagen pro Jahr nachgefragt werden.

Auch in anderen Bereichen gibt es Veränderungen. 1995 wurden von den russischen Unternehmen testierte Abschlüsse für die jährliche Hauptversammlung verlangt, damit die Investoren vergleichen konnten. Ein neues Wertpapiergesetz gibt der Zentralkommission für Wertpapier- und Kapitalmärkte mehr Befugnisse und klärt die Rechte und Verfehlungen der Aktionäre. Und die National Registry Company, ein Gemeinschaftsunternehmen der Bank of New York, der europäischen Bank für Wiederaufbau und Entwicklung, der Internationalen Finanz-Corporation, Unexim und Nikoil (eine Tochter des russischen Erdölunternehmens Lukoil), die seit August 1995 arbeitet, besorgt die Anmeldung von Lukoil und verhandelt mit siebzig anderen Unternehmen.

Der russische Aktienmarkt ist zwar offensichtlich einfach, wird jedoch allmählich anspruchsvoller. Der Aktienhandel wird leichter und geordneter. Die Wertpapiermakler stellen die Kurse für den Kauf und Verkauf der Aktien am Bildschirm in Moskau fest. Die maximale Spanne zwischen Ausgabe- und Rücknahmekurs beträgt 20 Prozent, aber der Handel wächst. Das System ist verbessert worden, damit mehr Börsengeschäfte getätigt werden können, und wird auch außerhalb von Moskau verwendet.

Die Liquidität wird durch die Bildung einer staatlich geförderten Clearingstelle verbessert, der Einlagen-Clearinggesellschaft, die im Sommer 1995 die Arbeit aufgenommen hat. Ein Versuchsprogramm ist angelaufen. Alle Teilnehmer der Clearinggesellschaft lassen ihre Aktien namentlich registrieren, vorausgesetzt sie handeln miteinander, und es gibt keine Namensänderungen in den Unternehmensregistern, was Zeit und Geld spart. Die Einlagen-Clearinggesellschaft verringert das

Risiko außerdem dadurch, daß sie die Aktien überträgt, sobald sie die Zahlung erhält.

Ausländische Investoren können inzwischen die russischen Abrechnungsverfahren umgehen. Im März 1995 begann die niederländische Bank ING mit der Ausgabe von RDCs (Russian Depositary Certificates), russischen Zertifikaten, die die Hinterlegung ausländischer Aktien verbriefen, im Wert der Aktien, durch die sie gedeckt sind. Die Aktien werden treuhänderisch von einem Verwahrer gehalten. Bis Ende Juni hatten sieben Unternehmen solche Programme gestartet. Der Markt für Baudarlehen wird erweitert. In vielen anderen Ländern hat der Wohnungsbau das Wirtschaftswachstum angefacht.

Rußland führt gerade den zweiten Teil seines Programms zur Massenprivatisierung durch. Beim ersten Abschnitt, der 1993 gestartet wurde, bekamen normale Bürger Aktien zum Nennwert. Das Hauptziel des zweiten Teils besteht darin, Geld zur Deckung des Haushaltsdefizits aufzubringen. Angesichts der Sorgen über die Liquidität des Bankensystems fragen sich einige Analysten, ob das Bankensystem den Staatsschuldenmarkt und die Umsätze aus der Privatisierung stützen kann.

Rußland ist ein klassischer Fall für die Unsicherheit bei der zweiten Kurve. Es weist den ganzen Nachholbedarf auf, den siebzig Jahre Kommunismus mit sich bringen, aber auch den kommunistischen Mangel an engagierten Menschen und entsprechenden Einrichtungen wie Aktienmärkten und Rechts- sowie Bilanzsystemen, die ein Zweitkurven-Wachstum unterstützen können. Die Hauptschwäche ist jedoch politischer Natur. Falls Rußland etwas politische Stabilität entwickeln kann, die diese Markteinrichtungen in den nächsten zehn Jahren stärken könnte, wird das Land zu einem echten Zweitkurven-Markt avancieren.

Südafrika

Nach dem Ende der Apartheid schließt sich Südafrika der Weltwirtschaft an. Im April 1994 errang die südafrikanische Zentralbank verfassungsmäßige Unabhängigkeit von der Politik. Die Inflation ging 1994 auf 9 Prozent zurück, den niedrigsten Stand seit 1972.

Obwohl Südafrika Mitglied in der Welthandelsorganisation ist, halten Handelsbarrieren afrikanische und andere Produkte immer noch vom südafrikanischen Markt fern. Südafrika erhebt z. B. 90 Prozent Zoll auf Textilien aus Simbabwe, obwohl es selbst freien Zugang zum simbabwischen Markt hat. Die Industrie wird überwiegend von großen Konzernen beherrscht. Eine amerikanische Beratungsfirma schätzt, daß der Stundenlohn eines Monteurs in einer südafrikanischen Automobilfabrik bei 5,60 $ liegt, knapp unter den 6 $, die ein Mexikaner in der Stunde verdient. Das Problem ist, daß das südafrikanische Werk für den Bau eines Autos zweieinhalbmal so lange braucht.

Auslandsinvestitionen südafrikanischer Unternehmen werden durch Devisenkontrollen eingeschränkt, die im März 1995 für Ausländer aufgehoben wurden, nicht jedoch für Inländer, da man befürchtete, daß Geld das Land verlassen könnte. Das ist jedoch nicht der Fall: Von Mitte 1994 bis zum März 1995 flossen netto 13 Milliarden Rand ins Land, was die Wirtschaft Südafrikas für Investoren attraktiv erscheinen läßt.

Auch die Behandlung der Monopole durch den Staat ist problematisch: der Staat geht gegen von Weißen geführte private Monopole vor, privatisiert aber keine staatlichen Monopole, die von Weißen betrieben werden. Schwarze beherrschen weniger als 0,5 Prozent des Aktienmarktes, und nicht einmal 4 Prozent der Manager sind schwarz. Der Markt für Lagerbier ist fast völlig (zu etwa 90 Prozent) in der Hand der South African Breweries. Pallo Jordan, der für das staatliche Telekommunikations-Unternehmen Telkom verantwortliche Minister, läßt keinen Wettbewerb zwischen ausländischen und dem staatlichen Telefonunternehmen zu, mit der Begründung, die schwarzen Verbraucher schützen zu wollen.

Die Regierung schickt den Konzernen gemischte Botschaften, in denen sie sich abwechselnd über sie beklagt und andeutet, neue Konzerne zu gründen. Bei genauerem Hinsehen wird deutlich, daß fünf Konzerne fast 80 Prozent des Aktienmarktes in Johannesburg kontrollieren. Die Kontrolle von mehr als der Hälfte läßt sich bis zu drei Familien zurückverfolgen.

Gewalt ist nach wie vor ein großes Problem. Während das Mehrheitsprinzip einen deutlichen Rückgang bei der politischen Gewalt brachte (wobei man im allgemeinen an politische Probleme der

Schwarzen dachte, die sich in den Townships stellten), hat die kriminelle Gewalt drastisch zugenommen – und die politischen Morde gehen weiter. Die Autodiebstähle stiegen 1994 um ein Drittel, und die Mordrate in Johannesburg ist höher als die in Washington. Ein extremes Beispiel: die Provinz KwaZulu-Natal muß jedes Wochenende den Mord von zig Menschen ertragen. Auch wenn die Verbrechensrate weiterhin in den Townships am höchsten ist, trifft das Verbrechen doch auch weiße und schwarze Städter.

Es gibt jedoch auch Bereiche mit Veränderungen, die auch einen Schritt hin zur Angleichung der Bildung enthalten. 1994 bestand weniger als die Hälfte der schwarzen Schüler, die die Staatsschule besuchten, den Abschluß – von den weißen Schülern allerdings 97 Prozent. Die Staatsschulen, die nach Rassen getrennt waren, stehen heute allen Kindern offen. Die kleinen Kinder bekommen Schulspeise, und der Staat hat Geld für dringende Reparaturen beiseite gelegt.

Südafrika ist Mitglied der Südafrikanischen Entwicklungsgemeinschaft, einer Organisation zwölf südafrikanischer Länder, die u. a. hofft, eine südafrikanische Wirtschaftsgemeinschaft mit Freihandel bis zum Jahr 2000, Freizügigkeit der Bewegung und einer einheitlichen Währung aufzubauen. Die Organisation – insbesondere Südafrika mit seinen hohen Zöllen und ungesetzlichen Fremdenmaßnahmen – hat schwer damit zu schaffen. Aber es ist ein Schritt in die richtige Richtung.

Auch ein neues Arbeitsgesetz, das die Zustimmung der Unternehmen und der schwarzen Gewerkschaften findet, macht zuversichtlich. Die Zustimmung der beiden Gruppen war keine Kleinigkeit: Die Arbeiter waren bekannt für ihre Militanz, die Unternehmen für ihren Autoritarismus. Man hofft, daß das Gesetz dazu beiträgt, das Arbeitsumfeld für Investoren attraktiver zu gestalten. Die Geschäftsbanken, die den »Banklosen« ihre Dienste anzubieten suchen und auf Technologie zur Senkung der Kosten der Bankdienstleistungen angewiesen sind, bieten im Moment einen ziemlich eingeschränkten Service – überwiegend Sparkonten und Wohnungsbaudarlehen.

Obwohl Südafrika von der Bevölkerung her nicht annähernd so groß ist wie die anderen hier dargestellten Zweitkurven-Länder, ist es doch ein interessanter Zweitkurven-Akteur. Seit der Abschaffung der

Apartheid ist Südafrika auf dem Weg zu einer neuen Wirtschaftsmacht mit einer Wirtschaft, die viel von der Infrastruktur für ein Zweitkurven-Wachstum hat. Mit einer starken politischen Führung kann Südafrika zu einer wichtigen Zweitkurven-Wirtschaft werden.

Kapitel 7
Der neue Weltmarkt

Die Kombination aus dem Aufstieg des Mittelstandes auf den aufstrebenden Märkten und dem größeren globalen Wettbewerb führt zu einem dritten Bereich einer sich wandelnden Geographie: dem Entstehen eines neuen Weltmarktes. Dieser Zweitkurven-Weltmarkt ist durch vier Schlüsselbereiche gekennzeichnet: Verflechtung, die globale Wertkette, globale Arbeit sowie globale Größenordnung und Reichweite.

Verflechtung

Wie man es auch dreht, Waren und Dienstleistungen werden in Zukunft in gegenseitiger Abhängigkeit erzeugt. Wissen, Qualifikation, Menschen, Kapital, Finanzierung und Marketing – all das wird mit Hilfe globalen Sachverstandes zunehmend aus Quellen auf der ganzen Welt kommen und dann an eine globale Kundschaft verkauft. Es wird immer schwerer, ein Produkt als französisch, amerikanisch, deutsch oder englisch zu bestimmen. Die nationalen Unternehmen dieser Länder akquirieren, operieren und produzieren nicht nur zunehmend auf globaler Basis, auch die Märkte, die diese Unternehmen und ihre Aktionäre finanzieren, werden immer globaler. Der Bereich Eigentum und Kontrolle war aus Sicht des Weltmarktes nicht so fortgeschritten, aber da die Märkte der Finanzdienstleistungen immer stärker auf globaler Basis und verflochten arbeiten, wird er im Jahr 2010 wahrscheinlich weiter sein.

Beweise für die globalen Dimensionen des Zweitkurven-Marktes gibt es überall, in allen drei Bereichen – beim Aufkommen des globalen Verbrauchers, dem verstärkten globalen Wettbewerb und dem Weltmarkt. Hier einige Beispiele.

Mein Besuch in Prag

Vor ein paar Jahren bat mich die Weltgesundheitsorganisation, an einer Tagung in Prag teilzunehmen. Der einzige Haken daran war, daß die Tagung einen Tag nach einem Termin in Mexiko stattfinden sollte. Das bedeutete, daß ich in den Genuß eines Fluges mit der Air France von Mexiko über Houston kam. Wenn man noch nie mit der Air France geflogen ist, muß man etwas wissen: man läßt Sie nicht an Bord, wenn Sie nicht einverstanden sind, daß geraucht wird. Ich war einverstanden und saß neben einer Dame, die einen Pudel auf dem Schoß hatte, und selbst der Pudel rauchte. Wir hatten einen sehr angenehmen Flug, kamen nach Paris und stiegen in eine andere Maschine um, wie ich dachte, ebenfalls von der Air France. Die Maschine war jedoch von der tschechoslowakischen Fluggesellschaft.

Um 1 Uhr morgens traf ich in Prag ein und erlebte eine Grenzkontrolle: Ich war das erste Mal in Osteuropa, ich habe einen britischen Paß, lebe in Amerika und kam gerade aus Mexiko. Diese Umstände waren wahrscheinlich der Grund dafür, daß ich in einen Raum gebeten und befragt wurde.

Der Weg durch den Zollbereich war relativ kurz, und schon nach wenigen Minuten saß ich einem Beamten der Einwanderungsbehörde gegenüber. Er hatte einen Toshiba Laptop. Er gab meine Paßnummer ein und sagte, »Sie können gehen«. »Ist das alles?« fragte ich, und das war es tatsächlich. Ich ging hinaus, um ein Taxi zu suchen, und erblickte eine ganze Reihe Mercedes. Ich stieg in den ersten Wagen ein, und als wir losfuhren, sah ich eine Leuchtschrift: »Price Waterhouse Welcomes You to Eastern Europe.«

Das sagt eigentlich alles zum Thema Weltmarkt. Wir halten diese Länder für so anders, so fremd, aber wenn diese Märkte erst einmal hervortreten, folgt der vertraute kapitalistische Apparat bald nach.

Gewinner in China

Wohin man in China auch kommt, fällt einem zweierlei auf. Erstens, daß Volkswagen ungeheuer erfolgreich ist: In Peking scheint jedes Auto ein VW Santana oder Audi 100 zu sein. Zweitens das allgegenwärtige Handy – man sieht es in Büros und bei Geschäftsleuten und Führungskräften. Motorola liefert mit großem Erfolg Produkte für den drahtlosen Markt, der dort Dienstleistungen im Bereich der Telekommunikation ermöglicht, wo eine gutausgebaute, im Boden verlegte Infrastruktur fehlt. Motorola China Electronics Limited (MCEL) ist mit 2 Milliarden $ Umsatz einer der aufstrebenden Riesen im neuen China. MCEL rechnet damit, die Zahl seiner Mitarbeiter von 3 500 (1995) bis zum Jahr 2000 auf 10 000 zu verdreifachen.

Der Raumfahrer und die Neurochirurgin

Dick Wong ist irgendwo in den Vierzigern, trägt eine Brille, ist wie ein chinesischer Marlboro-Mann gekleidet, freundlich und liebenswert. Er wohnt in Toronto und arbeitet in China, fährt regelmäßig in sein Apartment in Hongkong, wo er drei oder vier Monate am Stück bleibt, ohne seine Familie zu sehen. Die besucht ihn im Sommer, wenn die Kinder Schulferien haben. Er fliegt hin und wieder nach Toronto, und seine Frau begleitet ihn für etwa einen Monat nach Hongkong. Er ist das, was die Bewohner von Hongkong einen Raumfahrer nennen.

Jeden Morgen nimmt Dick die Fähre von Hongkong über die zweite Grenze, die die spezielle Wirtschaftszone Shenzhen in der Provinz Guangdong vom übrigen Teil der Provinz trennt. Dick leitet eine Fabrik in Sianjing, etwa 20 Minuten mit dem Auto vom Fährterminal entfernt. Die Fabrik ist ein schlichtes, viergeschossiges Gebäude und stellt pro Jahr Endprodukte im Wert von etwa 500 Millionen $ her.

Das Bemerkenswerte an dieser Fabrik ist, daß sie ein Spitzenbeispiel für computerunterstützte Fertigung darstellt. Produziert werden NEC 486er Computer, hochwertige schnurlose Telefone für Fujitsu, Sega/Genesis-16-bit-Spielecomputer für den europäischen Markt und verschiedene Produkte der Unterhaltungselektronik. (In dieser Fabrik ist Qualität oberstes Gebot. Sega unterhält auf dem Firmengelände ein eigenes Büro für Qualitätskontrolle. Wo man hinsah, gab es Qualitätssicherungssysteme: ISO 9000 – der europäische Stadard, *House of Qua-*

lity und all die anderen japanischen und europäischen Systeme zur Qualitätskontrolle und -sicherung.) An den Fertigungsstraßen sitzen fast nur junge Frauen, die Technik und Überwachung liegt in der Hand von Männern. Die meisten Fertigungsstraßen arbeiten mit gebrauchten Maschinen aus japanischen oder anderen Produktionsbetrieben, sind jedoch zu computerunterstützten Fertigungssystemen zusammengeschlossen, was den Technikern ermöglicht, die Fertigung in 15 bis 30 Minuten zu wechseln. Binnen einer halben Stunde können Telefone statt Computer hergestellt werden. Die High-Tech-Produkte, die dieses schlichte viergeschossige Gebäude in einem scheinbaren Entwicklungsland verlassen, sind beachtlich.

Während meines Aufenthalts dort hatte sich eine meiner Kolleginnen bei einem schlimmen Sturz in der Hongkonger U-Bahn am Bein verletzt. Dick Wong wandte sich an seine Sekretärin, bat sie, sich um die Verletzte zu kümmern, und erzählte uns beiläufig, daß sie Ärztin sei. Wie sich herausstellte, war sie nicht eine »einfache« Ärztin, sondern Neurochirurgin aus einer Provinz im Nordwesten Chinas. Wenn es um Möglichkeiten zu einem besseren Leben geht, übt die spezielle Wirtschaftszone einen großen Reiz aus, und manch einer ist lieber Sekretärin in einem Gemeinschaftsunternehmen der Privatwirtschaft als Neurochirurgin in einem abgelegenen Teil des Landes.

Globale Denkfabriken

Eine Möglichkeit, wie Großunternehmen mit dieser Zweitkurven-Technologie, den Verbrauchern und geographischen Märkten umgehen können, ist die, Horchposten rund um die Welt zu errichten, die dabei helfen, gesellschaftliche, technologische und wirtschaftliche Trends auf dem Weltmarkt zu verbinden und auf die Unternehmensstrategie anzuwenden. Cable & Wireless und Daimler-Benz sind zwei der Kunden des Instituts für die Zukunft, die ganz ähnlich vorgehen. Beide Unternehmen haben in Menlo Park bzw. Palo Alto ganz in unserer Nähe einen Außenposten im Silicon Valley eingerichtet. Daimler-Benz hat eine Gruppe von etwa dreißig Mann in Berlin sitzen, die zur etwa tausend Personen umfassenden Forschungsabteilung des Unternehmens gehört. Alle drei Monate kommen zwei oder drei Forscher nach Palo Alto, um mit dem dort ansässigen Kernteam zu arbeiten. Die Gruppe ist Teil einer Mannschaft, die die Bezeichnung Technologie und Gesellschaft trägt und die wichtigsten Aspekte der Gesellschaft von morgen untersucht, die für die Kunden von Daimler-Benz von Bedeutung sind. Der Gruppenleiter Dr. Eckard Minx versucht zusammen mit seinen Kollegen, alternative Szenarien für die Zukunft zu entwikkeln, die für die verschiedenen Geschäftsbereiche von Daimler-Benz wichtig sein könnten. Das Institut für die Zukunft hat mit ihnen zusammengearbeitet und sich Gedanken über die Organisation des 21. Jahrhunderts sowie die Art gemacht, wie die Informationstechnologie ihr Unternehmen, ihre Kunden und die Nutzung der Verkehrssysteme beeinflussen könnte.

Cable & Wireless hat eine ähnliche Gruppe eingerichtet – Cable & Wireless Innovations –, die in Menlo Park sitzt. Diese Gruppe bringt einen Kernstab mit Mitarbeitern verschiedener Firmenbereiche aus der ganzen Welt zusammen, für jeweils sechs Wochen bis sechs Monate. Dieses System ermöglicht den künftigen Managern, einige Technologie-, Verbraucher- und Globaltrends kennenzulernen, die das Telekommunikationsgeschäft vermutlich langfristig tangieren; sie haben Gelegenheit, im Silicon Valley zu leben und zu arbeiten, dann mit den Ideen, mit denen sie konfrontiert wurden, nach Hongkong, England oder in die Karibik zurückzugehen und dort in ihre Arbeit einfließen zu lassen.

In beiden Fällen kommt es darauf an, der Organisation die zweite Kurve dadurch einzugeben, daß man ihre Forscher oder Manager rotieren läßt und bei ihnen damit eine globale Einstellung, ein Verständnis für aufkommende Technologien und Aufgeschlossenheit für den neuen Konsumenten schafft. Für Daimler-Benz heißt das Rotation durch das Büro in Berlin, die Einrichtung in Palo Alto und die geplante Einrichtung in Singapur. Cable & Wireless bemüht sich zwischen London, Menlo Park und Hongkong um einen Ideenstrom über drei Kontinente und viele unterschiedliche Unternehmenskulturen. Das Institut für die Zukunft ist auch als Silicon Valley-Außenposten für Kundenunternehmen in Aktion getreten, so für das schwedische Telefonunternehmen Telia, aber auch für zahlreiche große, in den USA ansässige Organisationen, die einen mit der Technologiegemeinde verbundenen Außenposten im Silicon Valley haben und mit Ideen, Denkweisen und Trends aus verschiedenen Bereichen in Berührung kommen wollten.

Der Aufstieg des Mittelstandes auf den aufstrebenden Märkten

Der Aufstieg der Verbraucher aus dem Mittelstand ist für ein stetiges Wirtschaftswachstum auf der Erde von größter Bedeutung. Würde sich der Wohlstand auf die wenigen Eliten konzentrieren, könnte sich die Weltwirtschaft hinsichtlich ihrer Fähigkeiten zum Austausch und der politischen Stabilität einfach nicht halten. Der Aufstieg der Verbraucher aus dem Mittelstand ist ein Signal des Erfolges, wirtschaftlich und politisch, und dieser Aufstieg wird in den nächsten zwanzig Jahren gewaltige Formen annehmen. Überdurchschnittlich wird der Nettozuwachs bei den Haushalten des Mittelstandes in Ostasien ausfallen, das enorme Möglichkeiten bietet. Wer hier an der zweiten Kurve teilhaben möchte, muß sorgfältig planen, denn es ist schwer, auf diesen Märkten ohne die entsprechenden Beziehungen Fuß zu fassen, deren Aufbau viel Zeit erfordert.

Wirtschaftswachstum allein genügt nicht als Zeichen für das Aufkommen eines Mittelstandes. Neigt sich die Einkommensverteilung (wie es in vielen Entwicklungsländern geschehen ist) zu einigen wenigen, die enorm viel verdienen, während die Mehrheit in Armut lebt, schlägt sich eindeutiges Wirtschaftswachstum nicht im Konsum und einem höheren Lebensstandard für alle nieder. Entscheidend dafür, daß ein aufstrebender Markt zu einem echten Zweitkurven-Akteur wird, ist der Aufstieg der Verbraucher aus dem Mittelstand.

Zunächst müssen wir den Begriff Verbraucher aus dem Mittelstand definieren. Das Institut für die Zukunft legt hier zwei Kriterien an. Verbraucher aus dem Mittelstand sind Haushalte mit einem Jahreseinkommen von mindestens 25 000 $ (zu Preisen von 1995), die in Ländern leben, wo auf diese Verbrauchergruppen potentiell eine Million

Menschen oder mehr entfallen. (Vgl. *Future Tense: Preparing for the Business Realities in the Next Ten Years*, eine ältere Arbeit zur Diskussion über das Wachstum auf diesen Märkten in den nächsten zwanzig Jahren.) Diese Definition schließt nicht alle Reichen oder auch nur jeden ein, der mehr als 25 000 $ verdient. Legt man diese Definition zugrunde, gibt es in den Industrieländern und aufstrebenden Gebieten etwa 181 Millionen Haushalte, die im Jahr mehr als 25 000 $ verdienen. Davon leben 79 Prozent in den Industriestaaten, 36 Prozent aller Haushalte in Nordamerika, 32 Prozent in Westeuropa und 11 Prozent in Japan. Der Mittelstand der reichen Industriestaaten nimmt langfristig ziemlich stetig zu; gegenwärtig wächst er pro Jahr um etwa 2 Prozent, so daß die Gesamtzahl der Haushalte des Mittelstandes in der industrialisierten Welt bis 2010 von 143 Millionen auf 211 Millionen steigen wird (Prognose des IFTF von 1992).

Das wirkliche Wachstum findet jedoch woanders statt. Jedes Jahr erringen die aufstrebenden Märkte weltweit einen steigenden Anteil an den Haushalten mit mittleren Einkommen. Heute bringen die aufstrebenden Länder es auf etwa 21 Prozent dieser Haushalte, aber die Zahlen steigen jährlich um fast 5 Prozent. Wenn die aktuellen Wachstumsraten anhalten, beträgt der Anteil der aufstrebenden Gebiete an den Haushalten mit mittleren Einkommen bis zum Jahr 2010 37 Prozent und wird sich auf insgesamt 122 Millionen belaufen, fast soviel wie die Industriestaaten heute haben. Der neue aufstrebende Mittelstand aus den asiatischen, lateinamerikanischen und osteuropäischen Ländern wird demzufolge in den nächsten Jahren eine wachsende Rolle auf dem Weltmarkt spielen.

Das schnellste Wachstum wird es in den Ländern geben, die sich von den sozialistischen Beschränkungen in China, Rußland und Osteuropa entfernen. Weniger Beschränkungen für das Eigentum, größere Anreize für unternehmerisches Geschick und mehr Ermunterung für höhere Unterschiede bei den Einkommen werden Möglichkeiten für ein Wiederaufleben des alten Mittelstandes und das Aufkommen neuer Schichten eröffnen. Die enorme Zunahme in China, Indien, Brasilien, Indonesien und Rußland muß ein Dreh- und Angelpunkt sein. Allein diese Länder werden die Rolle des Mittelstandes mit zusätzlichen Menschenmassen stärken. Und wenn die Mehrheit der Südafrikaner sich aus der Armut befreit, wird auch dort ein neuer Mittelstand entstehen.

Die globale Wertkette

Die Produktion von Waren und Dienstleistungen ist nicht der einzige Bereich, der zunehmend global erschlossen wird; man muß auch die Wertkette global sehen. Das bereitet vor allem den Unternehmen Schwierigkeiten, deren Distributionsbereiche in der Wertkette so unterschiedlich sind. Der Absatz eines Produkts in den Vereinigten Staaten ist z. B. ein ganz anderes Vorhaben als der in Japan. Einzelhandel, Großhandel und die eigentliche Absatzlogistik folgen in diesen Ländern ganz verschiedenen Mustern. Demnach müssen Unternehmen, die sich mit der zweiten Kurve aufstrebender Märkte befassen wollen, verstärkt darüber nachdenken, wie die Wertkette global funktioniert, aber auch darüber, wie sie auf bestimmte Märkte abgestimmt werden kann. Das wirft interessante Probleme für die Firmen auf, die global standardisieren wollen. Einige Unternehmen waren sehr erfolgreich beim Aufbau einer globalen Wertkette, einer Kette, die die Abweichungen in jedem Land überwindet – Coke, Pepsi und McDonald, die in allen Ländern zu Kultursymbolen geworden sind, sind ein ideales Beispiel dafür. In Peking gibt es zwölf McDonald-Filialen; die größte ist fast beängstigend groß. Selbst nachmittags zwischen den Hauptessenszeiten warten Schlangen von zwanzig, dreißig Personen darauf, von vielleicht dreißig Mitarbeitern bedient zu werden, die Big Macs und Pommes frites über die Theke reichen, die genauso schmecken wie in Milwaukee.

Globale Arbeit

Da Produktion und Konsum global immer interdependenter werden, umspannt die Wertkette den Erdball, und Einzelpersonen wie Unternehmen werden zunehmend herausgefordert, global zu arbeiten. Das wirkt sich auf jeden und alles aus, von den Geschäftsleuten aus dem

Hongkonger Jet-set über die umherreisenden Führungskräfte der populären Wirtschaftsmedien bis zu der Tatsache, daß Kundendienstleute aus der vordersten Linie immer öfter mit Kunden und Partnern aus anderen Ländern zu tun haben. Mary O'Hara-Devereaux und Robert Johansen vom Institut für die Zukunft behandeln dieses Thema in *Global Work* und legen die Probleme und Lösungen für das Überbrükken von Entfernungen, Unterschieden und Zeit auf globaler Basis dar. Die Schlußfolgerung aus ihrer Arbeit ist, daß mehr Einfühlungsvermögen für kulturelle Unterschiede ein Kennzeichen für die globalen Zweitkurven-Unternehmen werden muß, da diese Firmen mit aufstrebenden Märkten zu tun haben, und daß Unternehmen in der Zukunft vermehrt ihre globalen Kapazitäten ausbauen und zu ihrer eigentlichen Stärke machen müssen. Der andere Bereich der globalen Arbeit war die Schaffung der Informationsstrukturen für Weltunternehmen.

Globale Größenordnung und Reichweite

Wenn der Weltmarkt und die aufstrebenden Märkte der zweiten Kurve zunehmend die besten Möglichkeiten bieten, legt das nahe, daß Unternehmen in der Zukunft in der Lage sein müssen, in globalen Größenordnungen zu operieren. Da stellt sich die Frage: bedeutet das, daß es auf die bloße Größe ankommt? In einigen Bereichen wird die Größe eine Rolle spielen. Im Gesundheitswesen – vor allem in der Pharmaindustrie – greift man unter den vielen Strategien u. a. zur globalen Fusion. In der Unterhaltungsbranche nehmen die Megaakteure die globale Größenordnung vorweg und gehen zur horizontalen Konzentration über. Und im Bankwesen wird die Konzentration bei den Finanzdienstleistungen zu einem guten Teil global und lokal wirtschaftliche Auswirkungen haben.

Es wäre jedoch falsch anzunehmen, daß die einzige logische Reaktion auf die aufstrebenden Zweitkurven-Märkte die horizontale Integration der globalen Wettbewerber ist. Globale Größenordnung und Reichweite bestätigen vielmehr die Notwendigkeit, daß die Unternehmen global handeln, denken und die Zukunft sehen. Das ist etwas anderes als bloße Größe. Seit seiner Gründung verbannte CNN das

Wort »Ausland« aus dem Sprachschatz seiner Korrespondenten, dabei wird seine internationale und globale Reichweite in jedem Hotelzimmer der Welt deutlich. Der Erfolg von Unternehmen wie Applied Materials, die ja zum Weltmarkt gesagt haben, ist Beleg dafür, daß bloße Größe noch nicht Globalität bedeutet, und umgekehrt ist es, um global zu sein, nicht nötig, groß zu sein. Es ist wirklich eine Ausrichtung, eine Einstellung, das Begreifen, daß die zweite Kurve *da draußen* ist – nicht unbedingt *hier* –, und daß man in globalen Zusammenhängen denken muß.

Levi Strauss ist ein Unternehmen, das global denkt, in vieler Hinsicht. Levi's verkauft seine Produkte in über sechzig Ländern unter verschiedenen Bedingungen. Es gibt 100 %ige Töchter, Gemeinschaftsunternehmen, Konzessionsinhaber und Vertragshändler. 1994 steuerte das internationale Geschäft fast die Hälfte zum Unternehmensumsatz und über die Hälfte zu den Erträgen bei. Levi's beschäftigt Menschen in etwa dreiundzwanzig Ländern; das Unternehmen hat dreiundfünfzig Produktionsstätten und dreißig Kundendienstzentren in sechsundvierzig Ländern. Generell kann man sagen, das Unternehmen stellt die Produkte in den Ländern her, in denen sie auch verkauft werden.

Aber es sind nicht nur die reinen Zahlen, so eindrucksvoll sie auch sein mögen. In einer Branche, die mit ethischen Problemen und Verfehlungen belastet ist – die Bekleidungsindustrie ist bekannt dafür, hinter billigen Arbeitskräften herzusein wie der Teufel hinter der Seele –, verhält Levi's sich verantwortungsvoll und zeigt eine Art *moralisches* globales Denken. Das Unternehmen will nicht mit Firmen zusammenarbeiten, die die globalen Akquisitionsrichtlinien von Levi's mißachten, 1992 aufgestellte Unternehmensrichtlinien, nach denen Firmen, mit denen Levi's Verträge abschließt, ihre Geschäfte so betreiben müssen, daß sie den Wertvorstellungen von Levi's entsprechen. Das sind keineswegs nur Lippenbekenntnisse, denn das Unternehmen entzog China Geschäfte im Wert von 40 Millionen $ aus Protest gegen Menschenrechtsverletzungen – eine Entscheidung, die einstimmig fiel. Levi's setzt auch die Standards der Internationalen Arbeitsorganisation durch, die die Beschäftigung von Kindern unter vierzehn Jahren ächten. Als zwei Lieferanten von Levi's aus Bangladesch Kinderarbeit einräumten und sich bereit erklärten, die Kinder zu entlassen, gaben die Zulieferer allerdings zu bedenken, daß arbeitende Kinder – im allgemeinen die ältesten in Familien mit nur einem Einkommen – oft die Haupteinkommensquelle der Familie sind. Levi's traf daraufhin eine Vereinbarung: wenn die Zulieferer weiterhin Löhne zahlten und sich bereit erklärten, die Kinder wieder einzustellen, sobald sie vierzehn wären, würde Levi's die Kinder zur Schule schicken und die dafür anfallenden Kosten übernehmen (wie Schulkleidung, Bücher und Schulgeld). Die Kosten für Levi's sind letztlich gering, vor allem wenn man berücksichtigt, was sie an positiver PR bringen. Levi's arbeitet weltweit mit hohen ethischen Maßstäben in einer Welt mit höchst unterschiedlichen ethischen Grundsätzen, fährt dabei auf der zweiten Kurve, ohne seine Prinzipien aufzugeben, und setzt Zweitkurven-Technologie zur Förderung seiner globalen Präsenz ein.

Ein Blick auf einige globale Akteure

Die Taktiken und Ansätze der globalen Akteure sind so verschieden wie ihre Geschäfte und Märkte, von der Telekommunikation in Hongkong bis zu Schweizer Schokolade.

Cable & Wireless

Was Cable & Wireless versucht, entspricht wirklich der zweiten Kurve. Das Unternehmen wurde vor über einhundert Jahren gegründet und war trotz des Namens daran beteiligt, im Britischen Empire elektrische Leitungen zu verlegen. Es veränderte den Planeten erheblich, als es Kabel für den Telefonverkehr durch den Atlantik verlegte und ähnlich ermöglichte, Indien binnen weniger *Stunden* mit dem Britischen Empire zu verbinden, was zuvor *Wochen* gedauert hatte. In neuerer Zeit wird deutlich, daß die Strategie dahin geht, ein Netz aus Telekommunikationsunternehmen aufzubauen, die sich auf den aufstrebenden Märkten spezialisieren. Das Modell ist nicht nur als ein Modell für die Organisation des 21. Jahrhunderts von Interesse, sondern auch als ein Modell für die Einbeziehung aufstrebender Zweitkurven-Märkte.

Die Ursprünge des Unternehmens lagen in der Entwicklung eines Telegraphensystems, das Großbritannien in der zweiten Hälfte des 19. Jahrhunderts mit seinem Reich verbinden sollte. Das Unternehmen hieß anfangs Eastern Telegraph, und als sein Gründer John Pender 1886 starb, gehörten Eastern und den verbundenen Unternehmen jeder dritte Kilometer Telegraphenkabel in der Welt; dazu betrieben sie rund 50 000 Kilometer Überseekabel. Das 20. Jahrhundert brachte eine Verlagerung des Schwergewichts, da die Telekommunikation sich ausweitete und nun auch den Rundfunk einschloß. 1929 fusionierte Eastern mit Marconi Wireless Telegraph zu Cable & Wireless. Zur Zeit des Zweiten Weltkriegs betätigte sich das Unternehmen an 146 Standorten, die häufig Ziel der deutschen Luftwaffe waren. Die Achsenmächte übernahmen Standorte wie Athen, Hongkong und Singapur.

Anfang der 60er Jahre stieg Cable & Wireless in das Satellitengeschäft ein. Das Unternehmen baute eine Bodenstation auf der Insel Ascension im Südatlantik, um die Kommunikation für das Apollo-Raumfahrtprogramm zu unterstützen, und in der Karibik setzte Cable & Wireless eine Überhorizont-Richtfunkstation für erweiterte Telefon-, Telegraphen- und Telexdienste ein. Später wurde das System durch Mikrowellen-Streckenabschnitte ergänzt. In den 70er Jahren baute Cable & Wireless seine Satellitenanlagen aus und legte ein 300-kanaliges Telefonkabel von Hongkong nach Kanton. Außerdem expandierte das Unternehmen nach Europa und in die Vereinigten Staaten.

Im nächsten Jahrzehnt stiegen die Gewinne jährlich um 27 Prozent, und es gelang dem Unternehmen, sein Kolonialimage als technischer Arm des englischen Außenministeriums abzulegen. Der Konzern begann mit dem Aufbau seines globalen digitalen Highways, einem internationalen Glasfasernetz, das die Geschäftsmetropolen Nordamerikas, Europas und Asiens verbindet. 1982 gründeten Cable & Wireless, British Petroleum und Barclays Merchant Bank die Firma Mercury Communications als Wettbewerber für British Telecom. 1984 zahlte Cable & Wireless BP und Barclays aus. 1985 erhielt Mercury das Recht, sich mit British Telecom zusammenzuschalten, und konnte sich so als starker Konkurrent für die firmeninternen Dienstleistungen etablieren.

Cable & Wireless ist rein technologisch betrachtet kein Produktunternehmen, sondern im Servicemanagement tätig. Die Organisationsform, die lockere und straffe Kontrolle vereint, hat eine sehr große Leitungsspanne – ein System gleichrangiger Mitarbeiter, keine Hierarchie –, was bei traditionellen Telefongesellschaften sehr umstritten ist. Sie waren in der Vergangenheit meistens die eigentlichen »Maschinenbürokraten« – um einen Ausdruck von Henry Mintzberg zu gebrauchen, Kanadas führendem Organisationstheoretiker –, doch Cable & Wireless versucht, mehrere gesunde, gutgeführte Telefonunternehmen in verschiedenen Regionen der Welt mit einer Muttergesellschaft zu verbinden, die helfen kann, über diese bestehenden Systeme strategische Investitionen zu tätigen und Innovationen voranzutreiben. Die verschiedenen Mitglieder des Netzes wie Hongkong Telecom und die karibischen Telefongesellschaften sind Erstkurven-Monopolisten, die sich des öfteren fragen, *Wozu brauchen wir die eigentlich?* Aber da der Wettbewerb in der Telekommunikation immer schärfer wird, ist dieses Modell, unabhängigen Erstkurven-Betrieben Selbständigkeit und gleichzeitig eine Chance auf globale Innovationen bei der zweiten Kurve zu gewähren, eine zentrale Einsicht in das, wie man zweikurvig fährt und mit einer zweiten Kurve auf dem aufstrebenden Markt umgeht. Seit 1992 ist das Unternehmen von einzelnen Betriebsgesellschaften, die viel Entscheidungsfreiheit haben – was zur Verdoppelung mehrerer Leitungsfunktionen führte –, zu einem Gruppenstil übergegangen. Die Zentrale sorgt für die strategische Führung, die Allokation der Ressourcen und die Erfüllung der rechtlichen Verpflichtungen einer Holdinggesellschaft. Fachwissen, wie die Erfahrung von Hongkong Telecom mit Video on demand sowie die von Mercury mit Funkdienst sollte dorthin fließen, wo es gebraucht wird. Als beispielsweise Optus, ein neues Dienstleistungsangebot, in Australien aus der Taufe gehoben wurde, profitierte es vom Input von Hongkong Telecoms Abrechnungssystem ebenso wie von der Erfahrung der Gruppe mit dem Aufbau nationaler Netzwerke.

Cable & Wireless ist wie folgt gegliedert: Cable & Wireless Business Networks entwickelt globale Produkte und Dienstleistungen und kombiniert sie, um kontrollierte Lösungen für multinationale Unternehmen zu schaffen. Cable & Wireless Marine verlegt und wartet Seekabel mit Hilfe von fünfzehn Schiffen, einer doppelt so großen Flotte, wie der des nächstgrößten Wettbewerbers. Diese beiden Gruppen werden unterstützt von Cable & Wireless Network Services, das die Investitionen der Gruppe in internationale Kabel- und Satellitenkapazitäten überwacht. Cable & Wireless Mobile Directorate leitet die mobilen Interessen der Gruppe und betätigt sich in sechsundzwanzig Ländern. Diese Organisation nimmt das Wissen der ganzen Gruppe in Anspruch und hilft den Unternehmen vor Ort bei der Verbesserung der Erlöse durch die Nutzung von Synergieeffekten und *Best practice*. Sie lenkt das Augenmerk auf Mittel und Sachverstand, damit die Gruppe neue Lizenzen erhält.

Mit Betrieben in über fünfzig Ländern nimmt Cable & Wireless für sich in Anspruch, das internationalste Unternehmen in der Telekommunikationsbranche zu sein, das internationale Kommunikation für mehr als dreißig Länder und heimische Dienstleistungen für über zwanzig bereitstellt, wobei Großbritannien, Hongkong und die Karibik die stärksten Gebiete sind. Die Innovations Group von Cable & Wireless hat die Aufgabe und Gelegenheit, die entsprechenden Erkenntnisse über ihr globales Netz an Betriebsgesellschaften weiterzugeben.

Hongkong Telecom

Hongkong Telecom ist der Juwel in der Krone von Cable & Wireless, eines der gewinnträchtigsten Unternehmen in der Telekommunikationsbranche, das sehr gute Aussichten hat, eine hilfreiche Rolle bei der Entwicklung der Telekommunikation in China zu spielen. Cable & Wireless besitzt einen Anteil von etwa 60 Prozent an Hongkong Telecom, der ca. 80 Prozent des Betriebsgewinns von Cable & Wireless einbringt.

Hongkong Telecom stellt eigentlich gar nichts her; es produziert keine Telefonapparate – es betreibt das Netzwerk des Telefonunternehmens und benutzt dazu die Systeme und Geräte anderer. Als ein Wegbereiter bei Innovationen für den gesamten Konzern Cable & Wireless erprobt Hongkong Telecom einen Breitband-Echtzeit-Service im Bereich Video on demand für vierhundert Haushalte. Hongkong Telecom hat dabei *nicht* die interaktiven Versuche im Sinn, wie sie Time Warner in Orlando und anderen Teilen der Vereinigten Staaten durchgeführt hat, wo die Technologie von Video on demand von jemandem simuliert wird, der Videorecorder fernlädt. Bei der Technologie, die Hongkong Telecom verwendet, werden die Signale komprimiert und von einem Videoserver über Kabel oder Glasfaser in die Haushalte übermittelt. Es ist ein echter Service, der einige entscheidende Möglichkeiten bietet. Bei Hongkong Telecom sind viele der Meinung, daß die Tests von Time Warner und anderen in den USA einfach wegen der wirtschaftlichen Strukturen zum Scheitern verurteilt sind, die zur Unterstützung der Technologie erforderlich sind. Video on demand ist kein besonders gutes Geschäft, sofern der Preis nicht deutlich unter die Preisschwelle der Videogeschäfte sinkt (trotz der Tatsache, daß die Blockbuster Entertainments dieser Welt richtiges Geld mit den saftigen Überziehungsgebühren beim Videoverleih machen und die mangelnde Disziplin und Bummelei von Menschen wie mir schamlos ausnutzen). Der Test von Hongkong Telecom bietet eine sehr interessante Option und einen Blick auf die künftige Welt der interaktiven Online-Dienste mit viel Wachstumspotential.

Das Feedback der Teilnehmer beim Piloten war positiv. Erste Ergebnisse zeigen, daß die Menschen in Hongkong diese neue Technologie annehmen und bereit sein werden, einen kleinen Zuschlag von vielleicht 20 Prozent auf die Leihgebühr zu zahlen. Die Leute zahlen für die Bequemlichkeit, nicht aus dem Haus gehen und sich einen Film leihen zu müssen, den Film, den sie sehen wollen, auch wirklich zu bekommen, ohne Überziehungsgebühr, und ihn so zu sehen, wie sie wollen (zurückspulen, vorspulen und unterbrechen). Hongkong Telecom fand auch heraus, daß die Nutzung von Video on demand umgekehrt proportional zum Einkommen ist. Der untere Bereich sah dreimal mehr fern als der wohlhabendere. Hongkong Telecom wird deshalb den Bereich der mittleren Einkommensbezieher anvisieren, weil die Angehörigen dieses Bereichs mehr verfügbares Einkommen als die im unteren Bereich haben, bekannt dafür sind, neue Technologie eher anzunehmen und mehr Zeit zu Hause verbringen als die Wohlhabenden.

Das System Video on demand hat einfache Menüs, die den Benutzer führen und den Service finden lassen, den er wünscht – wenngleich Teilnehmer an der Untersuchung die Einleitung nach dem sechsten Mal überspringen wollten, obwohl sie nur fünfzehn Sekunden lang ist.

Nach Ansicht von Hongkong Telecom befriedigt Video on demand das Bedürfnis der Benutzer nach Bequemlichkeit und Unterhaltung, ohne irgendwelche Änderungen im Verhalten zu verlangen. Das einzige, was die Kunden brauchen, ist ein Fernsehgerät und eine Set-Top Box zum Entschlüsseln der Video- und Audiosignale, die über die Telefonleitung übermittelt werden. Geplant sind etwa acht Filme zur Auswahl, ungefähr einhundert Stunden Programm. Und sobald ein Kundenstamm besteht, kommen andere Dienstleistungen dazu: Interactive Multimedia Services (IMS) ist für 1996 vorgesehen und wird mit Video on demand, Zahlungsservice, Cross-Merchandising (Erwerb eines Plüschtieres aus einem Zeichentrickfilm, oder einer Pizza, die man während des Films essen kann, oder einer Musik-CD) und Werbefilmen starten. 1997 kommen dann Homeshopping, Homebanking (Kontostand abfragen, Zahlungsverkehr, Überweisungen, persönliche Finanzplanung und Kreditanträge), elektronische gelbe Seiten und TV auf Abruf dazu; 1998 folgen Spiele und Bildungsdienstleistungen.

Beim Homeshopping (für Bekleidung, Modeartikel, Unterhaltungselektronik etc.) sieht Hongkong Telecom kein Wachstum, weil diese Artikel in Hongkong überall zu haben sind. Das Unternehmen glaubt eher, daß die Hauszustellung von Lebensmitteln und landwirtschaftlichen Erzeugnissen zunimmt, Geschäfte, die relativ schnell erledigt werden können. Der wesentliche Vorteil, den Hongkong als Standort für solche Tests bietet, ist seine enorme Dichte sowohl auf der Seite von Kaulun als auch von Hongkong. Die Hongkonger sind auf einem äußerst dichtbevölkerten Streifen zusammengedrängt – 6 Millionen Menschen leben auf 1 000 Quadratkilometern –, wo ein einziges Kabel an Millionen Benutzern vorbeiläuft. Dazu die vertikale Bauweise von Hongkong – 90 Prozent der Bewohner leben in Hochhäusern mit durchschnittlich 174 Haushalten pro Gebäude –, und ein einziges bis ins oberste Stockwerk laufendes Breitbandkabel könnte die Familien eines Hauses versorgen. In den Vereinigten Staaten gibt es eine solche Bevölkerungsdichte nur in Manhattan und einigen wenigen Stadtzentren, etwa in Chicago oder Philadelphia, aber bestimmt nicht in San Francisco oder Los Angeles, wo die dichte und hohe Bebauung auf ein Minimum reduziert ist.

Ein weiterer Vorteil des Standortes Hongkong für die Tests liegt darin, daß es über ein 100%ig digitalisiertes Kommunikationsnetz verfügt, was die Aufwertung der Bauten zu einem Breitbandnetz erleichtert. Über 85 Prozent der Hochhäuser liegen im Umkreis von fünf Kilometern einer der 83 Vermittlungsstellen. Und der Bevölkerung geht es gut; sie gibt im Durchschnitt mehr als das Doppelte anderer Großstädte für Unterhaltung aus. Die Bewohner sind außerdem aufgeschlossen für neue Technologien. Hongkong weist eine extrem hohe Pro-Kopf-Versorgung mit Pagern, Mobiltelefonen und PCs auf.

Das Hongkong-Experiment verdient größte Beachtung. Auch wenn Hongkong offensichtlich eine einzigartige Stadt ist, wird es doch einige frühe Aufschlüsse über die Einrichtungen und Preispunkte geben, die zum Tragen kommen könnten – zumindest in Hongkong. Cable & Wireless hat die aufstrebenden Märkte im Auge und verbindet seine globale Vergangenheit mit einer innovativen Zukunft.

Applied Materials

Applied Materials ist wahrscheinlich einer der erfolgreichsten und am schnellsten expandierenden globalen High-Tech-Akteure. CEO Jim Morgan baute Applied Materials bewußt so auf, daß das Unternehmen weltweit auftreten konnte: Abteilungen, Funktionen und Aktivitäten wurden global gesehen und ausgeführt, nicht in geographische Abläufe unterteilt. Das hat die globale Art des Marktes gestärkt und auch die Qualität, Organisation und Kunden des Unternehmens.

Applied Materials, 1967 gegründet, machte die Produktion und den Verkauf elektronischer Ausrüstung zu seinem Hauptgeschäft. Mitte der 70er Jahre nahm das Unternehmen die Produktion von Ausrüstung für die Halbleiterfertigung auf und erzielte den ersten Gewinn 1972, als es auch erstmals an die Börse ging. Jim Morgan wurde 1976 zum Präsidenten und CEO ernannt und richtete das Unternehmen sofort auf die Ausrüstung aus, die bei der Halbleiterfertigung gebraucht wird. Bis dahin hatte Applied Materials ziemlich stark diversifiziert, auf keinem Gebiet eine beherrschende Position erreicht und machte Verluste. Morgan versuchte, das Blatt zu wenden und steuerte diese Nische an. Er glaubte einfach, daß die Halbleiterindustrie (seine Kunden) global werden, ständig Neuerungen einführen und absolute Qualität verlangen würde. Ihr mit neuester Fabrikationstechnologie zuzuliefern, würde Profit und schnelles Wachstum bringen. Diese Vision hat Applied Materials in den letzten zehn Jahren geleitet.

Die globale Ausweitung von Applied begann 1979, als das Unternehmen den Ionenimplantations-Bereich von Linott Engineering Ltd. erwarb. Die neue Tochter, Applied Implant Technology, entwickelte den ersten vollautomatischen Ionenimplantator, das System Precision Implant 9000. Dann kam Japan an die Reihe: Um auf dem japanischen Markt Flagge zu zeigen, gründete Applied im selben Jahr Applied Materials Japan Inc., ein Unternehmen, das sehr japanisch geblieben ist und nur äußerlich den amerikanischen technischen Ansatz zeigt. Applied Materials Japan kann eindrucksvolle Zahlen vorweisen: Japan steuerte 1983 über 30 Prozent der Unternehmenserlöse von Applied bei. Applied expandierte und eröffnete 1984 das Japan Technology Center in Narita, das z. T. mit einem Darlehen der Japanischen Entwicklungsbank gebaut wurde, einer Einrichtung der japanischen Regierung. Das war eine Novität: Die Bank hatte noch nie ein Darlehen für eine Anlage gewährt, die vollständig in amerikanischem Besitz war.

Die Expansion setzte sich in beeindruckendem Tempo fort: Im gleichen Jahr beteiligte Applied sich an einem gemeinsamen Vorhaben mit der chinesischen Regierung. Das Ergebnis war das Applied Materials China Service Center in Peking, ein chinesisches Unternehmen, das gemeinsam von Applied und dem chinesischen Ministerium für Elektronik geleitet wurde.

Applied sah seinen globalen Markt weiter wachsen. 1989 stiegen die Firmenerlöse von Applied Materials Japan auf 40 Prozent, und zwei Jahre später stellte Applied Materials Japan den Bau einer neuen Anlage in Japan fertig und verkündete den Einstieg in die Ausrüstung für die Dünnschichttransistoren-LCD-Fertigung. Eine neue 100 %ige Tochtergesellschaft, Applied Display Technology Inc., wurde in Japan gegründet, um die Entwicklung zu leiten. 1993 gründeten Applied und Komatsu Ltd. Applied Komatsu Technology Inc. mit Sitz in Japan, an dem beide Unternehmen mit 50 Prozent beteiligt sind, und das Flachpaneldisplay-Produktionssysteme entwickelt, herstellt und vertreibt.

Und alles fügte sich bestens: 1993 wurde Applied das erste selbständige Unternehmen in der Halbleiterausrüstungsbranche, das über eine Milliarde Dollar erlöste. Für diese erste Milliarde brauchte Applied fünfundzwanzig Jahre; die zweite Milliarde wird nur zwei Jahre brauchen. Applied ist wirklich weltweit präsent, weshalb das Unternehmen engen Kontakt zu seinen Kunden und Betrieben halten und Produkte entwickeln kann, die die Anforderungen der Kunden erfüllen. Applied hat über fünfzig Verkaufs- und Servicebüros in unmittelbarer Nähe wichtiger Kunden, in den Vereinigten Staaten, Europa, Japan, Korea, Taiwan, Singapur und China. Forschungs-, Entwicklungs- und Produktionsbetriebe gibt es in den USA, Europa, Japan und Israel, darunter Technologiezentren im kalifornischen Santa Clara, im japanischen Narita, im englischen Horsham und in Tel Aviv. Neue Technologiezentren entstehen in Chun-An in Südkorea und im taiwanesischen Hsinchu.

Die Erlöse von Applied folgen geographisch denen des Weltmarktes, ein bemerkenswerter Beweis für die globale Präsenz des Unternehmens. Die Streuung der Erlöse von Applied über die vier großen Regionalmärkte mit einem jeweils eigenen Wirtschaftszyklus und Produktmix hat Applied vor größeren Rückschlägen bewahrt. Sehen wir uns etwa die Jahre 1992–1993 an: in diesem Zeitraum wuchs der amerikanische Markt stetig, der asiatisch-pazifische dagegen rasch, während der japanische Markt einen deutlichen Abschwung bei den Investitionen in neue Ausrüstung zeigte. Applied dagegen erzielte um 40 bis 50 Prozent gestiegene Erlöse.

Applied hat den Ruf, einer der schnellsten Innovatoren neuer Technologien in der Branche zu sein. Das Unternehmen ist bestrebt, seine Produkte so schnell wie oder schneller als seine schnellen Wettbewerber zu verbessern, Firmen wie Intel und Motorola. Dieser Ansatz und Applieds Fähigkeit, Ressourcen und Mitarbeiter von einem Projekt zu einem anderen umzuleiten, stellen sicher, daß technische Entwicklungen im gesamten Unternehmen verbreitet werden. Applied bezieht auch Kunden in den Entwicklungsprozeß ein; es war eines der ersten Unternehmen in dieser Hinsicht. Und seit 1985 entfallen im Durchschnitt 15 Prozent der Gesamtverkaufserlöse auf die Forschung und Entwicklung. Dank der größten Basis aller Chipausrüster hat Applied einen Marktanteil von über 17 Prozent. Seine Waferproduktion ist doppelt so groß wie die des nächsten Konkurrenten Tokyo Electron

Ltd. Applied hat einen exzellenten Ruf als zuverlässiger Hersteller – was immer wichtiger wird, da die Branche auf dem Weg zur 8-Zoll-Wafer ist, bei der ein Fehler auf sehr viele Chips durchschlagen kann. Da Applied sich von Anfang an um Qualität für einen globalen Markt bemüht hat, ist das Unternehmen zu einem echten Zweitkurven-Champion geworden. Das Geschäft hat eine Reifephase erreicht, und Applied hat die Applied Global University gegründet, die sicherstellen soll, daß die Mitarbeiter von Applied auch weiterhin innovativ neue Zweitkurven-Produkte und Dienstleistungen für die anspruchsvollen Kunden auf der ganzen Welt produzieren – Firmen wie Intel, Fujitsu und Motorola.

Nestlé

Nestlé ist ein Unternehmen mit globaler Besitzstruktur, globalem Management und globalem Einsatz. Es ist der Welt größter Hersteller von abgepackten Nahrungsmitteln, Kaffeeröster und Hersteller von Schokolade und einer der multinationalsten Konzerne überhaupt. Es ist das größte Unternehmen der Schweiz, erzielt dort aber nicht einmal 2 Prozent seiner Erlöse. Die Herstellung erfolgt weltweit, in 494 Fabriken in 71 Ländern auf sechs Kontinenten (die meisten Fabriken befinden sich in Europa – 221 – und in Nord- und Südamerika – 174).

Die weltweite Expansion und Akquisition haben bei Nestlé von Anfang an eine bedeutende Rolle gespielt. Henri Nestlé, der Gründer des Unternehmens, erfand eine Säuglingsnahrung für ein Baby, das die Muttermilch nicht vertrug und an Unterernährung zu sterben drohte. Nestlé kombinierte konzentrierte Milch, Zucker und Nährmittel, und der Säugling wurde nicht nur wieder gesund, sondern gedieh prächtig und trank noch sechs Monate später von der Milchlösung. Nestlé führte die Säuglingsnahrung – die er Farine Lactée nannte – im gleichen Jahr, 1867, auf dem kommerziellen Markt der heimatlichen Schweiz ein, wo sie ein derartiger Erfolg wurde, daß Nestlés Firma acht Jahre später in sechzehn Ländern vertreten war. Mit einundsechzig Jahren verkaufte Nestlé die Firma an drei Schweizer Industrielle.

Das war 1875, und ein anderes Unternehmen, Anglo-Swiss, hatte mit der Produktion von Babynahrung begonnen. Anglo-Swiss wurde 1866 von den amerikanischen Brüdern Charles und George Page gegründet, die ihr Unternehmen in der Zentralschweiz Anglo-Swiss Condensed Milk Company nannten. Das »Anglo« war irreführend – es bestand gar keine englische Verbindung – und lediglich ein experimentelles Verkaufsargument, das sich jedoch auszahlte. Die Brüder Page importierten amerikanische Büchsenmilchtechnologie und nahmen 1867 die Produktion auf. 1872 eröffnete Anglo-Swiss eine Fabrik im englischen Chippenham; zwei Jahre später kaufte das Unternehmen die English Condensed Milk Company auf, die in London saß. Diese Erwerbungen machten Anglo-Swiss zum führenden europäischen Hersteller von Kondensmilch, und das Unternehmen expandierte, als es auch die Herstellung von Käse und Säuglingsnahrung aufnahm.

Als Anglo-Swiss auf den Markt von Nestlé vordrang, stieg Nestlé seinerseits in das Kondensmilchgeschäft ein. Beide Firmen expandierten im Ausland, Anglo-Swiss mit der Eröffnung eines Werks im Norden des Bundesstaates New York, Nestlé mit dem Kauf einer Kondensmilchfabrik in Norwegen und Betrieben in den USA, Großbritannien, Deutschland und Spanien. Außerdem investierte Nestlé in die Swiss General Chocolate Company. 1905 fusionierten Anglo-Swiss und Nestlé und besaßen augenblicklich eine starke Stellung in der Nahrungsmittelindustrie. Weil die Schweiz neutral war, konnte das Unternehmen seine Expansion während des Ersten Weltkriegs fortsetzen, vor allem in Lateinamerika. Nach dem Krieg nahm Nestlé die internationale Expansion wieder auf, erwarb 1928 Peter Cailler Chocolats Suisses – das erste Unternehmen, das Schokoladetafeln in Massenproduktion herstellte – und richtete später Standorte in Argentinien, Chile, Kuba, Mexiko, Dänemark und der Tschechoslowakei ein. 1938 führte Nescafé – eine Nestlé-Marke – den Pulverkaffee ein. Der Zweite Weltkrieg unterbrach die Aktivitäten und Rohstoffquellen, doch das Unternehmen konnte nach wie vor mit Erfolg Pulverkaffee, Milchpulver und Schokolade an das Militär verkaufen. Nach dem Krieg fusionierte Nestlé mit Alimentana S. A., dem Hersteller von Maggi-Suppen, Bouillon und Gewürzen in Pulver- oder Trockenform.

Seither ist das Unternehmen in einem erstaunlichen Tempo gewachsen. Die Liste mit den Aufkäufen ist eindrucksvoll und international und enthält u. a. 1960 Crosse & Blackwell, einen britischen Hersteller von Lebensmittelkonserven, 1961 den italienischen Käseproduzenten Locatelli, 1962 das skandinavische Tiefkühlkostunternehmen Findus und in den 80er Jahren den italienischen Teig- und Süßwarenhersteller Buitoni-Perugina sowie den britischen Schokoladenhersteller Rowntree. Nestlé erwarb auch einige amerikanische Großunternehmen: 1970 den Fruchtsaftabfüller Libby, 1973 den Tiefkühlkostproduzenten Stouffer's (die Firma ist auch an Hotels und Restaurants beteiligt), 1979 den Hersteller von Babynahrung Beech-Nut (der später abgestoßen wurde, als einige Führungskräfte für schuldig befunden wurden, gepanschten Apfelsaft vertrieben zu haben), 1985 den Produzenten von Milchprodukten Carnation und den Kaffeeproduzenten Hills Brothers. Auch außerhalb der Nahrungsmittelindustrie kam es zu Übernahmen, wie der des französischen Kosmetikunternehmens L'Oréal.

1990 gründete Nestlé eine Allianz mit Coca-Cola, um unter den Markennamen Nescafé und Nestee Fertigkaffee und -tee zu vermarkten, und kaufte die Schokoladensparte Curtiss Brands von RJR Nabisco, dem Hersteller der Karamelriegel Butterfinger und der Schokoriegel Baby Ruth. Nestlé faßte seine betrieblichen Aktivitäten in den USA in einer Holdinggesellschaft zusammen. 1991 übernahmen Nestlé und die französische Nahrungsmittelgruppe BSN die Mehrheit beim größten tschechoslowakischen Nahrungsmittelhersteller. 1992 erwarb Nestlé den französischen Tafelwasserhersteller Perrier. In jüngster Zeit hat Nestlé die aufstrebenden Zweitkurven-Märkte vor allem im Fernen Osten und Pazifikraum mit ihrem prognostizierten Bevölkerungszuwachs entdeckt. Von elf neuen Fabriken, die zwischen 1993 und 1995 weltweit eröffnet wurden, liegen neun in aufstrebenden Märkten.

Nestlé bemüht sich, seine Erzeugnisse dem Geschmack, der Kaufkraft und dem Wunsch nach Annehmlichkeit bestimmter Märkte anzupassen. In China begann Nestlé mit Milch, ging dann zu Pulverkaffee über und schließlich zu Kaffeesahne. Inzwischen ist das Unternehmen in Tiefkühlkost eingestiegen, die auch von China exportiert wird, sowie in Säuglingsnahrung, Joghurt, Teigwaren und Speiseeis. So wächst der Konzern: mit dem Markt. Man ist der Meinung, daß Nahrungsmittel in Entwicklungsländern anders vertrieben und verbraucht werden, und ist nicht daran interessiert, Gewohnheiten zu ändern, wenn das bedeutet, gegen den Strom zu schwimmen; man zieht es vor, die Produkte den lokalen Märkten anzupassen. In Japan, wo das übliche Frühstück aus Fisch und Reis besteht, entwickelte Nestlé Getreideflocken, die nach Meerespflanzen und Papaya schmecken.

Nestlé ist durch globale Aggressivität groß geworden, die es bis heute pflegt. Der Schlüssel zum Unternehmen liegt darin, daß Nestlé ein vielseitiges, globales Geschäftsteam besitzt. Die Firma errichtet rund um die Welt zweite Kurven, indem sie dem Markt auf der zweiten Kurve folgt, nicht vorausspringt. Dadurch, daß sie ihre Investitionen der aufkommenden Bedürfnishierarchie auf den Zweitkurven-Märkten anpaßt, stellt sie sicher, daß Nestlé sich nicht in der Zukunft einrichtet, bevor sie da ist.

Lektionen zum Lernen

Man kann eine Menge vom Zweitkurven-Weltmarkt lernen.

Langfristig denken

Wenn es um aufkommende Zweitkurven-Märkte und neue geographische Möglichkeiten geht, ist es unglaublich wichtig, sich nicht auf die Aktivitäten der nächsten Woche oder des nächsten Monats zu konzentrieren. Diese Märkte brauchen *Jahrzehnte*, bis sie in Erscheinung treten, nicht Monate. Die für den Einstieg notwendigen Investitionsstrategien brauchen vielleicht Jahrzehnte, weil die Kultur u. U. sehr viel längere Zeitkonstanten hat und viel Sorgfalt beim Aufbau der entsprechenden Beziehungen erfordert, die das langfristige Geschäft tragen. Die Schwierigkeiten, die Amerikaner bei Geschäften mit Japan haben, sind Legende, und wer auf Märkte in Ländern wie China, Vietnam oder Brasilien vordringen möchte, wird auf ähnliche stoßen.

Langfristigkeit ist bei Planungen für diese aufstrebenden Märkte unerläßlich, und eins macht sie ganz deutlich: man kann den Einstieg in diese Märkte nicht aufschieben. Applied Materials z. B. hatte 1984 ein

Gemeinschaftsunternehmen in China, lange bevor es einen Markt für hochintegrierte Schaltkreise in diesem Land gab. Die einzige Möglichkeit der langfristigen Beteiligung ist die, jetzt zu starten, und das verlangt, wenn es um Asien geht, eine abwartende Haltung. Das sind Kulturen mit langen Zeitkonstanten, Orte mit komplexen Beziehungsgeflechten, wo Beziehungen sehr viel zählen. Wenn Sie einfach warten, bis sich eine Gelegenheit ergibt und Sie meinen, *selbst* soweit zu sein, ist das vielleicht nicht der Zeitpunkt, an dem *die anderen* soweit sind. Sie müssen raus und anfangen, diese Beziehungen jetzt aufzubauen und sich darüber im klaren sein, daß sie u. U. sehr lange keine Zweitkurven-Erlöse abwerfen werden.

Verschiedene Entwicklungsstadien vorwegnehmen

Es ist zwar wichtig, den logischen geschichtlichen Fortgang von Entwicklungsstadien als Bezugsgröße dafür zu nutzen, wo diese Volkswirtschaften in den nächsten zwanzig Jahren auftreten könnten, aber man kann nicht erwarten, die Erfahrungen Koreas einfach auf China übertragen zu können, oder die von Thailand auf Vietnam. Das sind unterschiedliche Länder mit unterschiedlichen Kulturen und unterschiedlicher Geschichte, was heißt, daß ihre Wege höchstwahrscheinlich erheblich voneinander abweichen. Dabei gilt die Faustregel, daß diese Länder den Entwicklungspfad hinaufgehen und ihr Pro-Kopf-Bruttosozialprodukt wahrscheinlich ähnlich steigt wie das ihres Vorgängers, aber nicht genau der wirtschaftlichen Struktur entspricht, was die Verteilung zwischen Schwer- und Leichtindustrie betrifft, das Wachstum in bestimmten Segmenten ihres Konsumgütermarktes und die relative Konzentration in bestimmten Städten oder Regionen vom Distributionsgesichtspunkt aus. All diese Bereiche sind sehr unterschiedlich, je nach Geschichte, geographischer Beschaffenheit und Kultur der einzelnen Länder. Im Fall Chinas z. B. übersprangen die chinesischen Behörden die klassische industrielle Entwicklung der Schwerindustrie und lenkten die Investitionen statt dessen in die Leichtindustrie und den Aufbau einer Infrastruktur für Finanzdienstleistungen in Shanghai. Das scheint angesichts der Karten, die sie in der Hand hatten, ein weit vernünftigerer Weg als der Versuch, der Gewalttour Koreas oder Japans durch die Schwerindustrie wie den Stahl-, Schiff- und Schwermaschinenbau nachzueifern. Es bleibt Ländern wie Vietnam selbst überlassen, ihren Entwicklungspfad zu wählen, der bei ihnen wahrscheinlich wieder anders verlaufen wird. Sie werden zunächst noch die Auswirkungen aus Südchina auffangen und vielleicht die Nutznießer vergleichsweise niedriger Arbeitskosten und eines nicht so hektischen wirtschaftlichen Wettbewerbs sein, aber irgendwann werden wohl auch sie andere Entwicklungswege suchen.

Rechnen sie mit zögernden Schritten

Der Pfad der zweiten Kurve wird nicht nur, was den möglichen Entwicklungsverlauf der einzelnen Länder angeht, ungewiß sein, wir müssen auch damit rechnen, daß viele dieser Länder auf dem Entwicklungspfad in den nächsten zwanzig Jahren straucheln. Nicht permanent, aber hin und wieder. Und das ist für Investoren und Unternehmen, die von Vierteljahresplänen gehetzt werden, höchst verwirrend. Die meisten zögernden Schritte sind die Folge politischer Unwägbarkeiten und mangelhafter Einrichtungen, die die Demokratie und Märkte stützen sollen. Wir haben bereits erläutert, daß solche Probleme auf allen großen Zweitkurven-Märkten existierten, die wir untersucht haben. Die jüngsten Ereignisse in Mexiko lassen vermuten, daß selbst die sich am schnellsten entwickelnden und anscheinend gereiften Volkswirtschaften in ihrer politischen wie wirtschaftlichen Entwicklung straucheln können. Noch vor zwei Jahren war Mexiko der Liebling des Aktienmarktes, und die nordamerikanische Freihandelsvereinbarung kündigte eine Zeit des Wachstums und der globalen Wettbewerbsfähigkeit an. In den letzten zwei Jahren geriet seine Wirtschaft in den verhängnisvollen Sog politischer Morde und eines ungewissen Zukunftskurses. Ähnlich schien auch Rußland nach dem Zusammenbruch des Kommunismus reif für eine umfassende Teilnahme an der Weltwirtschaft, kam jedoch arg ins Schlingern bei seinen Versuchen, etwas der europäischen oder nordamerikanischen Wirtschaft Vergleichbares aufzubauen. Dort wird zuviel gepfuscht. China gelang unter der Führung von Deng Xiaoping in den gesamten 80er und frühen 90er Jahren ein ziemlich methodischer, aber dramatischer Aufstieg zu wirtschaftlicher Bedeutung. Welche Stolpersteine wird es auf dem Weg zu noch mehr wirtschaftlicher Größe noch geben? Brasilien und die anderen lateinamerikanischen Volkswirtschaften haben gefährlich leichtsinnig mit den Gefahren der Inflation, politischen Instabilität und Korruption geflirtet. Man muß demnach bei langfristiger Betrachtung mit einem holperigen, nicht mit einem ebenen Weg rechnen. Und damit, daß diese zögernden Schritte zu einer zweiten Kurve, die die erste verdrängt, tatsächlich unsicher und unbeständig sind.

Unterschätzen sie die Stärke der USA nicht

Die zweite Kurve gehört zu den aufstrebenden Märkten. Aber das heißt nicht, daß der amerikanische Markt stagniert. Während Europa, vor allem Nordeuropa, hinsichtlich der Zunahme bei der Bevölkerung wie den Arbeitskräften auf der Stelle tritt, wenn nicht gar Rückschritte macht (und damit auch seine Wirtschaft, denn das Wirtschaftswachstum hängt vom Bevölkerungswachstum und der Produktivität ab), hat Amerika nicht unter einem Mangel an Dynamik zu leiden. Es ist zwar richtig, daß das Wirtschaftswachstum in den Vereinigten Staaten wahrscheinlich 3 Prozent pro Jahr nicht übersteigen wird, wenn man das Wirtschaftspotential der USA langfristig betrachtet, doch das ist angesichts der anhaltenden Anziehungskraft der Vereinigten Staaten auf Menschen aus der ganzen Welt sehr viel. Eine der entscheidenden Fragen wird sein, in welchem Umfang die andauernde Zuwanderung nicht nur zugelassen, sondern gefördert wird. Gegenwärtig haben wir ein politisches Klima, bei dem Politiker die Uneinigkeit in Rassenfragen zunehmend ausnutzen, Stimmung gegen die Einwanderung machen und in mancher Hinsicht die steigende Zahl der Einwanderer in die Vereinigten Staaten für die wirtschaftliche Schieflage verantwortlich machen. Das ist nichts Neues. Immer wieder sind in der amerikanischen Geschichte die Einwanderer beschuldigt worden, wenn es kritisch wurde. Aber wenn man die Einwanderung langfristig und als positiven Beitrag zur amerikanischen Wirtschaft sieht, wird deutlich, daß die Bereitschaft so vieler Menschen, wegen eines besseren Lebens in dieses Land zu kommen, doch etwas Gutes ist, und vorausgesetzt, es wird eine Infrastruktur geschaffen, um dieses Arbeitsvermögen zu nutzen, ist das, verglichen mit anderen Ländern, ein gutes Zeichen für die Zukunft der USA.

Vor allem in Kalifornien besteht insofern eine einmalige Gelegenheit, als die Verbindungen – kulturell, wirtschaftlich und in vielen Fällen familiär – zu den rasch aufstrebenden Volkswirtschaften in Südasien und Lateinamerika eine einzigartige kulturelle und wirtschaftliche Brücke zu diesen Ländern schaffen. Die politische Haltung, die Gouverneur Pete Wilson in den letzten Jahren an den Tag gelegt hat, hat wahrscheinlich einige von diesen Beziehungen zerstört, ganz sicher bei den Mexikanern. Der Antrag 187, der illegalen Einwanderern Ausbildung und ärztliche Versorgung verweigert, ist als feindseliger Akt gegen die Nachbarn im Süden gewertet worden.

Alles in allem haben die USA jedoch eine enorme Fähigkeit bewiesen, sich neu zu besinnen, und werden es wahrscheinlich auch weiterhin tun. Die Kombination aus Märkten und Freiheiten in den Vereinigten Staaten verleiht dem Land trotz der großen Ungleichheit und Entzweiung, die durch viele dieser globalen Trends noch verschärft werden, ein gewaltiges Potential, Arbeitsplätze zu schaffen, neue Unternehmen zu gründen und Möglichkeiten und Ideen für die Welt hervorzubringen.

Amerika ist unzweideutig die führende Nation auf dem Planeten, zumindest was die Volkskultur angeht. Während die amerikanische Kultur durch globale Einflüsse wahrscheinlich verändert und ausgeschmückt wird, ist es doch erstaunlich, in der Welt herumzureisen und zu erleben, wie man weltweit MTV und CNN empfangen kann; in praktisch jedem Hotelzimmer, in dem ich jemals übernachtet habe, liefen Wiederholungen von *Eine schrecklich nette Familie*. Larry King wird wahrscheinlich in mehr Ländern gesehen als jeder andere Mensch. Amerikanische Kulturikonen wie Madonna, MTV, Marlboro sind allgegenwärtig, und die kulturellen Exportgüter Amerikas nehmen, zu Recht oder Unrecht, einen herausragenden Platz in der aufstrebenden Wirtschaft der Länder ein, die wir beschrieben haben. Man sollte die USA deshalb schon an sich als aufstrebenden Zweitkurven-

Akteur nicht unterschätzen. In den Vereinigten Staaten werden neue dynamische Märkte entstehen, hervorgerufen vom fruchtbaren Mix der Kulturen, die dieses Land angezogen hat. Der Markt der in den Vereinigten Staaten lebenden Lateinamerikaner z. B. (Teil eines weltweiten Marktes von über 300 Millionen spanischsprechenden Menschen) ist groß und wird zahlen- und wohlstandsmäßig immer größer. Ähnlich stellt auch die asiatisch-amerikanische Bevölkerungsgruppe eine tragfähige Brücke zur zweiten Kurve und schon an sich einen dynamischen Markt dar.

Die zweite Kurve gehört vielleicht mehr zu Städten als zu Staaten

Sind die Untersuchungseinheit der ersten Kurve Länder und Unternehmen, können die der zweiten Kurve Städte und Individuen sein. Neue Weltstädte entstehen – Shanghai, Singapur und Bangkok sind vielleicht die besten Beispiele. Es ist womöglich wichtiger, wenn man sich über die Zukunft Gedanken macht, an das zu denken, was in Shanghai passiert, als an das, was in China passiert. Es ist wichtiger, über die Zukunft einer Gruppe einzelner nachzudenken, als über die einer Unternehmensorganisation. Diese Veränderungen in der Untersuchungseinheit erlangen in einer Zweitkurven-Welt immer mehr Bedeutung.

Kapitel 8
Zweitkurven-Industrien

Will man den Einfluss der zweiten Kurve eingehend erklären, sollte man einige Wirtschaftsbereiche auswählen und sie aus der Sicht der zweiten Kurve untersuchen. Wir werden aus verschiedenen Gründen den Einzelhandel und Vertrieb, die Gesundheitsvorsorge und Finanzdienstleistungen betrachten. Diese Bereiche stellen erstens einen wichtigen Teil der Wirtschaft dar, der viele Menschen berührt. Zweitens macht jeder dieser Bereiche verschiedene Arten und Kombinationen von Anreizen und das Aufkommen von Zweitkurven-Phänomenen deutlich; sie bieten außerdem zahlreiche Beispiele für Unternehmen, die mit zweitkurvenähnlichen Problemen umzugehen suchen. Zusammen machen diese Branchen etwa 50 Prozent der Industrie insgesamt aus. Alle drei sind hinsichtlich der Beschäftigung und des Wohls des amerikanischen Durchschnittshaushalts offensichtlich Schlüsselindustrien für die Zukunft – wenngleich das nicht eine ausschließlich amerikanische Situation ist. Diese Bereiche der Zweitkurven-Wirtschaft erleben weltweit grundlegende strukturelle Veränderungen. Und auch wenn es zutrifft, daß man in vielen anderen Branchen Beispiele für die zweite Kurve findet, ist es doch besonders nützlich, diese drei Sparten zu betrachten, weil ihr Beispiel einige alternative Strategien aufzeigt, die man nutzen kann, wenn man auf der ersten, der zweiten oder beiden Kurven agiert. Diese Industrien sind reich an Beispielen für die Wahl zwischen Zweitkurven-Strategien, für die Enttäuschung bei denen, die sich an zwei Kurven versuchen, und für Menschen, die mit einer Kurve begonnen haben, die sie für die zweite hielten – und dann feststellen mußten, daß es eine Sackgasse war.

Der Hauptgrund, warum wir diese drei Branchen untersuchen, ist jedoch der, daß jede von ihnen sich in einem anderen Stadium der zweiten Kurve befindet. Im Einzelhandel und Vertrieb ist die zweite Kurve bereits eingetreten; ihre Spuren sind recht deutlich. Hier hat die zweite Kurve schon zugeschlagen. Die Sektoren Vertrieb und Einzelhandel werden von neuen Verbrauchern, neuer Technologie und globaler Ausrichtung wesentlich beeinflußt und sind das vielleicht einfachste und sichtbarste Beispiel für das Zwei-Kurven-Phänomen in Aktion. Einzelhandel und Vertrieb sind die erste Stelle, wo die Verbraucher das Auftreten der zweiten Kurve erlebt haben; das Entstehen des Versandhandels und neuer Absatzkanäle ist für die Menschen direkt beobachtbar. Dies war ein Bereich, in dem hinsichtlich des Auftretens einer zweiten Kurve einige der tiefgreifendsten Veränderungen stattfanden, und täglich wird in den Zeitungen davon berichtet: Verbraucher finden neue Wege, mit den Lieferanten von Konsumgütern und Dienstleistungen in einen Dialog zu treten. Die neue zweite Kurve ist überall, von Starbucks Coffee über Wal-Mart bis zu Intuit, und bringt grundlegende Veränderungen darüber mit sich, wie Verbraucher Produkte und Dienstleistungen sehen.

In den Vereinigten Staaten und weltweit befindet sich die Gesundheitsvorsorge mitten in einem grundlegenden strukturellen Wandel, aber die Frage ist, ob dieser Wandel eine zweite Kurve ergibt. Die Gesundheitsvorsorge ist eine große globale Branche, die etwa 8 bis 15 Prozent der Arbeitskräfte beschäftigt, ein großer Anteil der Wirtschaft in den meisten Ländern der entwickelten Welt – und Anlaß für ernste Debatten in den meisten Ländern. Als ich zuletzt in Hongkong war, erschien die Tageszeitung *The Hong Kong Standard* mit der Schlagzeile »Gesundheitsvorsorge in der Krise«. Diese Schlagzeile war in Kanada, Deutschland, Großbritannien und den USA in den letzten drei Jahren sicher auch zu lesen, wenngleich die Art der Krise oder der Einsatz nirgendwo so hoch ist wie in den Vereinigten Staaten.

Einer der Gründe, warum dies ein so interessantes Beispiel für die zweite Kurve ist, liegt darin, daß noch nicht klar ist, ob die zweite Kurve wirklich diejenige ist, die in der allgemeinen Wirtschaftspresse angeboten wird. In der Gesundheitsvorsorge muß die zweite Kurve wahrscheinlich noch entdeckt werden. Dennoch beobachten wir einige elementare Verschiebungen – aber Fehlstarts – hin zu einer zufriedenstellenden Lösung. Die echte zweite Kurve in der Gesundheitsvorsorge hat sich noch nicht gezeigt. Aber fraglos befinden sich viele Unternehmen der Gesundheitsvorsorge im Übergang von einer zur anderen Kurve und handeln so, als ob die zweite Kurve bereits bekannt und eindeutig wäre, was wahrscheinlich zu einigen kurzsichtigen, wenn nicht völlig falschen Verhaltensweisen führt. Dieses Beispiel ist außerdem so interessant, weil es eine Gelegenheit bietet, sich mit einigen anderen Technologien außer Computern und Kommunikation auseinanderzusetzen, die nicht die einzigen wichtigen Technologien sind, auch wenn sie bei der Schaffung der zweiten Kurve großen Einfluß auf die Gesundheitsvorsorge haben. Vor allem die Biotechnologie könnte sich nachhaltig auswirken, wenn es darum geht, aus dem Wust der gegenwärtigen Systeme eine wirklich neue zweite Kurve in der Gesundheitsvorsorge zu schaffen.

Seit dem Ende der 80er Jahre hat die Gesundheitsvorsorge eine Zeit grundlegender struktureller Veränderungen durchgemacht. Seit zehn Jahren arbeiten das Institut für die Zukunft, seine Gesellschafter Louis Harris & Associates und die Harvard School of Public Health, Department of Health Policy and Management, eng mit einem Konsortium fünfzig führender Unternehmen der Gesundheitsvorsorge zusammen. Dieses Programm konzentriert sich auf die Untersuchung des Strukturwandels in der Gesundheitsvorsorge (in den Vereinigten Staaten und anderen Ländern), um Tempo und Richtung der Veränderungen und die Folgen für wichtige Entscheidungsträger zu bestimmen.

Die Finanzdienstleistungen stehen am Abgrund einer Änderung, einer fundamentalen Umstrukturierung sowohl in den Vereinigten Staaten wie auch anderen Ländern, ein Stadium, in dem der Wandel gerade erst beginnt, in dem die zweite Kurve erst noch zutage treten muß. Um es noch einmal zu sagen, die Grenzen in dieser Branche sind verschwommen. Bedeutende Verlagerungen sind im Gange, die die Regeln ändern werden, wer was mit wem macht, aber die wesentliche Verlagerung erwächst nicht nur aus der Globalisierung und anspruchsvolleren Verbrauchern, sondern auch aus der Erkenntnis, daß Finanzdienstleistungen mit dem Bewegen von Informationen zu tun haben – dem Umgang mit Elektronen. Und als solche sind die traditionellen Strukturen, die der Branche der Finanzdienstleister genutzt haben – die Vertreter, die Einrichtungen, die Gebäude –, bedroht, da neue Mechanismen und Kanäle für den Absatz von Finanzprodukten entwickelt werden. Neue Akteure erscheinen fast über Nacht, um nach Marktbeherrschung zu streben, neue Konzepte tauchen auf, und neue Technologien eröffnen sehr unterschiedliche Wege zur Interaktion. Einige der ältesten und profitabelsten Unternehmen auf dem Planeten werden gezwungen, sich der Realität zu stellen, daß größere Veränderungen anstehen und man sich klar darüber werden muß, wohin diese Veränderungen führen.

Kapitel 9
Einzelhandel und Vertrieb: Der Tod des Zwischenhändlers

Die zweite Kurve ist bei der Umwandlung von Einzelhandel und Vertrieb sehr präsent. Der Einzelhandel hat, vielleicht mehr als jeder andere Bereich, das Aufkommen von Zweitkurven-Akteuren erlebt und ist zu einer der frühesten und offenkundigsten Umwandlungen einer neuen Ordnung geworden. Die zweite Kurve ist das Ergebnis neuer Verbraucher, neuer Technologien und neuer geographischer Märkte. Und die Umwandlung des Konsumgütermarktes hat ihrerseits die Kräfte innerhalb des Vertriebssystems neu verteilt. Der Schlüssel zur Zweitkurven-Umwandlung in beiden Bereichen – Einzelhandel und Vertrieb – liegt in der Ausschaltung des Zwischenhändlers.

Der große Umbruch

Die Macht verlagert sich zunehmend die Distributionskette abwärts zu denen, die den Verbraucher besitzen. Überflüssige Hindernisse zwischen Produzent und Verbraucher werden aus dem Weg geräumt, was jedoch nicht heißt, daß die Geschäfte verschwänden. Die Geschäfte (oder wer immer mit den Kunden wirklich in Berührung kommt) nehmen vielmehr rückwärts Einfluß auf die Herstellung und beherrschen verstärkt die gesamte Distributionskette. Umgekehrt erschließt sich die Herstellung neue Absatzkanäle und spricht direkt den Verbraucher an. Die Macht des Einzelhändlers kann sehr groß sein, wie wir bei der Händlermarke gesehen haben.

Große Fertigungsunternehmen und die Zwischenhändler, die für sie arbeiteten, haben ihre überragende Stellung als die eigentlichen Führer der amerikanischen Wirtschaft eingebüßt. Angetrieben von der wachsenden Rolle des neuen Verbrauchers und der Unfähigkeit geschrumpfter Hersteller, ein Monopol auf wichtige Informationen über diese neuen Verbraucher zu behaupten, hat eine Vielzahl von Akteuren an der Distributionskette speziellen Zugang zum Verbraucher erlangt. Demzufolge sind diese neuen Akteure an wichtigen Geschäftsentscheidungen beteiligt, was sie vorher nie waren.

Der Industriebetrieb als König

Vom späten 19. Jahrhundert bis in die jüngste Zeit trafen die großen Industrieunternehmen in den Vereinigten Staaten praktisch alle wichtigen Entscheidungen über Produktion und Distribution der Produkte selbst: welche neuen Produkte entwickelt wurden; wann sie auf den Markt kamen; wie Stil, Entwurf, Qualität, Preis, Kennzeichnung und Verpackung aussehen sollten. Die großen Unternehmen legten auch die angemessene Absatzkette fest, überwachten Werbung und verkaufsfördernde Maßnahmen und entschieden über Garantie und Kundendienst. Sie waren die Bollwerke der ersten Kurve.

Die großen Industrieunternehmen verfügten auf all diesen Gebieten über genügend eigenes Fachwissen, um die Entscheidungsprozesse zu steuern. Sie betrieben ihre eigene Forschung und Entwicklung, entwarfen Produkte und Marken, legten die Arbeitsvorbereitung fest, überwachten die Werbemaßnahmen, verfolgten über ihre Marktforschungsabteilung die Reaktion der Öffentlichkeit und hatten oft einen eigenen Fuhrpark, Vertrieb und Kundendienst. Sie stellten ohne Frage das Zentrum der Entscheidungsfindung in der amerikanischen Wirtschaftswelt dar.

In den 1980er Jahren ließen sich die großen Fertigungsunternehmen auf ein erhebliches Wagnis ein. Der internationale Wettbewerbsdruck zwang sie, auf ihrem Weg zum Markt schlanker und flexibler zu werden. Sie versuchten, viele Aufgaben an Lieferanten, Händler und Servicefirmen zu vergeben, selbst aber die wichtigen Entscheidungen in der Hand zu behalten. Durch Produktivitätssteigerungen konnten sie die Zahl der Produktionsarbeiter verringern. Durch Kreditfinanzierung der Eigenfinanzierungsmittel bei den richtigen Beratern und Dienstleistungsfirmen waren sie in der Lage, den internen Mitarbeiterstab abzubauen. Das hatte zur Folge, daß die 500 größten Industrieunternehmen der USA in den 80er Jahren ihren Anteil am Endumsatz größtenteils hielten, während der Anteil der Mitarbeiter drastisch zurückging.

Der neue demokratische Zustand der Wirtschaft

Aber aus strategischer Sicht haben die großen Fertigungsunternehmen das Spiel verloren. Die schlankeren, mittleren Industriebetriebe sind vielleicht nicht in der Lage, ihre überragende Rolle im Wirtschaftsleben aufrechtzuerhalten. Tatsächlich treffen sie die Entscheidungen nicht mehr allein, sondern teilen sich diese Macht jetzt mit einem breitgefächerten Spektrum von Akteuren in der Distributionskette. Ein guter Maßstab für diese Verschiebung ist der steigende Marktwert der großen Dienstleistungsfirmen einschließlich solcher Medien- und Kommunikationsfirmen wie Time Warner, Disney und MCI, sowie von Einzelhändlern wie Wal-Mart und Price/Costco. In den letzten zehn Jahren, vor allem aber in den allerletzten Jahren, haben große Dienstleistungsfirmen die Industrieunternehmen in der Bewertung durch den Markt überholt.

Die gestiegene Bewertung des Dienstleistungssektors in den USA spiegelt eine grundlegende Verschiebung zugunsten der Unternehmen, die die Bedürfnisse des Kunden besser deuten und direkt beeinflussen können. Wer die größere Nähe zum Verbraucher hat, kommt in beherrschende Positionen. Ein Kassenterminal in einer Ladenstraße liefert aufschlußreichere Reaktionen als eine Expertengruppe in der Firmenzentrale.

Diese Konzentration auf den Verbraucher hat eine neue demokratische Wirtschaftswelt geschaffen, in der die Hersteller zusammen mit vielen anderen Akteuren am Entscheidungsprozeß teilnehmen: Supermärkten, Kaufhäusern, Discountgeschäften, interaktiven Medien, Kabel-TV-Anbietern, Telefonunternehmen, internationalen Firmen, Katalogunternehmen und Geschäften, die ihre eigenen Warenmarken verkaufen können. Dieser Umbruch wird die traditionellen Vorstellungen von der Distribution ein für allemal verändern und damit Einfluß darauf nehmen, wie wir über vertikale Verflechtung, Absatzkanalsysteme, Verbraucherüberwachung, Produktbewertung, Warenzeichenpolitik, Großhändler, Ladengeschäfte und Unternehmensrentabilität denken.

Treibende Kräfte der zweiten Kurve im Einzelhandel und Vertrieb

Woher kommt dieser Umbruch? Neue Technologien, neue Verbraucher und neue geographische Märkte haben eine große Rolle gespielt – vor allem der neue Verbraucher, der die Revolution im Vertrieb wirklich vorangetrieben hat. Auch die neue Technologie war ein entscheidender Faktor, insbesondere mit Blick auf die sich entwickelnde elektronische Infrastruktur, die den elektronischen Datenaustausch zwischen Herstellern und Einzelhändlern ermöglicht und alle Glieder in der Distributionskette geschmiert hat. Zur elektronischen Infrastruktur gehört auch das Netz aus Servicepunkten, die den Verbrauchern zahlreiche weitere Wahlmöglichkeiten dazu geliefert haben, wie sie Waren und Dienstleistungen erwerben können. Die Skala der Zahlungsmöglichkeiten hat sich deutlich vergrößert, so daß selbst in den einfachsten Ladengeschäften mehrere Formen der Bezahlung akzeptiert werden. Aber ein Teil der elektronischen Infrastruktur ist unsichtbar, eine Infrastruktur, die der Verbraucher nicht sieht und mit der er auch nicht unbedingt interagiert, die aber der Schlüssel zu einem Großteil der Veränderungen ist. Zu dieser Infrastruktur gehören u. a.:

Logistik. Verschiedentlich ist gesagt worden, der rasche Sieg der Alliierten im Golfkrieg sei in Wirklichkeit ein Triumph der Logistik gewesen. Das in den USA stationierte Logistiksystem war komplett computergestützt, extrem koordiniert und technologisch auf dem neuesten Stand. Immer häufiger helfen Logistiksysteme, Waren bei einem minimalen Lagerbestand zum richtigen Zeitpunkt zum richtigen Ort zu bringen.

Systeme zur Lagerbestandskontrolle. Logistiksysteme sind mit Systemen zur Lagerbestandskontrolle verbunden, hochtechnisierten, den Markt verfolgenden Vorrichtungen, die Servicepunkt- und Kassenterminals, Technologie, Scannersysteme mit Balkencode, Lesegeräte und die Integration mit computergestützten Fertigungsprozessen kombinieren, so daß es immer öfter möglich wird, eine elektronische Einzelhandelsinfrastruktur aufzubauen, die alle Bestandteile der Wertkette zu einem nahtlosen System zusammenfügt.

Auch die neue Geographie hat bei der Umwandlung eine Rolle gespielt. Die am stärksten sprudelnde Quelle des neuen Wettbewerbs ist der endlose Ansturm von Firmen aus dem Ausland. Insgesamt hat sich der Anteil von Unternehmen in ausländischem Besitz in den Vereinigten Staaten in den letzten zehn Jahren mehr als verdoppelt. Das Erstaunliche an der Zunahme ausländischer Unternehmen ist, daß sie die ganze Bandbreite der Wirtschaft abdecken, nicht nur die traditionellen Fertigungsbranchen wie in der Vergangenheit. Die Umsätze der ausländischen Firmen im amerikanischen Dienstleistungssektor (inklusive Computerservice, Beratung, Forschung, Rechnungswesen, Recht und Werbung) nehmen am schnellsten zu. Das Auftreten neuer ausländischer Wettbewerber in Bereichen wie Herstellung, Einzelhandel und Werbung fördert neue Wege des Wirtschaftens, bringt neue finanzielle Einflüsse und neue Ideen auf den Markt.

Ein weiterer Faktor sind voll entwickelte Volkswirtschaften. Die Wachstumsrate auf den reicheren Konsumgütermärkten hat sich in den letzten zwanzig Jahren um etwa die Hälfte verlangsamt. Außerdem geht der Anteil des persönlichen Einkommens, der im Einzelhandel ausgegeben wird, zurück, weil immer mehr Geld für laufende Ausgaben gebraucht wird – Miete, Gesundheitsvorsorge, Ersparnisse, Erholung und Reisen etc. Der deutliche Rückgang der Inflationsrate in den letzten zehn Jahren hat sich ebenfalls ausgewirkt. Alles in allem haben diese Trends zur Folge, daß den Einzelhändlern weniger Spielraum bleibt. Bei einem langsamen Anstieg der Haushaltseinkommen müssen neue Produkte mit alten konkurrieren. Bei geringer Inflation der Verbraucherpreise lassen höhere Preise für ein Produkt weniger Einkommen übrig, das für andere Produkte ausgegeben werden könnte. Insgesamt gehen Umsatzsteigerungen in einem neuen Laden zunehmend zu Lasten des Umsatzes eines benachbarten Ladens.

Und ganz sicher nicht zuletzt ist auch die Deregulierung zu nennen, die gemeinsam mit der Privatisierung in den letzten fünfzehn Jahren über den Erdball gefegt ist. In den Vereinigten Staaten wurden Branchen, die eng mit der Distribution von Produkten verbunden waren –

Telefon, Rundfunk, Kabelfernsehen, Güterkraftverkehr, Fluggesellschaften, Pipelines, Energieerzeugung, Bankwesen, Versicherungen, Finanzdienstleistungen –, dem rauhen Wind des offenen Wettbewerbs ausgesetzt. Das hat sich auf alle lokalen Märkte ausgewirkt. Andere Länder haben die gleichen Veränderungen erlebt, erschwert noch durch die Privatisierung staatlicher Monopole in den verschiedensten Bereichen, von der Telekommunikation über öffentliche Versorgungsbetriebe bis zu Chemikalien und der Stahlproduktion.

Die Industrie reagiert: Entwicklungen im Einzelhandel und Vertrieb

Wie haben Einzelhandel und Vertrieb auf den Wandel reagiert? Die Informationstechnologie hat einen gewaltigen Einfluß darauf gehabt, wie die Unternehmen ihre Waren und Dienstleistungen vertreiben, und die offensichtlichen und auch ausführlich kommentierten Beispiele wie der elektronische Datenaustausch und das Homeshopping deuten die Möglichkeiten für die enormen Veränderungen bei den grundlegenden Vertriebsmodellen nur an. Zur gleichen Zeit, wo die Technologie neue Geschäftsbeziehungen ermöglicht, zwingt der verschärfte Wettbewerb die Unternehmen, Vertrieb und Angebot zu überdenken. Wir erkennen vier sich abzeichnende Vertriebsmodelle: die eigentliche vertikale Verflechtung, die neue Logistik, Annehmlichkeit und Arbeitseinsparungen sowie netzwerkgestützte Unternehmen.

Die virtuelle vertikale Verflechtung

Bis vor kurzem konnten die Unternehmen sich und ihren Kunden noch vermitteln, daß sie Wertschöpfung für ihre Produkte und Dienstleistungen betrieben und deshalb auch hohe Preise dafür verlangten. Da jedoch vermehrt aggressive Wettbewerber preiswerte Wege für den Zugang zu neuen Märkten entdecken, Händler Vorproduzenten ausweichen und die Informationstechnologie neue Informationen über die Eigenschaften und Lieferbarkeit von Produkten und Dienstleistungen bereitstellt, geraten Höchstpreise unter Druck, und immer mehr Produkte sehen wie Massengüter aus. Die Kunden zahlen keine Spitzenpreise mehr für Waren oder Dienstleistungen, die sie selbst integrieren müssen, um all das zu bekommen, was sie wollen. Eine offensichtliche Wertschöpfungs-Strategie für die Zukunft besteht für die Unternehmen also darin, sich vertikal zu verflechten.

Aber Unternehmen in vielen Fertigungsbranchen stellen sich den Gefahren der wirklichen vertikalen Verflechtung, die eine hohe Kapitalausstattung erfordert, wobei die Tätigkeit des anderen Unternehmens nicht immer richtig begriffen wird, die Führungs- und Informationssysteme oft nicht zusammenpassen und kulturelle Unterschiede zwischen den Partnern häufig eine gemeinsame Vision erschweren. Ein Modell, mit dessen Vormarsch wir in den nächsten Jahren rechnen, ist die virtuelle vertikale Verflechtung. Dank der Informationstechnologie werden die Unternehmen engen Kontakt zu Zulieferern, Kunden und selbst den Konkurrenten herstellen, um Skaleneffekte zu erzielen, ohne das Risiko und die Starrheit tatsächlicher Erwerbungen. Ich bin z. B. einmal mit einem Manager geflogen, der für 900 Millionen $ ein Werk bauen wollte, das mit Hilfe eines Netzes von Allianzen von Papierherstellern bis zu Regionalhändlern Papier für Laserdrucker liefern sollte.

Die neue Logistik

Die Warendistribution wurde mit dem Einsatz der Informationstechnologie einem Umbruch unterzogen. Was einst eine ungenaue Kunst war – erfahrene Expedienten stellten sachlich fundierte Vermutungen darüber an, welche Lieferprogramme am besten wären, und verfolgten dann ihre Unternehmungen auf großen Wandkarten, wobei sie nie genau wußten, wo die Waren sich zu einem bestimmten Zeitpunkt befanden –, ist einer neuen Wissenschaft gewichen. Lineare Programme mit Lieferwegen und Zeitplänen laufen heute auf PCs statt auf Großrechnern. Geographische Informationssysteme, globale Positionierungssatelliten (GPS) und drahtlose Datenübertragung vermitteln ein Echtzeitbild von Fahrzeugen und Waren. Die Informationssysteme bieten heute selbst kleinen Unternehmen globale Reichweite und fast Punktgenauigkeit.

Einige Güterverkehrsunternehmen sind beim Einsatz satellitengestützter Kommunikation zur Steuerung ihrer LKWs führend. Im Dezember 1994 unterschrieb Landstar System Inc. einen millionenschweren Vertrag über eintausend OmniTRACS Satellite Fleet Management-Systeme, die in zwei der Eigentümer-/Betreiberflotten von Landstar installiert werden sollten: bei Ranger Transportation, einem Stückguttransporteur mit Sitz in Jacksonville, Florida, und bei Independent Freightway, einer LKW-Flotte mit Klapp- und Normalpritschen, die von Rockford, Illinois, aus operierte. Das OmniTRACS-System ist ein geostationäres (der Satellit steht immer über dem gleichen Punkt auf der Erde) satellitengestütztes mobiles Kommunikationssystem, das den Austausch von Daten und Ortsangaben in beide Richtungen erlaubt. Qualcomm, das moderne Kommunikationssysteme und -produkte herstellt, betreibt und konzessioniert, die auf eigener drahtloser Markentechnologie beruhen, hat weltweit 99 000 OmniTRACS-Systeme verkauft, die in den USA, Kanada, Europa, Japan, Brasilien und Mexiko im Einsatz sind und bald auch in Malaysia. M. S. Carriers, ein Güterverkehrsunternehmen, das 2 344 LKWs hauptsächlich im Osten der USA laufen hat, benutzt sein hochmodernes Satelliten-Kommunikationssystem dazu, ständig mit seinen Fahrern in Verbindung zu sein.

Im Volpe Transportation Research Center in Cambridge, Massachusetts, haben Forscher der US-Luftfahrtbehörde den »Pit« errichtet, einen großen, mit Geräten zur Satellitenkommunikation und mit Computern vollgestopften Raum, der auch eine 5 × 6 m große elektronische Weltkarte enthält. Die Hunderte von Punkten auf dieser Karte entsprechen Verkehrsflugzeugen, die sich in der Luft befinden. Die Techniker können Kennzeichnung, Flugnummer, Höhe, Richtung und Fluggeschwindigkeit von jedem Flugzeug auf dem Bildschirm abrufen. Sie können die Vereinigten Staaten, Kalifornien oder den Anflug zum internationalen Flughafen von San Francisco zoomen. Und demnächst wird man auch die Mittel haben, Informationen von der Passagierliste auf die Anzeige zu holen. Der Pit liefert ein integriertes Bild eines großen, komplexen Systems. Gleichzeitig macht er es den Technikern leichter, die Einzelheiten hinter dem großen Bild zu analysieren und zu prüfen.

Unter der Schirmherrschaft der Europäischen Kommission führte die REDAR GmbH, eine kleine deutsche Firma, vor einiger Zeit einen tragbaren Hochfrequenz-Transponder vor, der ein aktives elektronisches ID-Signal für Fahrzeuge und Container liefert. Klingt ganz vernünftig, aber was bringt das? Hier einige wichtige Anwendungsmöglichkeiten:

- Ein mit mehreren Containern beladener LKW fährt ein Lager an. Wenn er das Tor passiert, identifizieren Detektoren den LKW und alle geladenen Container. Die Informationen werden automatisch in den Empfangs- und Bestandscomputer eingegeben.
- Ein Gabelstapler fährt zu einem Containerstapel. Vom elektronischen Signal der Container gelenkt, erkennt er automatisch den richtigen Container und nimmt ihn auf.
- Ein Wagen fährt langsam durch die Gänge eines Lagerhauses und nimmt die Informationen aller Container an seiner Strecke auf. Wenn er seine Runde beendet hat, ist die Firma im Besitz einer aktuellen Lagerbestandsliste.

Nichts an den Informationen, die in den hier beschriebenen Beispielen durch die Technologie gesammelt werden, ist neu. Neu ist dagegen die Fähigkeit, das große Bild mit der realen Welt zu verbinden, die Geschwindigkeit, mit der Daten bereitgestellt werden, die globale Reichweite der Kommunikations- und Informationssysteme und die Fähigkeit, Informationen aus verschiedenen Quellen so schnell in einem integrierten Informationssystem aufzuarbeiten. Was jedoch zunächst nur wie ein Unterschied beim Umfang oder der Geschwindigkeit der Informationen erscheint, erweist sich als ein grundsätzlicher Unterschied. Die Auswirkungen sind u. a.:

Superschneller Kundendienst. Die neue Logistik ermöglicht Vertriebsunternehmen, neue Ebenen beim Kundendienst zu erreichen – zuverlässigere Informationen über Lieferfristen, Lagerbestand u. ä. zu nennen. Das Ergebnis in vielen Branchen wird letztlich wahrscheinlich eine Verschiebung des Lagerbestandsrisikos die Vertriebskette hinauf sein. Da die Firmenkunden die Verfügbarkeit von Produkten immer genauer voraussagen können (mit Informationen, die von ihren Zulieferern stammen), können sie die Last der Lagerhaltung zurück auf eben diese Zulieferer wälzen. Baxter International (früher American Hospital Supply) konnte sich einen unglaublichen Wettbewerbsvorteil sichern, weil es den Einkäufern der Krankenhäuser als erstes Unternehmen ein Online-Bestellsystem auf den Schreibtisch stellen konnte. Das machte es leichter, bei Baxter zu bestellen als bei anderen Lieferanten. Dann vernetzte Baxter das Bestellsystem mit einem Lagerwirtschaftssystem. Heute haben die Apotheken und Versorgungszentren der Krankenhäuser normalerweise nur noch geringe Bestände – sie sind elektronisch mit den Lieferanten verbunden, die das Lager führen und zweimal täglich ausliefern. Der Kundendienst ist folglich auf einem deutlich höheren Niveau als jemals zuvor.

Lieferung Just-in-time (JIT). Wenn die Dynamik von Einkauf, Vertrieb und Lieferung richtig verstanden und koordiniert wird, können die Unternehmen und ihre Partner am Ende dazu übergehen, die Lagerkosten nicht nur zu verlagern, sondern tatsächlich zu verringern. JIT-Lieferungen reduzieren die Warenmenge in der Lieferkette jederzeit.

Eine höhere Serviceschwelle. Die erweiterte Logistik folgt einem Muster, das wir bereits bei anderen Dienstleistern gesehen haben. Die Unternehmen, die Innovationen zuerst nutzen, erzielen einen anfänglichen Wettbewerbsvorteil. Dann ziehen andere Unternehmen nach und verändern die Landschaft grundlegend. Bald darauf wird dieses Serviceniveau für jeden Unternehmer, der wettbewerbsfähig bleiben will, unerläßlich. Letztlich erschwert das Ausufern der konkurrierenden Systeme den Kunden das Leben, statt es zu erleichtern, die daraufhin verlangen, daß die Lieferanten ihre Systeme vereinheitlichen. Baxter stellte fest, daß, nachdem Dutzende seiner Konkurrenten sein Bestell- und Lagerbestandssystem kopierten, die Einkäufer der Krankenhäuser über zu viele verschiedene Bestellsysteme klagten. Die Kunden forderten, und Baxter sorgte für ein standardisiertes Bestellverfahren aller Lieferanten auf der Grundlage des elektronischen Datenaustausches. Ähnlich errang Federal Express einen anfänglichen Wettbewerbsvorteil, als es die Echtzeit-Paketüberwachung einführte. Inzwischen hat United

Parcel Service das Verfahren kopiert, und dieser Service wird auch bei anderen Versandunternehmen Eingang finden. Beide Firmen bieten diesen Service online über ihre Homepage im Internet und über Markensoftwaresysteme an, die auf den Kunden-PCs laufen. Am Ende könnten die Kunden ein einziges Überwachungssystem verlangen, das alle Versandunternehmen benutzen.

Höheres technologisches Risiko. Die neue Logistik stützt sich massiv auf komplexe Softwaresysteme, drahtlose Kommunikation, globale Satellitensysteme und andere moderne Technik. Technologische Risiken treten in verschiedener Form auf. Da immer mehr Systeme verbunden werden, wächst die Gefahr, daß sie nicht miteinander arbeiten. Und wenn man sie dazu zwingt, indem man Kommunikationsstandards wie den elektronischen Datenaustausch oder den einheitlichen Produktcode aufstellt, birgt das wieder eigene Gefahren – daß man Systeme in eine technologische Zwangsjacke steckt, die gerade dabei sind sich zu entfalten.

Das eigene Geschäft global betrachten. Die neue Logistik erlaubt Unternehmen mit einem großen geographischen Betätigungsfeld, die eigene Tätigkeit umfassender und in Echtzeit zu überprüfen. Schneider National, ein LKW-Transportunternehmen in Green Bay, Wisconsin, stützt seinen Erfolg (es hat seine Erlöse seit 1989 verdoppelt und ist heute der größte LKW-Spediteur) auf den Einsatz modernster Informations- und Kommunikationssysteme. Jeder LKW ist mit Satellitenfunk und einem Computer ausgerüstet, der die Fahrer zum nächsten Kunden schickt, vor Staus u. ä. warnt und die Geschwindigkeit und Fahrtzeiten überwacht. Das Informationssystem ermöglicht dem Unternehmen ein hohes Maß an Kontrolle und rentables Wirtschaften. Ein Ausweis für den Erfolg des Unternehmens ist, daß es vor kurzem den Auftrag erhielt, die Logistik für das Autoteilegeschäft von General Motors zu übernehmen.

Wo sind sie alle hingegangen? Annehmlichkeit und Arbeitseinsparungen

Bisher waren Menschen – Büroangestellte, Schalterbeamte, Kassiererinnen, Tankwarte, Bedienungspersonal, Vertreter, Telefonverkäufer – das wichtigste Bindeglied zwischen den Unternehmen und Verbrauchern. Menschen waren die erste Kurve des Kundendienstes. Wenn Unternehmen diese Stellen in der Vergangenheit abschafften, taten sie es, um die Leistungsfähigkeit und Produktivität zu erhöhen, nicht den Kundendienst. Der Verbraucher war im Gegenteil sogar oft der Leidtragende, mußte Schlange stehen und sich mit überlastetem oder schlecht informiertem Verkaufspersonal herumärgern. Jetzt schließt die Kundendiensttechnologie die Lücke zwischen Verbraucher und Unternehmen wieder und verbessert den Kundendienst ohne den Eingriff des Menschen.

Warum bin ich der einzige Zuschauer in diesem Film?

Systeme – nicht mehr Menschen – werden zur zweiten Kurve des Kundendienstes. Am automatischen Bankschalter kann man nicht nur Geld einzahlen, abheben und überweisen, man kann den Kontostand ausdrucken lassen, auf CD und anderen Instrumenten die Effektivverzinsung prüfen, Investmentfonds kaufen und verkaufen, Briefmarken erstehen und sogar Rechnungen begleichen. Wenn man tanken will, zieht man die Kreditkarte durch das Lesegerät an der Tankstelle. Wenn das Gerät grünes Licht gibt, tankt man, steckt die Zapfpistole zurück in die Säule, nimmt den Beleg und fährt los. An einigen Tankstellen mit angeschlossenem Shop kann man über ein Tastenfeld an der Zapfsäule Artikel aus dem Shop bestellen. Wenn man mit dem Tanken fertig ist, holt man die Sachen im Shop ab. Und wenn man sich im Kino eine Premiere ansehen möchte, kann man jetzt über ein Tastentelefonsystem den Film und die Vorstellung wählen und seine Kreditkartennummer eingeben. Sobald man am Kino eintrifft, geht man an der Kasse vorbei direkt zu einem Kiosk, wo die Kreditkarte gelesen und die Eintrittskarte ausgegeben wird. Auf dem Weg zurück zum Parkplatz steckt man die Karte in ein Gerät, das einem sagt, wieviel man zahlen muß. Man zahlt und bekommt die Karte zurück. Am Ausgang führt man einfach die Karte ein und fährt durch.

Diese Systeme sind aber nur der Anfang. In dem Maß, wie sich Benutzerschnittstellen- und Netzwerktechnologien verbessern und die Kunden sich an den Umgang mit Maschinen gewöhnen, wird der Einsatz der Kundendienstautomation zunehmen, vor allem in Gebieten, wo jetzt noch mit ihr experimentiert wird, also in den Vereinigten Staaten, Europa, Japan und Singapur. Sie könnte sich ausweiten und demnächst den automatischen Gebühreneinzug umfassen, die Anwendung im Reise- und Unterhaltungssektor wie Reservierungen und Ticketverkauf für Flüge, Sport- und andere Veranstaltungen, sowie staatliche Informationen und Transaktionen wie die Ausgabe von Sozialleistungen, Essensgutscheinen und Führerscheinen. Diese Entwicklungen wirken sich vielfältig aus:

Vielleicht wird das Produktivitätsparadoxon gelöst. Eine der großen Schwierigkeiten für Unternehmen ist es, den Erfolg von Investitionen in die Informationstechnologie zu belegen. Robert Solow, Nobelpreisträger für Wirtschaftswissenschaften, sagt dazu: »Überall sieht man Computer, nur in der Produktivitätsstatistik nicht.« Die Produktivität von Angestellten war schon immer schwer meßbar, und die Rentabilität in der Informationstechnologie ist schwer auszumachen. Jetzt, wo die Unternehmen bei den Mitarbeitern umstrukturieren und sie abbauen, treten die Produktivitätserfolge stärker zutage.

Die Kunden sind der Technologie gegenüber aufgeschlossen. Schätzungsweise 50 Prozent der Arbeiter nutzen am Arbeitsplatz inzwischen einen Rechner. Trotz weitverbreiteter Horrorgeschichten über Voice Mail (Anrufbeantworter) hinterlassen die Anrufer inzwischen ausführliche Nachrichten und hängen nicht mehr einfach ein. Auch die Verbraucher nutzen elektronische Technologie wie automatische Bankschalter und Kassenterminals in Banken, Lebensmittelläden, Tankstellen und Restaurants mit immer größerer Selbstverständlichkeit. Heute benutzen knapp 60 Prozent der Haushalte (in den USA) Karten für den automatischen Bankschalter, während es 1980 noch 40 Prozent waren. Selbst ältere

Menschen freunden sich mit automatischen Bankschaltern an. Die neue Bereitschaft der Verbraucher wird den Übergang zu anderen Anwendungsformen elektronischer Technologie reibungsloser gestalten.

Erneut wird die Serviceschwelle angehoben. Genau wie bei der Logistik werden die erfolgreichen Anwendungsmöglichkeiten der Kundendienstautomation ausgiebig kopiert und sehr schnell zu Notwendigkeiten im Wettbewerb. Keine Konsumentenbank z. B. würde heute daran denken, ohne Zugang zu automatischen Bankschalternetzen weiterhin ihr Geschäft zu betreiben.

Echtzeitdaten werden zugänglich. Kundendiensttechnologien verhelfen dem Kunden zu einer neuen Rolle: der Dateneingabe. Wenn die Schnittstellen richtig entwickelt sind (und die korrekte Dateneingabe z. B. mit einer Barabhebung belohnt wird), können Kunden zur Quelle von Echtzeitdaten werden. Bei einer Kombination mit Darstellungstechniken, wie sie für das oben beschriebene Pit-Szenario entwickelt wurden, können diese Informationen den Unternehmen einen einmaligen Einblick in die Dynamik ihrer Branche geben. Die Kombination von Supermarkt-Scannern mit Kredit- oder Lastschriftkarten z. B. erlaubt Herstellern abgepackter Konsumgüter, eine Echtzeit-Bewertung des Erfolgs verschiedener Produkte vorzunehmen. Durch die Verbindung geographischer und demographischer Informationen mit Informationen über Werbung und Verkaufsförderungsmaßnahmen können sie in Echtzeit den Erfolg verschiedener Verkaufsstrategien messen.

Netzwerkgestützte Geschäfte

Je mehr Menschen und Unternehmen Computer besitzen und mit einem globalen Informationsnetzwerk verbunden sind, desto größer ist die Möglichkeit, dieses Netzwerk auch geschäftlich zu nutzen. Man kann auf dreierlei Arten Geld mit dem Netzwerk verdienen: indem man mehr Produkte und Dienstleistungen verkauft, weil man über das Netzwerk neue Kunden erreicht; indem man seinen Kunden über das

Netzwerk einen besseren Service bietet; und indem man über das Netzwerk neue Dienstleistungen verkauft.

Das Netzwerk ist noch nicht voll erschlossen, weder in seiner Reichweite noch in der Kapazität. Da es immer mehr Menschen mit Kommunikationskanälen mit hoher Bandbreite verbindet, können die verschiedenartigsten Dienstleistungen aufkommen, die bestehende Transaktionen ersetzen können. Bis dahin werden netzwerkgestützte Geschäfte sich an den Benutzern von Computern orientieren. Einige Dienstleistungen werden mit einer Mischung aus Netzwerk und anderen Technologien arbeiten, etwa der CD-ROM. Zu den geschäftlichen Experimenten, die gegenwärtig laufen, gehören:

CommerceNet. Ein 8-Millionen-$-Experiment mit elektronischem Handel im Silicon Valley. Das Ziel ist, öffentliche Computernetzwerke wie das Internet für geschäftliche Zwecke zu nutzen. CommerceNet unterstützt eine ganze Reihe kommerzieller Netzwerkanwendungen wie Online-Kataloge, Produktdatenaustausch und technische Zusammenarbeit. Es bietet außerdem weitreichende Dienstleistungen wie technische Hilfe für kleine und mittelgroße Unternehmen, die Zugang zu öffentlichen Netzwerken haben möchten.

Im April 1994 brachte CommerceNet seine Version einer Internet-Kundensoftware für das Suchen und die Navigation heraus. Diese Software umfaßt Verschlüsselungs- und Beglaubigungstechnologien, die geschäftliche Transaktionen sicher machen.

Der elektronische Makler FAST. Der Prototyp eines automatischen Maklers für genormte Artikel ab Lager wie elektronische und optische Teile und Bauteile sowie Labor- und Testgeräte. FAST-Kunden schikken elektronisch Angebote und Bestellungen über das Internet oder kommerzielle Netzwerke. FAST analysiert automatisch die Anfrage, um geeignete Anbieter zu finden und bittet dann elektronisch um ein Preisangebot von ihnen. Auf der Grundlage dieser Informationen verhandeln die FAST-Kunden mit den Anbietern über bessere Preise. Wenn die Kunden sich zum Kauf des Artikels entschließen, erstellt FAST elektronisch einen Auftrag.

Absatz-Software auf CD-ROM. Microsoft, Adobe Systems und Apple Computer verwenden ein neues Geschäftsmodell zum Verkauf von Softwareprodukten. Statt verschiedene Softwareprogramme in Einzelpaketen anzubieten, bündeln sie ein breites Softwareprogramm auf einer CD-ROM. Für jede Software gibt es kostenlose Demonstrationsprogramme. Für den Erwerb von Software ruft man eine Servicenummer an, gibt seine Kreditkartennummer an und bekommt einen Code, der das gesamte Softwareprogramm freigibt. Die Dokumentation steht entweder auf der Platte zur Verfügung oder wird getrennt geschickt.

Weil Netzwerke ein noch so neues Absatzinstrument sind, sind wichtige Fragen darüber zu lösen, wie man netzwerkgestützte Geschäfte aufzieht:

Angemessene Preisbildungs- und Zahlungsmechanismen. Um Zugang zu einem netzwerkgestützten Geschäft zu bekommen, muß der Verbraucher Online-Informationen, einen Kommunikations- oder Transaktionsservice benutzen. Dieser Service kann verschieden berechnet werden: durch Subskription, zeitabhängig, informationsmengenabhängig, nach Anzahl der Transaktionen oder Nachrichten oder als Anteil vom Geschäftswert. Und wie bezahlt man für Produkte oder Dienstleistungen, die über das Netzwerk verkauft werden? Die Dienstleister benutzen normalerweise Kredit- oder Lastschriftkarten, die das Verfahren jedoch um einen Schritt verlängern. Ein wichtiges Element, das in der gegenwärtigen elektronischen Infrastruktur noch fehlt, ist der elektronische Zahlungsverkehr. In naher Zukunft rechnen wir mit neuen Verbraucherschnittstellen für das elektronische Überweisen von Geld.

Transaktionshilfe. Wenn das Netzwerk demnächst Kabelfernsehen, Online-Dienste, Fernsprechverkehr und das Internet umfaßt, wie vorausgesagt wird, werden sich genügend Möglichkeiten bieten Geschäfte abzuschließen. Herkömmliche Marketingkonzepte wie die Belastung von Kosten für Massenwerbung auf der Grundlage einer festen Gebühr pro tausend erreichte Personen werden ersetzt durch klarere und gezieltere Maßnahmen, die nach jedem tatsächlich erfolgten Hinweis berechnen. Man wird neue Mechanismen zur Schaffung und Handhabung eines Profils über die Vorlieben der Verbraucher bei Waren und

Dienstleistungen einführen müssen, damit man das Werbematerial steuern kann. Auch Profile über die Medienpräferenzen der Verbraucher wird man erstellen und handhaben müssen, um die richtigen Informationen in den richtigen Medien darzustellen. Es werden ausgeklügelte Verbindungen möglich sein zwischen Produkten, die in einem Unterhaltungsprogramm gezeigt werden (man sieht einen Ford Explorer in seinem Lieblingsfilm, den man abgerufen hat) und in der Online-Werbung (wenn die Sendung vorbei ist, signalisiert man, daß man Informationen über den Explorer haben möchte und wird mit dem Informations- und Bestellsystem von Ford verbunden). Ford zahlt für den Film; Sie bekunden Ihr Interesse, und Ford erfährt davon.

Zukünftige Trends

Neben diesen Modellen gibt es einige allgemeine Trends als Reaktion auf die Veränderungen:

Die Deregulierung geht weiter

Durch die Verschärfung des Wettbewerbs haben die Deregulierung und Privatisierung ein neues Niveau beim Bewußtsein über Verbraucherwünsche geschaffen und neue Akteure auf den Markt gebracht, Akteure mit frischen Ideen dazu, wie man die Verbraucher erreichen und wie man Produkte und Dienstleistungen verpacken kann. Banken z. B. verkaufen inzwischen offene Investmentfonds, während die Investmentgesellschaften Überweisungen im Homebanking oder am automatischen Bankschalter anbieten. Telefongesellschaften erlauben Ihnen, den Film zu wählen, den Sie im Fernsehen sehen, während Zeitungen über das Fernsehen geliefert werden. Und Mobiltelefondienste konkurrieren mit der Firma Bell um Stadtgespräche, während die elektronische Nachrichtenübermittlung Sekretärinnen und Empfangsdamen überflüssig macht.

Firmen nutzen die neuen Technologien

Bei anspruchsvolleren Verbrauchern in bevorzugter Position verspricht ein ganzer Wust neuer Kommunikationstechnologien – interaktives Fernsehen, Einkaufskanäle, Multimediakioske, PC-gestützte Einkaufsdienste, Verbindung der Kassenterminals mit Lagerbestands- und Produktionsstätten – im kommenden Jahrzehnt einen ständigen Wandel bei den Vertriebsrollen und Verantwortlichkeiten.

Die Markenartikel kommen zurück

Gegenwärtig konkurrieren Markenartikel mit Handelsmarken um Marktanteile, doch mit dem Auftreten neuer elektronischer Absatzkanäle könnte es kurzfristig zu einem Comeback der Markenartikel kommen. Die Verbraucher fühlen sich bei den neuen Vertriebssystemen nicht restlos wohl und werden nach vertrauten Merkmalen wie Qualität, Zuverlässigkeit und Ansehen Ausschau halten. Bei einer Verbraucherbefragung sagte ein Teilnehmer vor kurzem: »Ich bin beim Kauf mißtrauischer als früher. Jetzt, wo es all die Homeshopping-Kanäle gibt, sieht es so aus, als werde versucht, einem etwas aufzuschwatzen. Ich habe das Gefühl, ziemlich ausgetrickst zu werden.« Traditionelle Markenartikel können die ungeübten elektronischen Käufer beruhigen. Ein anderer Verbraucher sagte: »Bei den meisten Produkten, vor allem bei Sachen wie Spielzeug oder Werkzeug oder Unterhaltungselektronik und solchen Sachen, wenn das Markenerzeugnisse sind, ... hat man nicht das Gefühl, ein so tolles Schnäppchen gemacht zu haben.« Wenn die Verbraucher vertrauter mit den alternativen Kauferfahrungen werden, wird sich der Kampf zwischen Markenartikeln und Handelsmarken wieder verschärfen.

Die Kunden füllen auf, statt etwas Neues zu kaufen

Viele Kunden, die elektronisch einkaufen, finden es nicht gut, daß sie die Ware vor dem Kauf nicht anfassen können. Die Kunden sind demnach u. U. abgeneigt, neue Artikel elektronisch zu kaufen, reagieren jedoch anders bei Waren, die sie schon einmal gekauft haben und nur ersetzen müssen. Die Verbraucher begrüßen möglicherweise die Annehmlichkeit des elektronischen Einkaufens zum Auffüllen ausgegangener Artikel. Die Zusicherung, daß die Waren leicht und problemlos zurückgeschickt werden können, ist für Kunden, die von zu Hause bestellen, ganz entscheidend.

Große Einzelhändler sind im Vorteil

Die steigende Mobilität der Verbraucher, ihr Wunsch nach mehr Auswahl, das Aufkommen neuer Liefer- und Abrechnungstechnologien und die Finanzierungskosten für die Expansion begünstigen die größeren Betriebe. Die Technologie ermöglicht größere Skaleneffekte, ein erfolgreicheres Aufspüren der Verbraucherpräferenzen und leistungsfähigere Lagerbestands- und Liefersysteme. Achten Sie auf die größeren Einzelhandelseinheiten, um sich weiterhin einen größeren Anteil am Einzelhandelsmarkt zu sichern. Das fördert die Konzentration des Einzelhandels auf der ersten Kurve.

Die Einzelhändler erobern die Kunden

Untersuchungen über den Konsumgütermarkt zeigen, daß die Plazierung der Produkte (nach Marken oder Produkten, mit einer oder mehreren Preisalternativen, zusammen mit einem verkaufsgeförderten Produkt oder nicht) die Wahl des Verbrauchers beeinflussen kann. Während z. B. zwei ziemlich ähnliche Produkte (Markenartikel A und B) mit nur einer unterschiedlichen Eigenschaft den Markt spalten können, verbessert die Hinzunahme eines dritten Produkts mit einer eindeutig schlechteren Alternative zu einer der Eigenschaften der Marke A den Umsatz der Marke A nachhaltig. Markenartikel A kann diesen Vorteil durch Preisfestsetzung, Plazierung im Regal und vergleichende Preispolitik noch ausbauen.

Der Einzelhändler sitzt bei der Produktplazierung dank dreier Umstände am längeren Hebel:

Informationen über den Umsatz. Die Ausweitung der Kassentechnologie (Scanner, automatische Bankschalter, Kassenterminals) verschafft dem Einzelhändler die aktuellsten Informationen über den Kundenumsatz und den Erfolg einzelner Produkte.

Lagerbestandskontrolle. Die in den 80er Jahren eingeführte Just-in-time-Lieferung ermöglicht dem Einzelhändler, die Ware bei Bedarf zu bestellen statt regelmäßig.

Die Ladengröße. Der Trend zu größeren Läden hat dem Einzelhändler Zugang zu einer sehr viel größeren Kundengruppe und einem sehr viel breiteren Sortiment verschafft. So gesehen hat der Einzelhändler mehr Wahlmöglichkeiten, und der Erfolg oder Nichterfolg eines einzelnen Produkts wirkt sich weniger stark auf den Gesamtumsatz aus.

Aufgrund dieser Besonderheiten bestimmen die Einzelhändler in vielen Fällen über die Plazierung und Preisbildung der Artikel in ihren Regalen selbst. Damit sitzen sie auch am längeren Hebel, wenn es um die Förderung der eigenen Händlermarken geht. Ihre Plazierung im neuen Informationsstrom hat die Beziehung des Einzelhändlers zum Kunden und gegenüber dem Hersteller gestärkt.

Großhändler erhöhen den Einsatz

Die Großhändler kämpfen darum, ihre Sonderrolle in der Distributionskette zu behalten. Trotz des Drucks, den Hersteller und Einzelhändler auf sie ausüben, konzentrieren sich die Großhändler auf die Wertschöpfung für die kleineren Einzelhändler, um ihnen zu einigen der Vorteile der großen Betriebe zu verhelfen. Dazu bieten sie ihren Kunden einige Zusatzdienste, von der Lieferung über Nacht über die erhöhte Artikelzahl bis zu besonderen Finanzierungs- oder technischen Dienstleistungen. U. U. helfen sie den Kunden auch beim Abbau der Ladekosten und stimmen ihr Sortiment auf das ihrer Kunden ab. Außerdem können sie kundenspezifische Produkte und speziell für ihre Kunden entworfene, etikettierte und verpackte Artikel führen.

Erfahrene Großhändler helfen kleinen Einzelhändlern, verstärkt wie ihre größeren Konkurrenten zu handeln. Sie sind bereit, ihre Gewinnspannen zu senken und zusätzliche Dienstleistungen zu erbringen, um wettbewerbsfähig zu bleiben. Dennoch werden diese Schritte den längerfristigen Rückgang beim Betrag des Bruttoinlandsprodukts, der an die Großhändler geht, nur verlangsamen.

Kleine Hersteller finden ein neues Leben

Die neuen Absatzkanäle im Einzelhandel machen es den kleinen Herstellern leichter, beim Kampf um die neuen Verbraucher eine wettbewerbsfähige Rolle zu spielen, weil sie Beziehungen zu den Discountgeschäften herstellen. Vor kurzem präsentierte z. B. ein kleines Unternehmen eine bedeutende Verfahrensneuerung, die eine neuartige (und sehr viel billigere) Herstellung von Sanitärprodukten für ältere Menschen zuließ. Bis dahin hatte sich das Unternehmen ganz auf den Binnenmarkt für Pflegeartikel konzentriert, weil der Einzelhandelsvertrieb sehr hohe Marketingkosten für Dritthändler mit sich bringt.

Die Neuerung ermöglichte diesem Unternehmen, sich direkt an die Verkaufsleiter von Wal-Mart und Price/Costco zu wenden. Letztere gaben grünes Licht für einen viermonatigen Testlauf in zwanzig Geschäften. Eine zufriedenstellende Leistung (gute Qualität zu niedrigeren Preisen) führte zu einem festen Platz in den Regalen und Ladenwerbung. Price/Costco forderte lediglich eine beständige Qualität und große Packungen, weil die Firma über die Menge Gewinn macht. Das Ergebnis dieses Experiments waren ein zufriedener kleiner Lieferant (der zu einem mittelgroßen Lieferanten aufstieg), ein zufriedener Laden mit einer weiteren Möglichkeit, den klugen, wertbewußten Käufer anzusprechen, und zufriedene Kunden, die am Monatsende mehr Geld übrig und mehr Vertrauen in den Laden ihrer Wahl hatten. Unzufrieden war allein der nationale Markenartikler, dessen Gewinnspanne seitdem beständig sinkt.

Eine globale Perspektive

Bei einem Besuch in Toulouse vor einigen Jahren waren meine Frau und ich erstaunt, wie sehr die Geschäfte in der Hauptstraße ein Aushängeschild des globalen Einzelhandels waren. Benneton, Body Shop, Victoria's Secret, die Nature Company – es war wie im Stanford Einkaufszentrum in Kalifornien. Selbst die malerischen Straßencafés wirkten wie eine französische Nachbildung der nachgebildeten französischen Straßencafés im Stanford Einkaufszentrum. Das spiegelt u. a. den Trend zur Vereinheitlichung der Einzelhandelskultur, oder genauer vielleicht das Aufkommen eines lückenhaften globalen Einzelhandelsstandards. Ob man nach Hongkong, Peking, Tokio oder Toulouse kommt, man sieht die gleichen Geschäfte. Und das hängt nicht nur mit den Skaleneffekten zusammen, sondern zunehmend auch mit einem einheitlichen, globalen Geschmack und Präferenzen.

Nicht nur in den Vereinigten Staaten entsteht ein aufgeklärterer und anspruchsvollerer Verbraucher, sondern weltweit. Die Absatzkanäle erleben demzufolge weltweit den gleichen Umbruch wie die in den Vereinigten Staaten. Die reichen Konsumgütermärkte am Nordatlantik öffnen sich dem Weltmarkt rasch. Auch die asiatischen Märkte der Bezieher hoher Einkommen zeigen trotz erheblichem institutionellem Widerstand Anzeichen einer Vertriebsrevolution. Und selbst auf den sich entfaltenden Märkten des asiatischen Mittelstandes erleben wir bedeutende Veränderungen bei der Distribution von Gütern und Dienstleistungen.

Viele der institutionellen Veränderungen entstanden auf den sich rasch wandelnden amerikanischen Märkten. US-Firmen führten weltweit viele der wichtigen Distributionsmechanismen ein, darunter den Versandhandel, Supermärkte mit Selbstbedienung, Teleshopping, Discountläden, Warenhausclubs, Einkaufszentren mit Fabrikläden und Fast food-Restaurants. Diese Alternativen zu den traditionellen Einzelhandels- und Vertriebssystemen breiten sich auf der ganzen Welt aus und verändern die Weltwirtschaft. Um das sich weltweit verändernde Distributionssystem zu verstehen, ist es hilfreich, sich die globalen Akteure anzusehen, die großen Einfluß auf den internationalen Vertrieb haben.

Der internationale Einzelhändler

Die niedrigeren internationalen Barrieren, die mit der sich entfaltenden Weltwirtschaft einhergehen, ermöglichen internationalen Einzelhändlern, auf viele lokale Märkte vorzudringen, die ihnen bis dahin verschlossen waren. Das ändert die lokalen Absatzsysteme. Die großen Hersteller haben die multinationalen Märkte dadurch beherrscht, daß sie der Welt von ihren Heimatbasen aus Markenprodukte verkauften. Aber in den letzten Jahren haben die Einzelhändler selbst energisch die Grenzen überquert, um die Verbraucher der Mittelschicht direkt zu erreichen und zu halten. Große Einzelhändler können viele Vorteile mit über die Grenze bringen: starke Markenartikel, Kaufkraft, aggressive Finanzierung, effektive Verkaufssysteme, verbreitete Absatzsysteme, Stehvermögen, Stil und Design sowie Vertrautheit mit Schlüsseltechnologien.

In den letzten Jahren haben viele große Einzelhändler entdeckt, daß internationale Erlöse für sie genausowichtig sind wie für die großen Hersteller multinationaler Marken (Tabelle 1). Viele wichtige Einzelhändler sind echte internationale Firmen, und im allgemeinen beschleunigen Vertriebsfirmen des Einzelhandels den Globalisierungsprozeß und werden zur bevorzugten Nische, Güter und Dienstleistungen weltweit zu den Kunden zu bringen.

Großbritannien: Anpassung an die sich öffnenden reichen Konsumgütermärkte

Der sich verschärfende Wettbewerb für Einzelhändler verändert das Absatzsystem in Großbritannien mit großer Geschwindigkeit. Die Einzelhandelsspannen waren in Großbritannien traditionell immer sehr hoch und betrugen im Durchschnitt das Drei- bis Fünffache wie die in den Vereinigten Staaten und auf dem europäischen Festland. Das lag u. a. daran, daß der Marktanteil auf die großen Einzelhändler konzentriert ist. Der Lebensmittelbereich z. B. wird von den großen Drei beherrscht: Sainsbury, Tesco und Argyll.

Normalerweise sind die großen Drei Wettbewerbsdrohungen mit

Unternehmen	Land	Geschäft	Umsatz (Mrd. $)	Umsatz internat.
		Einzelhändler		
Ahold	Niederlande	Lebensm.	11,6	50
Aldi	Deutschland	Lebensm.	13,3	40
Carrefour	Frankreich	Lebensm.	20,2	30
Ikea	Schweden	Möbel	4,1	75
Ito-Yokado	Japan	Kaufhaus	22,3	40 +
Marks & Spencer	Großbritannien	Kaufhaus	8,6	11
McDonald's	USA	Restaurant	24,0	34
Promodes	Frankreich	Lebensm.	14,5	40
Sainsbury	Großbritannien	Lebensm.	12,9	11
		Hersteller von Konsumgütern		
Cadbury Schweppes	Großbritannien	Getränke	6,0	53
Coca-Cola	USA	Getränke	13,1	67
Kellogg	USA	Lebensm.	6,1	43
Kimberley-Clark	USA	Konsumgüter	7,7	32
RJR Nabisco	USA	Lebensm.	15,7	19
L'Oréal	Frankreich	Kosmetik	5,7	65
Procter & Gamble	USA	Konsumgüter	29,4	50
Philip Morris	USA	Lebensm.	50,1	28

Quelle: IFTF, 1994

Tabelle 1: Führende Internationale Unternehmen

ihrer Finanzmacht begegnet und haben große neue Geschäfte in Bezirken des Mittelstandes errichtet, wo sie ein breites Sortiment an hochwertigen Produkten anbieten können (im Durchschnitt etwa 20 000 pro Geschäft gegenüber 600 beim Discountgeschäft). Außerdem kontrollieren die großen Drei den Produktmix und die Wettbewerbsbedingungen auf ihren Märkten: Über 50 Prozent aller in ihren Geschäften verkauften Artikel sind eigene Marken. Der Verkauf eigener Marken gewährt ihnen einen 15 %igen Preisvorteil gegenüber überregionalen Markenprodukten ähnlicher Qualität, die in Geschäften der Konkurrenz verkauft werden.

Der sich ändernde englische Markt zeigt die Macht des neuen Konsumenten. Die Internationalisierung dieses sich entwickelnden Marktes hat einen größeren Kampf um Positionen ausgelöst. Die Gewinnspannen sinken, und die zentrale Stellung der großen drei Supermarkt-Einzelhändler ist bedroht: Sowohl Sainsbury als auch Tesco haben Personal entlassen, die Aktienkurse sind gefallen, und es fällt ihnen schwerer, Kapital für den Bau neuer Geschäfte aufzubringen. Jeder Hersteller oder Dienstleister auf dem englischen Markt muß über das Ausmaß des Einflusses entscheiden, den heimische Einzelhändler auf die Kunden haben, und darüber, wie sich das auf die Distribution ihrer eigenen Produkte auswirkt.

Wie in den Vereinigten Staaten führt der Verbraucher jedoch auch hier, wenn Bildung, Einkommen, Mobilität und Ansprüche steigen, einen Umbruch in der Distribution an. Die ziemlich offene Wirtschaft Großbritanniens hat wachsendes Interesse bei ausländischen multinationalen Unternehmen erweckt, die die hohen Spannen im Land reizen. Großbritannien erlebt mehr Wettbewerb von ausländischen wie heimischen Firmen, und zwar in verschiedenen neuen Formen:

Discountgeschäfte. Discountgeschäfte, die 1990 einen Marktanteil von 9 Prozent hatten, werden 1995 vermutlich auf 15 und bis zum Jahr 2000 auf 20 Prozent kommen. Beispiele für die aggressiveren Discountläden sind der große deutsche Einzelhändler Aldi, Netto in Dänemark und Ed in Frankreich. Es sind starke multinationale Großunternehmen, die sich langfristig auf dem englischen Markt engagieren und die Strategie verfolgen, große Discountläden zu errichten und Preise zu bieten, die deutlich unter dem Niveau der Supermärkte liegen.

Einzelhandelswarenhaus. Die Zahl der großen Warenhäuser, die auf andere Gebiete als Lebensmittel spezialisiert sind (z. B. Möbel, Teppiche, Elektrogeräte und Haushaltswaren), ist in den letzten zehn Jahren von etwa 100 im Jahr 1980 auf heute über 1000 in die Höhe geschnellt.

Warenhausclubs. Price/Costco hat vor kurzem endgültig die gerichtliche Erlaubnis für den ersten Warenhausclub-Laden in Großbritannien erhalten. Die großen Drei haben sich erbittert gewehrt, weil die Umwelt- und Zulassungsverfahren für die Warenhausclubs weniger streng waren als für Einzelhändler, doch die Gerichte hielten die Unterscheidung zwischen Einzelhändlern und Warenhausclubs für statthaft. Sofort bewarben sich fünf andere Firmen um eine Zulassung für einen Warenhausclub. Die Warenhäuser bescheren Großbritannien weit größere Läden als die reinen Discountgeschäfte und haben bis zu 3500 Artikel im Angebot.

Fabrikläden. Bauträger aus den USA exportieren eine weitere Idee, die für Großbritannien neu ist – Einkaufszentren mit mehreren Fabrikläden. In Großbritannien werden nur etwa 10 Prozent der Bekleidung in Discountgeschäften verkauft, in den Vereinigten Staaten dagegen 50 Prozent.

Japan: Der Verbraucherwandel zwingt ein traditionelles Einzelhandelssystem zur Öffnung

Der japanische Einzelhandelssektor bestand bisher aus sehr vielen kleinen Einzelhändlern (neben einigen sehr großen Läden) und einem komplexen und stark gegliederten Absatzsystem, das sich auf den *Keiretsu* stützt. *Keiretsus* sind formelle und informelle Allianzen zwischen Herstellern, Händlern, Einzelhändlern und Banken, die Aktien des jeweils anderen besitzen und ausschließlich Waren und Dienstleistungen der am *Keiretsu* beteiligten Firmen kaufen und verkaufen. Dieses System ist sicher das ineffizienteste der in den wichtigen Verbraucherländern praktizierten Absatzsysteme und ruft zudem internationale Spannungen hervor. Die formalen Beziehungen im *Keiretsu* machen es ausländischen Herstellern sehr schwer, auf den Inlandsmarkt vorzudringen. Unter diesem System werden Vertriebsstellen weniger durch Kundenbedürfnisse als den Schutz traditioneller Absatzkanäle bestimmt. Man schätzt, daß die japanischen Einzelhandelspreise aus diesem Grund 13 Prozent höher sind als sie aufgrund der Größe des Bruttosozialprodukts sein sollten.

Das normalerweise änderungsfeindliche alte Absatzsystem wird von Innovatoren bedrängt, die Hinweise von den Weltmärkten aufnehmen und sich um die Verbraucher der neuen Mittelschicht bemühen. Mehrere derartige Trends kündigen eine Verlagerung auf dem Binnenmarkt an, die nicht nur für Japan von Bedeutung ist, sondern auch für den internationalen Handel. U. a. neun Änderungen sollen die alte *Keiretsu*-Mentalität brechen:

Einzelhändler übernehmen die Herrschaft. Ito-Yokada (das 7-Eleven Japan und auch andere Einzelhandelsläden kontrolliert) hat ein gemeinschaftliches Verkaufsförderungsprojekt gestartet, das Produkte für Gruppen von Herstellern, Groß- und Einzelhändlern entwickeln soll. Die wesentlichen Neuerungen bei diesem Ansatz sind, daß der *Keiretsu* umgangen wird und die Einzelhändler die Führung übernehmen.

Daiei entwickelt eigene Produkte. Daiei, die Nummer eins unter den japanischen Einzelhändlern, entwickelt unter Hochdruck eigene Hausmarken, von denen es bereits über dreihundert gibt. Neue Vereinbarungen mit Herstellern versprechen, daß diese Zahl in den nächsten Jahren drastisch steigen wird, so daß Daiei weit mehr Kontrolle über die Produktdistribution und die Verbraucherbeziehungen erhält als jeder andere japanische Einzelhändler.

Ein Hersteller gibt die Kontrolle über die Distribution auf. Mitsubishi Electric, einer der größten Produzenten von Elektronikerzeugnissen der Welt, hat, nachdem er seine Produkte über dreißig Jahre aus den Daiei-Läden ferngehalten hat, eine Vereinbarung unterzeichnet, seine Erzeugnisse über Daiei-Läden zu vertreiben, obwohl Daiei diese Waren billiger anbieten wird und damit Mitsubishis 24 000 Tante-Emma-Läden in Bedrängnis bringt, die bisher der traditionelle Absatzweg des Unternehmens in Japan waren. Die Herrschaft über die Preisbildung geht auf den Einzelhändler über.

Der Büroangestellte möchte einen neuen Anzug. Die traditionelle Kleidung des japanischen Geschäftsmannes ist ein teurer Straßenanzug aus einem der großen Kaufhäuser. Die Aoyama Trading Company ist dabei, das zu ändern. Sie hat in ganz Japan Discountläden für Anzüge eröffnet, die Anzüge aus Hongkong, Taiwan und China zu etwa 60 Prozent des Kaufhauspreises verkaufen (geplant sind bis zum Ende des Jahres 80 Läden in Tokio und 110 in Japan). Außerdem haben inzwischen auch andere Discount-Kleiderfabrikanten Läden in Japan eröffnet.

Größere Läden schießen wie Pilze aus dem Boden. Die Durchschnittsgröße der japanischen Läden steigt. Unter dem Druck der Vereinigten Staaten änderte das Ministerium für internationalen Handel und Industrie (MITI) die Bestimmungen für die Eröffnung großer Einzelhandelsgeschäfte. Bisher benötigten Läden mit über 500 Quadratmetern eine Genehmigung der Lokalbehörden, d. h. einflußreiche lokale Einzelhändler konnten mitbestimmen, wer eine Genehmigung bekam und wer nicht. Das Verfahren war normalerweise langwierig – wenn überhaupt eine Genehmigung erteilt wurde. Vor einiger Zeit hat das MITI die Grenze auf 1000 Quadratmeter erhöht und das Genehmigungsverfahren beschleunigt, das jetzt nur noch höchstens ein Jahr dauert. Die Folge war, daß sich die Zahl der in Japan gebauten großen Läden in den letzten vier Jahren verdoppelt hat. Einer der Schrittmacher ist der amerikanische Discounteinzelhändler Toys »R« Us, der eine der treibenden Kräfte hinter dem internationalen Druck vor einigen Jahren war. Das Unternehmen hat inzwischen 15 große Läden in Japan und baut 15 weitere.

Ausländische Konsumgüter gibt es wirklich. Für ausländische Unternehmen war es immer sehr schwer, in das japanische Absatzsystem einzudringen. Aber Durchbrüche im Absatzsystem, der Anstieg des Yen und japanische Auslandsinvestitionen in die Konsumgüterproduktion ändern das. 1993 wurden erstmals überhaupt mehr Waschmaschinen, Farbfernseher, Kühlschränke und Staubsauger importiert als exportiert. Die Märkte werden jetzt von den Verbrauchern angestoßen, weniger von den Herstellern.

Die Discounter blicken ins Ausland. Die aggressive Discounterkette Jonan Denki bemüht sich, das Vordringen ausländischer Produkte nach Japan zu fördern. Der Präsident der Kette, Toshio Miyaji, bezahlt einhundert Japanerinnen jedes Jahr eine Einkaufsreise nach Paris, wo sie Damenbekleidung und Kosmetik kaufen sollen, und nutzt die Aufmerksamkeit, die die Reise erregt, seine ausländischen Erzeugnisse zu günstigen Preisen anzubieten. Die Preisdifferenz geht zum Teil auf Zölle zurück, überwiegend jedoch auf japanische Kosmetikfirmen, die den Verkauf der Produkte durch Geschäfte unterbinden, die die sehr hoch angesetzten Preise herabsetzen, was den Kosmetikfirmen eine monopolartige Macht über die Distribution verleiht. Jonan Denki liegt auch mit dem japanischen Gesetz im Clinch, das die Einfuhr von Lippenstiften nur bis zu 10 Prozent des Gesamtumsatzes erlaubt. »Ich bin bereit, ins Gefängnis zu gehen«, sagt Miyaji. »Es ist nicht gut, gegen Gesetze zu verstoßen, aber gegen ein schlechtes Gesetz bin ich entschlossen zu kämpfen.«

Der heimische Zulieferermarkt öffnet sich. Die großen Hersteller in Japan haben sich lange auf sichere Lieferungen von abhängigen Firmen oder Mitgliedern ihres *Keiretsu* verlassen. Die Notwendigkeit, die Modellvielfalt abzubauen und zu günstigeren Größenordnungen zu kommen, macht dem in der Automobilindustrie ein Ende. Tokai Riba hat sich verpflichtet, Getriebe sowohl für Toyota als auch für Nissan zu bauen, und Taiyo, das von Matsushita als Alleinlieferant aufgebaut wurde, macht heute nur noch 30 Prozent seines Umsatzes mit Matsushita.

Selbst das MITI ist bereit für einen offeneren Markt. Das MITI war lange ein Verfechter einer rigorosen Politik zugunsten der japanischen Hersteller. Jetzt scheint es seine Haltung zu ändern: Neben der Lockerung der Bestimmungen über die Ladengröße im Einzelhandel ändert das MITI jetzt auch Regelungen, die mehr Möglichkeiten (auch negative) für Risikokapital bieten, Einschränkungen von Finanzrichtlinien aufheben und die Anwendung von Gesetzen zur Produzentenhaftung fördern, statt vorbeugende bürokratische Regeln. Nippon Telegraph & Telephone stellte kürzlich die Unterstützung für den japanischen Analogstandard für das HDTV-System ein und räumte damit ein, daß der europäisch-amerikanische Digitalstandard auf lange Sicht überlegen ist. Das hat Verwirrung und Unruhe bei den japanischen Firmen ausgelöst, die Milliarden Yen in die Entwicklung der analogen HD-Technologie und -programmierung gesteckt und jetzt das Nachsehen haben.

Der japanische Markt ist, verglichen mit anderen Industriestaaten, immer noch ein geschlossener Markt, doch es gibt Anzeichen für wichtige Veränderungen. Die Folgen dieser Veränderungen sind für die ausländischen Firmen, die ihre Produkte nach Japan bringen wollen, womöglich wichtiger als alle zwischenstaatlichen Verhandlungen über Zölle, Quoten und Zahlen. Für die Hersteller von Gütern bedeutet das die Freigabe eines wichtigen Weges zum wohlhabenden und entwicklungsfähigen japanischen Markt.

Aufstrebendes Asien: Die Motte und die Wachstumsflamme der dritten Welt

Das wirkliche zahlenmäßige Wachstum bei den Käufern des Mittelstandes findet nicht in den reichen Verbraucherländern statt, sondern in den sich schnell entwickelnden Ländern der Welt wie Thailand, Malaysia, China und Taiwan. Das obere Einkommenssegment in diesen Ländern (die Zahl der Haushalte, die über 25 000 $ im Jahr verdienen) wächst jährlich um mehr als 5 Prozent. Das bedeutet, daß die Zahl dieser Haushalte in diesem Gebiet sich in fünfzehn Jahren verdoppeln wird. (In China wird sie noch schneller zunehmen, weil dort die bis 1990 geltenden Einschränkungen beim Recht auf Privatbesitz die Zahl

	1990	2010
China	2	24
Südkorea	3	7
Taiwan	3	7
Indonesien	3	6
Thailand	1	3

Quelle: IFTF; geschichtliche Daten der Weltbank, 1994

Tabelle 2: Zunahme des Mittelstandes in Asien
(Millionen Haushalte mit über 25 000 $ in Dollar von 1990)

der Haushalte mit höheren Einkommen künstlich niedrig gehalten haben.) In fünf der aufstrebenden Staaten Asiens wird die Zahl der Haushalte mit hohem Einkommen von etwa 12 Millionen 1990 auf 47 Millionen im Jahr 2010 steigen (Tabelle 2). Diese Zahl wird fast an die der entsprechenden Haushalte in der Europäischen Gemeinschaft von 1990 herankommen (etwa 51 Millionen).

Bei dem raschen Wachstum des reichen Mittelstandes erleben diese asiatischen Länder eine ganz eigene Absatzrevolution. Vor zehn Jahren waren herkömmliche Kaufläden in vielen der aufstrebenden Länder Asiens noch die Regel. Das hieß, daß Nachbarschaftsmärkte, einfache Stände an den großen Straßen und von Läden gesäumte Straßen die wichtigsten Orte für den Kauf und Verkauf von Gütern waren. Aber wo die Haushalte höhere Einkommensschwellen überschreiten, ändern sie ihr Kaufverhalten drastisch – dies war in ganz Asien ein bemerkenswerter Trend. 1987 z. B. kauften nur 3 Prozent der Taiwanesen Lebensmittel in großen Supermärkten; 1993 waren es schon 50 Prozent. In Thailand, wo zwei Drittel der Verbraucher unter 45 Jahren und über 95 Prozent der jetzigen Einkäufer die Grundschule besucht haben, haben die Kaufhäuser sowohl in den Stadtzentren als auch in den Vororten gewaltig zugenommen. Die Verkaufsfläche im Einzelhandel verdoppelt sich alle fünf Jahre. Auch andere asiatische Märkte entfernen sich sehr schnell von der Absatzkette, die sich auf Millionen kleiner lokaler Läden stützt, hin zur raschen Zunahme an großen, zentral gelegenen Geschäften und Einkaufszentren.

Die städtischen Märkte entwickeln sehr schnell Absatzmuster, die denen in den reichen Verbraucherländern ähneln. Bei einem Großteil der Entwicklungen sind internationale Firmen beteiligt, die von Anfang an mit dabeisein wollen. Große internationale Einzelhandelsunternehmen bauen ihre Präsenz auf allen Märkten aus: Sogo (Japan) ist seit zehn Jahren in Thailand vertreten und hat größere Betriebe in Indonesien, Singapur, Hongkong, Taiwan und Malaysia. Der Umsatz in den thailändischen Nachbarschaftsläden von 7-Eleven stieg von 1991 bis 1994 um das Achtfache. Neben Sogo hat auch Singapurs Orchard Road viele große Geschäfte, u. a. Isetan (Japan), Takashimaya (Japan) Lane Crawford (Hongkong), Marks & Spencer (Großbritannien), Toys »R« Us (Vereinigte Staaten), Galeries Lafayette (Frankreich) und Giordano (Hongkong). Der Wettbewerb unter den internationalen Einzelhändlern in Singapur ist so erbittert, daß Preise und Gewinne dramatisch fallen.

Wenn die neuen Einzelhändler in ein Land kommen, erzwingen sie Veränderungen im inländischen Absatzsystem: Sie bringen internationale Markenartikel mit; sie kaufen einheimische Produkte (und verlangen sehr hohe Qualität für die Erzeugnisse, die ihren Namenszug tragen); sie sind groß genug, um nachhaltigen Einfluß auf die Größe und den Umfang der Produktion der örtlichen Hersteller ausüben zu können, und sie schalten oft ganze Schichten von Großhändlern aus, die zwischen kleinen Produzenten und kleinen Einzelhändlern vermitteln.

Der Wettbewerb, den diese Veränderungen mit sich bringen, bedeutet, daß die aufstrebenden asiatischen Märkte keine reifen Früchte sind, die nur zu pflücken wären, sondern harte Wettbewerbsnüsse, die u. U. schwer zu knacken sind. Neulinge mit manchmal chaotischen Beziehungen zu Herstellern werden auf Märkten kämpfen müssen, die sich erst öffnen und noch klein sind. Andererseits sind das die Zweitkurven-Märkte, die mit ihrer Größe bald den entwickelteren Märkten Nordamerikas und Europas Konkurrenz machen werden. Betreten Sie diese Märkte auf eigene Gefahr: Falsche Schritte, falsche Partner oder eine träge Organisation werden Sie viel Geld kosten. Aber übergehen Sie die zweite Kurve, und Sie werden die Zukunft verpassen.

Südkorea: Mischkonzerne und der gefangene Kunde

Während ein Teil des aufstrebenden Asiens sich den internationalen Absatztrends bereitwillig öffnet, war ein anderer Teil besonders veränderungsfeindlich und hat sowohl dem internationalen Handelssystem als auch den eigenen Verbrauchern Probleme bereitet. Das sind die Länder – Japan und Südkorea sind vor allem zu erwähnen –, in denen das Absatzsystem durch verschlungene Bande zwischen Herstellern, Händlern und Einzelhändlern gehalten wird.

Während der Mischkonzern oder das vertikal verflochtene Unternehmen in den Vereinigten Staaten eine lange Geschichte hat und in vielen europäischen Ländern immer noch weit verbreitet ist, war es in Asien unter Bezeichnungen wie *Keiretsu* in Japan oder *Chaebol* in Südkorea am stärksten. Diese nationalen Mischkonzerne sind große diversifizierte Unternehmen, die in zwei Gestalten auftreten: sie bestehen entweder aus mehreren vertikal verflochtenen Firmen, die Rohstoffgewinnung, Produktion, Distribution und Verkauf nahtlos aneinanderfügen, oder aus Firmen, die durch finanzielle und unternehmerische Bande in loserer Form mit anderen Firmen in der Absatzkette verbunden sind. Sie sind durch gegenseitig verpflichtende Bande gebunden (ich vertreibe mein Produkt ausschließlich über deine Läden, wenn du all deine anderen Produkte zu höheren als den relativ hohen Preisen verkaufst, die ich für meine Produkte ansetze). Diese Wechselbeziehungen können die Form direkten Eigentums, größerer Beteiligungen durch eine allgemeine Bank oder in Jahren aufgebauter Beziehungen annehmen, die der Staat aus politischen Gründen zu tolerieren bereit ist (z. B. stabile Beschäftigung, eine starke Exportposition, persönliche Bindungen oder steigende Investitionen). Für Japan wie Südkorea war das Ziel, große und solide finanzierte Unternehmen aufzubauen, die hohe Ausgaben für Forschung und Entwicklung aufbringen und auf der internationalen Bühne konkurrieren können, von besonderer Bedeutung.

Diese entscheidenden Unternehmensbeziehungen ändern sich. In Südkorea werden z. B. die *Chaebol* von der Reformregierung unter Präsident Kim Young Sam attackiert, für den Wettbewerb in der neuen Welt flexibler internationaler Unternehmen zu starr zu sein. Er versucht, die *Chaebol* zu mehr Flexibilität zu zwingen und schafft Anreize für sie, ihre Mittel auf Gebiete gemeinsamer Interessen zu konzentrieren. Die *Chaebol* unter den zehn größten, die drei Gebiete wählen, auf die sie sich konzentrieren wollen, werden von der staatlichen Kreditkontrolle befreit und erhalten staatliche Subventionen für Forschung und Entwicklung. Alle *Chaebol* haben reagiert: Hyundai (der größte mit 52 Milliarden $ Umsatz) hat sich für Kraftfahrzeuge, Elektronik und petrochemische Produkte entschieden und baut Beteiligungen in der Schwerindustrie, bei Textilien, Halbleitern, Finanzdienstleistungen, Versicherungen, Hotels und Schiffbau ab; Samsung (der zweitgrößte mit 47 Milliarden $ Umsatz) hat Elektronik, Schwermaschinen und petrochemische Produkte gewählt und läßt Handel und Vertrieb, Textilien, Halbleiter, Finanzdienstleistungen und Autobau wegfallen. Das Ziel ist, den Wettbewerb anzukurbeln, die mittelständische Wirtschaft zu fördern, die Macht der alten Wirtschaftsdynastien zu brechen und den zunehmenden Interessenskonflikten in der verflochtenen Wirtschaft Einhalt zu gebieten. Doch die Maßnahmen haben sich nicht so bewährt wie erhofft. Einige Gebiete sind zwar schon zur Abtrennung anvisiert, es ist aber noch nichts geschehen, und die Regierung bemüht sich, den eingeschlagenen Weg etwas umzuleiten. Sie zwingt die Unternehmen, einige der abgetrennten Einheiten wieder zu konsolidieren, um einen übermäßigen Wettbewerb zu vermeiden. Die jüngste Gewährung einer Mobilfunklizenz an ein Konsortium von *Chaebol* zur Abwehr ausländischer Konkurrenz zeigt außerdem, daß die koreanische Regierung die großen heimischen Unternehmen auch weiterhin schützt und unterstützt.

Zweitkurven-Einblicke in den Einzelhandel und Vertrieb

Einzelhandel und Vertrieb sind zu einem stark umkämpften Markt geworden, der die Zweitkurven-Akteure zu neuen Reaktionen gezwungen hat. Wie haben sie reagiert? Kreativ und sehr unterschiedlich.

Neue Strategien, neue Märkte: Black Cat

Black Cat ist das Warenzeichen eines Unternehmens in Japan, das sich Yamato Unyu nennt. Das Logo zeigt eine schwarze Katze, die ein Junges im Maul trägt; das Bild soll Assoziationen an ein Produkt wekken, das behutsam befördert wird. Black Cat ist das japanische Pendant zu UPS und betreibt auch ein Gemeinschaftsunternehmen mit UPS außerhalb der Vereinigten Staaten. Die Firma bietet einen Haus-zu-Haus-Service in ganz Japan und befördert praktisch alles – vom Briefumschlag bis zum Großobjekt. Abgeholt und zugestellt wird praktisch überall. Am Anfang stand eine einfache Spedition, die die wachsenden

Möglichkeiten bei der Zustellung von Päckchen und Paketen erkannte. Der Anteil des Versandhandels am Geschäft von Black Cat ist im Moment nicht sehr hoch, steigt jedoch um 30 bis 40 Prozent jährlich, und auch wenn das Unternehmen mit einer Verlangsamung auf etwa 20 Prozent jährlich rechnet, ist das doch immer noch ein ziemlich guter Wert.

Ein Grund für den Anstieg beim Versandhandelsgeschäft liegt darin, daß auch per Nachnahme geliefert wird, was für den Versandhandel ideal ist. Die Versandhandelsgeneration in Japan gehört zu den Jüngeren, was vierzig und darunter heißt. Ältere Menschen möchten die Produkte gern sehen und anfassen, den jüngeren genügt es jedoch meistens, sie im Katalog zu sehen. Dabei sind auch CDs wichtig.

Vor ein paar Jahren versuchte McKinsey, den Versandhandel in Japan zu beleben, doch die damals angebotenen Produkte wurden als billig und minderwertig angesehen. Das hat sich allerdings geändert. Japanische Versandhandelswaren gelten zunehmend als qualitativ hochwertig. Und das interessante ist, daß die größten Zuwächse bei Black Cat nicht auf Gebrauchsgüter wie CDs oder Kleidung entfallen, sondern auf Nahrungsmittel – verderbliche Güter wie Lebensmittel, naturbelassene und heimische Nahrungsmittel. Die Kunden bestellen routinemäßig Meeresspezialitäten über hundert bis hundertfünfzig Kilometer. In gewisser Hinsicht nutzt Black Cat die gewaltigen traditionellen Absatzsysteme in Japan, die vielen Menschen, die mit der Produktion, Absatzlagerung, dem Einzelhandel u. a. zu tun haben. Und das Unternehmen schlägt Kapital aus der Zunahme der Doppelverdienerhaushalte und dem damit verbundenen Wandel des Lebensstils. Es kann einige dieser ganz besonderen spezialisierten Dienstleistungen bieten, weil seine LKWs fast täglich am Haus oder Büro jedes Japaners vorbeifahren. Und offensichtlich nutzt es auch die hohe Bevölkerungsdichte Japans, wo ein LKW, der irgendwo in Tokio ausliefert, viel mehr Kontakte zur Bevölkerung herstellt als in einer typischen amerikanischen Stadt. Black Cat liefert jährlich 600 Millionen Artikel aus, im Durchschnitt etwa 15 pro japanischen Haushalt.

Das Unternehmen teilt jedem Fahrer ein bestimmtes Gebiet zu, so daß er fast so bekannt ist wie der Briefträger. Und die Lieferung erfolgt immer persönlich. Er übergibt das Paket, und man wird an das Firmenmotto erinnert: *Wir liefern nicht nur Waren, wir liefern unser Herz.* Wenn niemand zu Hause ist, hinterläßt der Fahrer eine Karte. Ruft man an, wird auch zwischen sechs und acht Uhr abends angeliefert.

Einige Einzelhändler sind offensichtlich beunruhigt, daß Black Cat sich einiges von ihrem Geschäft aneignet. Andere haben versucht, mit Black Cat zusammenzuarbeiten, das aber bisher abgelehnt hat. Das Unternehmen sieht jedoch durchaus, daß es mit dem Internet oder den Online-Diensten in Japan zu einem Zweitkurven-Händler werden könnte – dem Nifty System, dem japanischen CompuServe, das ein Joint Venture mit CompuServe in den USA hat. Elektronische Bestellvorrichtungen und dazu Black Cats guter Ruf hinsichtlich Qualität, Zuverlässigkeit und Service könnten zu einem völlig neuen Vertriebssystem für die täglichen, wöchentlichen und monatlichen Einkäufe führen. Black Cat könnte ein physisches Distributionssystem der Zukunft werden. Etwas ähnliches könnte in den USA passieren: immer mehr Firmen bieten Produkte im Internet an. Solche Bestellungen können binnen vierundzwanzig bis achtundvierzig Stunden von FedEx, in einigen Fällen auch von UPS ausgeliefert werden.

Black Cat setzte 1994 547 Milliarden Yen um, etwa 700 bis 800 Millionen $, wovon 83 Prozent auf den Lieferservice entfielen. Das Unternehmen hat sich auch an elektronischen Dienstleistungen versucht, war jedoch mit seiner Version der Zap-Mail (einem elektronischen hybriden Postservice) nicht erfolgreich, genau wie Federal Express, und konzentriert sich seitdem stärker auf das traditionelle Zustellgeschäft. Die Firma ist der Überzeugung, dank ihrer Markentreue und des guten Rufs ihres Kundendienstes einen echten Vorteil zu besitzen, wenngleich sie weiß, wie schnell sich das ändern kann, wie sie erfahren mußte, als sie die Lieferung gekühlter Melonen übernahm. Melonen müssen, wenn sich ihr Geschmack voll entfalten soll, warm sein, und die Kunden beschwerten sich.

Distribution auf Armeslänge: Pharmazeutika

In der amerikanischen Pharmaindustrie haben sich die Hersteller von den Endverbrauchern entfernt. Der Anteil der durch Großhändler vertriebenen Erzeugnisse stieg in den letzten zwanzig Jahren von knapp 50 Prozent auf über 70 Prozent. Die Hersteller haben demzufolge den Zugang zu Informationen darüber verloren, wo und warum ihre Produkte abgegeben werden. Da der Versicherungsschutz für rezeptpflichtige Arzneimittel erweitert wurde, üben Drittzahler seit neuestem mehr Druck auf das Verschreibungsverhalten der Ärzte aus.

Mit einem Schritt zur tatsächlichen vertikalen Verflechtung, der die Branche im Sommer 1993 wie vor den Kopf stieß, erwarb der Pharmariese Merck die Firma Medco, einen der größten Versandhändler für verschreibungspflichtige Arzneimittel und sogenannten pharmacy benefits manager (PBM), eine Verwaltungsgesellschaft für Arzneimittelleistungen. Durch den Zugang zu Informationen über Patienten, verschreibende Ärzte und Apotheker hoffte Merck, daß die zusammengeschlossene Firma ihre Herstellung, Distribution und Leitung effizienter integrieren könnte. Außerdem hilft der Zugang zu detaillierten Informationen über Behandlungsmaßnahmen und Ergebnisse vermutlich bei der Ausrichtung der vorgelagerten Forschung und der Entdeckung neuer und kostengünstigerer Produkte. Damit eine solche Fusion funktioniert, müssen die Teilglieder lernen, gemeinsam gegen die Welt draußen anzutreten, nicht sich selbst Konkurrenz zu machen.

Andere kleinere Arzneimittelfirmen mit weniger Kapital und mehr Risikoscheu verfolgen virtuelle vertikale Integrations-(VVI-)Strategien. Um ein komplettes Arzneimittelsortiment aufzubauen, verbinden sich einige Hersteller vertraglich mit anderen, deren Sortiment das ihre ergänzt. Gemeinsam bemühen sich diese Partner dann um Kontakt zu einem unabhängigen PBM, um ihm einen integrierten Pharmaservice anzubieten, der dem von Merck/Medco gleichkommt, ein komplettes Arzneimittelsortiment bietet, ein Netz von Apotheken und Versandhändlern, Bearbeitung von Reklamationen sowie andere Informations- und Distributionsdienstleistungen. Viele PBMs sind selbst virtuell und vertikal verflochten. Normalerweise führen sie Apotheken mittels Vertrag und Computer zusammen, um rezeptpflichtige Medikamente zu vertreiben und Daten über Ansprüche zu sammeln. Oft schließen sie Verträge mit selbständigen Softwarelieferanten über die Anwendungsübersicht von Medikamenten und die Qualitätssicherungssoftware, die sie zur Überwachung der Rezepte verwenden.

Wie bei allen neuen Beziehungen kann es jedoch stürmisch werden, sobald der erste Rausch verflogen ist. Unternehmen, die VVI wollen, um ihr Geld zu retten, müssen mehrere potentielle Hürden nehmen:

Das Problem der gegenseitigen Mißachtung. In vielen Sparten herrscht die natürliche Tendenz, die Tätigkeit des anderen für einfach zu halten. Widerstehen Sie dieser Versuchung. Erkennen Sie die Schwierigkeiten aller Phasen eines vertikalen Unternehmens. Beurteilen Sie realistisch, wo im gesamten Unternehmen eine Wertschöpfung stattfindet.

Das Kompensationsproblem. Dies ist eine natürliche Folge des vorigen Punktes. Weil es schwierig ist, die Wertschöpfung in einem vertikalen Unternehmen zu messen, neigt jeder Beteiligte in einer VVI-Unternehmung dazu, den Beitrag der anderen Beteiligten zu unterschätzen. Sie müssen kreative Ansätze aushandeln, um zufriedenstellende Kompensationsanordnungen zu finden.

Die richtigen Anreize finden. Damit die virtuelle vertikale Integration Erfolg hat, müssen alle Beteiligten ein Stück eines komplexen Produktes oder einer Dienstleistung beisteuern. Auch wenn man voraussetzt, daß die Fähigkeiten der Beteiligten sich ergänzen und Wirtschaftlichkeit versprechen, wird man doch Anreize für jedes Unternehmen schaffen müssen, damit es wie erwartet arbeitet. Preisnachlässe für Transfers mögen es Bündnispartnern kurzfristig lohnender erscheinen lassen, mit fremden (Einzelhandels-)Kunden Geschäfte zu machen, statt innerhalb des Bündnisses. Unternehmen werden ständig vor einem Problem stehen: sollen wir den Dienst an Kunden, die uns allein gehören, höher bewerten als an denen, die zum Bündnis gehören? Jedes Unternehmen muß Anreize haben, beiden zu Diensten zu sein.

Informationstechnologie dank Sorgfalt. Viele VVI-Unternehmungen beruhen auf der Erwartung, daß die Informationsressourcen einer Firma allen Beteiligten ermöglichen, effizienter zu wirtschaften. Diese kühne Annahme erfordert entsprechend große Sorgfalt bei den tatsächlichen Informationsressourcen der Beteiligten. Diese Annahmen haben zwei Seiten: die Vereinbarkeit der Informationssysteme und den aktuellen

Wert der kombinierten Information selbst, die analysiert werden muß. Eine Übung, die man durchführen könnte, bestände darin, einen Bericht zu imitieren, der von dem neuen Vorhaben zur Verfügung stände. Setzen Sie hypothetische Daten in den Bericht ein und fragen Sie, ob sich dadurch irgendeine geschäftliche Entscheidung ändern würde.

Vorwärts, aber nicht zu schnell: Elektronisches Shopping

Einkaufen war lange Zeit für jedermann das gleiche. Einzelhändler kommunizierten mit Ihnen, dem Verbraucher, über Massenwerbung in Zeitungen und Zeitschriften oder im Rundfunk und Fernsehen; dann ging man in den Laden, um dort einzukaufen. Das ist vielleicht nicht mehr lange so: Die Technologie ändert womöglich die Art, wie Waren gekauft und verkauft werden, so sehr, daß diese Aktivitäten vielleicht seltsam nostalgisch erscheinen, wie das Wählen auf einem alten Telefon mit Wählscheibe oder vom Sofa aufzustehen, um das Programm am Fernsehgerät umzuschalten.

Alternative Vertriebssysteme kommen auf, die die Bedürfnisse der anspruchsvollen Verbraucher befriedigen, Systeme, die Bequemlichkeit, Qualität und individuelles Einkaufen versprechen. Diese neuen Kanäle werden auch das Verhältnis zwischen Herstellern, Einzelhändlern und Verbrauchern ändern. Zu den gegenwärtigen alternativen Einkaufsmöglichkeiten gehören Homeshopping-Kanäle und Werbespots im Fernsehen sowie Computer-Online-Dienste. Aber die Technologie- und Telekommunikationsbetreiber versprechen noch mehr, etwa weitere spezielle Einkaufskanäle und Online-Dienste, interaktives Fernsehen, CD-ROM-Kataloge, interaktive Kommunikationskioske und virtuelle Realität.

Großspuriger Kundendienst vertreibt die Kunden. Nach einer neueren Erhebung von MasterCard International haben über 60 Prozent der Befragten in den letzten sechs Monaten ein Geschäft verlassen, ohne etwas zu kaufen, nachdem sie keinen Verkäufer finden konnten, der sie hätte beraten können. Kundendienst ist jedoch nicht alles, was

Käufer wollen. Die Erhebung ergab, daß fast neun von zehn Käufern Preisvergleiche anstellen. Sie wollen Produktvielfalt und umfassende, neutrale Informationen. Wenn sie den Anforderungen der Kunden genügen wollen, müssen die neuen Absatzkanäle diese Vielfalt und diese Informationen bieten, und letztere müssen mehr Aussagefähigkeit besitzen als im normalen Laden geboten wird, wo die Käufer die Erfahrung machen, daß die Verkäufer wegen Unerfahrenheit oder der lokkenden Provision nicht objektiv sind. Diese neuen Systeme müssen den Verbraucher selbst aufsuchen – bei sich zu Hause oder im Büro oder wo er sich sonst gerade aufhält.

Viele neue Absatzkanäle bemühen sich, diesen manchmal unterschiedlichen Verbraucheranforderungen zu genügen:

Homeshopping-Programme. In den letzten Jahren haben QVC (Quality Value Convenience), Home Shopping Network (HSN) und andere Homeshopping-Kanäle Rundfunk und Fernsehen entdeckt. Fast 13 Millionen Erwachsene wurden angeregt, Artikel wie Schmuck, Kleidung, Unterhaltungselektronik, Spielzeug und Pflegeprodukte zu bestellen. Und diese Zahl wird voraussichtlich steigen: QVC hat z. B. einen zweiten Shopping-Kanal gestartet, Q2. Aber während die Zahl der Shopping-Programme zunimmt, erfüllen die Programme selbst nicht alle Anforderungen der Kunden. Nach der Untersuchung von MasterCard sind die Heimkäufer der Meinung, daß diese Programme ihnen nur eine begrenzte Auswahl und Vielfalt bieten. Und nur 40 Prozent der Verbraucher stufen diese Kanäle hinsichtlich der Bequemlichkeit als ausgezeichnet ein. Die Zukunft der Homeshopping-Programme liegt in ihrer Fähigkeit, mehr Wert, Bequemlichkeit, Produktvielfalt und Information zu liefern.

Interaktives Fernsehen. Die Antwort auf mehr Bequemlichkeit für den Verbraucher könnte das interaktive Fernsehen geben, um das sich mehrere potentielle Betreiber bemühen. Einer der bekanntesten ist Time Warner, das einen Test in Orlando, Florida, macht. Über 4000 Haushalte sind mit einer Set-Top Box und einem Farbdrucker ausgestattet, die verschiedene Anwendungsmöglichkeiten bieten, darunter das Abrufen von Filmen gegen Bezahlung sowie das Kaufen von Automobilen und Lebensmitteln. Die Verbraucher können einen Film nach Titel oder Genre wählen und ihn sogar unterbrechen, neu starten und zurücklaufen lassen. Die für die Wirtschaft interessanteste Besonderheit ist jedoch eine Dialogbox, die auf dem Bildschirm erscheint und den Verbraucher bittet, sich einen Werbefilm anzusehen und ein paar Fragen zu beantworten, was dem Hersteller erlaubt, eine Kundendatei mit Informationen über Lebensart und Interessen einzurichten – als Gegenleistung kann der Verbraucher einen Film kostenlos sehen. Ob die Verbraucher bereit sind, die Fragen zu beantworten oder nicht, muß man abwarten. Sie betonen ihr Recht auf Privatsphäre häufig sehr dezidiert, aber oft lassen sie sich auch mit Geschenken ködern. Wenn sie keine Filme mehr sehen wollen, können sie das Autozentrum nach Typ oder Hersteller durchsuchen. Farbproben, Innenansichten und Videoclips von Testfahrten können abgerufen werden, ebenso Produktinformationen, die man vom angeschlossenen Farbdrucker ausdrucken lassen kann.

Ein weiteres Programm, das Time Warner in Orlando erprobt, nennt sich Shopper Vision, ein simulierter Lebensmitteleinkauf. Mit Hilfe eines Joysticks kann der Käufer durch die Gänge im Laden schlendern, einen Artikel herausnehmen, ihn dreidimensional betrachten und sogar die Angaben auf dem Etikett lesen. (Dieses Merkmal wird entscheidend für den Erfolg von Shopper Vision sein. Viele frühere Einkaufsprogramme boten dem Kunden lediglich eine lange Liste der Artikel mit numerisch aufgelisteten Optionen; die Käufer hatten Mühe zu erkennen, was sie kaufen wollten.) Hat der Kunde sich für einen Artikel entschieden, legt er ihn in seinen Einkaufswagen und geht vor zur Kasse, wo er angibt, ob er die Ware ins Haus geliefert haben möchte oder selbst abholt.

Das interaktive Fernsehen nimmt grundlegend an, daß die Verbraucher bei Unterhaltung, Shopping und Information einen umfassenden Dialog wünschen. Aber das Fernsehen ist ein Symbol der Unterhaltung und hat mehrere Generationen von Fernsehsüchtigen erzeugt, die in die Röhre schauen, weil sie abschalten wollen. Die fähigste und befähigendste Technologie des ausgehenden 20. Jahrhunderts ist die Fernbedienung. Bisher hatten die Benutzer wenig Einfluß auf den Inhalt, den das Fernsehen liefert, und das interaktive Fernsehen wird demzufolge auch kaum vor dem Jahr 2000 auf breiter Front aufmarschieren, weil es selbst bei mehr technischer Perfektion noch eine ganze Weile dauern wird, das Verbraucherverhalten zu ändern.

Online-Dienste. Vier Prozent aller Haushalte haben einen Online-Zugang, und viele von ihnen wollen jetzt bei einem Online-Dienst unterschreiben. Der Markt für Online-Dienste war 1995 fast 16 Milliarden $ groß, aber nur 6 Prozent der Erlöse stammten laut Online Services 1995 Review, Trends and Forecasts von Verbraucher-Online-Diensten. Die vier großen Betreiber von Verbraucherdiensten sind America Online, CompuServe, Prodigy und GENIE, auf die 90 Prozent der 4 Millionen Abonnenten entfallen. Sie sind in den letzten Jahren gewaltig gewachsen. America Online hat allein im Dezember 1993 70 000 neue Abonnenten gewinnen können, aber den unwiderstehlichen Sog übt sinnigerweise der Zugang zum Internet aus.

Online-Benutzer haben Zugang zu aktuellen Nachrichten und Informationen, dem elektronischen Versenden von Botschaften, Chatlines genannten virtuellen Treffpunkten, Nachschlagequellen, Zeitschriften, Softwareprogrammen, Internet-Gateways und elektronischem Shopping. Die Benutzer können außerdem Produkte und Dienstleistungen kaufen oder verkaufen. Zu den typischen Anschaffungen gehören Unterhaltungselektronik, Kleidung, Spielzeug, Werkzeug, Produkte für die Eigenheimmodernisierung und Pflegeartikel sowie Hotel- und Flugreservierungen. Gegenwärtig stellen die meisten dieser Dienste ein Werkzeug zur Verbreitung von Kommunikation und Information dar, bieten dem elektronischen Käufer dagegen kaum etwas. Prodigy hat versucht, sich als Einkaufsservice zu etablieren, hatte jedoch wenig Erfolg und kämpft mit hohen Rücklaufquoten. Ein Problem besteht darin, daß die meisten dieser Online-Dienste Grafiken bieten, die der Käufer auf seine Festplatte herunterladen muß, was mühsam und entnervend für diejenigen ist, die im allgemeinen ein langsameres 2400- oder 4800-Baud-Modem haben. Eine weitere Schwierigkeit ist, daß einige Dienste wie America Online den Käufern keine Grafik bieten, sondern nur Text.

Interaktive CD-ROM-Kataloge. Als Alternative zum Laden haben sich die herkömmlichen Kataloge als erfolgreicher Absatzkanal erwiesen. 1993 machten die Kataloge einen Umsatz von 36 Milliarden $. Inzwischen gibt es Bemühungen, das Einkaufen per Katalog ins 21. Jahrhundert zu holen, indem man es elektronisch macht. Man hofft, das Einkaufen per Katalog unterhaltsamer zu gestalten und das elektronische Erlebnis stärker damit in Einklang zu bringen, wie Verbraucher selbst einkaufen. Eine frühe Version war *En Passant*, eine CD-ROM mit 21 Katalogen, die Apple, Electronic Data Systems und Redgate Communications 1994 testeten. Beim Durchblättern einzelner Kataloge etwa von Tiffany, Land's End, Williams-Sonoma, L. L. Bean und Patagonia konnten die Kunden einen Artikel anklicken, wenn sie Auskunft etwa über Größe, Farbe und Lieferbedingungen haben wollten. Neben Text standen Audio- und Videoinformationen (bewegte und Standbilder) zur Verfügung.

Kataloge auf CD-ROM werden, wie das Online-Shopping, in den nächsten zehn Jahren höchstwahrscheinlich auch weiterhin einen Nischenmarkt bilden. Nur ein kleiner Teil der CD-ROM-Laufwerke wird nach Schätzungen in die amerikanischen Haushalte gelangen; die meisten werden in den Büros arbeiten, was den Zuwachs bei elektronischen Katalogen in den nächsten Jahren bremsen wird, falls die Leute sich nicht entschließen, während der Arbeitszeit einzukaufen. Aber da die Computerpreise fallen, sind CD-ROM-Laufwerke bei neuen Computern bereits fest installiert, und die Verbraucher werden folglich mit diesem Absatzkanal immer vertrauter.

Mobiles Shopping. Informationseinrichtungen, oft auch persönliche digitale Assistenten (PDA) oder persönliche Kommunikatoren genannt, sind für viele Fachleute und einige Verbraucher eine neue Erfahrung. Sie speichern nicht nur Adressen, verschicken und empfangen E-Mail und laden Daten und Tabellenkalkulationen aus dem Büro herunter, man kann sie auch zum Einkaufen benutzen. Das Softwarepaket zum elektronischen Einkaufen, eShop genannt, gewährt den Benutzern mit Hilfe ihres PDA Zugang zu personalisierten Geschäften und Einkaufszentren. Die Software simuliert eine von Schaufenstern gesäumte Straße. Sie wählen ein Geschäft aus, gehen hinein und werden von einem intelligenten Verkäufer begrüßt. Die Artikel werden wie in einem Einzelhandelsgeschäft vorgelegt, und Sie können sich verschiedene Sachen ansehen, indem sie durch die Gänge laufen. Wenn Sie entschieden haben, was Sie kaufen möchten, rechnet der virtuelle Verkäufer den Betrag aus, belastet Ihre Kreditkarte und sagt Ihnen, wann Sie die Ware zugeschickt bekommen.

Interaktive Kommunikationskioske. Die Unternehmen bieten zunehmend interaktive Kioske in öffentlichen Bereichen wie Einkaufszentren, Nachbarschaftsläden und Bahnhöfen an. Der Kioskmarkt wuchs von 112 Millionen $ 1991 auf 252 Millionen $ 1993, ein jährlicher Zuwachs von über 50 Prozent, wovon das meiste auf fallende Preise und bessere Technologie zurückgeht, die die Kostenwirksamkeit der interaktiven Kioske steigert. Außerdem werden Kioske auf neue Weise genutzt. 1990 wurden die meisten Kioske dazu benutzt, Informationen bereitzustellen; heute dient fast die Hälfte dem Verkauf und Service.

Das Baseballteam der Minnesota Twins gehörte bei der Nutzung von Kiosken für Verkauf und Service zu den erfolgreicheren Organisationen. 1993 richteten die Twins dreißig Verkaufskioske in Supermärkten und Discountgeschäften im Bereich von Minneapolis ein. Fans der Twins können sich informieren, welche Plätze noch frei sind, sehen, wie der Blick von ihrem beabsichtigten Platz auf das Spielfeld ist, die Karte bezahlen und am Kiosk ausdrucken lassen. Das war nicht nur für die Fans bequem, der Verein stellte auch fest, daß viele Fans die teureren Plätze vorzogen, nachdem sie merkten, daß sie besser sahen, und daß etwa 10 Prozent der Fans, die eine Karte am Kiosk kauften, sonst wahrscheinlich nicht zu dem Spiel gegangen wären. Im Moment werden nur 2 bis 3 Prozent der 2 Millionen Eintrittskarten über die Kioske verkauft, aber der Verein hofft, diesen Anteil auf 10 bis 15 Prozent steigern zu können.

Im Gegensatz zu den Twins hat der U. S. Postal Service schlechte Erfahrungen mit Kiosken gemacht. Der Postal Service tat sich mit der Postal Buddy Corporation zusammen und richtete Multimediakioske ein, um das System für Adressenänderungen zu modernisieren. Das System erlaubte Verbrauchern, ihre Anschrift zu ändern; personalisierte Produkte wie Rückanschriftetiketten, Visitenkarten und Briefpapier zu kaufen, sowie Katalog- und Zeitschriftenverlage zu benachrichtigen. Nachdem der Postal Service fast zweihundert Kioske eingerichtet hatte, kündigte er den Vertrag, weil die Kioske keine Anlageverzinsung erbrachten (nur 15 bis 30 $ Erlös pro Tag gegenüber den erwarteten 35 bis 55 $). Es gab zwei größere Probleme: den Kiosken gingen des öfteren die Briefmarken aus, und sie gaben kein Wechselgeld heraus – nur eine Gutschrift für künftige Käufe.

Auch Finanzdienstleistungsunternehmen tragen sich mit dem Gedanken an den Einsatz von Kiosken. Ein Unternehmen überlegt, interaktive Kioske einzurichten, die den Kunden ermöglichen, Informationen über seine Produkte und die Erklärung ungewohnter Begriffe und Konzeptionen zu erhalten. Ein anderer Betreiber, Wells Fargo, hat einen Service zur Begleichung von Rechnungen, der den Kunden ermöglicht, regelmäßig wiederkehrende Rechnungen elektronisch von automatischen Wells Fargo-Bankschaltern und Kiosken zu bezahlen, die an öffentlichen Orten wie Postämtern stehen.

Kioske haben eindeutige Grenzen. Die meisten stehen auf öffentlichen Plätzen, was bedeutet, daß die auf dem Bildschirm erscheinenden Informationen nicht sensitiv sein dürfen und die Verbraucher geschützt werden müssen. Außerdem kann immer nur eine Person das System benutzen. Bis jetzt machen die geringe Benutzung und der hohe Kapitaleinsatz für Videogerät, Computer, Eingabegerät und Software die Kioske zu einer Investition mit hohem Risiko.

Virtuelle Realität. Die Einzelhändler setzen zunehmend virtuelle Realität (VR) ein, um Kunden in die Läden zu holen und ein Geschäft abzuschließen, sobald sie sie dort haben. Mit Hilfe von Geräten wie computergesteuerten Handschuhen und Helmen erzeugt VR dreidimensionale Bilder, die die Illusion von Ereignissen aus dem richtigen Leben schaffen. Die Anwendung erfolgte bisher überwiegend in der Ausbildung (vor allem bei Ärzten, die neue Operationstechniken lernen, und bei Soldaten, die an teuren High-Tech-Systemen geschult werden) und im Unterhaltungsbereich. Aber auch Anwendungen für Verbraucher kommen hinzu. VR kann den Verbrauchern helfen, Endprodukte sichtbar zu machen, insbesondere solche, die komplexe Entwurfselemente enthalten, wie beim Bau oder Umbau von Häusern.

Silicon Graphics und British Gas erproben ein System, das sie Kitchen Reality (Küchenrealität) nennen, ein VR-System auf dem Schreibtisch, das genau zeigt, wie die umgebaute Küche aussehen wird. Man kann durch die jeweilige Küche laufen, Schubladen aufziehen, sich klein machen wie ein Kind, um die Sicherheit zu überprüfen, verschiedene Furniere für die Arbeitsplatte und Fliesen ausprobieren sowie Geräte und Schränke umstellen. VR und andere Systeme zum Sichtbarmachen von Vorgängen werden den Verbrauchern zunächst einmal helfen, fertige Produkte zu betrachten, um den Absatz zu fördern, weniger um ihn zu erleichtern. Es ist unwahrscheinlich, daß ein solches System den Kunden ermöglicht, einen Fernkauf zu tätigen. Es wird dem Käufer vielmehr die Sicherheit geben, daß das Produkt so ist, wie er es sich wünscht, und den Einzelhändler in die Lage versetzen, das Geschäft schneller und einfacher abzuschließen.

Die Regeln der zweiten Kurve

Jeder in der Absatzkette betritt ein neues Feld, um ein neues Spiel zu spielen. Und damit sie nicht schon verloren haben, bevor sie anfangen, sollten die Beteiligten strategisch an das Lernen der neuen Regeln herangehen – oder eigene Regeln aufstellen. Die neuen Regeln sind u. a.:

Lassen Sie sich nicht täuschen

Wenn man der Presse glaubt, werden in allernächster Zukunft elektronische Absatzsysteme bereitstehen und von beinahe jedermann benutzt. Sehen Sie genau hin! Anfang der 80er Jahre kamen Online-Dienste für Verbraucher auf und brachten es auf einen Markt von unter 100 Millionen $. Branchenexperten erklärten, der Online-Markt werde bis 1990 einen Umsatz von 30 Milliarden $ erreichen. 1995 war es gerade einmal eine Milliarde Dollar. Einer der Gründe dafür war, daß viele verschiedene Akteure zusammenarbeiten müssen, damit diese neue interaktive Revolution ein Erfolg wird.

Erkennen Sie die Notwendigkeit für eine Zusammenarbeit der Hersteller

Die TV-Absatzkanäle wie Homeshopping und interaktives Fernsehen setzten 1993 über 3 Milliarden $ um, seit Anfang der 90er Jahre ein jährlicher Zuwachs um 20 Prozent. Aber das sind immer noch erst 0,1 Prozent des amerikanischen Einzelhandelsumsatzes, der 1993 über 2 Billionen $ betrug, oder 5 Prozent des Einzelhandelsumsatzes, der nicht in Läden erzielt wurde. Es mag immer noch die zweite Kurve sein, aber sie braucht einige Zeit, um aus den Startlöchern zu kommen.

Als IBM und Blockbuster beschlossen, eine Mach-dir-deine-eigene-CD-Technologie einzuführen, mobilisierten sie mit allen Mitteln die Presse. Dabei vergaßen sie die Verleger von Schallplatten, ein schwerer Fehler, denn wie sich herausstellte, wollte die Schallplattenindustrie die Musikrechte nicht abgeben. Und so mußten IBM und Blockbuster die Sache begraben.

Bedenken Sie die Preisfrage: Werden die Verbraucher zahlen?

Viele Unternehmen, auch Blockbuster, bringen die Käufer dazu, ihr Kleingeld auszugeben, das sie in der Tasche haben. Die meisten Verbraucher rechnen z. B. nicht groß nach, wieviel sie für Leihfilme ausgeben. Ein Drittel ihres Umsatzes machen die Videoverleiher mit Verspätungsgebühren. In der elektronischen Welt bekommen die Verbraucher vielleicht einen Hockerschock, wenn am Monatsende die Rechnung kommt. Dieser Hockerschock könnte die Akzeptanz für interaktive Anwendungen wie Video on demand und das Homeshopping verzögern, bis die Verbraucher ihr Verhalten ändern und lernen, mit den neuen Kosten zu leben (wie es vielen beim Kabelfernsehen gegangen ist).

Binden Sie sich an den Kunden

Mit den Verbrauchern Schritt zu halten und ihren steigenden Anforderungen nach Auswahl, Zugang und Service entgegenzukommen ist teuer und zeitaufwendig. Doch ein schnelles Anpassen an die sich wandelnden Bedürfnisse der Verbraucher ist für den Erfolg unerläßlich. Wählen Sie die Beziehung, die Ihren Erfordernissen am ehesten gerecht wird, suchen Sie sich die richtigen Partner oder Absatzkanäle auf längere Sicht, und legen Sie sich fest.

Managen Sie den Ansatzweg

Große Hersteller müssen oft Dritte hinzuziehen, um ihre Erzeugnisse zu vertreiben, und manchmal müssen sie sie mit anderen Produkten bündeln, um die zahllosen kleinen Läden und Händler zu erfassen, die den Umsatz bringen. Zweitkurven-Absatzwege tun sich auf. Computerverkäufe erfolgen z. B. oft an einzelne Benutzer, kleine Abteilungen oder Arbeitsgruppen und sind an den Verkauf von Software, an Netzwerkkenntnisse und den Kundendienst gebunden. Computerhersteller müssen daher Beziehungen zu Händlern aufbauen, die gegenseitigen Nutzen bringen. Sie müssen sicherstellen, daß beide Seiten profitieren, daß der Wettbewerb mit dem Händler auf ein Minimum reduziert wird und Bereiche wechselseitiger Eigenförderung gefunden werden.

Compaq z. B., ein sehr erfolgreicher Hersteller von Tisch-Computern, hatte Erfolg, weil das Unternehmen als erstes einverstanden war, ausschließlich über Händler zu vertreiben und mit Microsoft zusammenzuarbeiten und Hard- und Software so zusammenzustellen, daß ein problemloser Anschluß an andere Peripheriegeräte möglich war (das sogenannte Plug and Play). Compaq hat den frühen Marktführer Dell abgehängt, der nur über sein eigenes Händlernetz verkauft.

Die Unternehmen erkennen, daß die Absatzkanäle den direkten Draht zum Kunden bieten: Die Leute in diesen Kanälen müssen die Fragen der Kunden beantworten, Alternativen aufzeigen, den Preis machen und das Vertrauen in eine dauerhafte Beziehung schaffen. In dieser Position können sie ihre eigene Marke entwickeln oder Ersatzprodukte suchen, die ihnen ein größeres Stück vom Kuchen versprechen. Die Unternehmen lernen, daß es in ihrem Interesse ist, den Hersteller zur Ware zu machen und sich selbst auf den Wertschöpfungssitz zu setzen. Behalten Sie den Endabnehmer ständig im Auge und suchen Sie Absatzpartner, bei denen die Vorteile für beide Seiten klar zutage treten.

Achten Sie auf die Zeit bis zum Markt

Die Zeit bis zum Markt wird kürzer, ein zentrales Ergebnis des Zusammentreffens von Zweitkurven-Verbrauchern und -Technologie. Das heißt, die Produkte haben weniger Gelegenheit, sich auf dem Markt zu etablieren, bis Ersatzprodukte an ihre Stelle treten, und umso wichtiger werden Informationen über die Kunden und ihre Anforderungen für die Hersteller und ihre F&E-Aktivitäten. Betrachten wir einige der erstaunlichen Veränderungen bei der Zeit, die erforderlich ist, ein Produkt auf den Markt zu bringen:

Automobile. Japanische Unternehmen konnten sich in den 80er Jahren einen wachsenden Anteil am gobalen Automobilmarkt sichern, weil sie flexibler waren und sich dem Konsumgütermarkt besser anpaßten. Brauchten europäische und amerikanische Firmen fünf Jahre bis zur Marktreife eines neuen Wagens, genügten den Japanern dreieinhalb Jahre. Das ändert sich allerdings. Chrysler brachte z. B. den »Neon« zuletzt in 31 Monaten auf den Markt, und Ford baute den »Mustang« in 36 Monaten um. Chrysler hat zwischen 1992 und 1994 fünf neue Grundmodelle vorgestellt, in den zwanzig Jahren davor nur drei.

Autozubehörteile. Der englische Automobilteile-Hersteller AEPP brauchte früher 26 Wochen, um neue Kolben zu entwickeln, zu testen und auszuliefern. Mit rechnergestütztem Konstruieren schafft er es heute in sechs Wochen.

Halbleiter. Intel, der Marktführer bei Mikroprozessoren, verkürzt die Lieferzeit für die neuesten Chips, um die Wettbewerber in Schach zu halten. Die Entwicklungszeit für den neuen Pentium-Chip betrug insgesamt vier Jahre. Der Chip der nächsten Generation kommt in zwei Jahren auf den Markt. Ähnlich hat Texas Instruments eine große neue Fertigungsanlage in Texas gebaut, die Spezialchips in der halben Zeit auf den Markt bringen soll, die die alte Anlage brauchte.

Kundendienst. Wie in anderen Sparten setzt sich auch in der Kommunikationsbranche rasch die Tendenz durch, den Kunden spezielle Dienstleistungen zu bieten. Vor einigen Jahren brauchte Bell Atlantic noch zwei Wochen, um Kunden mit dem Fernspediteur ihrer Wahl zu verbinden, heute dauert das nur noch ein paar Stunden. Vor einigen Jahren betrug der Entwicklungszyklus für maßgeschneiderte Netzgeräte bis zur Marktreife bei AT&T 53 Tage, heute liegt er bei fünf Tagen. 1992 brauchte IBM Credit eine Woche für die Zustimmung zu größeren Kreditgeschäften, heute dauert das vier Stunden. Das effektive Timing der Produktinnovation ist ein entscheidender Ansatz zur Steuerung des Absatzsystems. Ein überlegener Kundendienst ist ein Merkmal der zweiten Kurve.

Teilhaberschaften sind wichtiger

Die Bande wechselseitiger Abhängigkeit wachsen im gesamten Absatzsystem in Gestalt formaler Teilhaberschaften oder Unternehmungen, die besondere vertragliche Beziehungen eingehen. Teilhaberschaften können helfen, die Unsicherheiten zwischen zwei Kurven zu überbrücken. Diese Beziehungen sind eine ausgezeichnete Gelegenheit, nicht nur Produkte zu verkaufen, sondern auch gemeinsam neue Produkte zu entwickeln oder eine bessere Dienstleistung zu bieten, als die Teilhaber jeder für sich geboten haben. Dennoch arbeiten Unternehmungen nicht so reibungslos wie ein integriertes Unternehmen es kann. Aktivitäten organisationsübergreifend zu koordinieren erfordert zusätzlich Zeit. Die Hälfte aller Unternehmungen endet damit, daß ein Teilhaber den anderen aufkauft und einfach aussteigt. Nutzen Sie Teilhaberschaften, aber setzen Sie nicht Ihre ganze Firma auf diese Karte.

Kapitel 10
Gesundheitsvorsorge: Doktor, Doktor, was ist los?

In Zeiten des Wandels ziehen die Menschen voreilig Schlüsse darüber, worum es bei der zweiten Kurve wirklich geht. Die amerikanische Gesundheitsvorsorge setzt auf eine eingebildete zweite Kurve. Wenn man sich heute die Branche der Gesundheitsvorsorge ansieht, bemerkt man zwangsläufig gewaltige strukturelle Veränderungen in vielen Industriestaaten. Aber während sicher ist, daß die Veränderungen, die wir sehen, Wirklichkeit sind, ist es fraglich, ob wir auch eine wirkliche zweite Kurve sehen. Für viele sieht sie so aus, aber wahrscheinlich ist es doch eine falsche zweite Kurve, ein unhaltbares Zwischenstadium, in dem wir, so gerne wir glauben, das Problem gelöst zu haben, in Wirklichkeit Deckstühle auf der *Titanic* der ersten Kurve aufstellen.

In den Vereinigten Staaten gehören zu den offenkundigen Zweitkurven-Veränderungen die Zunahme der regulierten Gesundheitsvorsorge gegenüber der traditionellen Honorarmedizin, der Vormarsch des Korporatismus in der Gesundheitsvorsorge und die Umstrukturierung der Gesundheitsvorsorge in gigantische, vertikal verflochtene Systeme. Ob diese Veränderungen gültige Anzeichen einer echten zweiten Kurve sind, ist gleich mehrfach fraglich: erstens, ob die zweite Kurve, die wir sehen, zur allgemeinen Lösung der Krise in der amerikanischen Gesundheitsvorsorge werden kann oder nicht, und zweitens, ob diese Lösung von Dauer ist oder nicht. Aber das Beispiel Gesundheitsvorsorge ist wichtig. Es zeigt, daß die Menschen (vor allem die Berater) sich vom bedeutungsvollen Wandel überzeugen können, wenn die Dinge wirklich im Fluß sind.

Quellen der zweiten Kurve der Gesundheitsvorsorge

Die Quellen hinter dem Wandel der Gesundheitsvorsorgesysteme in den USA und weltweit umfassen fünf große Gebiete: die zentralen Antriebskräfte, denen wir in diesem Buch immer wieder begegnet sind, insbesondere die neuen Verbraucher und die neue Technologie. Doch die Gesundheitsvorsorge hat einige Besonderheiten: Kompromisse bei der Finanzierung und Bereitstellung, die wachsende Macht der Käufer und das ärztliche Ethos.

Kompromisse in der Gesundheitsvorsorge bei der Finanzierung und Bereitstellung

Um allen eine erstklassige Gesundheitsvorsorge bieten zu können, müssen die Gesundheitsvorsorgesysteme überall mit Kompromissen auf drei grundlegenden Gebieten kämpfen: Kosten, Qualität und Zugang. Und in den Vereinigten Staaten kommt noch ein viertes hinzu: die Sicherheit der Leistungen.

Kosten

Wieviel wird gezahlt, und von wem? Die meisten Industriestaaten geben zwischen 7 und 10 Prozent ihres Bruttoinlandsprodukts (BIP) für die Gesundheitsvorsorge aus. Den meisten Gesundheitsvorsorgesystemen in Europa, Kanada, Australien und Neuseeland ist es gelungen, den Anteil der Kosten am BIP für einen Zeitraum von fünf bis zehn Jahren zu halten. Die Vereinigten Staaten dagegen haben den für die Gesundheitsvorsorge vorgesehenen Anteil der Volkswirtschaft in den letzten siebzig Jahren mit wenigen Ausnahmen ständig ausgeweitet. Gegenwärtig liegt er bei 14 Prozent des BIP.

Qualität

Vor allem in den Vereinigten Staaten galt die Qualität der medizinischen Versorgung bisher immer als abhängig davon, was man an Mitteln hineinsteckte. Besser ausgebildete Ärzte und andere Fachkräfte mit modernster Technologie in gutorganisierten, solide finanzierten, hochspezialisierten Einrichtungen galten als Garantie für eine erstklassige Versorgung. Doch diese Ansicht wird zunehmend hinterfragt. Immer öfter wird wissenschaftlich nachgewiesen, daß der Ertrag aus dem ständig steigenden Mitteleinsatz entweder negativ, null oder bestenfalls so minimal ist, daß er weitere Investitionen nicht mehr rechtfertigt. Die Arbeit der Rand Corporation in den Vereinigten Staaten zeigt, daß ein Drittel bis die Hälfte der ärztlichen Maßnahmen – etwa Bypass-Operationen am Herzen – in den USA unnötig sind, und die Gesundheitsvorsorge wird entsprechend ins Gebet genommen. Was hat sie mit all dem Geld gemacht? Wo ist die bessere Gesundheit, die sich an Faktoren wie Lebensdauer, Mobilität und Lebensqualität messen läßt?

Zugang

Wer bekommt welche Vorsorge und Dienstleistungen und unter welchen Umständen? Die Industriestaaten der Organisation für wirtschaftliche Zusammenarbeit und Entwicklung (OECD) haben für praktisch all ihre Bewohner eine umfassende medizinische Versorgung erreicht, ausgenommen die Vereinigten Staaten und Südafrika. In den Vereinigten Staaten sind über 40 Millionen Menschen dauernd ohne Krankenversicherung, 60 Millionen sind in einem Zweijahreszeitraum zuweilen ohne Krankenversicherung, eine Zahl, die pro Jahr um fast eine Million steigt. Vor allem bei Kindern ist der Zugang zu medizinischer Versorgung kritisch: über 10 Millionen amerikanische Kinder haben keinerlei Zugang zu einer Krankenversicherung.

Sicherheit der Leistungen

Amerikaner können je nach sozialem, wirtschaftlichem und Beschäftigungsstatus die Leistungen der Gesundheitsvorsorge mehrmals in ihrem Leben verlieren und erringen. Während die Älteren garantierten Versicherungsschutz durch Medicare genießen und einige Bezieher niedriger Einkommen über Medicaid Zugang zur Gesundheitsvorsorge haben, sind die meisten Amerikaner durch ihren Arbeitgeber krankenversichert, und das ist die unmittelbare Ursache der Schwankungen bei der nicht krankenversicherten Bevölkerung – 85 Prozent der Menschen ohne Krankenversicherung sind Arbeiter und ihre Familienangehörigen. Wenn jemand den Arbeitsplatz wechselt, eine Arbeit annimmt oder verliert, tritt er in eine Versicherung ein oder aus.

Die neue Macht der Käufer

Die Abnehmer von Gesundheitsvorsorge, ob Staat, private Zahler oder Einzelpatienten, sind darauf fixiert, Kosten zu dämpfen und den Wert aus ihren Investitionen zu steigern. Ob es Gesundheitsvorsorgebündnisse und große Arbeitgeber in den Vereinigten Staaten sind, Gesundheitsministerien einzelner Provinzen in Kanada oder regionale Gesundheitsbehörden in Großbritannien, die Macht verlagert sich zu den Abnehmern, und diese nutzen sie. Z. B.:

- Obwohl sie jahrzehntelang untätig waren, haben Arbeitgeber sich in jüngster Zeit zusammengetan, um wirksamere Geschäftsbündnisse zu bilden – Gesellschaften, die klarere Verträge ausgehandelt, den Arbeitnehmeranteil erhöht und die Nutzung der regulierten Gesundheitsvorsorge ausgebaut haben.
- Kürzungen beim Wachstum von Medicare und Medicaid werden den Trend zur Konzentration der Kaufkraft nur noch verstärken.
- Erwerbergruppen öffentlicher Angestellter wie das California Public Employees Retirement System (CALPERS) sind zu Organisationen des öffentlichen Bereichs avanciert und konzentrieren ihre Kaufkraft durch eine relativ begrenzte Anzahl von Gesundheitsvorsorgeplänen.

Der Zuwachs an anspruchsvollen Verbrauchern

Anspruchsvolle neue Verbraucher und ihre Vertreter fordern die einmalige Machtstellung der Ärzte heraus und bestehen auf mehr Mitsprache bei Entscheidungen im Klinikbereich. Patienten können nicht länger als Manövriermasse der Ärzte angesehen werden; immer häufiger sind sie genauso gebildet wie ihre Ärzte, und das alles schafft einen Markt, der zwischen echten persönlichen Produkten und Dienstleistungen der Gesundheitsvorsorge sowie nach Plan gekauften Produkten und Dienstleistungen unterscheidet. Z. B. werden wahrscheinlich mehr Medikamente nur noch eingeschränkt über Rezept zu erhalten sein, während gleichzeitig Patienten verstärkt das Recht erhalten, andere Medikamente teurer einzukaufen, die sich positiv auf ihre Gesundheit und ihr Wohlergehen auswirken. Wenn die Angehörigen des Babybooms älter werden, werden Nebenwirkungen des Alterns wie Impotenz und Inkontinenz als schwere Bedrohung empfunden und rechtfertigen einen hohen Preis, der direkt vom Verbraucher gezahlt wird, falls solche Nebenwirkungen verringert werden können. Von Louis Harris & Associates und dem Institut für die Zukunft durchgeführte Übersichten zeigen, daß ein beträchtlicher Teil der Verbraucher, schätzungsweise 20 Prozent, aus der eigenen Tasche dazubezahlt, vor allem für Gesundheitsvorsorge und Arzneimittel, die sich direkt auf ihr Wohlergehen auswirken.

Neue Technologie

Molekularbiologie und Informationstechnologie werden die Medizin im nächsten Jahrhundert umwandeln. Die totale Enthüllung des menschlichen Genoms wird neue Einsichten in Krankheiten bringen und vielleicht die Geheimnisse einer wirksamen Therapie für eine Fülle von Krankheiten lüften. Noch weitreichender aber ist vielleicht die Anwendung des Computers und der Kommunikation auf die medizinische Praxis sowie die Koordination der Vorsorge. Die Medizin ist eine informationsgestützte Tätigkeit, doch wenn es um die effiziente und angemessene Nutzung der Informationstechnologie geht, hinkt sie Jahrzehnte hinter anderen Branchen her. (Manch einer würde sogar Jahrhunderte sagen.) Die wichtigsten Veränderungen werden sich aus der Kombination starker tragbarer Computer, sogenannter PDAs (persönlicher digitaler Assistenten), der drahtlosen Kommunikation und großer Patientendatenbanken ergeben. Zusammengenommen werden diese Geräte die mobile Natur der Medizin unterstützen und neue Ansätze für die klinische Praxis im Krankenhaus, für die Klinik und zu Hause liefern.

Die ethischen Grundsätze und die Kontrolle der menschlichen Biologie

Neue Technologien, Kostendruck und anspruchsvolle Verbraucher sind eine mächtige und womöglich unverträgliche Kombination. Wenn der globale Babyboom sich im nächsten Jahrhundert mit seiner Sterblichkeit auseinandersetzt, werden Tod und Sterben zu einem der zentralen Punkte in der gesellschaftlichen Debatte. Die Rechtmäßigkeit der Zuteilung durch öffentliche wie private Zahlende im Namen von Patienten, die sie betreuen, wird ganz genau unter die Lupe genommen werden. Und weil die Diskussionen über die ethischen Fragen der Zuteilung nicht einfach durch technische Analysen zu lösen sind, wird der Kampf häßlich, politisch und verquickt mit Fragen wie Rasse und Armut. Man wird höchst komplexe Fragen über das Recht des Menschen stellen, die eigene Biologie und die der Ungeborenen zu kontrollieren. Die neue Biologie wird tiefverwurzelte Ansichten über Leben, Krankheit, Persönlichkeit und Tod herausfordern.

Die vermeintliche zweite Kurve

Diese Entwicklungen beeinflussen die Gesundheitsvorsorgesysteme der ganzen Welt. Diese Triebkräfte haben eine Notwendigkeit für Veränderungen in der Gesundheitsvorsorge geschaffen, und es hat bereits beträchtliche Veränderungen gegeben.

Vom Einzelhonorar zum Pro-Kopf-Beitrag

Die wichtigste Veränderung in den Vereinigten Staaten war die vom Einzelhonorar zur regulierten Gesundheitsvorsorge mit einem festen Pro-Kopf-Beitrag. Das Einzelhonorar ist eine Zahlungsart, bei der der Arzt oder Versorger im Krankenhaus immer dann bezahlt wird, wenn er eine Leistung erbringt. Da der Verbraucher bei der Entscheidung, ob eine Leistung erforderlich ist oder nicht, kaum mitreden kann, besteht beim Einzelhonorar die sehr starke Tendenz zur Kostenexplosion. Die Dienstleister haben ganz offensichtlich einen wirtschaftlichen Vorteil, wenn *möglichst viele* Verfahren, Tests, Operationen und Besuche erfolgen. Die Pro-Kopf-Berechnung ist eine Zahlungsart, bei der die Versorger auf einer Pro-Mitglied- oder Pro-Monat-Basis bezahlt werden: Entlohnung und Entschädigung werden gewährt für das Bereitsein, sich auf monatlicher Grundlage um Patienten zu kümmern, nicht für besondere erbrachte Leistungen. Bei der Pro-Kopf-Berechnung besteht der Anreiz, weniger zu tun statt mehr.

Kernstück der Verschiebung zur regulierten Gesundheitsvorsorge ist der Gedanke, daß die Versorger einen höheren Anteil am Risiko für die Vorsorge tragen sollten, die sie bieten. Weil die Verbraucher Gefahr laufen, beim Einzelhonorarsystem überversorgt, bei der Pro-Kopf-Berechnung dagegen unterversorgt zu werden, sind Vorrichtungen unerläßlich, die die Qualität der Vorsorge messen. Da wir von der professionellen zur korporativen Praxis übergehen und die Medizin auf die Anforderungen anspruchsvoller Verbraucher und mächtiger Käufer trifft, erhöht sich die Notwendigkeit genauer Informationen über den Wert der ärztlichen Vorsorge, was systematische Methoden zum Sammeln, Analysieren und Übermitteln wissenschaftlich fundierter Daten über Kosten, Verfahren und Ergebnisse der Vorsorge erfordert. Dieses Gebiet steckt noch in den Kinderschuhen, und es bedarf noch erheblicher Forschungs- und Entwicklungsarbeit, Maßgrundlagen und Einrichtungen für die Bewertung der Kostenwirksamkeit des Gesundheitswesens zu etablieren. Und auch wenn solche Entwicklungen bereits im Gange sind, ist doch fraglich, ob derartige Bewertungsmethoden bei den extrem pluralistischen Gesundheitsvorsorgesystemen der USA auf einer standardisierten Grundlage systematisch angewandt und durchgeführt werden oder nicht. Es gibt einige Organisationen, die sich als Vorreiter betätigen und versuchen, ein Forum sowie Instrumente und Praktiken zu schaffen, die zu solchen Standards führen. Das National Committee for Quality Assurance (NCQA) ist eine gemeinnützige Organisation mit Sitz in Washington, deren Aufgabe darin besteht, Methoden zur Bewertung der Qualität von Einrichtungen der regulierten Gesundheitsvorsorge zu entwickeln und die Öffentlichkeit sowie diejenigen zu informieren, die für die Gesundheitsvorsorge aufkommen (vor allem die Arbeitgeber aus dem privaten Sektor). Viele Seiten, darunter die Pharmaindustrie, Leistungsberater, die Belieferer von Krankenhäusern und Fachvereinigungen, haben ein strukturelles Interesse daran, daß die Qualitätsbewertung möglichst unübersichtlich bleibt.

Vom Professionalismus zum Korporatismus

War die Medizin bisher vom selbstbestimmten Fachmann beherrscht – Ärzten, die den Eid des Hippokrates schwören, dem Patienten zu dienen und Schaden von ihm abzuwenden –, wandelt sich das Gebiet weltweit von einer professionellen zu einer korporativen Tätigkeit. Ob es die amerikanischen gewinnorientierten Gesundheitspläne oder -kassen und Krankenhausketten sind oder die britischen Fondsinhaber, Gesundheitstrusts und regionale Gesundheitsbehörden, die wichtigen Einrichtungen der Zukunft werden eher korporativ geführt, nicht wie Fachpraxen. Und nirgendwo wird dieser Vormarsch des Korporatismus so sehr bis an die Grenzen getrieben wie in den Vereinigten Staaten. Der im Besitz der Investoren befindliche Krankenhaussektor (insbesondere Columbia/HCA) bewegt sich auf eine enorme Erstkurven-Konzentration zu, da er eine Strategie zur Beherrschung der lokalen Märkte verfolgt. Ähnlich sind auch die Branche der regulierten Gesundheitsvorsorge und die Blue Cross-Blue Shield-Programme auf halbem Weg zwischen Zusammenschluß und Umwandlung in den gewinnorientierten Zustand.

Langfristig liegen die großen Möglichkeiten im Gesundheitswesen der aufstrebenden asiatischen Volkswirtschaften. Es ist unwahrscheinlich, daß Asien, vor allem Ländern wie Taiwan, Südkorea, Thailand und Vietnam, es sich leisten können, all ihren Bürgern eine medizinische Versorgung wie in der ersten Welt zu garantieren. Wahrscheinlich wird allen eine garantierte Grundversorgung gewährt, mit privaten Märkten für die aufstrebenden Verbraucher der Mittelschicht, die eine bessere ärztliche Versorgung wünschen. Universelle Dienstleistungen analog dem Modell des staatlichen British National Health Service werden wahrscheinlich eine Grundlage für alle Bürger sein, aber es wird innerhalb des Landes verschiedene Möglichkeiten geben, zu einer exklusiveren und teureren medizinischen Versorgung nach westlichem Vorbild aufzusteigen. So wird die Zukunft der Gesundheitsvorsorge in verschiedenen Ländern aussehen.

Vom stationären zum ambulanten Patienten

Das Krankenhaus war in den letzten hundert Jahren die Haupteinrichtung der Gesundheitsvorsorge, nicht nur in den USA, auch in den meisten anderen Industriestaaten. Dies war ein geschichtlicher Wandel; davor galten Krankenhäuser als Verwahranstalt für die Kranken und waren sowohl unsicher als auch unangenehm. Doch der Trend geht zunehmend weg vom Krankenhaus als dem wichtigsten Ort der Gesundheitsvorsorge. In den Vereinigten Staaten ist der Aufenthalt in Krankenhäusern in den letzten dreißig Jahren schrittweise zurückgegangen, seit Beginn der 80er Jahre sogar drastisch. Die Zahl der Aufnahmen pro Tausend der Bevölkerung ist deutlich gesunken und die Benutzungsrate der Betten pro Tausend stark gefallen, insbesondere in den Bereichen, wo die regulierte Vorsorge am verbreitetsten ist. Die regulierte Pro-Kopf-Vorsorge bietet einen Anreiz, die Inanspruchnahme teurer Dienstleistungen zu reduzieren – und die Krankenhäuser sind nun einmal der teuerste Bereich des Gesundheitssystems.

Die Veränderung beim Vorsorgestandort hat den Krankenhäusern Macht genommen und sie denen gegeben, die alternative Orte bieten können, wie Heimpflegeorganisationen, IV-Therapie-Unternehmen und andere Formen selbständiger Instanzen wie Operations- und Ambulanzzentren. Immer häufiger wird Vorsorge in einer Arztpraxis oder zu Hause vermittelt, nicht mehr im herkömmlichen Rahmen eines Krankenhauses.

Die Verschiebung hin zum häuslichen Ambiente spiegelt zum Teil die Vorlieben der Patienten. Eigentlich ist niemand wirklich gern in einem Krankenhaus; wenn ärztliche Versorgung in einem weniger problematischen Umfeld erfolgen kann, sind die meisten Betroffenen interessiert. Unter dem Gesichtspunkt der Kostenkontrolle haben Länder mit weit niedrigeren Gesundheitskosten als die Vereinigten Staaten (Japan, Großbritannien und Dänemark z. B.) komischerweise eine höhere Krankenhausnutzung pro Kopf, was die Verweildauer im Krankenhaus pro Tausend Einwohner betrifft. Der Schlüssel zu den Kosten liegt nicht bei der Verweildauer, sondern beim Krankheitsstadium und der Intensität der Versorgung während des Aufenthalts des Patienten im Krankenhaus. Die USA gehörten zu den Spitzenreitern, was die extrem intensive Inanspruchnahme der Krankenhaustechnik bei nur sehr kurzer Verweildauer betraf.

Die regulierte Gesundheitsvorsorge breitet sich aus, die Waage neigt sich mehr und mehr zum ambulatorischen Umfeld, und die Öffentlichkeit fragt sich immer häufiger, ob diese langen Krankenhausaufenthalte wirklich angemessen sind oder nicht. Das jüngste Beispiel, und ein Vorbote für künftige Interventionen, ist die Situation in New Jersey, wo der Gouverneur vor kurzem ein Gesetz unterschrieb, das den Organisationen der regulierten Gesundheitsvorsorge untersagt, Frauen nach einer normalen Entbindung vor Ablauf des zweiten Tages zu entlassen. Das fand in der Öffentlichkeit große Zustimmung, und ein ähnliches Gesetz steht in Kalifornien an. Das Gesetz beabsichtigt, Mütter vor der vorzeitigen Entlassung aus dem Krankenhaus zu schützen, was als schädlich für die Gesundheit der Mutter wie des Kindes erachtet wird. Die Organisationen der regulierten Gesundheitsvorsorge und einige Dienstleister stemmen sich gegen diese Maßnahmen, weil sie das für den ersten Schritt halten, der weitere Gesetze nach sich ziehen könnte, die die Organisationen in ihrer Freiheit beschneiden, die Gesundheitsvorsorge zu bestimmen.

Die Antwort des Bereitstellungssystems: Vertikale Verflechtung – oder Entflechtung?

Die Käufer konzentrieren ihre Kaufkraft und zwingen die Gesundheitspläne, ihre Sätze zu senken und horizontal zu fusionieren. Aus Angst, zu Handlangern von Vermittlern zu werden, fangen die Versorger an sich zusammenzuschließen. In den amerikanischen Krankenhäusern organisieren sich Gesundheitskassen und Ärzte in einer Vielzahl von Beziehungen neu und versuchen, die Anreize aller Beteiligten zu bündeln, um die Kosten zu dämpfen und die Qualität zu verbessern. Ähnliche Veränderungen gibt es in Schweden und Großbritannien.

Einigend bei der Umstrukturierung der Gesundheitsvorsorge wirkt ein Versuch, die grundlegenden Anreize der Gesundheitsvorsorge vom Einzelhonorar zur Pro-Kopf-Berechnung zu verschieben. Das hat eine verstärkte Betonung der Grundversorgung gegenüber der Spezialbehandlung zur Folge. Die Versorgung der Patienten wird verstärkt in die Hände von Ärzten gelegt, die die Grundversorgung gewährleisten und als Pförtner für die Spezialbehandlung fungieren, die von Krankenhäusern und Hilfsdiensten geleistet werden. Diese für die Grundversorgung zuständigen Ärzte werden letztlich Generalunternehmer im Namen ihrer Patienten.

Die Schaffung der Fondsinhaber – Gruppen von Ärzten, die in Großbritannien Pro-Kopf-Verträge erhalten, oder pro Kopf abrechnende Ärztegruppen in den Vereinigten Staaten – ist ein Versuch, den Versorgern deutliche finanzielle Anreize zu bieten, die Kosten für die Behandlung der Bevölkerung insgesamt zu senken, statt ihre Dienstleistungen zu maximieren. Aber da unter den amerikanischen Ärzten die Spezialisten in der Überzahl sind, ist wirklich fraglich, ob dieses Modell die Mehrheit der Gesundheitsdienste stellen kann oder nicht. In Großbritannien sind über 50 Prozent der Ärzte Allgemeinmediziner, in den Vereinigten Staaten nicht einmal 20 Prozent. Es ist praktisch unmöglich, diese Verteilung in den Vereinigten Staaten kurzfristig entscheidend zu ändern. Es wird argumentiert, der beste Weg, auf die neue Welt der regulierten Gesundheitsvorsorge zu reagieren, bestehe darin, sogenannte integrierte Gesundheitssysteme zu bilden, vertikal verflochtene Versorgungssysteme, die Krankenhäuser, Ärzte und Versicherungsfunktionen zu einer Organisation zusammenfassen, die die Gemeinschaft auf einer Pro-Kopf-, Pro-Monat-Basis mit Dienstleistungen versorgt.

Es gibt drei grundlegende Typen unter diesen integrierten Systemen, die zwischen Versicherungen, Krankenhäusern und Ärzten eine jeweils andere Verteilung aufweisen.

Die traditionelle Health Maintenance Organization (HMO)

Der erste und klassische Typ ist die traditionelle Health Maintenance Organization (HMO), eine Organisation, in der Krankenhäuser, Ärzte und Krankenversicherungen exklusiv für die Kasse arbeiten und eine enge Dreiergemeinschaft mit Risikoteilung bilden, in der alle gemeinsam vertreten sind, wenngleich in vielen dieser Systeme die Ärzte als Gruppe eine sehr starke Position einnehmen.

Die typische Organisation der regulierten Gesundheitsvorsorge arbeitet wahrscheinlich mit Pro-Kopf-Beiträgen. Die Wegbereiter der regulierten Gesundheitsvorsorge, das Kaiser Permanente-System in Kalifornien und den Weststaaten, der Harvard Community Health Plan und Group Health of Puget Sound in Seattle, waren gemeinnützige Gemeinschaftsorganisationen, in denen die Ärzte und Versorger einen festen Betrag erhielten: die Entlohnung erfolgte auf einer Pro-Kopf-, Pro Monat-Basis, nicht durch Einzelhonorar. Diese Systeme waren historisch bedingt; sie hatten meistens eine Art sozialdemokratischen Touch und kamen überwiegend Arbeiterfamilien zugute. In den 80er und 90er Jahren waren die Organisationen, die in der Welt der regulierten Gesundheitsvorsorge im allgemeinen am schnellsten wuchsen, weniger strenge oder physisch bestimmte Formen der regulierten Gesundheitsvorsorge, gewissermaßen »regulierte Gesundheitsvorsorge light«. Das Wachstum dieser Art der Gesundheitsvorsorge war beeindruckend und auch verantwortlich für den größten Teil des Zuwachses in der Branche der regulierten Gesundheitsvorsorge. Diese Organisationen einschließlich einiger Varianten der HMOs und der immer beliebter werdenden PPOs (preferred provider organizations – Vereinbarungen zwischen einer Gruppe von Leistungsanbietern und einem Krankenversicherer, eine definierte Gruppe von Versicherten medizinisch zu versorgen) hatten drei strukturelle Merkmale. Erstens nutzten sie ihre Kaufkraft, um mit einer Untergruppe von Versorgern Verträge auszuhandeln und so die Ärzteauswahl einzuschränken, wenngleich viele Kassen die Alternative boten, einen anderen Versorger zu wählen, allerdings zu für den Patienten höheren Kosten. Zweitens überprüften sie die Auslastung, um sich aktiv in die Klinikauswahl der Ärzte einzuschalten. Und drittens bedienten sie sich eines Servicepunkt genannten Modells, einer Art Mittelding zwischen PPO und HMO, das viel Anklang fand, weil es die Illusion vermittelte wählen zu können. Der Servicepunkt, der als eine gesellschaftlich akzeptable Methode gilt, New Yorker in die HMO zu holen, ist im Grunde eine HMO mit eingeschränkter Arztauswahl, bei der die Versorger auf Basis eines Festbetrags entlohnt werden und der Patient das Recht hat, einen Versorger außerhalb der Organisation zu konsultieren. Den Patienten drohen allerdings ziemlich drastische finanzielle Strafen in Form von Zuzahlungen und Abzügen bei den Baraufwendungen für eine Krankheit, wo bei zwei- oder dreitausend Dollar Schluß ist. Angesichts solcher Anreize bleiben die Patienten meistens innerhalb der Organisation; nach etwa einem Jahr Erfahrungen mit einem Servicepunkt-Programm bleiben rund 90 Prozent von ihnen bei der Stange. Solche Systeme werden zunehmend von Arbeitgebern übernommen, die damit ihre Verpflichtungen für die Sozialversicherung ihrer Angestellten nach oben begrenzen wollen.

Die Medical Group

Beim zweiten Modell nehmen die Ärzte insofern eine Schlüsselposition ein, als sie das Vorsorgerisiko für ihre Patienten tragen. Das gilt vor allem in Südkalifornien, wo sich einige Risiko-Medical Groups wie Mullikin, Bristol Park Medical und Health Partners gemeinsam mit mehreren HMOs auf Pro-Kopf-, Pro-Monat-Basis um Patienten kümmern. Diese Medical Groups handeln als Generalunternehmer im Namen dieser Patienten und sind verantwortlich, Grundversorgung, spezielle ärztliche Vorsorge und Krankenhausaufenthalt bereitzustellen. Der Gesundheitsplan übernimmt das Marketing gegenüber den Arbeitgebern, und die Medical Groups organisieren die Vorsorge und vergeben Unteraufträge aus dem Krankenhausbereich an die Krankenhäuser in ihrem Netz. In vielen Fällen besitzen diese Medical Groups in Kalifornien selbst kleine Krankenhäuser, dank denen sie die gesamten festen Zahlungen einnehmen können, auch den Teil für das Krankenhaus und die Ärzte. Das ist zum Teil aufgrund einer Lücke in den kalifornischen Gesetzen möglich, die das korporative Ausüben ärztlicher Tätigkeit verbieten und nur den Versicherungsunternehmen erlauben, Risiken für die Pflege im Krankenhaus einzugehen, sofern es nicht der Medical Group gehört.

Bei diesem Modell bekommen die Kassen immer mehr Marktmacht, sobald sie sich horizontal zusammenschließen, die Medical Groups haben dagegen immer weniger Einfluß auf den Preis und können sich kaum mehr für höhere Sätze einsetzen. Ihre Spannen sind in den letzten fünf Jahren erheblich geschrumpft. Ende 1995 zahlte der normale Arbeitgeber an eine HMO wie Health Net oder PacifiCare noch 125 $ pro Mitglied und Monat für einen Vertrag – ein normales eingeschriebenes Mitglied unter 65 Jahren. Der Arztplan erhielt nur 75 $ pro Mitglied und Monat, 50 $ blieben beim Gesundheitsplan für Verwaltung und Gewinn. Diese Gewinne erhöhen die stattlichen Gehälter und Entschädigungen der Unternehmer dieser Gesundheitspläne; sie führten außerdem zu einer Steigerung der Börsenkapitalisierung dieser Organisationen Anfang der 90er Jahre.

Was einigen als übermäßiger Gewinn gilt, bereitet dem Abnehmer wie den Ärzten Sorgen. Zunehmend wird befürchtet, daß zuviel Geld aus dem System genommen und nicht angemessen für die Bereitstellung medizinischer Dienstleistungen verwendet wird. Darüber wird man bei diesem Modell in den nächsten Jahren verstärkt streiten.

Krankenhausgestützte Systeme

Der dritte Typ des integrierten Systems und gleichzeitig auch eine Art Legende in der Welt der Krankenhäuser ist ein Modell, bei dem die

Krankenhäuser ein integriertes System aufziehen, das unter der Schirmherrschaft einer Krankenhausorganisation Ärzte für die Grundversorgung einschließt. Man will ein System aufbauen, das die Anreize einer HMO oder eines Medical Group-Modells aufgreift, aber ein Krankenhaus als Basis hat. Diese Systeme haben eine Schwierigkeit: die eigentliche Motivation, sie zu entwickeln, besteht darin, die Einkommen der Beteiligten im Krankenhaus, namentlich der Verwaltungsspitzen und der dort tätigen hochbezahlten Spezialisten, zu wahren. Die regulierte Gesundheitsvorsorge verlangt dagegen, daß solche Akteure aus dem System genommen und ihre Einkommen drastisch beschnitten werden, wodurch dieses Modell etwas ungereimt erscheint. Trotzdem ist es äußerst beliebt bei Beratern, die durch das Land ziehen und versuchen, Krankenhäuser von der verschlafenen Fixierung auf Einzelhonorare zum integrierten System mit Pro-Kopf-Berechnung zu bekehren. Diese Strategie zur allgemeinen zweiten Kurve in der amerikanischen Gesundheitsvorsorge zu machen, ist ein hartes Stück Arbeit; grundsätzlich orientieren sich Spezialisten an Einzelhonoraren, und es ist schwer, Ärzte aus der Grundversorgung in diese Modelle zu bringen, erstens weil es nicht genügend solche Ärzte gibt, und weil sie zweitens nicht gern vertraglich gebundene Bedienstete spielen, die (mit ihrer anstrengenden Arbeit) die Einkommen ihrer besserbezahlten spezialisierten Kollegen fördern. Wir machen uns als Land etwas vor, wenn wir glauben, es reiche aus, auf Krankenhausebene einfach auf Pro-Kopf-Berechnung und Integration – oder vermeintliche Integration – umzusteigen.

Die besondere Bedrohung der Hochschulmedizin

Gleichgültig wie, die Krankenhausleistungen müssen aus dem System herausgenommen werden, doch besteht eines der Probleme darin, daß die vermeintliche zweite Kurve zur Schließung der falschen Organisationen führt; vor allem die Hochschulmedizin ist erheblich bedroht. Für die meisten Länder waren die traditionellen medizinischen Zentren der Juwel in der Krone, die höchste Form der Gesundheitsvorsorge. In den Vereinigten Staaten und auch in anderen Ländern hat sich die

Hochschulmedizin massiver Quersubventionen von Fakultätseinrichtungen erfreut. Das Krankenhaus berechnet einen sehr viel höheren Satz als es an seine medizinische Fakultät zahlt, wenn es private, komplexe und teure klinische Dienstleistungen wie Organtransplantationen und Eingriffe am offenen Herzen erbringt. In den Vereinigten Staaten waren die 80er Jahre die goldene Zeit der Hochschulmedizin, die sich unterschiedlicher Sonderzahlungen durch die Universitäten erfreute.

Doch die Welt der mächtigen Abnehmer ist kurzsichtig. Kein vernünftiger Arbeitgeberzusammenschluß, Gesundheitsplan oder Fondseigentümer würde die überhöhten Kosten der medizinischen Ausbildung gutheißen. Als Reaktion auf die Drohung der einflußreichen Abnehmer hat sich die Hochschulmedizin der Integration zugewandt. Einige wie die Stanford University haben versucht, sich in die Grundversorgung einzugliedern in der Hoffnung, mit Krediten eine kleine, aber sehr feine Grundversorgung zu finanzieren, die eine sehr große, hochmoderne Einrichtung trägt. Andere wie die Johns Hopkins University in Baltimore haben ihre grundsätzlich regulierte Gesundheitsvorsorge aufgegeben und versucht, sich an der Spitze der Nahrungskette ihrer Region festzusetzen, indem sie sich auf hochspezialisierte Dienstleistungen konzentrierten. Ähnlich tun sich viele der renommierten New Yorker Einrichtungen wie das Mount Sinai mit jedem Lokalkrankenhaus zusammen, das nicht angebunden ist, in der Hoffnung, ein horizontales Zubringernetz aus Gemeindeeinrichtungen aufzubauen, die die medizinischen High-Tech-Paläste in Manhattan unterhalten können.

Doch diese strategischen Maßnahmen verkennen die eigentliche Herausforderung. Wer zahlt in einer Welt mächtiger Abnehmer für Forschung, Lehre und Serviceinnovationen? Wenn die medizinischen Zentren der Universitäten nicht bald reagieren, könnten viele in echte Gefahr geraten. Der beste Ansatz für sie ist vielleicht, sich über die Köpfe der mächtigen Abnehmer hinweg an die Allgemeinheit zu wenden und ihre Rolle als innovative Zentren zu demonstrieren; dann können sie auch gesonderte Mittel für Forschung und Lehre fordern. Ansonsten wird es schwer, private Programme aus Dienstleistungsgewinnen querzusubventionieren, wenn beträchtlicher Wettbewerb – andere Versorgergruppen – die weniger privaten Programme erheblich preiswerter bereitstellen kann. Letztlich wird sich die Hochschulmedizin dadurch wandeln müssen, daß sie weniger Spezialisten und mehr Allgemeinmediziner hervorbringt; daß sie sich auf kostensenkende, nicht kostensteigernde Technologien konzentriert; und daß sie mit ihren klinischen Dienstleistungen stärker auf Gemeinschaftsbedürfnisse eingeht. Es bleibt abzuwarten, ob die Hochschulmedizin weltweit auf diese gewaltigen Herausforderungen reagieren kann.

Versicherungsgesellschaften und der Wandel hin zur regulierten Gesundheitsvorsorge

Vor einigen Jahren arbeitete das Institut für die Zukunft für die meisten der großen Versicherungsgesellschaften, die im traditionellen Entschädigungsgeschäft tätig waren. Ihr Krankenversicherungsgeschäft trug erheblich zu ihren Erlösen bei, und viele der Gesellschaften standen vor der Entscheidung, ob sie sich in vollem Umfang an der regulierten Gesundheitsvorsorge beteiligen könnten oder nicht. Wir haben 1988 erklärt, daß die traditionelle Krankenversicherungsbranche in den USA in folgende Bereiche zerfallen würde: Marketing und Vertrieb, regulierte Gesundheitsvorsorge, Datenjockeys (auf die Analyse von Krankenversicherungsdaten spezialisierte Firmen), Medizinmanagement, Rückversicherung, Transaktionsverarbeitung und Sozialleistungsberatung. Wir waren damals der Meinung (die sich inzwischen bestätigt hat), diese Aufteilung werde im wesentlichen dazu führen, daß die Vermittlerrolle der Versicherungsbranche umgangen wird, wenn die Branche nicht in einem der beiden Bereiche Erfolg hätte: in der Transaktionsverarbeitung, wo sie sich wirksam im Warengeschäft betätigen und Forderungen nach der herkömmlichen Einzelhonorarmanier verwalten kann, oder als wirklich aktiver Teilnehmer an der regulierten Gesundheitsvorsorge. Letzteres erforderte, daß die Versicherer regulierte Gesundheitsvorsorgenetze entwickelten: tief in das Wesen der Medizinverwaltung eindrangen und möglichst viel über die Art der HMO lernten. Das erleichtert die Erklärung, warum die fünf großen Versicherungsgesellschaften sich entscheiden mußten, ob sie bei der Gesundheitsvorsorge mitmachen wollten oder nicht. Aetna, Cigna und

Prudential sind dabei – zumindest jetzt noch, Metropolitan und Traveler's sind ausgestiegen.

Die flinkeren Zweitkurven-Wettbewerber wie U. S. HealthCare, United HealthCare und PacifiCare hatten bei der Entwicklung, Durchführung und Verwaltung der regulierten Gesundheitsvorsorgenetze mehr Erfolg als die traditionellen Versicherer. (1995 erwarb United HealthCare sogar METRA, den Block der Gesundheitsversorger aus der von Metropolitan und Traveler's durchgeführten Fusion.) Erstens wurden sie nicht durch Erstkurven-Schadenersatzdenken behindert. Die eigentlichen Erstkurven-Akteure versuchen krampfhaft aufzuschließen, aber sie schleppen eine Menge Ballast mit sich herum, der zusammenhängt mit ihrer Neigung zur Einzelhonorarmedizin, zu schadenersatzgeprägten Versicherungsformen sowie zum Verkauf und Absatz an große Arbeitgeber, weniger mit der Neigung, Pakete bereitzustellen, die sowohl für Arbeitgeber als auch Verbraucher attraktiv sind. Ähnlich haben die anderen Funktionen wie Datenjockey und Sozialleistungsberater enorme neue Zweitkurven-Nischen für Firmen eröffnet, die spezialisierte Informations- und Betreuungsdienste bieten, die normalerweise unter der Schirmherrschaft einer Versicherungsgesellschaft stehen. In einer Welt, die sich zur regulierten Gesundheitsvorsorge hin wandelt, stehen die Versicherer unter erheblichem Beschuß.

Die Auswirkungen auf die Ärzte

Der vielleicht größte Wandel, den all diese Veränderungen mit sich bringen, sind die Auswirkungen auf die Ärzte. Die Ärzte haben bisher als unabhängige Fachleute praktiziert, deren Wort endgültig war. Mit dem Vordringen der regulierten Gesundheitsvorsorge und der Zunahme anspruchsvoller Verbraucher sind sie jedoch immer seltener in einer derartigen Position. Versicherer kritisieren im nachhinein ihre Entscheidungen, und Ärzte werden von Leuten (die nicht nur nicht Medizin studiert, sondern in vielen Fällen auch die Schule nicht abgeschlossen haben) angegriffen, die ihr Urteil in Frage stellen: etwa einen bestimmten Verweis, den sie gemacht, oder einen Test, den sie angeordnet haben. Das macht die Ärzte rasend; sie haben jahrelang gelernt, was sie tun, und schätzen die Rolle des unabhängigen Klinikers, der sich um seine Patienten kümmert, sehr. Auch wenn einige wissenschaftliche Beweise vermuten lassen, daß die Abweichungen in den Arztpraxen nicht nur ungerechtfertigt, sondern unsicher sind, wahren und verteidigen die Ärzte ihr Recht, das wiedergutzumachen. Richtig oder falsch, die regulierte Gesundheitsvorsorge verträgt sich nicht mit diesem Selbstverständnis.

Regulierte Gesundheitsvorsorge setzt entweder eine geringere Anzahl Spezialisten voraus oder die Verringerung ihrer Einkommen, was beides auf den fortgeschrittensten Märkten der regulierten Gesundheitsvorsorge zunehmend geschieht, wo die Einkommen der Fachärzte unter Druck geraten. Eine Umfrage von 1995 zeigt, daß etwa ein Drittel der Ärzte glaubt, ihr Einkommen sei in den letzten drei bis fünf Jahren zurückgegangen. Dabei handelt es sich zumeist um auf bestimmte Verfahren spezialisierte Fachärzte, die ihr Einkommen deutlich sinken sehen, weil sie nicht in das Netz der regulierten Gesundheitsvorsorge aufgenommen wurden, oder weil sie weit höhere Gebührennachlässe mit den Organisationen der regulierten Gesundheitsvorsorge aushandeln mußten.

Die Aussichten für die Ärzte sind nicht so rosig wie früher. Aber es ist wichtig zu erkennen, daß diese Spezialisten, deren Vermittlerrolle umgangen wird – die also aus der Nahrungskette ausgeschlossen werden –, sich nicht einfach zur Seite drehen oder sterben. Sie kämpfen politisch, und zwar über Gesetze – ein Versuch, die HMOs davon abzuhalten, Ärzte aus ihrem Netz auszuschließen. Sie kämpfen auch passiv-aggressiv in den Kliniken, wobei sie sich mit den Patienten gegen die Versicherer verbünden und versuchen, ihre Rechnungen aufzuschlüsseln, um ihre Forderungen auf spielerische Art zu entstellen und ihre Kosten und Leistungen aufzublähen, um soviel wie möglich an Einnahmen aus den schlechtgeführten Organisationen herauszuholen. Diese Störungen werden wahrscheinlich zunehmen, was auch einer der Gründe dafür ist, daß die sogenannte zweite Kurve der regulierten Gesundheitsvorsorge langfristig nicht aufrechtzuerhalten ist.

Das Institut für die Zukunft hat ein Joint Venture mit Louis Harris & Associates und der Harvard School of Public Health, das Unternehmen der Gesundheitsvorsorgebranche Einblicke in das sich entwickelnde System der Gesundheitsvorsorge vermitteln will. Eine von den Teilhabern durchgeführte Untersuchung unter der Schirmherrschaft unseres Programms »Aussichten der Gesundheitsvorsorge« und eine unabhängige Universitätsuntersuchung von Harris und Harvard lassen auf einen Trend zur Verteufelung der regulierten Gesundheitsvorsorge schließen. Die Öffentlichkeit und bestimmte Ärztegruppen, vor allem Fachärzte, erkennen allmählich, daß die regulierte Gesundheitsvorsorge tatsächlich Auswirkungen auf den Einsatz klinischer Ressourcen hat. Der Zugang zu Fachärzten wird eingeschränkt, und die Kontinuität der Betreuung zwischen dem Arzt und den Fachärzten sowie den Krankenhäusern, an die er seine Patienten normalerweise überweisen würde, wird behindert. Außerdem wird der Zugang zu bestimmten Dienstleistungen Beschränkungen unterworfen, die nicht vom Arzt auferlegt werden, sondern vom Versicherer oder der Organisation der regulierten Gesundheitsvorsorge.

In Untersuchungen der letzten drei Jahre hat Harris die wachsende Unzufriedenheit in bestimmten signifikanten Sektoren der Öffentlichkeit dokumentiert. Diese Unzufriedenheit wird wahrscheinlich von den Medien geschürt, deren allgemeine verbraucherfreundliche und unternehmensfeindliche Haltung diese Entwicklungen noch verschärft. Wahrscheinlich werden wir im Kongreß wie in den Hauptstädten der Bundesstaaten eine zunehmende Verteufelung in Form von Gesetzesinitiativen erleben, wie etwa die Begrenzung für eine frühe Entlassung aus dem Krankenhaus nach einer normalen Entbindung.

Die amerikanischen Ärzte stehen vor unangenehmen Veränderungen, und während die Doktoren es mit Fassung zu tragen versuchen, wird immer deutlicher, daß die goldenen Tage der Medizin vorüber sind, zumindest was die wirtschaftliche und klinische Unabhängigkeit betrifft. Es trifft zwar zu, daß die Ärzte in der Öffentlichkeit immer noch ziemlich hoch angesehen sind, doch der bevorzugte Platz der Medizin als Hort beruflicher Tugend hat in den letzten zwanzig Jahren gelitten.

In einer Langzeituntersuchung von Harris über Vertrauen in Institutionen schnitt die Medizin im Vergleich mit anderen Einrichtungen wie Militär oder Ausbildung um 15 bis 20 Prozent besser ab. Anfang der 90er Jahre sank die Medizin in Übereinstimmung mit dem in den letzten zwanzig Jahren allgemein rückläufigen Vertrauen in die Führung von Institutionen unter den Durchschnitt anderer Einrichtungen, um sich nie wieder zu erholen. Das mag z. T. auf die sich allgemein ausbreitende Meinung zurückgehen, daß die Ärzte mehr am Geld als an den Patienten interessiert sind, wenngleich das eine Pauschalkritik an der Ärzteschaft ist, nicht an einzelnen Ärzten.

Die Auswirkungen auf die Pharmaindustrie

Die globale Pharmaindustrie ist von den Veränderungen bei der Gesundheitsvorsorge in den USA massiv betroffen worden, die traditionell den höchsten Gewinnanteil abgeworfen hat. Wenn man sich ansieht, wo die pharmazeutische Industrie gestanden hat und wo sie sich heute befindet, erkennt man grundlegende Verschiebungen. Früher – in den 70er und 80er Jahren – entdeckte die Arzneimittelbranche ein weißes Pulver, indem sie Tausende von Chemikalien auf therapeutische Wirkungen untersuchte. Danach sorgte sie mit Hilfe klinischer Tests dafür, daß das Produkt sicher und wirksam war, sowie für die Zulassung durch die Arzneimittelbehörde. In der Folge warb sie bei den Ärzten für das Produkt, und die Verbraucher bezahlten die Arznei. Ein perfektes Spiel. Der Verbraucher, der am Ende zahlte, wußte nicht oder kaum, wie er den Wert des Arzneimittels hätte beurteilen sollen, hatte keinen Einfluß auf die Preisgestaltung, bestimmte nicht über die Auswahl des Produkts und unterlag dank eines starken Patentschutzes einem monopolistischen Preisdiktat. In einem solchen Umfeld lag der Schlüssel bei neuen Produkten, die eine monopolistische Preisgestaltung aufrechterhielten. Die Arzneimittelbranche schenkte dem Absatzsystem oder dritten Parteien wie den Versicherungsgesellschaften wenig Beachtung, weil sie bei der Bezahlung der Arzneimittel eine untergeordnete Rolle spielten. Konsequenterweise gab die Pharmaindustrie das Vertriebssystem in den 60er und 70er Jahren an Großhändler wie McKesson und Bergen Brunswig ab.

Die regulierte Gesundheitsvorsorge hat massiv in diese Welt eingegriffen. Heute muß die Arzneimittelindustrie ein weißes Pulver mit Hilfe der Biotechnologie entwickeln, dazu weiterhin alternative esoterische Verbindungen durchprüfen. Verstärkt muß die Branche der Arzneimittelbehörde nicht nur die Sicherheit und Wirksamkeit nachweisen, sondern auch die Kostenwirksamkeit, und wenn nicht der Arzneimittelbehörde, dann anderen wichtigen Entscheidungsträgern wie den staatlichen Medicaid-Programmen und großen Organisationen der regulierten Gesundheitsvorsorge wie Kaiser und United HealthCare – was den Preisentscheidungen beim Start neuer Produkte in einer Weise Bedeutung verliehen hat, die bis dahin unbekannt war. Und wenn es heute um die Werbung geht, spricht die Pharmaindustrie von den Ärzten über Apotheker, Patienten, Zahler und Versorgungskassen bis zu den PBM-Unternehmen alle an, sogar die Politiker. Alle haben möglicherweise ein Wort mitzureden bei der Auswahl eines Produkts sowie der Verschreibung und Anwendung durch die Verbraucher.

Viele Pharmaunternehmen wurden zu der Annahme verleitet, die Absatzorganisation (die erste Kurve) werde mit dem Vordringen der regulierten Gesundheitsvorsorge überflüssig – der Umgang nur mit der Gesundheitskasse werde genügen, dachten sie –, doch das hat sich als falsch erwiesen. Sicher ist der ausgesuchte Absatz an die Kassen zu einer Notwendigkeit geworden, aber aufgrund der Vielschichtigkeit und Aufspaltung des Absatzsystems muß zusätzlich sichergestellt werden, daß der Arzt ständig daran erinnert wird, das Produkt auch zu verwenden, sobald er die Wahl hat. Die Hersteller müssen die Absatzkette durchziehen, um ihre Produkte in der Geschmacks- und Präferenzskala der Ärzte und Patienten festzusetzen. All das hat das Marketing schwieriger gemacht, und das zu einer Zeit, wo auch der Druck auf die Spannen zunimmt. Mächtige Abnehmer üben Druck auf die Gesundheitskassen aus, und die Kassenorganisationen (vor allem die PBM-Kassen) setzen die Pharmaunternehmen verstärkt unter Druck.

Eine weitere Veränderung gibt es bei denen, die die Medikamente bezahlen. Heute zahlt kaum noch (wie früher) der Verbraucher das Produkt, sondern zunehmend der Versicherer, ein Drittzahler – entweder eine HMO oder, was üblicher ist, eine Kasse für Arzneimittelbeihilfe.

Seit 1985 gibt es erhebliche Kürzungen in Bereichen wie der Versicherung gegen psychische Erkrankungen und bei Arzneimittelplänen. Unternehmen wie Medco, Diversified Pharmaceutical Services und

Value Health haben große Anstrengungen unternommen, um den Arbeitgebern die Möglichkeit zu bieten, ihre Arzneimittelleistungen zu verwalten; sie vertreiben, was noch erfolgreicher ist, Arzneimittel sogar per Versand und kaufen Medikamente en gros ein, um eine sogenannte Arzneimittelliste einzurichten. Das ist ein beschränktes Arzneimittelsortiment, das sie den Patienten empfehlen und über ein Netz elektronischer Ladenkassen erfassen, das in jeder Apotheke des Landes eingerichtet ist. Heute hat jede Apotheke in den Vereinigten Staaten einen PC, der mit ihrer Kasse verbunden ist und über die Software eine indirekte Kontrolle zuläßt, so daß der Apotheker bei der Vorlage Ihres Berechtigungsscheins weiß, daß nur ein bestimmtes Sortiment an Medikamenten für Sie in Frage kommt. Als Patient eines PBM werden Sie ermuntert, nach Möglichkeit Generika zu nehmen. Unterstützt werden diese Informationen durch Anreize für die Verbraucher in Form der Zuzahlung, die sie leisten. Wenn Sie z. B. ein Medikament von der Arzneimittelliste wählen, müssen Sie 5 $ Selbstbeteiligung zahlen gegenüber 15 $, wenn Sie ein anderes Mittel möchten oder eines, das der Arzt zwar verschrieben hat, das aber nicht auf der Arzneimittelliste steht.

Eine wichtige Frage ist, wieviel Einfluß diese Systeme auf die Auswahl durch den Arzt haben. Klar ist, daß sie sich sehr stark auf die Ersatzgenerika auswirken; wo ein Ersatzgenerikum existiert, hat der Apotheker das Recht, diesen Ersatz auszugeben, sofern der Arzt nicht ausdrücklich etwas anderes vorschreibt. Weniger klar ist dagegen, ob diese PBM-Kassen Einfluß auf therapeutische Ersatzstoffe nehmen können – den Ersatz eines ähnlichen Produkts, auch wenn die chemische Zusammensetzung nicht die gleiche ist. Mit wachsender Drittabdeckung durch anspruchsvolle Abnehmer wie Versicherer und PBMs kommt auch die entsprechende Kontrolle. Und das ist eindeutig eine Unterscheidung sowohl hinsichtlich der Preis- als auch der Mengenkontrolle, der die Pharmaindustrie nicht ausgesetzt war. Diese Verschiebungen haben größere strategische Veränderungen durch die pharmazeutische Industrie hervorgerufen, die drei Grundmodelle übernommen hat:

Großes D, kleines r

Diese Strategie erkennt, daß Pharmaunternehmen im Entdecken und Vermarkten von Medikamenten am besten sind, und daß es Unsinn ist, von diesen Kernfähigkeiten abzuweichen. Es wird jedoch immer riskanter und schwieriger, einen Marktrenner zu lancieren. Ein neues Medikament zu entwickeln, das ein Erfolg wird, ähnelt ein bißchen einem Lotteriegewinn. Wenn man mehr Lose kauft – d. h. mehr in die Forschung und Entwicklung (F&E) investiert –, hat man bessere Chancen, aber einen Gewinn garantiert das noch lange nicht. Diese Strategie umfaßt zwei Bereiche: der eine ist der horizontale Zusammenschluß, um eine gewisse Größe in der F&E zu erlangen und so die Wahrscheinlichkeit zu erhöhen, einen Marktrenner zu finden und das Marketing und die Entwicklung für diese neue, heftiger umkämpfte Welt zu modernisieren. Der andere besteht darin, eine Zusatzwette auf die Forschungspläne abzuschließen, indem man in biotechnologisch ausgerichtete Firmen investiert oder sie erwirbt. Ein sehr gutes Beispiel für die zweite Variante ist Hoffman-La Roche, das nach seiner Mehrheitsbeteiligung bei Genentech sofort die Syntex Corporation erwarb. Die Firma entwickelt inzwischen ansehnliche F&E-Kapazitäten made in California, wobei Syntex wie Genentech als eigenständige Unternehmen unter dem Roche-Dach fungieren, sich jedoch beide auf die neue Biologie des 21. Jahrhunderts konzentrieren und dabei enge Verbindungen zur biotechnologischen Industrie in der Region der San Francisco Bay unterhalten. Ein weiteres Beispiel wäre Ciba-Geigy mit dem Erwerb einer Mehrheitsbeteiligung an Chiron, wo der Absatzweg für die Zukunft erworben wurde und man sich auch horizontal vergrößerte. Ähnlich verschafft auch der Kauf von Burroughs Wellcome durch Glaxco mehr horizontale Feuerkraft auf dem Pharmamarkt. Der Fusionserwerb der Lederle-Division von American Cyanamid durch American Home Products ist ein Beispiel für einen anderen großen horizontalen Zusammenschluß, bei dem Zusatzwetten auf die Entwicklungspläne abgeschlossen wurden.

Der Verbraucher im Mittelpunkt

Weil eine der Kernfähigkeiten der Pharmaunternehmen im Verkauf sowohl an Patienten wie an Ärzte liegt, ist es vielleicht in ihrem Interesse, daß umsatzstarke verschreibungspflichtige Medikamente über die Theke verkauft werden, wobei Fähigkeiten im Verbrauchermarketing in die Produktauswahl einfließen können, auch wenn die Spannen nicht so hoch wie beim Geschäft mit verschreibungspflichtigen Arzneimitteln sind. Man findet kaum ein Pharmaunternehmen, das diese Strategie in reiner Form angewandt hat, kann jedoch Elemente davon bei Johnson & Johnson sowie bei den jüngsten Aktivitäten von SmithKline Beecham entdecken, für deren Bestsellermedikament Tagamet Ende 1994 das Patent erlosch und das jetzt in schwächerer Dosierung über den Ladentisch verkauft wird; der Verkauf erfolgt unter dem Markennamen Tagamet, um bei den Verbrauchern ein Ladenverkaufsbewußtsein aufzubauen. Tagamet ist ein Mittel zur Behandlung von Zwölffingerdarmgeschwüren – das war die ursprüngliche, von der Arzneimittelbehörde genehmigte Anwendung –, aber es wurde als ein wirksames Mittel gegen Magensäure verschrieben.

Die M-Strategie

Die dritte Strategie besteht darin, alles mit einem M darin zu kaufen: PBM, DSM, MCO. Diese Abkürzungen stehen für pharmacy benefit management, disease state management und managed care organization. Diese Strategie wurde von mehreren Großunternehmen angewandt, die versucht haben, sich für die Welt der regulierten Gesundheitsvorsorge in Stellung zu bringen, indem sie sich vertikal mit PBM-Unternehmen zusammenschlossen – vor allem in dem Bemühen, sich in »disease state management entities« genannte Verwaltungsgesellschaften zu verwandeln. Es ist eine Strategie, die insofern überzogen wurde, als der Umfang der Kontrolle, die ein PBM wirklich über den Absatzkanal hat, weit beschränkter ist als man meinen könnte. Die PBMs besitzen nicht das Vertrauen der Patienten, die sie betreuen. Sie kontrollieren sie lediglich mit Hilfe der Preise, die sie den Arbeitgebern berechnen. Das ist ein sehr preisempfindliches Spiel; wenn ein anderer Versicherer oder PBM zu einem großen Arbeitgeber wie General Motors geht und ihm anbietet, seine Mitarbeiter für einen Dollar weniger pro Monat zu versichern, wäre es von dem großen Arbeitgeber unklug, ein solches Angebot nicht anzunehmen. Die Versicherten in einer Medikamentenkasse, über die GM vielleicht die Kontrolle hat, würden folglich über Nacht von einem PBM zum anderen wechseln. Wie weit also die Verbraucher wirklich und dauerhaft unter der Kontrolle eines bestimmten PBM stehen, ist daher fraglich.

Eine grundlegende Voraussetzung für eine PBM-Strategie ist die, daß eine wirksame Absatzkontrolle für die Entscheidungen der verschreibenden Ärzte hinsichtlich der Produktauswahl existiert. Es mag zwar zutreffen, daß der Generikaersatz unter Kontrolle der am PBM-Netzwerk beteiligten Apotheker ist, weniger klar ist jedoch, ob die PBM-Unternehmen mit größerem Erfolg die therapeutischen Ersatzentscheidungen der Ärzte verändern könnten. Das erfordert eine persönliche Einbeziehung der Ärzte, um sie zu einer Änderung ihrer Meinung zu bringen; weitgehend auf die gleiche Weise machte sich diese Nutzungsprüfung bei den Ärzten unbeliebt, denn Untersuchungen des Instituts für die Zukunft belegen, daß eine solche Wechselwirkung von den Ärzten tatsächlich als zunehmend ernstes Problem gesehen wird, wenn unangemessen in ihre Möglichkeiten eingegriffen wird, bestimmte Medikamente zu verschreiben.

Eine weitere Voraussetzung der PBM-Strategie war, daß PBMs dank ihrer umfangreichen Datenbanken mit Forderungen einzelner Benutzer Zugang zu bestimmten Informationen hatten. Hier geht es um zwei Fragen. Erstens ist die Qualität solcher Daten nicht unbedingt sehr zuverlässig. Es gibt tatsächlich eine genormte Verschlüsselung der Medikamente, aber die Verschlüsselung der Diagnose für den jeweiligen Patienten wäre bestenfalls lückenhaft. Aus früheren Erfahrungen mit den Krankenhäusern ist anzunehmen, daß diese Informationen nicht eindeutig bestimmt werden, wenn Transaktionen wie Verschreibungen oder Anfragen von Apotheken oder Labors erfolgen, und daß es nicht nur falsch, sondern hochgradig gefährlich ist, klinische Entscheidungen auf derartige Informationen zu gründen. Trotzdem vermuteten viele PBM-Unternehmen, diese neuen Organisationen hätten Zugang zu erstklassigen Datenbanken. Die meisten Unternehmen stellen jedoch fest, daß zwar tatsächlich viele Daten vorhanden sind, ihr Wert jedoch zweifelhaft ist. Aber zweitens, selbst wenn die Daten zuverlässig sind, was kann man mit ihnen anfangen? Es ist sicher ein sehr großer Datenbestand, der zusammen mit anderen Daten wertvoll sein könnte. Es ist jedoch schwer vorstellbar, Daten so zusammenzufassen, daß sie eine Fernbehandlung ermöglichen. Die Vorstellung, daß man über das Internet einfach Praxisrichtlinien an Ärzte sendet und sie veranlaßt, bereitwillig aufzuhorchen, damit das eigene Produkt öfter verschrieben wird als das der Konkurrenz, muß angefochten werden, sowohl was die Logik betrifft als auch die Bereitschaft des Justizministeriums, so etwas zuzulassen, ohne daß unter diesen Unternehmen offener Wettbewerb herrschte. Diese Umstände haben der PBM-Strategie etwas von ihrer Wirksamkeit genommen, die ursprünglich von den Investitionsbanken und Beratern groß herausgestellt wurde, die vermutlich eine reiche Ernte einfuhren, als sie diese Geschäfte lancierten.

Drei sehr große Geschäfte wurden getätigt: Merck zahlte 6 Milliarden $ für Medco, Lilly zahlte 4 Milliarden $ für PCS, den Arzneimittelleistungs-Bereich von McKesson, und SmithKline Beecham zahlte über 2 Milliarden $ für DPS, den Pharmabereich von United HealthCare. Das heißt nicht, daß diese Käufe unvernünftig waren. Die meisten PBM-Unternehmen reinvestieren ihrerseits, um die wirkliche zweite Kurve zu finden. Ob diese Systeme auf lange Sicht Erfolg haben oder nicht, hängt zu einem großen Teil davon ab, wie die Unternehmen diese schwierige Lage meistern. Es ist ein Beispiel für eine Art verfrühtes Aufspringen auf die zweite Kurve, ohne eindeutige Beweise dafür zu haben, daß diese zweite Kurve wirklich existiert, oder daß die Erwerbungen das bringen, was man erwartet hat.

Die fiktive zweite Kurve

In Zeiten des Wandels ziehen die Menschen voreilig Schlüsse darüber, worum es bei der zweiten Kurve wirklich geht. Das sieht man ganz deutlich in der amerikanischen Gesundheitsvorsorge, und der Schluß, daß die pro Kopf berechnete, integrierte, verbundene regulierte Gesundheitsvorsorge die Antwort sei, schwappt sogar auf die Gesundheitsvorsorge-Systeme anderer Teile Nordamerikas sowie Europas und Asiens über. Der Schluß, daß eine entwertete regulierte Gesundheitsvorsorge oder die Art von »Medaillen-Show«, die die amerikanische regulierte Gesundheitsvorsorge gegenwärtig ist, die Antwort wäre, scheint nicht nur voreilig, sondern aus mehreren Gründen falsch. Erstens gibt es keine klaren Beweise, daß hinsichtlich der Makroindikatoren Kosten, Zugang, Qualität und Sicherheit der Leistungen die Veränderungen der letzten drei bis fünf Jahre sich in einem dieser Bereiche positiv ausgewirkt hätten. Da wir keine Echtzeitdaten über die Kosten besitzen, kann die gegenwärtig sichtbare Verlangsamung der Zuwachsrate schlicht eine allgemeine Inflationserscheinung sein. Die letzten offiziellen Zahlen, die wir vom Gesundheitsministerium haben und die von 1993 sind, belegen, daß die Gesundheitsvorsorge noch dreimal so schnell wie die Inflation wuchs, etwa 5 Prozent real, was dem langfristigen Durchschnitt der letzten dreißig Jahre entspricht. Der Grund, warum die Wachstumsrate nominal deutlich niedriger ist, liegt darin, daß die Hintergrundinflation minimal war. Was den Zugang betrifft, waren 1995 43 Millionen Amerikaner nicht krankenversichert, und es ist nicht vorstellbar, daß diese Zahl sinken wird, wenn man den gegenwärtigen Trend zu Kürzungen bei Medicaid und die Verlagerungen und Verkleinerungen bei den amerikanischen Unternehmen betrachtet, die die gutversicherten Stellen in den Großunternehmen noch weiter reduzieren und diese Arbeitsplätze bei den kleineren Firmen unterbringen werden, wo weit weniger Mitarbeiter krankenversichert sind. Schätzungen für das Jahr 2005 schwanken zwischen 50 und 60 Millionen Amerikanern ohne Krankenversicherung. Was die Qualität betrifft, haben wir mehrere Veröffentlichungen angeführt, die eine beträchtliche Besorgnis bei Ärzten und Verbrauchern erkennen lassen, daß die Qualität, zumindest soweit sie an der Auswahl, der Wartezeit u. ä. gemessen werden kann, beeinträchtigt ist. Wir sind nicht sicher, ob die Endergebnisse beeinträchtigt wurden, weil es dafür noch keine nationalen Standardwerte gibt, ganz bestimmt keine, die für Einzelhonorare und regulierte Gesundheitsvorsorge gelten, aber auf jeden Fall besteht die Sorge, daß die Qualität nicht zu-, sondern sogar abnehmen könnte. Und was die Sicherheit der Leistungen betrifft, erhöhen die Unbeständigkeit am Arbeitsplatz und die Veränderungen durch die regulierte Gesundheitsvorsorge die Unbeständigkeit und Unsicherheit der Gesundheitsleistungen, zumindest hinsichtlich der Kontinuität bei bestimmten Ärzten und Kassen. Das läßt darauf schließen, daß diese sogenannte Zweitkurven-Lösung für alle vier Grundparameter und Ziele des Gesundheitsvorsorge-Systems vielleicht gar keine Lösung ist, sondern nur ein Schritt auf dem Weg zu einer wirklichen zweiten Kurve. Aber eins wollen wir festhalten: die erste Kurve stirbt.

Aus den Veränderungen, die wir bisher gesehen haben, können wir dreierlei lernen:

Horizontal, nicht vertikal

Trotz der Euphorie über die vertikale Verflechtung gibt es nur wenige Beispiele für eine erfolgreiche derartige Verflechtung, aber viele Beispiele für horizontale Zusammenschlüsse. Die Aufkäufer sammeln ihre Feuerkraft, tun sich zu Kaufbündnissen zusammen und sind bereit, diese Feuerkraft unter allen Umständen einzusetzen, um die Kosten zu verringern und die Qualität zu verbessern. Außerdem hat es eine große Fusion bei den Gesundheitskassen gegeben, vor allem auf dem fortschrittlicheren Markt der regulierten Gesundheitsvorsorge. Health Systems International, 1994 aus der Fusion von QualMed und HealthNet hervorgegangen, versuchte ein Jahr später, mit Wellpoint zu fusionieren, von Blue Cross in Kalifornien zu einem gewinnorientierten Unternehmen ausgegliedert. Wäre die Ehe zustande gkommen, wäre der geplante Gigant im Westen mit mehr als fünf Millionen Versicherten größer als Kaiser gewesen. Ähnlich schlossen Metropolitan und Travelers ihre Bereiche Gesundheitsvorsorge 1994 zu einem Gemeinschaftsunternehmen namens METRA zusammen. Weil es ihnen an Fachwissen und vielleicht auch an Interesse am Markt der echten regulierten Gesundheitsvorsorge fehlte, verkauften sie zu einem ziemlich niedrigen Preis an United HealthCare, das den Erlös aus dem unerwarteten Gewinn bei Diversified Pharmaceutical Services verwendete, um 10 Millionen Versicherte (wenn auch Einzelhonorare mit Abschlag) zu erwerben, die in dem Gesamtpaket von Metropolitan und Travelers enthalten waren. United könnte diesen Versichertenbestand nutzen, um auf Märkte vorzudringen, wo das Unternehmen vorher nicht groß vertreten war, und sich die Chance eröffnen, mit seiner Kompetenz ein Servicepunkt-System einzurichten, das ein Zentrum für die Versicherten bildet, die vorher von Metropolitan und Travelers verwaltet wurden.

Ein ähnliches Beispiel für einen horizontalen Zusammenschluß ist der gewaltige Zuwachs beim Giganten Columbia/HCA in den letzten drei Jahren. Columbia, aus der HCA-Hospital Corporation of America hervorgegangen, ist der Koloß der Krankenhausversorgung in den Vereinigten Staaten. Diese gewinnorientierte Kette ist der Liebling der Wall Street und wird von einem sehr findigen Anwalt geleitet, der fest entschlossen scheint, die amerikanische Krankenhausbranche weitgehend auf die gleiche Weise zu radikalisieren, wie bei den horizontalen Zusammenschlüssen der Eisenbahngesellschaften in den 90er Jahren des 19. Jahrhunderts. Die Parallele zu den Eisenbahnen ist tatsächlich verblüffend. Wie schon erwähnt, ist die Eisenbahn daran zugrunde gegangen, daß sie von Leuten geführt wurde, die zu sehr in die Züge vernarrt waren; und die Krankenhäuser werden daran zugrunde gehen, daß sie von Leuten geführt werden, die große weiße Gebäude lieben und gern im Mittelpunkt stehen. Die Krankenhauschefs haben einen Horror davor, übernommen zu werden. Sie haben Einrichtungen mit mehreren tausend Angestellten geleitet, wie ihre Kollegen in anderen Ländern Chefzulagen und -gehälter kassiert und ein Ansehen genossen, wie es nur wenigen Führungskräften der amerikanischen Wirtschaft zuteil geworden ist.

Columbia nutzt seine finanzielle Macht, um in Märkte einzutreten, wo Krankenhäuser als verwundbar und unentschlossen gelten. Mit ihrem gewinnenden Südstaatensingsang versichern sie dem Krankenhausdirektorium, daß sie ein erstklassiges Management holen und in die Servicelandschaft einbinden werden; sie werden entweder die alleinigen Besitzer oder bilden ein Gemeinschaftsunternehmen, wodurch sie die Kontrolle über die Einrichtung erhalten. Ist das erreicht, vor allem wenn sie zwei oder drei Krankenhäuser in der Gemeinde besitzen, können sie darangehen, bestimmte Krankenhäuser zu schließen und die klinischen Dienstleistungen zu rationalisieren, was logisch und eine Art Regionalplanung des Privatsektors ist und bedeutet, daß diese Krankenhäuser effektiver betrieben werden.

Der vielleicht wichtigste Beitrag, den Columbia/HCA leisten kann, ist der, daß es als ein gewinnorientiertes Unternehmen mit großen Taschen und direkter Kontrolle aus Nashville viel mehr Entscheidungsmacht über eine Einrichtung ausüben kann als das Direktorium eines typischen Kommunalkrankenhauses, und das auch sehr viel schneller. Ob das auf lange Sicht im Interesse der Öffentlichkeit ist, bleibt abzuwarten, aber es ist klar, daß einige sehr gute Krankenhäuser unter ihre Kontrolle kommen und dann geschlossen oder verkleinert werden.

Virtuell, nicht tatsächlich

Die meisten Zusammenschlüsse sind horizontal, doch wo es zu vertikalen Verflechtungen kommt, geschieht das am erfolgreichsten auf virtueller, nicht tatsächlicher Basis. Ein gutes Beispiel ist der Erfolg, den Organisationen wie PacifiCare haben, das ein recht ansehnliches Unternehmen aufgebaut hat, ohne Krankenhäuser, Ärzte oder sonstige Vorsorgeausstattung unmittelbar zu besitzen. PacifiCare ist aus der Lutheran Hospital Society in Südkalifornien hervorgegangen, aus der dann Uni-Health wurde. Die Wurzeln von PacifiCare entstammten einer Kette kirchlicher Krankenhäuser, die die Möglichkeiten der regulierten Gesundheitsvorsorge erkannte und im Wettbewerb mit Kaiser stand (ohne den Ballast, tatsächlich Eigentümer der Krankenhäuser oder Ärzte zu sein). In einem Zeitraum von fünf bis zehn Jahren baute PacifiCare mit Erfolg eine erstklassige leistungsfähige Organisation mit großer Marktmacht und der Fähigkeit auf, Ärztenetzwerke zu organisieren. Das Unternehmen baute insbesondere auf die organisierten Ärztegruppen in Südkalifornien, um die ärztliche Vorsorge im Namen von PacifiCare zu betreiben. PacifiCare steht in dem Ruf, der bevorzugte Partner bei den Ärztegruppen in Südkalifornien zu sein. Ganz anders bei einigen Konkurrenten von PacifiCare, die von Ärztegruppen und Krankenhäusern eher als Halunken denn Partner betrachtet werden. PacifiCare und andere Organisationen sind unglaublich erfolgreich, sowohl was die Börsenkapitalisierung als auch die Rentabilität der letzten Jahre angeht. In Zukunft wird das Wachstum für diese Organisationen nicht so sehr aus Kalifornien kommen, sondern vom Export der virtuellen Erfahrung in andere Teile des Landes, vor allem beim Management von Medicare. Der republikanische Kongreß betrachtet die regulierte Gesundheitsvorsorge von Medicare als eine gute Gelegenheit, die Kosten langfristig zu kontrollieren, und unterstützt die weitere Aufnahme von Medicare-Empfängern in HMOs wie Secure Horizons von PacifiCare. In Boston betreibt PacifiCare ein Gemeinschaftsunternehmen mit Tufts Associated Health Plan. In Südkalifornien sind über 50 Prozent der Medicare-Empfänger bestimmter Landkreise in solchen Kassen, und um die Jahrhundertwende wird es etwa ein Drittel der Amerikaner sein, eine Schätzung, die von Offiziellen der Health Care Financing Administration offenbar getragen wird.

Teilweise, nicht vollständig

Selbst wenn diese fiktive zweite Kurve Wirklichkeit wäre, bietet sie für die anliegenden Probleme doch nur Teillösungen. Überall in der Gesundheitsvorsorge sind die Erfolgskriterien für das gesamte System der Gesundheitsvorsorge unzureichend, was uns veranlaßt, in einem Teil des komplexen Systems Fixpunkte zu suchen, die unbeabsichtigte Folgen an anderer Stelle zeitigen. Ein Beispiel ist das diagnosebezogene Gruppensystem DRG (diagnosis related group system) aus den frühen 80er Jahren, das Anreize dafür bot, Patienten früher aus dem Krankenhaus zu entlassen. Das hat vielleicht eine Überreaktion hervorgerufen und zu verfrühten Entlassungen geführt, so daß Patienten auch zu Schaden kamen. Ähnlich ermuntert vielleicht die gegenwärtige Woge der Pro-Kopf-Berechnung zu Einschränkungen bei den Krankenhausaufenthalten und der Inanspruchnahme von Dienstleistungen bis zu einem Punkt, wo die Qualität und die Ergebnisse der Vorsorge leiden. Es gibt keinerlei wissenschaftliche Beweise dafür, daß die regulierte Gesundheitsvorsorge schlechtere Ergebnisse bringt. Aufgrund von Erhebungen mehren sich jedoch die Beweise, daß die regulierte Gesundheitsvorsorge die Wahl der Ärzte einschränkt und die Ärzte so schikaniert, daß es den Patienten und ihren Ärzten auffällt. Das sollte uns nicht überraschen. Genau das tut die regulierte Gesundheitsvorsorge.

Patientengruppen wie ältere Menschen werden Verfahren der regulierten Gesundheitsvorsorge ausgesetzt, obwohl das ziemlich stark kritisiert wird. Die Anwendung von Pro-Kopf-Berechnungsmodellen auf ältere Menschen muß ausgewogen sein, damit die Gesundheitsvorsorgepläne den offensichtlichen Anreiz nicht zunichte machen: gesunde Medicare-Empfänger zu gewinnen, für die sie genau die gleiche Vergütung erhalten wie für kranke, ohne eine Dienstleistung erbringen zu müssen. Der beste Weg, in Amerika Geld mit einem Medicare-Risikovertrag zu machen, ist, ältere Medicare-Empfänger mit einstelligem Golf-Handicap zu gewinnen, denn das steht in einem guten Verhältnis zum Einkommen und zum Alter, d. h. man bekommt eine junge und damit gesündere Untergruppe der älteren Menschen und stellt sicher, daß man bei einem Risikovertrag auf Pro-Kopf-Grundlage nicht Geld draufzahlt, sondern verdient.

Die echte zweite Kurve

Wenn all diese Entwicklungen nicht zu einer echten zweiten Kurve führen, woher kann dann die echte zweite Kurve kommen? Wahrscheinlich aus einer der fünf folgenden Quellen.

Die Trümmer der ersten Kurve

Die erste Quelle für die echte zweite Kurve sind tatsächlich die Trümmer des radikalisierten Bereitstellungssystems der Gesundheitsvorsorge, wie wir es beschrieben haben. Diese Veränderungen sind nicht ausnahmslos negativ; Amerika hat mit Sicherheit zu viele Krankenhausbetten, genau wie die meisten anderen Industriestaaten auch. Diese Veränderungen schaffen einen gewaltigen Anreiz, die Zahl dieser Betten zu verringern, und verlagern den Ort der Vorsorge von den Krankenhauseinrichtungen hin zu Standorten, wo Patienten besser und zu geringeren Kosten versorgt werden. Das ist nichts Negatives; es ist etwas

Positives, und vielleicht schaffen die Führer der Gesundheitspläne und Manager wie Richard Scott von Columbia/HCA deshalb mit irgendeinem verqueren Schumpeterschen Geschäft soviel persönlichen Reichtum: Sie erweisen dem System insgesamt tatsächlich einen Dienst, wenn sie die Gesundheitsvorsorge radikalisieren.

Biotechnologie

Langfristig erbringt die Biotechnologie vielleicht einen entscheidenden Wandel bei der Bereitstellung der Gesundheitsvorsorge in den USA und anderswo. In dem Maß, wie das menschliche Genom immer weiter entschlüsselt und die Geheimnisse der Veranlagung zu Krankheiten erkannt werden, stehen uns immer ausgefeiltere Werkzeuge zur Verfügung, die eine Frühdiagnose erlauben, sogar Diagnosen in vitro, im Reagenzglas, vor der Geburt. Diese diagnostischen Werkzeuge ermöglichen, angeschlossen an leistungsstarke Computer, der aufstrebenden Genomik die Überprüfung auf die Wahrscheinlichkeit von Trägergenen für verschiedene Krebs-, Herz- und andere Erkrankungen wie Muskeldystrophie und multiple Sklerose. Bleibt die Frage, ob mit dieser frühen Erkenntnis ein frühes Eingreifen einhergehen kann oder nicht. Bisher lehrt die Wissenschaft, daß zwischen dem Werkzeug für die Diagnose und dem für die Therapie ein Zeitraum von fünf bis fünfzehn Jahren liegt. Welche Ungewißheit ist das, wenn ein Patient weiß, daß er die Veranlagung für eine bestimmte Krankheit hat, für die es keine Heilung gibt? Was, wenn Eltern erfahren, daß ihr noch nicht geborenes Kind eine solche Veranlagung haben könnte? Für letzteren Fall liegt die Konsequenz nahe, daß eine Abtreibung ein sehr wichtiges und umstrittenes Mittel zur Behandlung, Intervention oder Vorbeugung einer bestimmten medizinischen Notlage ist. Langfristig jedoch, wenn die Werkzeuge für die ärztliche Gentherapie verfügbar sind, hat die schlimme Diagnose vielleicht einen glücklichen Ausgang, insbesondere den, daß die Früherkennung einer bestimmten genetischen Störung nicht mehr bedeutet, dem Patienten oder der Familie die Last einer schwierigen Entscheidung oder gar eines Todesurteils aufzubürden. Die Therapie bietet vielmehr die Möglichkeit, mit neuen biopharmazeutischen Produkten einzugreifen, die darauf abzielen, die Krankheit an ihrem molekularen Ursprung zu behandeln z. B. spezielle Mittel zur Krebsbekämpfung, die innerhalb der nächsten zwanzig Jahre zur Verfügung stehen und sich nachhaltig auf die Mechanismen zur Behandlung der Krankheit auswirken werden.

Informationstechnologie und elektronischer Handel

Eines der Hauptprobleme der Gesundheitsvorsorge ist der ständige Kostenanstieg trotz neuer Technologien. Im Gegensatz zu anderen Lebensbereichen, wo die Technologie gewaltige Produktivitätsgewinne abgeworfen hat, hat sie bei der Gesundheitsvorsorge eher steigende als sinkende Kosten verursacht. Das liegt zum Teil an den im System der Gesundheitsvorsorge enthaltenen Anreizen. Bis die Pro-Kopf-Abrechnung aufkam, belohnte das Einzelhonorar Technologien, die Abrechnungen verteuerten statt zu verbilligen und Einkommen erhöhten statt zu senken; folglich bestanden strukturelle Anreize für die Unternehmen, die Technologien entwickelten, die den Einnahmenstrom kräftig anschwellen ließen statt die Kosten abzubauen. Jetzt, wo der Markt stärker zur regulierten Gesundheitsvorsorge tendiert und sich starke Abnehmer Geltung verschaffen, ist immer deutlicher geworden, daß die Hersteller von Arzneimitteln und medizinischen Geräten sich an eine Welt gewöhnen müssen, in der sie kostensenkende, nicht kostensteigernde Technologien produzieren müssen. Und als vernünftige Geschäftsleute fangen sie auch damit an und erkennen, daß der Markt Technologien belohnt, die die Kosten tatsächlich senken. Eine der großen Hoffnungen ruht dabei auf der Informationstechnologie. In der Arztpraxis herrscht ein bedauernswerter Mangel an Technologie. Dort arbeitet der Arzt mit Technik der 70er Jahre – der 1870er Jahre! Weißer Tisch, Füller und Schreibblock sind die Basistechnik in der Arztpraxis. Auch wenn in 75 Prozent der amerikanischen Arztpraxen ein Computer steht, dienen sie im allgemeinen doch eher dem Verkehr mit Versicherungen als dem Einsatz für die klinische Diagnose oder als Informationsspeicher. Die klinischen Unterlagen werden immer noch größtenteils in gemischter Form aufbewahrt. (Denken Sie an die Mappen mit handschriftlichen Notizen, an Fotos, Röntgenaufnahmen und maschinengeschriebene oder diktierte Aufzeichnungen des Arztes, die mehr oder weniger nachlässig, wenn nicht gar vollkommen chaotisch aufbewahrt werden.)

Die Beschäftigung mit elektronischen Arztunterlagen hat eine etwa 25jährige Geschichte, und es ist ein wenig wie beim heiligen Gral. Niemand ist ihm wirklich je nah gekommen, zum Teil weil die Unterlagen in unterschiedlicher Form existieren, zum Teil wegen der enormen Investitionen in die Infrastruktur, die erforderlich wären, diese Unterlagen tagtäglich in Echtzeit zusammenzutragen, während die Ärzte in Krankenhäusern, Vorsorgeeinrichtungen und Behandlungszentren herumrennen. Jetzt, wo tragbare Geräte mit Point-of-sale- und Point-of-service-Technologie sowie stimmaktivierte und stimmgesteuerte Eingabegeräte aufkommen, ist jedoch nicht mehr unvorstellbar, daß in den nächsten zehn Jahren alle Bereiche der ärztlichen Praxis erfaßt werden – entweder als Teil der laufenden Funktion oder durch praktische handliche Werkzeuge im Stile eines PDAs oder mit Stimmaktivierung, bei denen es eher um normale Sprachfertigkeiten gehen würde, weniger um ein Gespräch mit einem Arztroboter. Die aufregenden Möglichkeiten bestehen bei dieser Art von Schnittstellentechnologie darin, daß sie an das allgegenwärtige Internet angeschlossen werden kann, so daß ein echter Informationsaustausch über Open Access-Netzwerke stattfinden kann, bei dem Patienten, Kassen und Versorger über eine sichere Internetverbindung im Dialog miteinander stehen. Das Internet und die Werkzeuge des elektronischen Handels könnten eine sehr brauchbare Stütze für die Versorgungssysteme sein, bei denen wahrscheinlich noch sehr lange der Pluralismus herrschen wird und wir wahrscheinlich nicht erleben werden, daß alle Ärzte unter der Fuchtel einer großen, vertikal verflochtenen Organisation à la Kaiser aufmarschieren, wenngleich das vielleicht der Traum vieler ist.

Verbraucherwahl und das Recht, mehr auszugeben

Jedes Gesundheitsvorsorgesystem der Zukunft muß die anspruchsvollen Verbraucher respektieren. Die echte zweite Kurve ist, wie wir wiederholt erklärt haben, empfänglich für die Bedürfnisse, Bestrebungen und Wünsche der anspruchsvollen Verbraucher, und das System der Gesundheitsvorsorge ist als Markt in dieser Hinsicht nicht anders. Es ist absolut klar, daß die zweite Kurve der Zukunft auf die Verbraucher reagiert. Und dazu bieten sich wieder reichlich Gelegenheiten. Kundendienstwerkzeuge, die bei Fluggesellschaften, im Einzelhandel, in der Telekommunikation u. a. angewandt werden, müssen im System der Gesundheitsvorsorge erst noch voll zugänglich gemacht werden. Als Mitglieder von Kliniken stehen viele von uns unter der Obhut von hundert Voice Mail-Systemen, die in einer Gruppe arbeiten. Die Gesundheitsvorsorge könnte sehr viel mehr benutzerfreundliche Kundendienstsysteme einrichten, bei denen Patienten intelligent durch ein System geführt werden könnten, in dem echte Menschen oder kluge Computer ihnen bei der Lösung ihrer Probleme helfen, ohne selbst am betreffenden Ort aufzukreuzen. Oft könnte ein schnelles Abarbeiten durch einen Algorithmus – mit ein klein wenig Nachhilfe – den Patienten helfen, zu einer Antwort zu kommen, und etwas verschrieben zu bekommen, ohne unbedingt einen Arzt aufzusuchen (im alten Einzelhonorarsystem war so etwas selbstverständlich nicht im Interesse des Versorgers, weshalb solche Systeme auch nie entwickelt wurden). In einer Welt der Pro-Kopf-Berechnung, in einer Welt, in der es immer wichtiger wird, die Kosten zu dämpfen und die Qualität zu verbessern, könnten solche Systeme jedoch attraktiv werden.

Das zweite, was aus politischer Sicht in den Vereinigten Staaten und anderswo klargeworden ist, ist, daß Patienten Auswahl und Qualität gleichsetzen. Anspruchsvolle Verbraucher bestehen auf ihrem Recht, sich mit eigenem Geld etwas mehr zu leisten. Dieses Recht könnte in dem systematisiert werden, was wir Unter- und Obergrenze nennen. Das Dilemma, vor dem man in den USA steht, ähnelt dem in anderen Ländern, wo das, was die Menschen wirklich wollen, ein Minimum ist, unter das niemand fällt. Aber sie wollen auch das Recht, sich mit ihrem eigenen Geld ein schöneres Wartezimmer mit einer besseren Klientel leisten zu können, wo ihnen potentiell teurere besondere Technologien zur Verfügung stehen. Ob der Staat, der Arbeitgeber oder ein privater Versicherer für ein so hohes Versorgungsniveau aufkommen sollte, wird noch zu debattieren sein. Der aktuelle globale Trend geht jedoch sowohl bei der Regierung wie den privaten Zahlern vom festen Zuschuß zum festen Beitrag. Der Arbeitgeber garantiert also z. B. einen jährlichen Beitrag von 2000 $ zur Krankenversicherung eines Angestellten. Von da an steht es dem Angestellten frei mehr auszugeben. Die einzige tragbare Lösung vom wirtschaftlichen wie sozialrechtlichen Standpunkt besteht darin, für alle, unabhängig vom Einkommen, einen untersten Wert festzulegen, der durch den Staat oder Arbeitgeber oder irgendein gemeinsames Mandat für alle Bürger erreichbar gemacht wird. Aber selbst bei einem solchen Mindestsatz muß es in einer Welt, in der immer mehr technologische Möglichkeiten offenstehen, auch ein Recht für den einzelnen geben, der bestimmte Dienstleistungen nutzen möchte, etwa die In-vitro-Befruchtung, das aus eigener Tasche zu bezahlen. Die Briten, Schweden, Deutschen und andere werden widerwillig in solche Situationen kommen, wenn ihnen die Menschen ausgehen, die sie besteuern können. Die Amerikaner kennen das dann schon. Unser Problem, wenn wir zu viele unterschiedliche Standards zulassen, ist, daß der Versuch, eine Untergrenze für alle zu finden, politisch immer schwieriger wird, wenn man an die übermäßigen Kosten denkt, die bereits in dem System verankert sind, das etwa 85 Prozent der Amerikaner erfaßt.

Bevölkerungsgesundheit

Die echte zweite Kurve ist mit der wachsenden Erkenntnis verbunden, daß die Umstände, die Gesundheit schaffen, kaum etwas mit ärztlicher Vorsorge zu tun haben. Material aus der Literatur über Bevölkerungsgesundheit läßt darauf schließen, daß die Ausbildung, das Einkommen und die Arbeit eines Menschen einen großen Einfluß auf den künftigen Gesundheitszustand, die Lebensdauer u. a. haben. Einer der sichersten Wege, ein langes und gesundes Leben zu führen, ist der, in einer intakten Familie aufzuwachsen, eine gute Ausbildung zu bekommen und für ein gutes Unternehmen zu arbeiten. Eines der zentralen Merkmale in der Literatur über die Volksgesundheit ist die Erkenntnis, daß Menschen in Positionen mit weniger Autorität und ohne Befugnisse tendenziell sehr viel öfter an Krebs und anderen Krankheiten sterben als die Personen, die an ihrem Arbeitsplatz eine gewisse Selbständigkeit haben. Die Erkenntnis wird wachsen, daß die Arbeitsplätze, die wir planen, Auswirkungen auf die künftige Gesundheit der Bevölkerung haben, und es wird auch klarwerden, daß Investitionen in die frühe Kindheitsentwicklung enormen Nutzen bringen, sowohl was die Senkung der Gesundheitskosten betrifft wie auch die Verbesserung des Gesundheitszustandes. Mag dies für den Durchschnittsamerikaner auch sehr nach Sozialismus klingen, so werden sich derartige aufgeklärte Wahlmöglichkeiten im Rahmen der staatlichen Politik und des wirtschaftlichen Alltags doch ergeben müssen, wenn wir uns ernsthaft mit dem Problem endlos steigender Kosten und der Sorge um die Fähigkeit befassen wollen, der gefährdeten Bevölkerung zu dienen.

Tatsache ist, daß die zweite Kurve, die sich in der Gesundheitsvorsorge zu zeigen scheint, tatsächlich eine Fiktion ist, die als zweite Kurve nicht haltbar ist, und das ist ein sehr gutes Beispiel dafür, warum das Zweitkurven-Denken so ungemein wichtig ist. Wenn man mit der zweiten Kurve arbeiten will, muß man sich ständig vergewissern, daß man sich wirklich auf dieser Kurve befindet. Man muß sich die schwere Frage stellen: ist diese Kurve haltbar? Löst sie das Problem, das sie lösen soll? Lautet die Antwort nein, besteht eine gute Chance, daß sie sich nicht hält. Es ist immer schwer, Moden und Trends auseinanderzuhalten. Im Fall der Gesundheitsvorsorge, vor allem in den Vereinigten Staaten, haben wir versucht uns davon zu überzeugen, daß der Markt der regulierten Gesundheitsvorsorge die einfache Antwort auf all unsere Probleme ist. Wahrscheinlicher ist, daß sie ein sehr wichtiges Zwischenstadium auf dem Weg zu einer neuen Reform ist. Aber es ist durchaus denkbar, daß wir die zweite Kurve nie entdecken, weil wir derart gelähmt von den kulturellen Konflikten sind, die die Gesundheitsvorsorge schafft. Die Schwierigkeiten beim Umgang mit Qualität und sozialer Gerechtigkeit in einer Gesellschaft, die Unabhängigkeit, Individualismus und Anreize belohnt und schätzt, sind vielleicht zu groß für uns, und statt die Umwandlung zu einer tragbaren zweiten Kurve vorzunehmen, strampeln wir uns womöglich ewig auf der ersten Kurve ab. Aber das wird hoffentlich nicht der Fall sein.

Kapitel 11
Finanzdienstleistungen: Kann ich Ihnen helfen?

Wenn man die Beziehung zwischen Finanzdienstleistungen und der zweiten Kurve charakterisieren müßte, könnte man das, was geschieht, als eine langsame Steigerung zu einer monumentalen zweiten Kurve beschreiben. Die zweite Kurve ist im Begriff, die Finanzdienstleistungen zu erfassen, und das mit Nachdruck. Von allen Industriezweigen könnten die Finanzdienstleistungen diejenigen sein, die in den nächsten zehn Jahren die größten Veränderungen erleben. Im Gegensatz zur Gesundheitsvorsorge, wo der Patient in vielen Fällen körperlich beteiligt sein muß, damit ein Wandel geschieht, oder zum Einzelhandel, wo materielle Güter geliefert werden müssen, geht es beim Vertrieb von Finanzdienstleistungen weitgehend um die Bewegung begrenzter kurzer Elektronenschübe. Die Einrichtungen, die in den Vereinigten Staaten und weltweit aufgebaut wurden, um unser Geld und die Kapitalströme zu verwalten, wurzeln in der logischen Erweiterung von Erstkurven-Aktivitäten, bei denen Leute Bargeld hinterlegten und Vermögenswerte in sicheren Gewölben aufbewahrt wurden. Wir verwenden Metaphern – eine sichere Bank, fest angelegt, Juliusturm, Panzerschrank, Wall Street –, die die physische Präsenz des Geldes assoziieren. Doch da die Vermögenswerte zunehmend immateriell werden und das Geld zu Elektronen statt zu Barren, entwickeln sich diese Einrichtungen von Beschützern materiellen Eigentums zu Hütern von Informationen.

Der Druck durch die zweite Kurve ist hier aus mehreren Gründen extrem hoch. Erstens ist trotz aller Veränderungen, die die Branche der Finanzdienstleistungen in den letzten vierzig Jahren erlebt hat – und das waren einige –, noch immer einiges an Ineffizienz in der Arbeitsweise der Banken, Versicherungen, Wertpapierfirmen und anderer Finanzdienstleister. Es gibt extravagante Außendienstorganisationen, eindrucksvolle, aber ein wenig verschwenderische Domizile in den Bürotürmen fast aller Großstädte, teure protzige Eckfilialen, unzählige Stätten für den Vertrieb von Informationen sowie sehr große und etwas unwirtschaftliche Einrichtungen, die die Finanzdienstleister für sogenannten Kundendienst aufgezogen haben. Und viele Institutionen haben es geschafft, die erste Kurve durch Regulierung oder schiere Marktmacht oder eine Mischung aus beidem am Leben zu erhalten. Doch all diese Umstände machen Finanzdienstleistungen anfällig für die zweite Kurve.

Kurz gesagt wissen wir noch nicht, wie die zweite Kurve der Finanzdienstleistungen am Ende aussehen könnte; was wir wissen, ist dagegen, daß sie sehr massiv sein wird.

Steigerung zu einer massiven Umwandlung der zweiten Kurve

Die Finanzdienstleistungsbranche hat in den letzten vierzig Jahren gewaltige Veränderungen erlebt. Joseph Nocera zeichnet in seinem scharfsinnigen Buch *A Piece of the Action: How the Middle Class Joined the Money Class* die wichtigsten Änderungen auf, deren Zeugen wir bis heute geworden sind, vor allem das Aufkommen der Kreditkarte, das Geldmarktkonto, der offene Investmentfonds, der automatische Bankschalter und Discount Broker. Diese Einrichtungen haben eins gemeinsam: sie belegen, was der Untertitel von Noceras Buch andeutet, wie die Mittelschicht sich der Geldschicht anschloß. Noceras wichtigste Einsicht ist die, daß alle großen Innovationen bei den Finanzdienstleistungen der letzten vierzig Jahre den Mittelstand den Privatbankinstrumenten und der Aufmerksamkeit nähergebracht haben, die einst nur die Rockefellers genossen. Aber das ist noch nicht das Ende. Das Finanzinstrumentarium, das früher ausschließlich den Unternehmen zur Verfügung stand, wird vermehrt auch den Einzelpersonen zugänglich. Die nächste technologische Welle, der neue Anspruch der Verbraucher und die Globalisierung der Finanzmärkte, wird mit einem Crescendo von Veränderungen auf den Innovationen der letzten vierzig Jahre aufbauen.

Um die kommende zweite Kurve zu verstehen, müssen wir einen Blick auf die Bausteine werfen, die bisher bei den Finanzdienstleistungen entwickelt wurden. Wir konzentrieren uns hier auf verbraucherorientierte Finanzdienstleistungen, aber ähnlich tiefgreifende Veränderungen hat es auch bei den kommerziellen Finanzdienstleistungen gegeben und wird es weiterhin geben.

Die zweite Kurve hat sich im Bereich der Finanzdienstleistungen für Verbraucher seit Jahrzehnten langsam aber sicher aufgebaut. Die bisherigen Veränderungen haben sich nicht nur in einer dramatischen Verlagerung beim Marktanteil der Finanzmittler zwischen und unter etablierten Finanzmarktsegmenten und Akteuren (d. h. Geschäfts- und Investitionsbanken sowie Versicherungsgesellschaften) niedergeschlagen, sondern noch deutlicher in einer Verlagerung zu einer ganzen Palette neuer Marktsegmente, Akteure, Produkte und Dienstleistungen. Die meisten dieser neuen Marktsegmente und Produkte hätten von den agierenden Wirtschaftssubjekten angeboten werden können, wurden es aber aus mehreren Gründen nicht. In einigen Fällen benachteiligten Bestimmungen die traditionellen Akteure, weil ihre Rechtsgeschichte es ausschloß, Schlupflöcher zu nutzen, die von neuen Konkurrenten entdeckt wurden, oder ihnen einfach nicht erlaubte, die Produkte – etwa offene Investmentfonds – anzubieten, die von den Verbrauchern verlangt wurden. In anderen Fällen, wo die traditionellen Akteure, etwa durch Benutzergebühren, auf Probleme von Erstkurven-Produkten fixiert waren, übersahen sie einfach langfristige strategische Absatz- und Wettbewerbsfolgen der Lösung. Das schuf Gelegenheiten für neue Produkte und Wettbewerber. Mit anderen Worten, um kurzfristige Profite oder die Risikokontrolle zu stützen, förderten die traditionellen Finanzdienstleister die Umgehung der eigenen Vermittlerrolle mit dem Ergebnis, daß Marktanteile, Markenkapital und Kundenbeziehungen dauerhaft Schaden nahmen. Jetzt, wo sie durch die Sicherheit und die Kontrollen der ersten Kurve erstarrt sind, laufen sie Gefahr, von der zweiten ausgeschlossen zu werden.

Die weitaus meisten Veränderungen bei den Finanzdienstleistungen gab es, weil die Erstkurven-Akteure der Branche sich nicht für die

Sorgen und Bedürfnisse ihrer immer informierteren und anspruchsvoller werdenden Kunden interessierten. Es entwickelte sich eine fundamentale Trennung zwischen dem, wie die Benutzer und Bereitsteller von Finanzdienstleistungen ihre Geschäftsbeziehung sowie die Produkte und Dienstleistungen sahen, die sie benötigten. Am Ende führte das dazu, daß die Verbraucher neue Lösungen für ihre finanziellen Bedürfnisse suchten, die im Zweifelsfall nicht von anderen traditionellen Wettbewerbern geboten wurden, sondern von spezialisierten Unternehmen, die neue Produkte auf neue Art anboten, wie beispielsweise Fidelity und Charles Schwab. Schließlich fanden Innovationen wie Geldmarktkonten und offene Investmentfonds auch bei den traditionellen Banken eine Heimat.

Für die Geschäftsbanken waren die Ergebnisse verheerend. Hatte das Bankensystem – Geschäftsbanken, Sparkassen und Genossenschaftsbanken – 1955 am Vermittlermarkt für finanzielle Vermögenswerte noch einen Anteil von 62 Prozent, ging dieser Anteil 1992 auf 39 Prozent und 1994 auf 37,6 Prozent zurück. Der durchschnittliche Verbraucher hat weniger als 15 Prozent seines Geldes in Einlagenzertifikaten angelegt. Knapp ein Viertel ist in Geldmarktfonds angelegt. Über 50 Prozent der Hypotheken in den USA werden von Nichtbanken verwaltet, und die Aussteller von Nichtbanken-Kreditkarten halten fast ein Viertel der Marktanteile.

Quellen der zweiten Kurve der Finanzdienstleistungen

Mehrere zentrale Antriebskräfte haben diese massive zweite Kurve in der Finanzdienstleistungsbranche langsam aufgebaut:

Deregulierung

Banken und Versicherungen sind stark regulierte Branchen. Die Großbanken wurden gehindert, aggressiv auf den Versicherungsmarkt vorzudringen. Gefördert durch den Populismus und die Angst vor einem finanziellen Zusammenbruch in der Größenordnung der Weltwirtschaftskrise, haben die verschiedenen Bankgesetze, was das Aufkommen überregionaler Banken betraf, sowohl den geographischen Umfang der Bankgeschäfte in den Bundesstaaten verboten und eingeschränkt als auch die Beteiligung an den Wertpapiermärkten und Versicherungen. Diese geographische Dezentralisierung steht im Gegensatz zu allen bedeutenden Industriestaaten, die überregionale Großbanken haben. In Kanada fungieren die etwa sieben größeren kanadischen Banken landesweit als Markeninstitute. Die Bank of Nova Scotia ist sicher nicht auf Ostkanada beschränkt, und die markanten Glastürme der Bank of Montreal sowie der Royal Bank of Canada gehören in jeder kanadischen Innenstadt zum normalen Erscheinungsbild. Das ist in den USA anders, wo Chase trotz des überregionalen Markennamens als Kreditkartengesellschaft eine Filialbank im Stadtbereich New York ist, genau wie ihr neuer Partner Chemical. Ähnlich gelten die Bank of America und Wells Fargo als kalifornische Banken, wenngleich sie zunehmend zu Banken der westlichen Hälfte der USA werden. Citicorp war die führende Verbraucherbank, noch ist sie aber immer überwiegend an der Ostküste vertreten.

Versicherungsunternehmen dagegen betätigen sich landesweit und haben es dank ihrer geschützten Position geschafft, sich ihren Platz als getrennt von den Banken zu bewahren – Banken und Wertpapierfirmen dürfen keine Versicherungen verkaufen. Vieles von dem bricht allmählich zusammen, zum Teil weil die Banken jetzt nicht mehr nur verwalten, sondern auch offene Investmentfonds und andere Dienstleistungen verkaufen. Der nächste Schritt – Versicherungen – läßt wohl nicht mehr allzulange auf sich warten.

Steuerpolitik und der Markt für Alterserspamisse

Die meisten Ersparnisse in den USA dienen der Altersfinanzierung. Banken und Versicherungsunternehmen waren die Hauptnutznießer des Wachstums der Altersprogramme unter festen Pensionsplänen. Seit immer mehr Unternehmen ihre Programme auf feste Beitragspläne umstellen, hat es eine dramatische Verlagerung von den Bank- und Versicherungswerten zu den offenen Investmentfonds, wertpapiermäßig unterlegten Instrumenten und den Aktienmärkten gegeben. Dadurch ist eine völlig neue Schicht von Investoren entstanden. Durch die gestiegene Anspruchshaltung der Verbraucher und ihre Mitsprache bei der Anlage ihrer Ruhegelder haben die Banken außerdem erleben müssen, wie ihr Branchen- und Markenbewußtsein zugunsten der offenen Investmentfonds und Maklerfirmen beeinträchtigt wurde. Und deshalb wissen die Verbraucher inzwischen, daß sie bei finanziellen Transaktionen nicht nur Banken zur Auswahl haben, und haben häufig auch schon früher Erfahrungen mit diesen alternativen Dienstleistern gemacht. Wenn also Ihre betriebliche Altersversorgung einen Fidelity-Investmentfonds hat, könnten Sie sich überlegen, ob Sie freie Mittel nicht bei Fidelity investieren.

Die Aufsichtsbehörde hat mich dazu gebracht

Die Veränderungen bei den Verbraucherbanken haben Parallelen bei den Geschäftsbanken. In den 70er und 80er Jahren betrachteten Unternehmen sich des öfteren als kreditwürdiger als sie bei ihren Banken waren, und sie stellten fest, daß sie am Aktienmarkt billiger Geld aufnehmen konnten als bei ihren Banken. Bis auf die Commercial Papers schränkten das Bundesrecht und die »Regulations« die Hilfe der Geschäftsbanken für die Großunternehmen unter ihren Kunden stark ein. Die Commercial Papers gehörten zu den wenigen Industrieobligationen, die die Geschäftsbanken übernehmen dürfen. Es sind ungesicherte Geldmarktpapiere erstklassiger Industrieadressen mit einer Anfangslaufzeit von maximal 270 Tagen. Die Kreditqualität des Papiers ist Ausdruck der finanziellen Stärke der emittierenden Firma. Unternehmen können die Commercial Papers entweder direkt an die Investoren verkaufen oder indirekt über Händler. Durch den Verkauf von Commercial Papers umgingen die Firmen die geforderten Deckungsguthaben, die viele Banken an Kredite knüpfen, und zahlten geringere effektive Zinsen. Commercial Papers werden jedoch häufig durch eine Kreditlinie bei einer Geschäftsbank besichert.

Die Folge war das Aufkommen der Investmentbanken als der wichtigsten Banken für den industriellen Markt, mit allen damit verbundenen Chancen und Risiken.

Mitte der 70er Jahre trieb das arabische Erdölembargo Inflation und Zinsen in die Höhe. Das und die Computertechnologie, die schwierige Transaktionen mit einer Geschwindigkeit und technischen Mühelosigkeit möglich machte, die wenige Jahre vorher noch undenkbar gewesen wären, beflügelten das Wachstum am Markt der Commercial Papers. Jedes Unternehmen, das einen Computer und die richtige Software besaß, konnte als Käufer oder Verkäufer in den Markt eintreten. Der Handel mit Commercial Papers stieg von 35 Milliarden Dollar 1970 auf 330 Milliarden Dollar Mitte der 80er Jahre. Für die Unternehmen war das eine großartige Sache, für die Geschäftsbanken, die einige ihrer besten Kunden verloren, weniger.

Dann trat Bankers Trust, eine Geschäftsbank, die die Lage erkundete und eine zweite Kurve entdeckte, mit einem Plan auf. Ende der 70er Jahre verkaufte die Bank ihr relativ ertragreiches Privatkundengeschäft und konzentrierte ihre Mittel auf das Firmenkundengeschäft, insbesondere auf größere Unternehmen, Finanzeinrichtungen, den Staat und Einzelpersonen mit hohem Reinvermögen. Und das Ergebnis? Heute ist Bankers Trust eine globale Merchant Bank, ein Spezialinstitut für Finanzierungsleistungen.

In den 70er Jahren erwirtschaftete die Darlehensabteilung 70 Prozent der gesamten ertragbringenden Aktiva der Bank; 1995 wurde diese Zahl auf 25 Prozent gestutzt, und zwei Drittel kamen aus liquiden Mitteln. Diese hohe Liquidität verleiht Bankers Trust eine Flexibilität, die die Bank für wesentlich erachtet; mit ihr kann sie schnell auf widrige Umstände reagieren, die ihre Aktivposten beeinträchtigen könnten.

Heute bündelt und entflechtet Bankers Trust verschiedene Risiken, verkauft einige, hält andere und berechnet Gebühren für die Dienstleistung. Da die Technologie sich verbessert, könnte das Geschäft von Bankers Trust erneut in Gefahr geraten, denn andere Unternehmen werden zunehmend in die Lage versetzt, viele der Dienstleistungen anzubieten, die gegenwärtig noch von der Bank wahrgenommen werden.

Bankers Trust stieg aus dem Privatkundengeschäft aus, nur um im Mantel eines Großanbieters von Privatkundendienstleistungen an andere Einrichtungen und Gesellschaften zurückzukommen. Die Bank ist z. B. einer der größten Anbieter der Teilnehmerverarbeitung für 401(k)s – eine betriebliche Altersversorgung, die vom Arbeitnehmer finanziert wird. Bankers Trust betreut 401(k)s für General Motors und vergibt gegenwärtig Darlehen an GM-Angestellte gegen deren 401(k)-Konten. Da Bankers Trust online mit General Motors verbunden ist, kann die Bank den Darlehensbetrag den Girokonten der Angestellten sofort gutschreiben. Das kann sie, denn als die Bank ihre Filialen schloß, hat sie nicht ihre Konzession aufgegeben.

Regulation Q und der Einlagenmarkt

Vor dem Ende der 70er Jahre waren die Verbraucherzinsen in den USA stark reguliert, und die Banken konnten keine Zinsen auf Sichteinlagen zahlen. Inzwischen stiegen die amerikanischen Zinsen auf Rekordwerte, wobei die kurzfristigen Zinssätze deutlich über den langfristigen lagen. Als die Inflation anzog und die Zinsen stiegen, wurde den Verbrauchern und der Aufsichtsbehörde immer klarer, daß Einlagen bei Konsumentenbanken eine schlechte Anlage waren, während die Einlagen von Großunternehmen, der Eurodollar-Markt und schuldrechtliche Wertpapiere von Unternehmen Rekordzinsen erzielten. Für die Verbraucher bestand beinahe der einzige Weg, an diesem Wohlstand teilzuhaben, darin, ihr Geld von den bei der US-Bundesversicherungszentrale für Bankeinlagen versicherten Bankkonten abzuziehen und in offenen Geldmarktfonds und anderen kurzfristigen risikoarmen Schuldtiteln anzulegen. Die Banken konnten erst ab März 1980 gegen diese Investitionsdollars konkurrieren, als der Kongreß die Regulation Q abänderte, in der 1933 Höchstzinsen für Termin- und Spareinlagen festgelegt worden waren, indem er ein Gesetz erließ, das die Zinsobergrenze für Spar- und Termineinlagen bei Banken und – Sparkassen über einen Zeitraum von sechs Jahren stufenweise zurücknahm.

Neue Wettbewerber

Eine weitere Triebkraft ist das Aufkommen neuer Wettbewerber. Die Deregulierung bringt die Regional Bell Operating Companies in die Lage, durch eine Nichtbanken-Infrastruktur auf das Gebiet der Finanzdienstleistungen vorzudringen, und die Finanzdienstleister haben sich nicht für eine breitere Deregulierung ihrer Branche und mehr Wettbewerb eingesetzt. Ein Keil, der in das traditionelle Finanzdienstleistungsgeschäft getrieben wurde, war das Aufkommen neuer Wettbewerber wie Fidelity und Merrill Lynch, die mit Geldmarktfonds antraten, Charles Schwab als Discount Broker sowie Fidelity Magellan Fund, Putnam und die übrigen Unternehmen aus der Branche der offenen Investmentfonds. Das hat die Art und Weise verändert, wie die Menschen als Verbraucher über die Anlage ihres Geldes denken; sie nehmen nicht mehr einfach nur an, daß ihr Bargeld in einer Bank liegt, wo es minimale Zinsen trägt. Immer öfter legen die Amerikaner ihr Geld in organisierten Geldmarktfonds und zunehmend auch in offenen Investmentfonds an, wo sie (theoretisch) sehr viel höhere Erträge erwirtschaften können und höhere Risiken eingehen, als sie bei der Hinterlegung ihres Geldes bei einer Bank könnten. Investitionen im von niedriger Inflation und hohen Realzinsen gekennzeichneten Umfeld der offenen Investmentfonds werden ihr spektakuläres Wachstum fortsetzen.

Globales Geld

Wir haben die Globalisierung der Aktienmärkte, der Währungen, des Kapitals und der Schuldtitel erlebt. Die wechselseitige Abhängigkeit der verschiedenen Wertpapier- und Geldmärkte rund um die Welt ist so groß, daß das Kapital vierundzwanzig Stunden am Tag reibungslos um die Welt fließt, in Echtzeit, jederzeit und überall, so daß die großen Institutionen in direktem globalem Wettbewerb stehen. Gerechterweise muß allerdings gesagt werden, daß diese Organisationen trotz der Globalisierung noch eine starke regionale Kundenbindung haben. Die Deutsche Bank z. B. wickelt die meisten ihrer Geschäfte in den USA nicht über amerikanische Gesellschaften ab, sondern indem sie deutschen Firmen, die in den USA tätig sind, eine entsprechende finanzielle Infrastruktur bietet. Ähnlich haben es viele der in Nordamerika erfolgreichen japanischen Banken gemacht, und zwar mit Hilfe ihrer Beziehungen zu Unternehmen in Japan, die auf dem amerikanischen Markt tätig sind. Und auch der Aufstieg von Unternehmen wie der Hongkong & Shanghai Bank in Westkanada beruht auf der Beziehung zum Strom der wohlhabenden Hongkong-Chinesen, die in den letzten Jahren nach Vancouver und in die westlichen Provinzen ausgewandert sind, um sich gegen mögliche negative Folgen nach der Rückgabe Hongkongs an China im Juli 1997 abzusichern. Aber die globale Infrastruktur hat die Verbraucher gerade erst angerührt. Die Investitionen in globale und regionale offene Investmentfonds nehmen zu, und es gibt mehr Auswahl an Finanzprodukten und -dienstleistungen von global im Wettbewerb stehenden Firmen. Mit vermehrtem Handel in Dienstleistungen und dem Aufstieg eines neuen Mittelstandes überall auf der Welt werden wir sehr viel mehr Verbraucher von Finanzprodukten erleben, und neue Wettbewerber werden auftreten.

Verbraucher als Unternehmen

Es ist klar, daß Verbraucher, z. T. dank neuer innovativer Wettbewerber, z. T. dank einer Verlagerung ihrer Präferenzen, sich heute so verhalten wie eine Unternehmenseinheit, wenn es darum geht, wie sie ihre Bankbeziehungen, ihre Kapitalbeziehungen und ihre Verbindlichkeiten verwalten. In den 80er Jahren haben die Verbraucher vermehrt von der Kreditfinanzierung Gebrauch gemacht, ähnlich wie die Unternehmen. Der Anstieg der Eigenkapitallinien in den 80er Jahren war beträchtlich. Das war eine Parallele zum wachsenden Einsatz von Fremdkapital durch die Unternehmen in den letzten Jahrzehnten. Die Verschuldung der Haushalte orientiert sich am Stil der Unternehmen.

Wie die Finanzdienstleistungen reagiert haben – bisher

Die Finanzdienstleistungsbranche hat unterschiedlich auf die zweite Kurve reagiert. Viele der Reaktionen sind Erstkurven-Fusionen, andere der Versuch, auf eine zweite Kurve zu springen. Einige Versuche werden scheitern, das jedoch auf interessante und lehrreiche Art. Der eine oder andere schafft es vielleicht. Und das sind einige der besonderen Reaktionen:

Reintegration

Der gesamte Finanzdienstleistungsmix wird wieder zusammengeschlossen. Einerseits fusioniert die erste Kurve horizontal – nämlich alle Fusionen im Bankensektor: Die der Banken im Westen – Wells Fargo mit Crocker und jetzt First Interstate, die Bank of America mit Security Pacific –, und im Osten – die Banken von Carolina und der große Abschluß von Chase und Chemical, die gemeinsam als Chase firmieren (obwohl Chemical der beherrschende Partner ist) und eine Macht in New York sind. Das ist aber nicht das Ende dieser Fusionen; wahrscheinlich werden sie als Reaktion auf die erste Kurve weitergehen. Zur zweiten Gruppe der Veränderungen gehört das Zusammenfügen neuer Teile des Banken- und Finanzdienstleistungssystems zu unterschiedlichen Kombinationen.

Haben Sie Milch? Haben Sie Investmentfonds?

Wells Fargo hat sich einer Strategie verschrieben, mit der es eine virtuelle Bank wird, es versucht aber auch, seine Präsenz auszuweiten, indem es immer mehr Kundenkontaktpunkte bietet, gleichzeitig aber so viele Filialen wie möglich schließt. Die Strategie der Bank besteht im Abschluß einer Exklusivvereinbarung als Finanzpartner für sämtliche Lebensmittelläden in Kalifornien, mit Ausnahme von Lucky, das exklusiv mit der Bank of America zusammengeht. Wells Fargos erklärte Absicht ist, in ausgesuchten Supermärkten in großem Stil präsent zu sein, was im wesentlichen auf ein Drei-Fenster-System hinausläuft: eins mit traditionellen automatischen Bankschaltern, ein zweites mit Videokonferenzeinrichtung als Kundenservice und schließlich eins, das zur richtigen Zeit mit einem echten Vertreter besetzt ist, der durch die Läden läuft und versucht, die Gelegenheit zu nutzen und die traditionellen Wells Fargo-Produkte an den Mann zu bringen, einschließlich der Geldmarkt- und Investmentfonds. Es ist gar nicht so undenkbar, daß man in den Supermarkt geht, um Milch zu kaufen, und mit Investmentfonds wieder herauskommt. Ein extremer Fall, aber trotzdem ein gutes Beispiel dafür, daß der Einzelhandel das Bankwesen mehr und mehr erkennt, und die Instrumente des Einzelhandels – der Aufbau von Markenartikeln und die Werbung – im Finanzdienstleistungssektor wahrscheinlich zunehmend eingesetzt werden.

Externe Kundenbetreuung

Da die Finanzdienstleistungsbranche in den letzten zwanzig Jahren unter Ertragsdruck geriet (vor allem während der jüngsten Phase der Marktderegulierung), hat die Durchführung von Systemen zur Leistungs- und Rentabilitätsmessung zu einer Neubewertung dessen geführt, wie Produkte geliefert werden. In vielen Bereichen erkannten Finanzdienstleistungsunternehmen, daß die Kosten für die Lieferung der Produkte das Erlöspotential überstiegen, wenn man sie isoliert errechnete. Um die Einsparungen durch Erhöhung der Produktionskapazität nutzen zu können, ist die Vergabe der Transaktionsverarbeitung an externe Firmen für viele Finanzprodukte zur Regel geworden (Kreditkartenabrechnung, Vertreterbetreuung, Verwaltung der automatischen Bankschalter). In vielen Fällen entstanden neue Unternehmen, die diese Bedürfnisse nach Fremdbeschaffung deckten. Es ist jedoch zum Problem geworden, daß die Kreditinstitute nicht nur die Computerdienstleistungen und Transaktionsverarbeitung außer Haus erledigen lassen, sondern am Ende auch die Kundenverwaltung. Das Ergebnis ist, daß die Fremdbeschaffungsfirmen jetzt über die Kundenbeziehungen verfügen und bereitstehen, die Finanzdienstleistungsunternehmen zu verdrängen, zu deren Unterstützung sie einst entstanden sind.

Neue Marken aufbauen

Kreditkartenunternehmen wie Visa und MasterCard haben das Markenprofil der Karte erfolgreicher aufgebaut als die Banken. Weil die Verbraucher Visa so sehr vertrauen, sind sie gegenüber der Bank, die die Karte ausgibt, beinahe gleichgültig, ein Verhalten, das den firmeneigenen Kreditkarten den Weg bereitete: Wenn Sie Flugkilometer oder Benzin oder Nachlässe oder – was noch besser ist – Geld hätten, würden Sie eine firmeneigene Kreditkarte verwenden.

Öffnen Sie Ihre Brieftasche und holen Sie Ihre Karten heraus. Welche Bank hat sie ausgestellt? Meine United Airlines First Card von Visa ist von der FCC (First Chicago Corporation) National Bank ausgestellt, einer Filiale der First National Bank of Chicago, aber es hat eine ganze Weile gedauert, bis ich das bemerkt habe. Der Vormarsch der firmeneigenen Kreditkarten hat die Verbraucher betäubt, so daß wir der Marke auf der Karte vertrauen, nicht der Bank, die dahintersteht. Joseph Nocera beschreibt die erste Ausgabe von Kreditkarten durch die Bank of America in Fresno im September 1958 als eine Katastrophe für die Bank – es gab notleidende Kredite, Betrug, Mißbrauch und eine schlechte Presse –, doch sie streute die Saat der Kreditkartenbranche aus. Wir haben schon einmal gelernt, einem neuen Transaktionsmedium zu vertrauen, und können es höchstwahrscheinlich wieder tun.

Visa, entstanden, um die Entwicklung und Akzeptanz eines weltweiten, kartengestützten Zahlungsmittels zu fördern, hat eine Marke geschaffen, die weit stärker als die der Aussteller oder Besitzer seiner Karten ist. Als Mitgliederorganisation mit Tausenden mutmaßlicher Master (der Besitzer) ist sie eine Organisation, die ihren eigenen Geist entwickelt hat. Mit dem Siegeszug der firmeneigenen Kreditkarten – die von Autoherstellern, Fluggesellschaften, Telefonunternehmen u. a. ausgegeben werden und Kombinationswerbung für ihre Produkte oder Dienstleistungen enthalten – haben die Verbraucher wiederholt größere Markentreue gegenüber Visa und·der Partnerfirma bewiesen als gegenüber dem eigentlichen Aussteller der Kreditkarte. In vielen Fällen ist die einzige Beziehung, die die Besitzer firmeneigener Kreditkarten wahrnehmen, tatsächlich nur die zu Visa – nicht die zur Bank. Und hier nun die Frage: da die Verbraucher offenbar meinen, eine Beziehung zu Visa zu haben, und da sie der Marke Visa gegenüber mehr Vertrauen gezeigt haben als der Marke der Bank, die die Karte ausgegeben hat, wird Visa eines Tages versuchen, anstelle der Bank die Kundenbeziehung direkt zu übernehmen (d. h. maßgebend für die Transaktion werden)?

First Data Resources (FDR) bietet ideale Voraussetzungen, ein neues American Express oder Visa zu werden. FDR stieg als Verarbeiter für Kreditinstitute in das Kreditkartenbetreuungsgeschäft ein und besitzt inzwischen die kaufmännische Seite des Geschäfts einschließlich des Portefeuilles von Citicorp. Die Firma, 1969 als Verarbeitungsbetrieb für die Mid-American Bankcard Association entstanden, wurde 1971 selbständiges Unternehmen und hoffte, über den Markt der Association hinauszuwachsen. Da FDR finanziellen Zugang zu den Kunden hat, ist es in der Lage, der Bank die Kunden abspenstig zu machen.

Die Entwicklung von Netzwerken mit automatischen Bankschaltern wie Star, Plus und Cirrus hat die bequeme Nutzung der Bankautomaten ermöglicht. Die Existenz derartiger austauschfähiger Netzwerke erlaubt jeder Bank, die einst geschützte Infrastruktur der Bankautomaten zu nutzen, die von der Citibank und der Bank of America entwickelt wurde. Darüber hinaus bietet die Preisgestaltung dieser Netzwerke jedem befugten Nutzer grundsätzlich Dienstleistungen zu den durchschnittlichen Betriebskosten aller Mitglieder. Es findet mit anderen Worten ein Transfer der Betriebskosten von den Nutzern zu denen statt, die den Bankautomatenservice bereitstellen, doch der Anzahl, dem Standort oder der Funktionalität der Bankautomaten wird kein Wert zugeschrieben. Diese Netzwerke erlauben Banken wie der Bank of California, große Bankautomatennetze anzubieten, ohne irgend etwas in ein Netzwerk selbst zu investieren (außer Verbindungsgebühren). Die Netzwerke ermöglichen Unternehmen wie Electronic Data Systems (EDS) auch, ihre Erfahrungen als Bankautomaten-Fremdbeschaffer für Banken einzusetzen und geschützte Bankautomatendienstleistungen bereitzustellen, die direkt an Verbraucher verkauft werden (Nichtbanken-Markenbankautomaten auf Flughäfen, in Supermärkten u. ä.).

Die Schaffung dieser austauschfähigen Netzwerke bereitet auch die Bühne für Neueinsteiger in das elektronische Währungs- und Zahlungsgeschäft wie Cybercash und Online-Geld (d. h. leichter und vorhandener elektronischer Zugang zu jedem Girokonto im Land). Gleichzeitig sind die Austauschregelungen in beständigem Wechsel, da die Banken in einer Erstkurven-Reaktion darum kämpfen, eine Rendite für ihre Investitionen in das Netzwerk zu erhalten.

Kernzuständigkeit verkaufen

Sie haben groß in die Produktentwicklung, die Betriebskapazität und die Systemressourcen investiert. Sie haben reichlich Kapital, Kunden und Marktanteile. Sie sind in einem öffentlich regulierten Wirtschaftszweig mit zahllosen deutlichen Zugangsbeschränkungen tätig. Sie sind einer der Wirtschaftskapitäne Ihrer Region. Der Bürgermeister ruft, alle rufen an. Sie brauchen keinen Finger zu rühren für das Marketing, und Sie müssen nur selten von Ihrem Schreibtisch aufstehen, um ein neues Geschäft anzukurbeln. Die Kunden kommen zu Ihnen. Sie sind ein König der ersten Kurve. Sie sind ein Banker der 60er Jahre.

Was tun Sie also? Sie bieten die Dienstleistungen einer Korrespondenzbank an, verkaufen mit anderen Worten Ihre Kernzuständigkeit an andere, damit die ihr Geschäft aufbauen können. Und genau das geschah in den 70er und 80er Jahren. Investitionsbanken verkauften Korrespondenzdienstleistungen an einzelne Makler und Händler. Banken verkauften Clearingdienstleistungen an andere Banken und Spezialinstitute. Aber zur gleichen Zeit stellten sich einige kluge Leute ein paar grundlegende Fragen. Wieso können Gebühren für Maklergeschäfte nicht ausgehandelt werden? Wenn ich meinem offenen Investmentfonds einen Brief schicken kann, um Anteile zurückzunehmen, warum kann ich dann keinen Scheck benutzen? Was ist eigentlich so besonders an einer Bundeseinlagenversicherung? Brauche ich wirklich eine Bank? Clevere Anwälte waren behilflich, neue Antworten auf diese Fragen zu finden und Nichtbanken-Banken zu schaffen, Nichteinlagen-Einlagen, Nichtkredit-Kredite.

Risikoverwaltung

Bis 1978 waren die Zinssätze in den USA reguliert. Auf Kontokorrentkonten gab es keine Zinsen, und der übliche Aktivposten eines Bankkunden war ein zinsgebundenes Hypothekendarlehen mit 30jähriger Laufzeit. Banken hatten geringe oder gar keine Zinsrisiken. All das änderte sich Ende der 70er Jahre mit der Deregulierung der Zinssätze und der Bildung von Geldmarkteinlagen, um Konkurrenz für die Geldmarktfonds zu schaffen. Mit einem Schlag entwickelten die großen Hypothekenbanken wie die Bank of America (damals wie heute die größte amerikanische Hypothekenbank) erhebliche langfristige nichtkongruente Zinsrisiken. Es wurden also langfristige zinsgebundene Darlehen durch zinsvariable (3 bis 6 Monate) Einlagen finanziert.

Um das Zinsrisiko unter Kontrolle zu haben, entwickelten die großen Hypothekenbanken neue Finanzierungsinstrumente, die in den meisten Fällen wertpapiermäßig unterlegt waren und an Drittinvestoren verkauft wurden. Mit der Förderung der großen Investitions- und Hypothekenbanken trat auch die amerikanische Regierung in Erscheinung, indem sie halbstaatliche Stellen schuf, um beim Poolen, wertpapiermäßigen Unterlegen und der Ausweitung der Hypothekendarlehen zu helfen (Fannie Mae, Freddie Mac). Entscheidend war, daß die Geber der Hypothekendarlehen weiterhin langfristige Hypotheken gewähren konnten, aber sofort eine Möglichkeit hatten, sie zu verkaufen, um das Zinsrisiko und die Ertragsschwankungen zu verwalten. Problem gelöst!

Die Schaffung eines Marktes für wertpapiermäßig unterlegte Hypotheken hatte die Nebenwirkung, daß die Wertkette der Hypothekenvergabe in drei klare Bereiche unterteilt werden konnte: Entstehung, Finanzierung und Betreuung. Es war nicht mehr erforderlich, daß der Initiator des Darlehens (die Organisation, die den Kunden hat) Eigentümer des Aktivpostens war. Das führte zur Schaffung neuer Unternehmen, die Darlehen vergaben, den Vermögenswert sofort an den Sekundärmarkt verkauften (vielleicht über eines der halbstaatlichen

Hypothekenunternehmen) und die Betreuungsrechte an einen Transaktionsverarbeiter veräußerten.

Bankgeschäfte über Beziehungen

Die Banker waren immer der Meinung, in einer Beziehungsbranche tätig zu sein. Und die Kunden wünschten sich ihrerseits immer eine Beziehung zu ihrem Banker. Aber wenn man sich ansieht, wie Banken Produkte an die Kunden verkauften, spielten Beziehungen sehr selten eine Rolle. Banken haben ihre Dienstleistungen im allgemeinen immer auf der Grundlage einzelner Transaktionen verkauft, wobei jeder Abschluß für sich berechnet wurde. Und der Kunde, der in den meisten Fällen auf der Grundlage einzelner Produkte kaufte, hat kaum Anreize, immer zum selben Kreditinstitut zu gehen. Banken verkauften Produkte an Kunden, die nicht sonderlich treu waren. Mit dem neuen Verbraucher geht man nicht mehr so um. Diese Trennung im Kopf der Banker zwischen Beziehungs- und Transaktionsmanagement hat dazu geführt, daß der Banker für jeden Kunden, mit dem er Geschäfte machen will, alles mögliche sein muß. Und dabei verzettelt sich die Bank oft, offeriert zu viele Produkte in mäßiger Qualität, beschäftigt zu viele gesichtslose Angestellte, die sich Banker nennen und dem Verbraucher im allgemeinen wenig bieten. Weil der Kunde darüber hinaus jeweils von Transaktion zu Transaktion und außerdem von ständig wechselnden Angestellten bedient wird, sieht er wenig Nutzen darin, all seine oder die meisten Eier in den Korb nur eines Kreditinstituts zu legen.

Wenn man sich die Veränderungen dort, wo Finanztransaktionen gekauft werden, ansieht, merkt man nichts von der Entwicklung eines neuen Kreditinstituts mit Vollservice, das alles richtet. Mit anderen Worten, die Verlagerung erfolgte nicht von der Bank of America zu Wells oder zur Citibank, oder gar von Merrill Lynch zu Shearson. Wir haben in den letzten dreißig Jahren vielmehr das Aufkommen neuer Wettbewerber erlebt, die ein gezieltes Produktsortiment mit hervorragendem Service, mehr Wert und entschlossenem Interesse für den neuen Verbraucher anbieten. Und in den meisten dieser Fälle kann der neue

Wettbewerber sich eine neue Regulierung (oder eine aggressivere Regulierungsauslegung), Technologie, die Entwicklung des aufgeklärten und finanziell versierteren Verbrauchers sowie eine stagnierende Bankmarketing- und Produktentwicklungskultur zunutze machen, die im Zweifelsfall auch noch von Aufsichtsbehörden gelähmt wird.

Anzeichen der geballten zweiten Kurve

Anzeichen für das Auftauchen der zweiten Kurve sind bereits zu erkennen. Hier ein paar davon.

Die Rockefeller entdecken das Internet

Der Mittelstand verfügt heute über das Bankgewerbe, das einst den Rockefellers zur Verfügung stand: Zugang zum Aktienmarkt über Investmentfonds und Discount Broker, zu Bargeld oder Krediten weltweit über globale Bankautomatennetze und Kreditkarten sowie zu anspruchsvoller Vermögensverwaltung über einen Telefonservice für Finanzfragen und persönliche Finanzanalysen. All das wird mit der Leistungsfähigkeit der neuen Technologie gekoppelt.

Der Aufbau einer neuen elektronischen Infrastruktur ist eine der zentralen Triebkräfte der zweiten Kurve in den meisten Wirtschaftszweigen. Die Einzelteile sind im Verlauf der letzten zwanzig Jahre konsequent entstanden. Erstens die grundlegende globale Infrastruktur zur Vermittlung von Finanzinformationen, die die Aktienmärkte und Banken in die Lage versetzt hat, global und in Echtzeit zu operieren und Geld zu bewegen. Zweitens die zunehmende Modernisierung im Privatkundengeschäft, dank der man die Verbraucher über Bankautomatennetzwerke und eine erhöhte globale Integration dieser Netzwerke erreichen kann. Drittens die Entwicklung der EDI- und EFT-Systeme, die den elektronischen Datenaustausch bzw. den elektronischen Geldtransfer ermöglichen, ein Werkzeug für einheitliche Bezahlung und neue Formen finanzieller Integration.

Das neueste und vielleicht aufregendste ist die Plattform für elektronischen Handel, die für das Internet geschaffen wird. Bis in jüngste Zeit nahm niemand, der noch bei Trost war, finanzielle Transaktionen über das Internet vor (wie in den Anfängen der Kreditkarte und des automatischen Bankschalters), und einige halten es immer noch für unklug. Doch man hat inzwischen einige Protokolle und Verschlüsselungssysteme entwickelt, die die sichere Übermittlung von Kreditkartennummern über das Netz gewährleisten, und mehrere Banken, unter ihnen Wells Fargo, eine der führenden, haben sich einer elektronischen Infrastruktur verschrieben, in der das Internet als ein Grundstein für sichere Transaktionen fungiert. Aber das Internet ist nur einer von vielen Bereichen dieser kommenden elektronischen Infrastruktur. Ein anderer sind die Smartcards, die über das Telefon aktualisiert und mit Bargeld aufgeladen werden können.

Mondex, von der National Westminster Bank entwickelt, ist ein Werkzeug, das den Nutzern ermöglicht, elektronisches Bargeld bei sich zu haben. Die anderen Formen des »neuen Geldes« sind digitales Bargeld, virtuelles Geld im Internet, wo die Kontoinhaber sich einverstanden erklären, daß ihnen über das Internet ein virtueller Geldbetrag zur Verfügung steht, der bei Organisationen wie Cybercash bereitgehalten wird.

Der neue Versicherungsagent

Agententechnologie, eine Suchtechnologie, wie sie gegenwärtig von General Magic entwickelt wird, wird ebenfalls großen Einfluß darauf haben, wie wir Dinge wie Finanzdienstleistungen erwerben. Bald haben Sie Ihre Risikoprofile online und können Ihren intelligenten Agenten ständig weltweit nach Investitionen, Krediten und Versicherungsmöglichkeiten suchen lassen, die Ihrer Riskofreudigkeit entsprechen.

Zahlungsservice

Eines der Stammgeschäfte der großen Geschäftsbanken ist die Scheckverrechnung. Bei der Bank of America haben mehr Firmen ein Konto, weil mehr Verbraucher ein Konto bei der Bank of America haben. Eine Firma mit Konto bei der Bank of America wird also wahrscheinlich schneller über das Geld verfügen können, wenn sie einen Scheck über ihre Bank abrechnen läßt, als wenn sie einen anderen Service in Anspruch nimmt.

Mit der Zunahme der elektronischen Zahlungsinstrumente wird dieser gedruckte »an uns«-Vorteil der großen Geschäftsbanken verschwinden. Welche Möglichkeiten gibt es, diese Dienstleistungen zu ersetzen? Gibt es so etwas wie einen elektronischen »an uns«-Vorteil? Betreten wir die Welt der elektronischen Rechnungsbegleichung und -vorlage.

Kreditgewährung von Verbraucher an Verbraucher

Ein Bewertungsservice für die Kreditwürdigkeit des Verbrauchers und Versicherungsdienstleistungen erlauben eine direkte Kreditgewährung zwischen Verbrauchern. Da immer mehr Kommunikationseinrichtungen und -dienstleistungen entstehen (BBS, E-Mail, Online-Dienste, Internet) und Computer sowie Kommunikationsdienste die Haushalte erobern, kann man sich die Entwicklung eines automatischen Abstimmungsdienstes vorstellen, der die direkte Kreditgewährung zwischen Verbrauchern unterstützt. Ein solcher Service wäre angewiesen auf einen zuverlässigen Bewertungsservice für Konsumentenkredite, der die Kreditwürdigkeit aller Beteiligten feststellen würde, und auf ein Kreditversicherungsprodukt, das als Reservepool für Kreditausfälle dient.

Beglaubigungsservice

Die digitale Unterschrift bei Netzwerktransaktionen erfordert Investitionen der Banken in die Kartenausgabe der automatischen Bankschalter und in die Akzeptanztechnologie. Die Karten-/PIN-Nummer entspricht einem öffentlichen/privaten Schlüssel. Da die Finanzdienstleistungsunternehmen eine digitale Unterschriftentechnologie verlangen, die Ferntransaktionen über Netzwerke zuläßt, und da die Verbraucher höchstwahrscheinlich nur eine digitale Unterschrift für alle Netzwerktransaktionen benutzen wollen, werden die Banken, sofern sie nicht selbst Aussteller/Treuhänder der Schlüssel werden, sich gezwungen sehen, mit einem Aufschlag Dienstleistungen zu kaufen, die sie heute selbst bereitstellen.

Smartcards

Alle Finanzdienstleister blicken auf die Chipkarte. Auf diesen Karten, Smartcards genannt, ist ein bestimmter Geldbetrag gespeichert, der beim Kaufen abgebucht wird, bis die Karte leer ist. Einige Karten sind übertragbar, andere wiederaufladbar. Wieder andere Smartcards haben nur Informationen gespeichert. Die Fluggesellschaften schätzen sie beim elektronischen Ticketverkauf. Universitäten schätzen sie, weil sie als universeller Ausweis in der Bibliothek und Mensa benutzt werden können. In der Gesundheitsvorsorge wirft man wegen der Patientendaten ein Auge auf die Karte, und die Banken sehen in ihnen eine elektronische Geldbörse und eine Möglichkeit, den Kreditkarten- und Bankautomatenbetrug einzudämmen. Aber was wollen die Verbraucher? Höchstwahrscheinlich nicht zwanzig Smartcards mit sich herumschleppen.

Zwischenstaatliche gegen intergalaktische Bankgeschäfte

Die Reform des amerikanischen McFadden Act von 1927, der einen restriktiven Rahmen für eine Ausweitung der Bankfilialen steckte, ist bereits da. Die Flut der Bankfusionen allein 1995 war gewaltig. Ein vollendeter Chase/Chemical-Deal, die Fusion von Wells Fargo und First Interstate, eine mögliche Fusion von BankAmerica und NationsBank: Alle großen Kreditinstitute suchen nach Wegen, die landesweite Franchise zu schaffen. Aber zu welchen Kosten? Integrationsalpträume für die System- und Beschäftigtenkultur. Erwerb von zahllosen Immobilien, die sich Filialen nennen. Und Kontenumwandlungen, die die

Kunden veranlassen, ihr gesamtes Verhältnis zu Banken jedesmal zu überdenken, wenn sie bei Ihnen unterschreiben. Es muß einen besseren Weg geben.

Virtuelle Banken

Alle Welt redet vom Aufbau virtueller Banken. Wir schalten das Konto online, und Sie können Rechnungen begleichen, Wertpapiere kaufen, Geld leihen, und alles bequem vom Wohnzimmer aus. So jedenfalls stellen sich die traditionellen Finanzdienstleistungsunternehmen eine virtuelle Bank vor. Doch die Verbraucher wissen es besser und haben sich in den letzten zwanzig Jahren ihre eigenen virtuellen Banken gebaut. Sie haben bei einer Geschäftsbank, Sparkasse oder Kreditgenossenschaft tagesaktuelle Transaktionsdienstleistungen gekauft. Sie haben bei Discount und Vollservice-Brokern sowie Investmentgesellschaften Festgeldkonten eröffnet. Sie haben Kreditkarten von ihren Schulen, Gewerkschaften, Supermärkten und Online-Diensten bekommen, ganz zu schweigen von den Fluggesellschaften, Telefonunternehmen und Autoherstellern. Sie sparen über ihren Arbeitgeber, leihen über ihren Immobilienmakler und haben sechs oder sieben Finanzbeziehungen. Und jedes dieser Finanzdienstleistungsunternehmen bezeichnet diese launischen Verbraucher als seine geschätzten Kunden.

Bill Gates nennt die Banken Dinosaurier, und jeder Banker glaubt, daß Microsoft gern eine Bank wäre. Banken, so wie wir sie heute kennen, sind Dinosaurier, und Microsoft möchte tatsächlich gern eine Bank sein, aber keine Bank, wie wir sie uns heute vorstellen. Die Microsofts dieser Welt fahren vielmehr auf der zweiten Bankkurve, vermitteln Transaktionen und Beziehungsmanagement. Die Erfahrung der Verbraucher mit dem Aufbau virtueller Banken, verknüpft mit dem Fortschritt bei Datenbanktools und Kommunikationstechnologien, öffnet die Tür zu einer völlig neuen Branche, den Brokerbanken. Eine Brokerbank liefert dem Verbraucher die Infrastruktur, damit er an der kostengünstigsten Quelle Finanzprodukte und -dienstleistungen kaufen kann, gleichgültig wo sich der Verbraucher und der Lieferant des Produkts oder der Dienstleistung befinden. Diese neuen Systeme sind keine Banken, sondern nur der erste wichtige Bildschirm auf dem Weg zu einer Unzahl von Finanzprodukten.

Das »Schwab One Account« ist ein gutes Beispiel hierfür. Mit nur einem Anruf können Sie von fast jedem Dienstleister weltweit Wertpapiere, Einlagen und Investmentfonds kaufen. Sie können Ihre Vermögenswerte beleihen, für Käufe mit einer Lastschrift- oder Kreditkarte zahlen und Schecks ausstellen – und schon bald werden Sie auch Rechnungen begleichen können. Und alle Transaktionen erscheinen schön säuberlich einmal im Monat in einer Aufstellung.

Adress- und Online-Dienste werden ebenfalls bald eine Rolle bei der fortschreitenden Umgehung von Beziehungen spielen. Bereits heute können Sie über CompuServe, America Online, Prodigy und das Internet herausfinden, welche Bank am meisten für Geldmarktzertifikate zahlt, welches Kreditangebot die für Sie richtigen Anreize besitzt und wer die niedrigsten Hypothekenzinsen in Ihrer Gegend verlangt. Und in ein paar Monaten können Sie diesen Zins oder jenes Produkt anklicken, um auf die Homepage des Anbieters zu gelangen und die Transaktion einzuleiten. Adreßdienstunternehmen wie InsWeb und Morningstar sowie die großen Online-Dienste werden diese Dienstleistungen bereitstellen.

Etwa 60 Prozent des wohlhabendsten Fünftels der amerikanischen Bevölkerung besitzen einen PC; von ihnen benutzt über ein Fünftel ihren PC für die Finanzverwaltung. Das Programm »Quicken« von Intuit hat am Markt der privaten Finanzverwaltung einen Anteil von 70 Prozent mit über 7 Millionen Kunden. Weitere Mitbewerber sind »Money« von Microsoft, das die Anwender von Windows 95 und Windows NT benutzen können. Die meisten Banken, die Intuit anbieten, haben auch Microsoft im Angebot, wenngleich bei dem Konkurrenzdruck am Ende wahrscheinlich nur noch eine Plattform bleibt. Ein dritter Wettbewerber ist die MECA Software Inc., ein Unternehmen aus Connecticut (kurze Zeit im Besitz von H&R Block, jetzt im gemeinsamen Besitz der Bank of America, NationsBank, Fleet Financial Group, First Bank Systems und der Royal Bank of Canada), das die Sache etwas anders angeht. MECA Software bietet den Banken weitgehende Kontrolle über die private Finanzverwaltung und fungiert als Vorhut für Banken, die die Beziehung zu ihren Kunden über ein

Produkt der privaten Finanzverwaltung ausbauen möchten, aber nicht wollen, daß dieses Produkt ein Konkurrent um die Gunst der Kunden wird. MECA Software liefert einen Einstieg, der genau zugeschnitten werden kann, so daß er aussieht, als wäre er eigens für eine bestimmte Bank entwickelt worden.

Binnen weniger Jahre wird »Quicken« von Intuit das elektronische Gegenstück zum »Schwab One Account« sein. Bereits jetzt können Sie eine Quicken-Kreditkarte bekommen, die automatisch heruntergeladen werden kann, und über Intuits elektronischen Service zur Rechnungsbegleichung können Sie virtuell an jeden zahlen. (Diese Dienste haben sich bereits auf das Drucken der Scheckformulare ausgewirkt. Im Dezember 1995 gab die Deluxe Corporation, der größte Drucker von Scheckformularen in den USA, bekannt, das Unternehmen umzustrukturieren und nahm damit vorweg, daß mit der einprozentigen Zunahme des Scheckvolumens pro Jahr 1998 Schluß ist und das Volumen ab der Jahrhundertwende abnehmen wird.) Bald können Sie Daten von Kontokorrentkonten bei ausgewählten Banken und auch von Fondstransaktionen in die Software integrieren lassen. Solange Sie mit einem mit Quicken ausgestatteten Verkäufer verkehren, ist die Software Ihre Beziehungsverwaltung. Und sobald Intuit Verbindungen für die Verbraucher bereitstellt, damit sie über die Software jedes für Quikken freigegebene Finanzprodukt kaufen können, ist Quicken die virtuelle Bank.

Intuit erlangte 1994 Berühmtheit durch die angestrebte Übernahme durch Microsoft, die ein Angebot über das 75fache der Erträge für ein Unternehmen enthielt, das Software für die private Finanzverwaltung herstellt. Die Aussicht, sich die Kapazität von Intuit anzueignen, um private Finanzverwaltung und eine Verbindung zu Transaktionen bereitzustellen, die unter Windows 95 liefen, schreckte alle auf, vor allem aber die Banken. Wall Street befürchtete, Microsoft hoffe, eine Bank zu werden. Unter dem Druck der US-Kartellbehörde beschloß Microsoft, die Finger von dem Intuit-Deal zu lassen, woraufhin der Kurs der Intuit-Aktien um 20 Prozent fiel, sich aber nach einem Monat wieder erholte. Anschließend unterschrieb das Unternehmen Vereinbarungen mit mehreren Banken und Finanzinstituten.

Intuit-Chef Scott Cook, früher bei Procter & Gamble und ein Verfechter des Kundendienstes, möchte die Technologie denen unter uns zugänglich machen, die keine Software-Ingenieure sind; er möchte eine »elektronische Brieftasche« ermöglichen, wie er es nennt, mit Intuit als Verbindungssteg zwischen Banken und Verbrauchern, mittels der die Verbraucher ihre Finanzen verfolgen und sich finanziell betätigen können – z. B. Investmentfonds auswählen und verwalten.

Intuit ist äußerst aufgeschlossen gegenüber dem Anwender von Software für die private Finanzverwaltung. Der Schlüssel zum Erfolg des Unternehmens liegt nicht unbedingt in der eleganten Programmierung – wenngleich das Programm wirklich gut ist und tatsächlich auch all das leistet, was es verspricht –, sondern in der großen Aufgeschlossenheit des Unternehmens, sowohl was den Kundendienst als auch das Kundenfeedback betrifft. Die Erlöse des Unternehmens stiegen von 1994 auf 1995 um 77 Prozent, und auch wenn in dieser Zahl zwei Übernahmen enthalten sind, so daß sie künstlich etwas aufgebläht ist, ist das Ergebnis doch eindrucksvoll. Das Unternehmen hat auf der Grundlage von Quicken diversifiziert (das Softwareprogramm brachte früher die meisten Erlöse) und bietet heute Produkte für den Kleinbetrieb und die Familie. Intuit hat auch europäische und andere internationale Märkte für sich erschlossen, wo die Firma das Benutzerprofil zu finden hofft, das sie sucht. Dieser Markt ist nach Scott Cooks einfach durch eine 2 x 2-Matrix aus Wohlstand und PC-Einsatz bestimmt. Intuit hofft, den Quadranten der wohlhabenden Haushalte mit ausgeprägten PC-unterlegten Finanzinteressen zu gewinnen, den oben beschriebenen infomatierten Haushalt.

Benutzer von Quicken und Kunden von Kreditinstituten, die sich bei Intuits privatem Online-Netz zugeschaltet haben, können Quicken benutzen und damit verschiedene Banktransaktionen vornehmen wie den Kontostand abfragen, Geld überweisen und Rechnungen begleichen. Das Netzwerk mit Technologie von Teknekron Software Systems, Verschlüsselungsalgorithmen von RSA Data Security und zusätzlichen Rechnern auf Servern von Sun Microsystems, die den Zugang überwachen, bietet Verbrauchern eine sichere Expreßverbindung mit Konten bei bis zu drei Kreditinstituten. Bei jedem Institut sieht der Kunde das Emblem der jeweiligen Bank auf dem Online-Servicemenü.

Intuit und America Online Inc. (AOL) haben eine strategische Abmachung getroffen, für AOL-Mitglieder gemeinsam die elektronische Abwicklung von Bankgeschäften bereitzustellen. Intuit will seinen Online-Bereich auf AOL übertragen und Verbindungen zu seiner vor einiger Zeit gestarteten Internet-Web-Stelle herstellen, dem Quicken Financial Network, und AOL will Softwareprodukte von Intuit zum Verkauf auf AOL anbieten. Beide Unternehmen wollen gemeinsame Werbeaktionen durchführen, um ihre Produkte dem Kundenstamm des jeweils anderen vorzustellen.

Neue Wettbewerber in der Versicherungsbranche

InsWeb, im Oktober 1995 gestartet, ist eines von mehreren Versicherungszentren im Internet. InsWeb bietet detaillierte, branchenumfassende Informationen über Vertreter, Makler, Versicherungsunternehmen und -schutz. Hussein Enan, der Gründer und Chairman, hatte ursprünglich die Idee, eine Software zu entwickeln, die einzelnen Versicherern ermöglichte, ihre eigenen Online-Dienste aufzubauen. Aber als er die Schwierigkeiten erkannte, die die Kunden haben würden, all die Standorte der Versicherer ausfindig zu machen, ganz zu schweigen vom Vergleichen der Policen, wechselte er den Kurs und konzentrierte sich darauf, den Verbrauchern die Informationen zu liefern, die sie für fundierte Kaufentscheidungen brauchen. Und nachdem man sich entschieden hat, kann man auch elektronisch die verschiedenen Versicherungen abschließen und sich mit den Vertretern und Maklern bei der Versicherung seiner Wahl in Verbindung setzen. Sicherheitsvorkehrungen sind eingebaut und stehen dem Host wie den Verbrauchern zur Verfügung. Zu den Host-Unternehmen (die das Quellenmaterial bereitstellen) gehören Ausbildungseinrichtungen, die neutrale Informationen für Glossare und häufige Fragen liefern, und gemeinnützige Organisationen, die Verbraucherinformationen wie Agenturbewertungen nach Produkten und Preisen veröffentlichen, aber auch Versicherungsunternehmen.

Unternehmen, Vertreter und Makler zahlen dafür, im InsWeb auf einer abgestuften Skala vertreten zu sein. Die Preise für die Versicherungsgeber beruhen auf der Anzahl der Produktlinien und Bundesstaaten, in denen diese angeboten werden. Die Preise für Vertreter, die von der Ausstattung des Vertreterstandortes abhängen, sind niedriger. Die Versicherer können im InsWeb auch ihre Produkte und Personalerfordernisse anzeigen. Und die Verbraucher müssen keine Versicherungspolicen durchforsten, um das zu finden, was sie suchen; sie können Formulare ausfüllen, die den Versicherern erlauben, Policen anzubieten, die ihren Anforderungen entsprechen, was die Policenpreise vermutlich senken wird.

Direkt zum Verbraucher

Es gibt mehrere Beispiele für Finanzdienstleister, die sich direkt an den Verbraucher wenden, ohne den Umweg über Makler, Vertreter und Filialen. Schwab machte eine große Erwerbung in Großbritannien und verbreiterte seine Basis, und NationsBank stellte dreihundert Wertpapierhändler ein, die direkt in der Bank arbeiten. Virgin Direct ist ein weiteres Beispiel, wie First Direct und Lloyd's, das seine Dienstleistungen direkt anbietet. Virgin Group, die britische Fluggesellschaft und Freizeitgruppe unter der Leitung von Richard Branson, brachte ihr erstes Finanzprodukt im März 1995 heraus, einen der billigsten Privatkapitalpläne auf dem Markt. Es war Bransons Versuch, neue Kunden für Finanzdienstleistungen zu gewinnen, und er visierte dabei die Altersgruppe unter fünfundvierzig mit einem einfachen Produkt an und verband damit Nachlässe bei Virgin in der Reisesparte. Wie es heißt, beschloß Branson auf den Markt zu gehen, nachdem er versucht hatte, sein eigenes Geld zu investieren. »Ich hatte den Eindruck, auf ihm wimmelte es von versteckten Belastungen, aufdringlichen Verkäufern, schlechten Leistungen und nichtssagenden Sprüchen. Ich konnte nicht glauben, daß es so schwer sein sollte, und so stellte ich ein Team zusammen, um es besser zu machen. Das Ziel war, Produkte anzubieten, die die billigsten auf dem Markt und am leichtesten zu verstehen waren.«

Virgin gründete Virgin Direct Personal Financial Service (VDPFS), ein Gemeinschaftsunternehmen mit dem britischen Lebensversicherer Norwich Union. Das Unternehmen betrieb Telefonverkauf, um die

Kosten niedrig zu halten, und profitierte von neuen Bestimmungen, die erlassen worden waren, um die britische Versicherungsbranche von den Kosten und Provisionen her transparenter zu machen. In Großbritannien wird VDPFS Lebensversicherungen per Telefon verkaufen, wobei anfangs neue beratungsfreie Produkte angeboten werden; das Unternehmen plant jedoch, bald auch finanzielle Beratungen über das Telefon vorzunehmen. Und es wird berichtet, Virgin plane, auf ausländische Märkte vorzudringen, wo das Unternehmen einen guten Namen hat, die Spannen hoch sind und der Service schlecht – wahrscheinlich das europäische Festland und Nordamerika; Australien ist wegen der Gemeinsamkeiten mit der Australian Mutual Provident Society weniger wahrscheinlich.

Der Blick nach vorn: Zweite Kurven für die Zukunft

Die ausgeprägte zweite Kurve der Finanzdienstleistungen wird durch die langsame Entwicklung angetrieben, die wir kennengelernt haben – Verbraucher des Mittelstandes, denen verschiedene Finanzierungsinstrumente zur Verfügung stehen, die aber keine Treue gegenüber dem Urheber empfinden –, und durch die gewaltige Zunahme an technologisch ausgerichteten Zweitkurven-Akteuren wie Intuit. Der Rückgang beim Wert der Beziehungen, dazu die bessere Bildung und die höheren Ansprüche der Verbraucher, Fortschritte in den Kommunikationstechnologien, ein weiterer Abbau der Barrieren zwischen den Segmenten der Finanzmärkte und die freien grenzüberschreitenden Kapitalströme führen zu neuen Möglichkeiten, wie der Handel mit der Entwicklung neuer Finanzprodukte und -dienstleistungen betrieben werden kann, die den neuen Handel unterstützen. Der Wandel wird rasch und heftig erfolgen, und er wird viele der größten Erstkurven-Akteure des 20. Jahrhunderts bis ins Mark treffen.

Es ist erschreckend für Erstkurven-Finanzdienstleister zu sehen, wie dramatisch sich das auswirken kann. Vor einiger Zeit sprachen wir mit einem großen Lebensversicherer von der Ostküste. Wie die meisten

Lebensversicherungsunternehmen hatte auch dieses ein großes Geschäft aufgezogen und verkaufte Lebensversicherungen über ein Heer von Vertreterinnen und Vertretern mit Pepsodent-Lächeln und markigem Händedruck, die wußten, wie man nach neuen Kunden Ausschau hält und sie auf eine Versicherung mit hohen Belastungen und hoher Provision festlegt. Wir machten den Führungskräften des Unternehmens allerdings klar, daß diese Welt zu Ende geht. Es ist durchaus denkbar, daß schon sehr bald ein intelligentes Programm in einem privaten PC automatisch die Versicherungen heraussucht, die ich aufgrund meines sozialen und finanziellen Profils brauche. Das elektronische Suchwerkzeug würde von sich aus ins InsWeb gehen oder sogar zu den Homepages aller Anbieter weltweit und Seite für Seite einen maßgeschneiderten Vergleich der besten Tarife aus den verschiedenen Angeboten erstellen. Dieser große Versicherer erklärte uns: »Das letzte, was wir wollen, ist ein seitenweiser Vergleich der Gruppentarife.«

Immer häufiger erwerben kluge Käufer Finanzdienstleistungen über intelligente Netzwerke wie das Internet, statt von einer Armada gestylter Vertreter. Sie stehen im Dialog mit den Weltmärkten und lassen sich von neuen globalen Weltmarken wie Virgin leiten, unterstützt von Intuit, General Magic, First Data, RSA, Netscape und First Virtual. Das ist die zweite Kurve.

Kapitel 12
Die zweite Kurve bewältigen

Wir sind nicht mehr in Kansas; die Welt, in der wir leben und arbeiten, ist entschieden anders als noch vor zwanzig Jahren – oder auch zehn. Wir sind als Verbraucher andere und sind es als Unternehmen; es würde Ihnen nicht schwerfallen, eigene Beispiele für die auf diesen Seiten beschriebenen Veränderungen anzuführen. Die Fortschritte in der Technologie, die Veränderungen bei den Gewohnheiten und Ansichten der Verbraucher und die globale Erweiterung des Marktes haben weitreichende Auswirkungen gehabt und zweite Kurven geschaffen, die Gefahren wie Gelegenheiten bieten. Ob man den Aufstieg Chinas zu einem Wirtschaftsgiganten nimmt, das Wachstum der neuen Konsumgütermärkte in den Mittelstands-Städten überall in der Welt oder den Vormarsch der neuen Technologien und neuen Geschäftsmethoden, die zweiten Kurven sind da.

Und sie richten Chaos an, wenn Sie nicht aufpassen; sie verwandeln Vorstandsräume in nervöse Kommandozentralen, wenn die Geschäftsführung die soliden (oder zumindest *vorhandenen)* Erlöse aus der ersten Kurve, die die Erwartungen der allgegenwärtigen Aktionäre erfüllen sollen, abwägen muß gegen das Gefühl – oder die Hoffnung –, daß die zweite Kurve auf lange Sicht ein gutes Geschäft wird. Es ist ein riskantes Geschäft, aber man kann es wagen.

Die zweite Kurve ist ein Phänomen, dem die Unternehmen sich stellen müssen, wenn sie überleben wollen. Aber sie ist noch mehr; sie ist ein Modell, und zwar ein gutes. Dank seiner Einfachheit ist das Zweikurvenmodell ein hervorragendes Instrument, um in Zeiten großer Veränderungen strategisch zu planen, ein einfaches Symptom, das den Unternehmen helfen kann, sich Gedanken über ihr Geschäft und die Märkte zu machen, wie sie sind und wie sie werden könnten; über ihre Einstellung zum Risiko; und, was am wichtigsten ist, über die Richtung und das Tempo des Wandels. Das Zweikurvenmodell kann den Unternehmen helfen, ihren Zeithorizont auf fünf, zehn oder gar zwanzig Jahre auszudehnen. Pitney Bowes ist so weit gegangen, die Zweikurvensprache in die Arbeitsplatzbeschreibungen für Führungskräfte des Unternehmens aufzunehmen. Und Gesundheitsvorsorgeunternehmen – Pharmaunternehmen, Hersteller medizinischer Technologie, Gesellschaften der regulierten Gesundheitsvorsorge und Dienstleister wie Bristol Myers Squibb, SmithKline Beecham und Kaiser Permanente – haben das Zweikurvenmodell benutzt, um den Niedergang der ersten Kurve lückenlos zu verstehen. Autohersteller, Banken und Technologieunternehmen wie Volvo, Chrysler, Chase Manhattan und Telia haben sich des Zweikurvenmodells bedient, als sie darüber nachdachten, was sie tun sollen, wenn ihr seit langem bestehender Markt sich voll entfaltet.

Das Arbeiten mit zwei Kurven ist ein Bild, das Unternehmen helfen kann, über große Veränderungen nachzudenken – nicht das schrittweise Wachstum, die Veränderungen, wie sie sich ergeben, wenn ein Unternehmen seinen Lebenszyklus durchläuft, sondern der umfassende, fundamentale, universelle Wandel in der Größenordnung des Kometen, der im Mesozoikum die Dinosaurier aussterben ließ. Das Zweikurvenmodell schwingt bei Unternehmen mit, weil es ein Werkzeug für den Umgang mit dem grundsätzlichen strategischen Zwiespalt ist, der in Zeiten von Veränderungen aufkommt: man weiß, daß die Dinge sich ändern, weiß aber nicht, wie oder wie schnell. Das einzige, was man weiß, ist, daß man nicht einfach darauf warten kann, bis die Veränderungen einen selbst erreichen; man muß hinaus und etwas unternehmen.

Anzeichen der zweiten Kurve

Etwas von dem, was Sie über die zweite Kurve und die Reaktionen auf sie wissen müssen, hängt von Ihrem Standort ab – den Besonderheiten Ihres Unternehmens und Ihrer Branche. Aber es gibt einige Eigenschaften der zweiten Kurve, die zutreffen und mit denen Sie vertraut sein sollten, egal wo Sie sich befinden. Folgende Trends gehen Hand in Hand mit der zweiten Kurve, überall:

Von Gütern über Dienstleistungen zum Wissen

Die Informationsrevolution führt uns zu einer wissensfundierten Gesellschaft, in der Dienstleistungen im Vergleich zu Gütern immer wichtiger werden. Wo das, was man weiß, mehr zählt als das, was man herstellt, und wo es wichtiger ist, den Kunden zu besitzen als die Produktionsfaktoren. Selbst im Herstellungssektor sehen wir, wie immer mehr Arbeitsplätze im Wissensbereich geschaffen werden im Vergleich zur harten körperlichen Arbeit. Zunehmend erfolgt Wertschöpfung nur dann, wenn sie den Wissensgehalt hat, der aus Dienstleistungen wie der Forschung und Entwicklung kommt.

Zersplitterte und fusionierte Märkte

Die Verbraucher verlangen heute Ansprache, angefangen von der Qualität (ob sie nun Informationen oder eine Dienstleistung brauchen) bis zum Wann und Wo der Verkauf stattfindet. Eine Möglichkeit, die die Anbieter in dieser Richtung versuchen, ist die Konzentration auf kleinere, speziellere Verbrauchergruppen, was die zweite Kurve belebt und sich in einer Zersplitterung des Marktes niederschlägt. Die zweiten Kurven sind häufig ein Versuch, neue Märkte für das zu erschließen, was ein bestimmtes Segment eines bereits bestehenden Marktes war. Immer mehr Märkte zielen auf kleinere, speziellere Verbrauchergruppen ab. Manche nennen das Eins-zu-eins-Marketing – Vielfalt und Technologie kommen unmittelbar zusammen und führen zu einmaligen Transaktionen zwischen Käufer und Verkäufer. Meine Reisegewohnheiten als Kunde von United Airlines sind gespeichert, was United in die Lage versetzt, ihren Service noch besser auf meine Bedürfnisse einzustellen. Mit vielen der neuen Online-Dienste könnte ich mir meine eigene Zeitung zusammenstellen. Ich tue es nicht, aber ich könnte es. Aber die Verlagerungen zu den stark zersplitterten Zweitkurven-Märkten, wie sie z. B. im Internet entstehen, werden als Reaktion auf den wertebewußten Verbraucher durch die massiven Ballungen auf der ersten Kurve des Einzelhandels ausgeglichen. Der Einzelhandelsumsatz pro Quadratmeter geht bei allen Formen des Einzelhandels zurück. Das ist eine Folge der Überkapazität bei allen Kategorien des Massenabsatzes – Lebensmittelgeschäfte, Drugstores, Clubgestaltung wie bei Costco und selbst große Warenhäuser. Große Lebensmittel-, Drugstore- und Buchketten tun sich zusammen, um sich Marktanteile zu erkämpfen. Die erste Kurve verhärtet sich, obwohl sich die zweite Kurve öffnet.

Ein Beispiel ist die Verlagsbranche, in der die zweite Kurve sich bemerkbar macht und die Nöte infolge zweier Kurven allgegenwärtig sind. Bei den Absatzwegen des Bucheinzelhandels hat die Fusionierung bereits stattgefunden, angestoßen durch die Veränderungen beim Vertrieb und Einzelhandel, über die wir schon gesprochen haben. Wertbewußte Verbraucher, neue Technologie und neue Logistik haben die Macht der großen Ketten erheblich gesteigert. Gleichzeitig erschließen Läden wie Barnes & Noble neue Absatzwege (in der Form von Supermärkten). All diese Verlagerungen bedrohen die erste Kurve der Verleger mit einfachen Technologien und traditionellen Märkten.

Was soll ein Verlag tun? Ballantine, ein Unternehmensbereich von Random House und der Verlag, bei dem dieses Buch in den USA erschienen ist, hat die zweite Kurve angegangen. Ballantine erkannte, daß die neue Technologie Gelegenheit bot, es anders zu machen, wenn man die neue Computertechnologie für die Herstellung, Verwaltung und Distribution der Bücher einsetzte. Der Verlag begann 1989 mit der Automatisierung der Verkaufsinformationen für die Buchhändler durch PROS (Professional Re-Order System) und baute ein elektronisches Rückgrat für den Verlagsvertrieb auf. Durch PROS und den Nachfolger BOOKNET, das in die Buchhandelssysteme integriert wurde, kam man näher an den Kunden heran und erhielt Echtzeitinformationen darüber, was sich verkaufte und was nicht – dank der rigorosen Bestandsaufnahme in den Läden und der Datensammlung, die anfangs noch von den Ballantine-Vertretern durchgeführt wurden, später dann aber über elektronische Kassen liefen.

Der große Schritt zur zweiten Kurve kam jedoch 1993, als Ballantine praktisch den gesamten Datenaustausch auf Lotus Notes umstellte, nicht nur die Verkaufsdaten, sondern auch alle Transaktionen in und zwischen den Abteilungen Lektorat, Werbung, Verkauf, Vertrieb und Verwaltung. Notes hält Ballantine am Leben. Im Klartext heißt das, man kann schneller reagieren, die Leitungsspanne der Organisation vergrößern und von realen Sitzungen sehr oft auf elektronische Sitzungen umsteigen.

RandomSoft ist der Ausflug von Random House und Ballantine in das Geschäft mit Softwarepublikationen. Das Unternehmen hat einen hervorragenden Absatzweg, eine hervorragende Absatzorganisation und verschiedene Kunden (wie Media Play und Borders), die die Lücke zwischen Buch- und Softwareumsatz überbrücken. Sinnigerweise kann der Softwareeinzelhandel eine Dosis der zweiten Kurve vertragen. Und Ballantine hat sein Augenmerk auf die Zulieferung gerichtet.

Wie in einer echten Zweitkurven-Situation entfällt der allergrößte Teil der Ballantine-Erlöse nach wie vor auf die erste Kurve, also Bücher. Das heißt aber nicht, daß man in das traditionelle Einzelhandelsgeschäft mit Büchern kein Zweitkurven-Denken einfließen lassen könnte. Ballantine wird auch weiterhin Zweitkurven-Denken in das eigentliche Verlagsgeschäft einbringen. Und das Ergebnis: obwohl Ballantine und Random House sich in Privatbesitz befinden, erzielen sie nach Aussagen von Insidern deutlich bessere Zahlen.

Der Wechsel von der Groß- zur Hochtechnologie

In vielen Bereichen werden die Skaleneffekte, die die Großtechnologie begünstigten, von neueren Technologien bedroht, mit denen man Spezial- (und oft auch stark aufgewertete) Produkte für besondere Marktsegmente herstellen kann, die besser auf deren Bedürfnisse zugeschnitten sind und schneller sowie kostengünstiger geliefert werden können. Der Zukunftsforscher Stan Davis hat das »Massenmaßanfertigung« genannt. Die Kombination der heutigen Informationstechnologie – die Marketing, Vertrieb und Bestandkontrolle viel kostengünstiger macht – mit heutigen Verarbeitungstechnologien – die eine effiziente kleinere Fertigung am Band ermöglichen – macht die kleinere Produktion für Marktnischen zu einer Alternative, die sich in der jetzigen Industriewelt immer öfter anbietet. Die chinesische Fertigungsrevolution ist keine Großtechnologie. Sie hat sich vielmehr darauf konzentriert, die Grundsätze der Leichtindustrie aus Hongkong und Taiwan mit der computergestützten Herstellung zu verbinden. Die Fabrik von Dick Wong, die wir bereits erwähnt haben, stellt leichte elektronische Produkte her, keine Schwermaschinen. Ähnlich beruhen die ungeahnten Möglichkeiten von Unternehmen wie Netscape und Silicon Graphics nicht auf *Groß*-, sondern auf *Hoch*technologie.

Das Ende der Skaleneffekte

Die technologischen Fortschritte, die Unternehmen erlauben, sich schnell über die Kundenbedürfnisse zu informieren, die Produkte und Dienstleistungen ergeben, die diesen Anforderungen gerecht werden, und die diese Produkte auf den Markt bringen, haben die Vorherrschaft der Skaleneffekte beendet, die wir im wesentlichen das ganze letzte Jahrhundert erlebt haben. Und das hatte einen zyklischen Effekt, der den heutigen Verbrauchern, die bereits das Sagen haben, erlaubt, noch mehr Kontrolle über den Markt zu erlangen. Die persönlichen Jeans von Levi sind ein Musterbeispiel dafür, wie neue Technologien bewirken, daß ein Massenprodukt für den einzelnen hergestellt wird.

Das Ende von Angebot und Nachfrage

In einer Gesellschaft, in der die Verbraucher so mächtig wie Superman sind – härter als Stahl und schneller als eine Kugel –, ist das gute alte Modell von Angebot und Nachfrage wohl nicht mehr sonderlich aktuell. Ein Produkt (oder eine Dienstleistung) herzustellen und dann die Menschen dazu bringen zu wollen, dieses Produkt oder die Dienstleistung zu kaufen, funktioniert einfach nicht mehr. Wir haben, mit anderen Worten, einen Käufermarkt, wie er im Buche steht. Wir bewegen uns auf eine Wirtschaftsordnung zu, die mehr in der Mitte liegt, in der Verbraucher und Hersteller zusammenarbeiten, um das Produkt oder die Dienstleistung zu entwickeln, die das Notwendige – was die Konsumenten wünschen und brauchen – mit dem Möglichen – was der Anbieter liefern kann – am besten kombiniert. Im Einzelhandel gestalten Wal-Mart und andere neue Produkte mit ihren Lieferanten, werden jedoch vom Endverbraucher getrieben. In der Informationstechnologie tauchen neue Anwendungen aus der undurchsichtigen Mitte auf, wo Anwender und Verkäufer gemeinsam die Zukunft entdecken.

Zweikurvig fahren

Zweikurvig fahren bedeutet im Grunde, sich der Ungewißheit des Wandels zu stellen und sich mit ihr anfreunden. Es bedeutet ferner, bereit und in der Lage zu sein, sich der Zukunft zu verschreiben – von der ersten Kurve zu lassen und der zweiten zu folgen, wie immer sie aussehen mag –, wenn die Zeit reif ist. Ungewißheit ist einer der Namen für dieses Spiel, und wenn es schon keine Garantien gibt, dann wenigstens einige Wahrscheinlichkeiten, einige Dinge, die das Leben leichter und lohnender und nicht zu einem reinen Glücksspiel machen.

Springen lernen

Schnelligkeit und Flexibilität sind unerläßlich; Sie müssen sich wie eine Gazelle bewegen. Überall in diesem Buch haben wir Beispiele gesehen: Netscapes Vorstoß, der Browser unserer Wahl zu werden, Ed McCrakkens Glaube, so schnell zu sein, daß man später starten und dennoch siegen kann, Black Cat, das uns frische Seegurken liefert. Und diese vertrauensvollen Sprünge? Ob sie nun erfolgen, um den neuen Verbraucher besser zu bedienen, oder um ein völlig neues Zweitkurven-Geschäft zu beginnen, sie landen nicht im Abgrund; sie müssen allerdings gezielt sein. Die zweite Kurve mag das Unbekannte sein, aber man muß trotzdem vor dem Sprung in etwa eine Vorstellung davon haben, wo man landet. Eine ungewisse Zukunft ist nicht gleichbedeutend mit Aussichtslosigkeit. Unternehmen, die auf die zweite Kurve springen, haben irgendeine Vorstellung davon, wie die zweite Kurve werden könnte. Und wenn man springt, sollte man es mit offenen Augen und wachem Verstand tun und eine Strategie haben, die ausgereift und klar und so genau wie möglich ist. Wenn Nestlé auf einen aussichtsreichen Markt springt, folgt das Unternehmen auf jeden Fall der Hierarchie der Notwendigkeiten auf dem Markt.

Dem neuen Verbraucher dienen oder scheitern

Aufgeschlossenheit gegenüber den Verbrauchern – ihnen liefern, was sie wollen, wann sie es wollen und wo sie es wollen (alles, jederzeit, an jedem Ort) – heißt das oberste Gebot. Und weil die Verbraucher in einer Welt mit zwei Kurven das Sagen haben, rechnen Sie damit, daß um die Herrschaft über diese Verbraucher gekämpft wird. Bei dem Versuch, einen Teil von den Bedürfnissen (und dem Markt) des neuen Verbrauchers zu erobern, geben viele Softwareunternehmen Testprodukte kostenlos ab.

Ein vielseitiges Managementteam zusammenstellen

Kulturelle Begabungen können Ihnen beim erfolgreichen Sprung helfen. Denken Sie daran: Vielseitigkeit macht Erfolg möglich. Eine kulturell vielseitige Führungsmannschaft bringt mehr Qualitäten für den Sprung zur zweiten Kurve mit.

Raus mit dem Alten, rein mit dem Neuen

Vergessen Sie das Alte; größer ist nicht immer besser, und alte Bekannte wie die Skaleneffekte, Angebot und Nachfrage sowie monopolistische Absatzwege gehören der Vergangenheit an. Mehrwertdienste sind nicht mehr nur in den Köpfen der Anbieter – auch hier ist wieder unser allgegenwärtiger Verbraucher zur Stelle. Die neue Welt ist im Begriff, die Wertkette umzuwandeln und mit neuen Produkten aufzuwarten – und neuen Absatzwegen –, und sie stellt eine Umwelt dar, in der kleinere Zweitkurven-Akteure eine Nische finden und sich durchsetzen können.

Konzentration auf das Tempo des Wandels

Überall wird die Sprache des Wandels gesprochen. Aber die Menschen über- wie unterschätzen das Tempo des Wandels. Richten Sie sich nicht in der Zukunft ein, bevor sie da ist, aber seien Sie darauf vorbereitet, mit den immer stärker beschleunigenden Kräften fertig zu werden, die den Wandel treiben – eine Haltung, die Investitionen in und Beachtung für das Maß und die Überwachung des Wandels verlangt. Nicht nur vorhersagen, sondern ein Szenario planen, die Hauptindikatoren schaffen und verfolgen sowie systematisch und langfristig das Spitzenniveau überprüfen. In den Unternehmen wird man sich heute zunehmend der Notwendigkeit bewußt, systematisch über die Zukunft nachzudenken – nicht in der Hoffnung, etwas vorauszusagen oder ausgefeilte, starre Fünfjahrespläne aufzustellen, sondern als eine laufende Disziplin des strategischen Managements. Kernstück dieses strategischen, langfristigen Denkprozesses ist es sich darauf zu konzentrieren, das wahre Tempo des Wandels zu erkennen. Zweikurvig fahren erfordert das.

Eine Zweitkurven-Kapazität aufbauen

Die zweite Kurve unterscheidet sich grundlegend von der ersten. Sie verlangt neue Fähigkeiten, neue Menschen, neue Kunden und völlig neue Geschäftssysteme. Ein großes, sattes, erfolgreiches Unternehmen wird es sehr hart ankommen, den Übergang zur zweiten Kurve tatsächlich anzupacken. Aber Sie müssen es tun, sonst gehen Sie unter.

Strategien für eine Welt mit zwei Kurven

Wie wirkt sich nun die zweite Kurve – und was andere gemacht haben – auf Ihr Geschäft aus? Unternehmen können beschließen, auf der ersten Kurve zu bleiben (zumindest eine Zeitlang), zur zweiten Kurve überzuspringen oder mit beiden Kurven zu jonglieren. Aber die Entscheidung muß ungeachtet der Richtung geprägt sein von Intelligenz und Einsicht sowie harten, strategischen Vorgaben.

Geschäftsanalyse in Zweitkurven-Kategorien

Der Blick auf Ihr Geschäft durch die Brille der zweiten Kurve erfordert zwei grundsätzliche Schritte: lernen, das zu erkennen, was wirklich wichtig ist, und das Tempo der Veränderungen abschätzen.

Der erste Schritt besteht darin festzustellen, ob das, was Sie für eine zweite Kurve *halten*, auch tatsächlich eine zweite Kurve ist – oder ob es ein Trugbild ist, etwas, das im rauhen Alltag keinen Bestand hat. Es ist eine heikle Geschichte; selbst diejenigen, die sich in der Welt der zweiten Kurve auskennen, wissen nie genau, ob die zweite Kurve echt ist oder nicht. Ist der Blip auf dem Bildschirm eine wirklich neue Technologie, so etwas wie der PC 1977, oder die Groupware 1985? Oder nur *beinahe*, eine Art Spielzeugtechnologie, die immer »in zehn Jahren« ganz groß rauskommen wird – ein Bildtelefon oder ein Privathubschrauber. Könnte sogar ein Modegag sein, der sich in Wohlgefallen auflöst. Erinnert sich noch jemand an CB-Funk oder Videotext? Und wie wäre es mit Betamax oder 8-Spur-Bändern? Hier gilt die eherne Regel der Akrobaten, die auf der Tragfläche eines fliegenden Flugzeugs stehen: verlasse nie deinen Platz auf der einen Tragfläche (oder Kurve), bevor die nächste nicht absolut sicher ist.

Besonders schwierig wird es, wo es um aufkommende Technologien geht. Wenn die Verkaufserlöse steigen, ist sehr schwer zu sagen, ob das einen echten Trend spiegelt oder nur eine Illusion. Wenn es um neue Technologie geht, gibt es zwei Millionen Amerikaner, die alles kaufen, und zwei Millionen, die alles ausprobieren, wie verbraucherfeindlich es auch sein mag. Vier Millionen Stück zu verkaufen ist also gar nicht so toll, wie es zunächst klingt. Es könnte sein, daß Sie gerade die Spinner und diejenigen mit einer hohen Toleranzschwelle bedient haben.

Die neuen Technologien, die aus den Startlöchern kommen, von denen zu trennen, die scheitern, auch wenn sie auf interessante Weise scheitern, ist unglaublich schwierig – und entscheidend. Und wirkliches Wachstumspotential von Blindgängern zu unterscheiden, ist selbst auf nichttechnologischen Gebieten schwer. Ist Starbucks Coffee oder Bartles & Jaymes der Zweikurven-Kandidat? Oder Southwest Airlines oder People Express Airline? Ist Toys »R« Us mit 22 Prozent Marktanteil der Zweitkurven-Kandidat oder Child World, eine Kette, die einmal 130 Läden mit 180 Millionen $ Umsatz hatte, aber dann bankrott ging? Viele Firmen bringen gern Neuerungen heraus, selbst wenn es ihnen nicht bekommt. Sie sind gut im Verkaufen von Ideen, was zu gewaltigem Schwindel führt. Die meisten Märkte in den 80er Jahren, die 1990 eine Milliarde Umsatz machen sollten – Ideen zu technologischen Nischen und neuen Produkten –, erwiesen sich als wertloser Schrott.

Wie schon weiter oben erwähnt: *Die Menschen neigen dazu, die Auswirkungen von Phänomenen kurzfristig zu überschätzen und langfristig zu unterschätzen.* Diese Tendenz ist vor allem in der heutigen Kultur vorhanden, die ganz versessen ist auf Selbstverbesserung, Neuheiten und den unaufhaltsamen Fortschritt. Wir sind eine nach vorn orientierte Zivilisation, ruhelos, fasziniert von Grenzen und immer auf einem Grat wandelnd. Darüber hinaus ist der Export dieser Haltung in die übrige Welt eine der wichtigsten Triebkräfte für die zweite Kurve. Und mit dieser Vorliebe zur Bewegung geht die Tendenz einher, Aktivität für Handeln zu halten, kurzfristige Ausflüge als den Beginn einer langen Reise zu betrachten. Wir kaufen uns ein Ticket für das nächste startende Flugzeug, selbst wenn wir nicht wissen, wohin es fliegt. Kein Wunder, daß es so schwer ist, eine echte zweite Kurve zu erkennen, wenn man eine sieht.

Auf der ersten Kurve bleiben

Sich für die zweite Kurve zu entscheiden ist nicht immer die beste Wahl; manchmal ist es einfach vernünftiger, bei der ersten Kurve zu bleiben – sofern man die zweite Kurve gründlich geprüft hat. Selbst als eingefleischter Verfechter der ersten Kurve muß man etwas über die zweite Kurve wissen, und wenn es nur das ist, was man von den Konkurrenten zu erwarten hat.

Das Szenario für ein Unternehmen, für das der Verbleib bei der ersten Kurve die richtige Entscheidung sein könnte, liefe etwa wie folgt ab: das Unternehmen erkennt, daß sich massive strukturelle Veränderungen ankündigen – die Branche steht kurz vor einschneidenden Umwälzungen – und diese Veränderungen eine zweite Kurve mit sich bringen. Doch der Marktanteil bei der ersten Kurve ist hoch, und das Unternehmen wird mit dem Stammgeschäft wahrscheinlich mehr aus dem laufenden Markt holen als beim Wechsel zum neuen Markt. Es springt also nicht über – es bleibt bei der ersten Kurve. Es bleiben immer noch mehrere Möglichkeiten, die sich nicht gegenseitig ausschließen:

Im Besitz der ersten Kurve

Sie sind in einer Erstkurven-Branche tätig, aber vielleicht gibt es die in zehn oder zwanzig Jahren nicht mehr – Videoverleih, Telekopierer oder Atom-U-Boote z. B. Vielleicht kommt die Kurve auch nie richtig in Fahrt; denken Sie an basisches Metall. Es steht fest, daß die erste Kurve auf lange Sicht verschwindet oder nur minimal wächst, aber man kann diese Kurve auf einem absolut oder relativ rückläufigen Markt besitzen. Handelsstahl, Erdöl und die globale Verteidigungsindustrie (oder müßte es nicht globale *Angriffs*industrie heißen, denn schließlich können wir nicht alle nur Verteidiger sein?) erleben gegenwärtig gewaltige Zusammenschlüsse. Einige ausgefallene Kampfflugzeuge und Fregatten wird man noch bauen, aber nicht so viele wie früher. Aus dem Grund haben sich Lockheed, Grumman und Martin Marietta zusammengeschlossen. Ähnlich sind die weltweit führenden Unternehmen zur Gewinnung von Nickel, Rio Tinto-Zinc und die in Toronto ansässige Inco Ltd., inzwischen im Besitz der Handelsmetallbranche, nachdem sie Arbeitsplätze abgebaut und massiv in Verfahren zur Produktivitätssteigerung investiert haben.

Auf der ersten Kurve in die Vergessenheit abgleiten

Sie melken den Markt. Sie investieren keine einzige Mark in die erste Kurve, die sich nicht in kürzester Zeit bezahlt macht. Sie ziehen den gesamten Gewinn aus der ersten Kurve ab und verkaufen die Firma entweder auf dem Höhepunkt oder nehmen einfach das Geld und machen sich aus dem Staub. Viele Unternehmen verhalten sich so –

auch wenn sie es selten zugeben. Das Rüstungsunternehmen General Dynamics entband die Mutter von allen Aufopferungsmaßnahmen, indem es einfach nichts mehr tat, all seine Aktivposten an Spieler verkaufte, die auf der ersten Kurve weitermachen wollten, und den Erlös in Form eines schönen dicken Schecks an die Aktienbesitzer schickte.

Die erste Kurve exportieren

General Electric ist in den letzten dreißig Jahren immer in der Spitzengruppe der 500 größten Unternehmen der USA gewesen und wird wahrscheinlich auch die nächsten dreißig Jahre dort bleiben. Es hat die Begabung, alte Geschäftssparten wie Düsentriebwerke und Schienenbusse in irgendeine andere Gegend der Erde abzuschieben und sich darauf zu konzentrieren, anspruchsvollen neuen Geschäftskunden Werte zu beschaffen. Volvo ist ein anderes Unternehmen, das diese Strategie mit Erfolg einsetzt. Sören Gyll, Vorstandschef von Volvo, hat die Diversifikationsstrategie seines Vorgängers Per Gyllenhammar in wesentlichen Punkten revidiert. Gyll hat Volvos Engagement in Pharma- und Konsumprodukten beendet, um sich ganz auf das traditionelle Fahrzeuggeschäft zu konzentrieren, wo Volvo als Marke am stärksten ist. In den Vereinigten Staaten und einigen anderen Teilen der Welt gilt Volvo als kleiner Hersteller von Luxusautos. In Wirklichkeit hat das Unternehmen einen Anteil von einem Prozent am Weltmarkt der Automobile (in dem Segment, den es bedient, fast 10 Prozent), aber einen Anteil von 10 Prozent am Weltmarkt für Lastkraftwagen und ist auf dem besten Weg, der vielleicht weltgrößte Bushersteller zu werden. Volvo ist hinter Daimler Benz der zweitgrößte LKW-Bauer der Welt. Schwere LKWs und Busse sind in den Industrieländern ein Erstkurven-Geschäft, aber auf den Zweitkurven-Märkten der Entwicklungsländer besteht erhebliche und wachsende Nachfrage. Volvos erklärte Zukunftsstrategie besteht z. T. darin, die verkehrsmäßige Infrastruktur für die sich rasch entwickelnden Regionen der Welt bereitzustellen.

Eine zweite Form der Ausfuhr, die General Electric und Volvo betreiben, ist der Technologieexport von einer Branche zu einer anderen. Turbinentechnik kann sowohl bei der Stromerzeugung wie beim Bau von Düsentriebwerken eingesetzt werden. Ähnlich erwirbt das große französische Wasserversorgungsunternehmen Général des Eaux Versorgungsunternehmen an anderen Orten und baut sein Standbein auf einer flachen ersten Kurve aus, indem es Wertschöpfung bei Wasseraufbereitungs- und Abfallverwertungstechnologien betreibt.

Die zweite Kurve abwürgen

Einige dieser Geschichten haben das Zeug zur Legende. Die Autohersteller würgten, wie es heißt, all diejenigen ab, die ihnen mit dem 3-Liter-Auto kamen, und eine Eisenbahngesellschaft erwarb und ersetzte zu Beginn dieses Jahrhunderts das aufkommende öffentliche Verkehrssystem von Los Angeles (das aus Straßenbahnen bestand). Ein nicht ganz so extremes Beispiel ist die Diskussion über die Ladenschlußzeiten, die in Großbritannien und Deutschland geführt wurde und in Deutschland vom Einzelhandel inzwischen wieder aufgenommen wird. Sie wird im wesentlichen von Erstkurven-Akteuren (einschließlich Gewerkschaften) bestimmt, für die Kosten und Wettbewerb durch längere Arbeitszeiten steigen. Deshalb ihr Wunsch, den Status quo zu erhalten. Tatsächlich strebt die Politik der europäischen inländischen Wirtschaftszweige in vielen Fällen danach, die erste Kurve auf Kosten der zweiten zu stützen. Dadurch, daß sie den heimischen Erstkurven-Herstellern von Großrechnern wie der Bull-Gruppe oder Siemens-Nixdorf einen Sonderstatus verliehen, haben die Europäer das Aufkommen kleinerer, stärker unternehmerisch ausgerichteter Firmen mit Zweitkurven-Technologie erstickt. Wo sind in Europa Firmen wie Oracle, Sybase oder Silicon Graphics? Ähnlich hat die rigide Kontrolle der Standplätze auf europäischen Flughäfen die Entwicklung eines erfolgreichen Wettbewerbs durch neue, europäische nationale und internationale Fluggesellschaften verhindert. Eine Southwest Airlines gibt es in Europa nicht. Es bedurfte des unternehmerischen Zweitkurven-Weitblicks englischer Rebellen wie Freddy Laker in den 70er Jahren oder Richard Branson in den 90ern, dieses Erstkurven-Denken bei den Chartergesellschaften zu durchbrechen.

Wenn Sie anfangs keinen Erfolg haben, geben Sie dem Kind einen neuen Namen

In vielen Branchen kleben die Leute Zweitkurven-Etiketten auf Erstkurven-Firmen: Wir sind keine Blue Cross-Organisation mehr, sondern ein Unternehmen der regulierten Gesundheitsvorsorge. Wir stellen keine Handels-PCs her, wir bieten Lösungen an. Wir sind wirklich groß im Umbenennen: Es ist die »neue verbesserte« Haltung. Swatch hat das mit »watches« (Armbanduhren) gemacht. In gewisser Hinsicht machen Firmen aus dem Rechnungswesen, die sich jetzt Beratungsfirmen oder Consultants nennen, nichts anderes.

Zur zweiten Kurve springen

Aber angenommen, Sie haben etwas Glück, oder Köpfchen, oder beides, und die zweite Kurve macht einen recht handfesten Eindruck, und Sie tragen sich mit dem Gedanken, den Sprung zu wagen. Die nächste Frage lautet, wann, wie bei jeder wichtigen Entscheidung: Sie legen fest, *was* Sie zu tun gedenken, dann, *wann* Sie es tun wollen. Nur ist das Wann in diesem Fall schwierig. Springen Sie sofort und wenden sich von Ihren besten Kunden ab? Zu früh zur zweiten Kurve zu springen könnte bedeuten, sich von einer noch sprudelnden Erlösquelle zu trennen oder – was noch schlimmer wäre –, sich selbst oder seinen besten Kunden in die Quere zu kommen. Baxter zog in den 80er Jahren ein neues Unternehmen zur Bereitstellung von Gesundheitsvorsorge an alternativen Standorten (also nicht in Krankenhäusern) auf. Das Unternehmen – Caremark – war jedoch ein direkter Konkurrent wichtiger Krankenhauskunden von Baxter, die in ähnliche Sparten expandierten. Das Ergebnis: Caremark wurde als selbständiges Unternehmen ausgegliedert. Und Baxter steht im Begriff, eine weitere Zweitkurven-Ausgliederung vorzunehmen. Man will ein neues Unternehmen zur Kostensenkung aufbauen, das von der wachstumsorientierten Biotechnologie und dem Geschäft mit neuen Produkten getrennt ist.

Wenn man zu früh springt, kann man eine Menge Geld verlieren;

fragen Sie Chase oder die Citibank nach den Versuchen mit dem Homebanking in den 70er und 80er Jahren, als die beiden Unternehmen zig Millionen in verfrühte Experimente pumpten. Fragen Sie Apple nach dem Newton, der das goldene Zeitalter der persönlichen digitalen Assistenten einläuten und das neue wirtschaftliche Fundament von Apple werden sollte.

Aber wenn Sie wie bisher weitermachen, wird es dann nicht zu spät? Wenn Sie zu lange bei der alten Kurve verharren, erhalten Sie vielleicht nie die Chance, zur zweiten Kurve zu wechseln und ins Spiel zu kommen, und auch dann können Sie eine Menge Geld verlieren. Fragen Sie Western Union. Es war in der Telegraphie tätig – und ist es noch –, verpaßte jedoch den Einstieg beim Rundfunk, Fernsehen und Computer.

Als erstes muß man, wenn man springen will, das Tempo der Veränderungen bei der zweiten Kurve abschätzen, so wie man die Geschwindigkeit eines fahrenden Zuges taxieren würde, auf den man aufspringen möchte. Ist das Tempo zu hoch, wird es einen hart ankommen, wie bisher weiterzumachen. Ist es ein dreijähriges Wachstumsphänomen wie die Verbreitung des Farbfernsehens, von Starbucks Coffee oder Cindy Crawford? Oder sind es drei Jahrzehnte wie beim Kabelfernsehen, der regulierten Gesundheitsvorsorge oder dem Versandgeschäft?

Das Steinsche Gesetz hilft einem generell bei dem Problem, das Tempo der Veränderungen bei den zwei Kurven vorherzusagen und insbesondere dabei, einen Blick für die zweite Kurve zu bekommen. Herb Stein ist ein angesehener Wissenschaftler am American Enterprise Institute und stellte interessante Beobachtungen über den Niedergang des Kommunismus an, die er auf breitere gesellschaftliche Phänomene anwandte und das Steinsche Gesetz nannte: *Wenn etwas langfristig nicht aufrechtzuerhalten ist, geht es unter.*

Und daraus folgt: *wenn etwas ein großes Geschäft für die Zukunft verspricht, wird es irgendwann losgehen.* Und wenn es irgendwann losgehen muß, wird es die Hand heben, irgendwo auf dem Radarschirm auftauchen, wenn auch nur als winziger, nicht identifizierter Blip. Sie müssen sich also folgende Frage stellen: wenn die zweite Kurve echt ist, wie mißt man sie? Sie muß irgendwo da draußen sein.

Im Fall von Pitney Bowes war es hilfreich, einige wichtige Indikatoren der Zweitkurven-Postbenutzer zu bestimmen. Einer davon war der infomatierte Haushalt. Die Postbenutzung und das Verhalten dieser infomatierten Haushalte zu verfolgen und zu erforschen half dabei, neue geschäftliche Möglichkeiten für Pitney Bowes auf der zweiten Kurve und auch potentielle Ersatzbedrohungen für den traditionellen Briefstrom auf der ersten Kurve zu erkunden.

Für viele der führenden Pharmaunternehmen wie Bristol Myers Squibb und SmithKline Beecham und auch für Gesundheitsvorsorge-Berater wie Price Waterhouse war es hilfreich, Indikatoren für die regulierte Gesundheitsvorsorge zu entwickeln, die man verfolgen konnte, um so Fortschritte auf der zweiten Kurve zu messen. Einer dieser Indikatoren der fortgeschrittenen regulierten Gesundheitsvorsorge ist das Vorhandensein medizinischer Gruppen, die die gesamte Vorsorge für ihre Patienten für eine feste Gebühr pro Kopf und Monat organisieren und durchführen können. Anzahl, Größe und Verteilung dieser Gruppen zu verfolgen half, einen besseren Überblick über die Richtung und das Tempo der Veränderungen zu gewinnen.

Die normale Einsicht sagt uns vielleicht, daß man besser glücklich als klug ist, aber Glück allein reicht hier nicht. Da definitionsgemäß ein Mangel an guten Maßeinheiten für die zweite Kurve herrscht, wird man normalerweise zumindest einige dieser Berechnungen selbst vornehmen müssen. Man muß die Maßeinheiten während der Arbeit erfinden und eine Infrastruktur entwickeln, um sie verfolgen zu können. Eines dieser Maße, um Städte zu verfolgen, die höchstwahrscheinlich »Wissensarbeiter« anziehen, war ein »Verhältnis Dreisterne-Restaurant zu Bowlingbahn«, das sich als brauchbarer Führungsindikator für die Yuppie-Enklaven der Zukunft erwies. Diese Art von Kreativität verlangt die zweite Kurve von den Unternehmen und ihren Führern, die es in einer Welt mit zwei Kurven schaffen wollen.

Unternehmer und die Geber von Risikokapital denken, atmen und träumen die zweite Kurve. Aber für ein geordnetes Unternehmen ist die zweite Kurve etwas Fremdes und ganz sicher kein leichter Sprung. Im folgenden fünf elementare Strategien, damit das Spiel mit dieser zweiten Kurve möglich wird.

Mit den Großen speisen

Zweitkurven-Winzlinge können Großunternehmen und riesige Märkte an sich bringen, indem sie sie scheibchenweise angehen, sie schließlich übernehmen und selbst zu Giganten werden; Microsoft, Apple, Oracle und Genentech haben alle so angefangen. Und Federal Express machte aus der ausgefallenen Geschäftsidee, teure Briefe innerhalb von Memphis über Nacht zuzustellen, ein milliardenschweres Weltunternehmen, das heute in dem Ruf steht, schnell, effizient und von hohem Wert zu sein. Dank einem Gesetz, das FedEx erlaubte, in einem winzigen Sektor der Briefzustellung anzutreten, schuf das Unternehmen sich eine beherrschende Stellung im Bereich der Über-Nacht-Zustellung von Dokumenten. Alle Welt hält es für ein Wunder, daß FedEx dieses ganze Zeug so schnell und so billig befördert – dabei befördert FedEx eine halbe Milliarde Briefe pro Jahr für durchschnittlich mehrere Dollar pro Stück. Die amerikanische Post befördert dagegen 171 Milliarden Briefe für ein paar Cents pro Stück – natürlich dauert es länger, aber nicht sehr viel. Federal Express konzentrierte sich auf eine bedeutende und lohnende Nische und speiste mit den Großen.

Ein anderes gutes Beispiel bietet die Gesundheitsvorsorge. HMOs wie U. S. Healthcare, United HealthCare, FHP und PacifiCare konnten einiges vom Geschäft der traditionellen Krankenversicherer und Blue Cross-Organisationen an sich bringen. Jetzt versuchen viele der alten Erstkurven-Akteure, zur zweiten Kurve zu wechseln.

Auf internationaler Ebene übernahmen Sony und Samsung alteingesessene amerikanische Großunternehmen der Unterhaltungselektronik und aßen von deren Teller. Ihnen lag an Besonderheiten, Qualität und Wert. Die normalen Fernsehgeräte, Videorecorder und Stereoanlagen sind heute überwiegend asiatische Produkte.

Im Bereich Verlage und Medien ist Rupert Murdoch ein Zweitkurven-Akteur, der es den Erstkurven-Akteuren der Fleet Street und den drei großen US-Fernsehgesellschaften gezeigt hat. Murdoch machte aus schlechtem Geschmack und gutem Marketing ein weltweites Milliardengeschäft.

Machen sie aus kleinen Anfängen großes Geld

Der führende Risikokapitalist Kleiner Perkins Caufield & Byers gerät in Verzückung, wenn eine Investition von 2 Millionen in fünf Jahren 50 Millionen Erlös abwirft. Wenn das bei einem Wagnisfinanzierungsfonds hundert Mal gelingt, ist die Firma ganz aus dem Häuschen. Aber wenn man mit einem der Bosse eines der 500 größten Unternehmen der USA über ein Geschäft sprechen möchte, das 50 Millionen in fünf Jahren bringt, bekommt man nicht einmal einen Termin.

All das bringt den Zweitkurven-Akteuren einen erheblichen Wettbewerbsvorteil. Erstkurven-Akteure sind nur an großen Zahlen interessiert – mindestens eine Dezimalstelle in der Bilanz. Zweitkurven-Akteure – die erfolgreichen – sind dagegen diese absolut überkonzentrierten menschenähnlichen Wesen, die persönlich bereit sind, alles zu geben. Das Palo Alto Research Center (PARC) von Xerox hat in den letzten dreißig Jahren mehr bedeutende Innovationen in der Informationstechnologie entwickelt als jede andere Forschungs- und Entwicklungsabteilung, Bell Labs ausgenommen. Aber da PARC ein Zweitkurven-Akteur war, konnte Xerox erst in jüngster Zeit Nutzen aus seinen Innovationen ziehen, weil das Unternehmen nicht zweikurvig fuhr. Statt dessen brachten ehemalige PARC-Mitarbeiter Silicon Valley-Giganten wie Apple hervor. Vielleicht ändert die neue Risikokapitallinie bei Xerox einiges daran.

Frechheit siegt

Es gibt Leute, die sind so dreist und selbstsicher, daß sie ihre Nase in Dinge stecken, die sie besser nicht anfassen sollten, und dabei Kopf und Kragen riskieren. Ein anderer Ausdruck dafür ist Chuzpe. Stellen Sie sich den jungen Bill Gates vor, der – praktisch noch ein Teenager – zu IBM geht und dort erklärt, er könne das Betriebssystem für die neuen Personalcomputer liefern. Viele von uns würden sich das bestimmt zweimal überlegen, aber Zweitkurven-Unternehmer machen so etwas jeden Tag. Michael Dell von Dell Computers besitzt diese Dreistigkeit. Von seinem Zimmer im Collegewohnheim zog er ein milliardenschweres Discountgeschäft mit PCs auf. Marty Wygod von Medco machte aus dem Versand von Arzneimitteln einen Absatzkoloß, der das größte und reichste Pharmaunternehmen der Welt dazu brachte, sage und schreibe 6 Milliarden $ für die Illusion zu zahlen, die Absatzwege zu beherrschen. Richard Branson von Virgin macht es Spaß, die Platzhirsche zu schocken, indem er hingeht und ihnen mit dem starken Markennamen Virgin im Rücken auf neuen Gebieten Konkurrenz macht. Wer Chuzpe besitzt, dem wird häufig alles, was er anrührt, zu Gold, aber die Chuzpe war wahrscheinlich zuerst da.

Achten sie auf exponentielles Marketing

Exponentielles Marketing ist eine gesellschaftlich annehmbare Form des Schneeballsystems. Einige der Unternehmen, die eventuell aus dem Internet hervorgehen, sind wahrscheinlich exponentiell, was bedeutet, daß sie fast über Nacht aus dem Nichts heraus Millionen Kunden und Transaktionen (wenn auch sehr kleine) erreichen. Viele Wachstumsfirmen arbeiten auf herkömmlichere Weise wie der Werbespruch von Clairol Shampoo: »Sie sagen es zwei Freundinnen und die sagen es zwei Freundinnen und so weiter.« So ist Amway zu einem Riesenunternehmen geworden. Exponentielle Franchiseunternehmen entstehen ständig, wenn nicht über Nacht, dann doch in recht kurzer Zeit – man trägt eine Idee in einen Laden, dann in viele Läden. Die Stärke und die Risiken des Franchising, dazu die verbindende Kraft des Internet, könnten zu sehr interessanten Franchises im Cyberspace führen.

Franchising ist jedoch nicht die einzige Form des exponentiellen Marketings. Neue modisch orientierte Unternehmen haben geballte Mundwerbung (und Millionen für weltweite Werbung) als eine Form exponentiellen Marketings eingesetzt, um neue Produkte zu schaffen, die die Verbraucher »haben müssen«, Dinge wie Vuarnet-Sonnenbrillen oder Nike-Sportschuhe (eine globale Goldmine: Turnschuhe). Der Erfolg der Republikaner und der christlichen Rechten in den USA der letzten fünfzehn Jahre beruht zu einem nicht geringen Teil auf exponentiellem Marketing durch Postwurfsendungen und Kabelfernsehen.

Betreiben sie Paradigmen-Surfing

Manch einer behandelt die zweite Kurve wie eine große Kahuna, jene Welle, auf die er sein ganzes Leben gewartet hat. Er hat eine Art sechsten Sinn und weiß, wann die zweite Kurve kommt und wann sie abhebt. Verbinden Sie diese Intuition mit dem scharfen Gespür dafür, wann die erste Kurve ihren Scheitelpunkt erreicht hat, handeln Sie dann entsprechend und machen Sie mit Ihrem Geld das, wozu Ihnen Ihr Gefühl rät, und Sie sind mitten im Paradigmen-Surfing: Verkaufen Sie auf dem Scheitelpunkt und gleiten Sie dann weiter zur nächsten Welle.

Paradigmen-Surfer machen selbst viel Geld, aber auch für ihre Investoren. Und wenn diese Zweitkurven-Surfer auch vielleicht überdurchschnittliche Antennen für Veränderungen haben, sind es doch nicht ihre prognostischen Fähigkeiten, die ihnen Erfolg bringen, sondern ihre Fähigkeiten als Surfer. Es ist eine Sache, die Welle ankommen zu *sehen*, aber eine andere, auf das Brett zu steigen und mit der tosenden Brandung über sich dem Strand zuzujagen. Man erkennt Paradigmen-Surfer oft an ihrer Haltung: sie sind forsch. Achten Sie einmal darauf.

Der berühmte und betuchte Jim Clark von Netscape ist ein Paradigmen-Surfer. Genau wie Bob Patricelli, der eine Führungsposition bei CIGNA HealthCare aufgab, um Value Health zu gründen. Er erkannte, daß das Paradigma dabei war, von den monolithischen Dienstleistern der Gesundheitsvorsorge zu Akteuren zu wechseln, die die Subkomponenten der Gesundheitsvorsorge betreiben, wie die PBM-Unternehmen. Auch Craig McCaw ist ein Paradigmen-Surfer. Er gründete McCaw Cellular, verkaufte das Unternehmen, als es ganz oben war, an AT&T, sah sich nach Lizenzen für private Kommunikationssysteme um, um den Preis hochzutreiben, beschloß dann, doch nicht einzusteigen und den Preis hoch zu lassen für den nächsten Akteur, und kaufte sich in ein ganz anderes Pionierunternehmen für Informationsdienstleistungen ein.

Zweikurvig fahren

Wir haben über Situationen gesprochen, in denen ein Unternehmen sich für die eine oder andere Kurve entscheiden kann, und es gibt sicher Zeiten, wo das das beste ist. Aber die Wirklichkeit sieht für die meisten großen Unternehmen so aus, daß sie gar nicht zwischen zwei Kurven wählen können; das wäre ein Luxus, den sie sich nicht leisten können. Die Kräfte des Wandels, die die zweite Kurve vorantreiben, verschwinden nicht. Diese Veränderungen – und sicher noch andere, die wir nicht einmal bestimmen können – erzeugen weiterhin zwei Kurven, und um den Weg ins 21. Jahrhundert zu schaffen, werden die meisten Unternehmen lernen müssen, zweikurvig zu fahren.

Das ist leichter gesagt als getan: Die meisten großen Unternehmen wissen nicht, wo sie anfangen sollen. Sie wissen, wie man fortwährend Gewinne macht, Neuerungen einführt und kurzfristig wettbewerbsfähig bleibt, aber das ist nicht das gleiche wie zweikurvig fahren. Die Unternehmen müssen über Umstrukturierungen, den zeitlichen Wettbewerb und die eigentlichen Fähigkeiten hinausgehen und sich statt dessen auf das langfristige Wachstum konzentrieren. Um als Marktführer zu bestehen, müssen die Unternehmen Zweitkurven-Organisationen bilden, aber weiterhin möglichst viel aus ihrem Erstkurven-Geschäft herausholen. Wer das nicht macht, kann sich nicht halten.

Die folgenden Strategien unterscheiden sich ein wenig von den beiden letzten Listen. Jene waren Anregungen, Möglichkeiten – Dinge, die man sich überlegen kann. Diese sind dagegen ein Muß, fünf entscheidende Schritte, die große Unternehmen tun müssen, wenn sie erfolgreich zweikurvig fahren wollen.

Die Wertkette neu bestimmen

Die meisten zweiten Kurven entstehen durch die Neubestimmung der Wertkette. Irgend jemand sieht eine Möglichkeit, das bestehende Spiel umzugestalten oder ein neues Spiel mit anderen Regeln zu schaffen. Das vehemente Wachstum stellt sich ein, wenn die Kunden den Wert der neuen Kette erkennen und es weitersagen. Große Firmen, die auf

Zweitkurven-Möglichkeiten aus sind, sollten zuerst einen Blick auf die Wertkette werfen, aber sie sollten es nicht allein tun. Holen Sie ein paar ausgeflippte Leute aus dem Unternehmen und von außerhalb dazu, die Ihre Annahmen hinterfragen, Ihre Perspektiven ändern und neue Wertemodelle aufstellen. Die Verfahren des Stammgeschäfts umzustrukturieren reicht nicht aus.

Einen Zweitkurven-Fundus schaffen

Ein großes Unternehmen kann die kleinen Zahlen der zweiten Kurve dennoch gewinnbringend nutzen, indem es als sein eigener Risikokapitalgeber auftritt und einen Fundus an Zweitkurven-Gelegenheiten im Erstkurven-Unternehmen unterhält. Das bedeutet Risiken eingehen, wissen, wie man einen Fundus mit neuen Unternehmungen anlegt, und Fehlschläge hinnehmen, ja herausfordern.

Die zweite Kurve zurechtstutzen

Ein Ergebnis der Anlage von Zweitkurven-Portfolios. Unternehmen sollten ihre Zweitkurven-Möglichkeiten ständig neu bewerten, um zu erkennen, welche erfolgreich sind und welche nicht. Man muß rückhaltlos ehrlich sein. Denken Sie an unsere Folgerung aus dem Steinschen Gesetz oben: *wenn etwas ein großes Geschäft für die Zukunft verspricht, wird es irgendwann losgehen.* Aber wenn kein Mensch, wirklich kein Mensch, es kauft – passen Sie auf.

Die Kurven auf der Grundlage der Kultur und Fähigkeiten verschieben

Die meisten Großunternehmen sind von Veränderungen bedroht, aber wer auf zwei Kurven konkurrieren will, muß lernen, die Veränderungen in den Griff zu bekommen. Aber es müssen Veränderungen sein, die eine Grundlage haben, irgendeine Logik, nicht Veränderungen um der Veränderungen willen. Der Schlüssel zum Zweikurvigfahren liegt in der Entwicklung von Zweitkurven-Strategien, die die bestehende Kultur und Fähigkeiten nutzen. Das heißt nicht, daß die bestehende Kultur und die Fähigkeiten die einzigen für die zweite Kurve sind, aber irgendeine Verbindung muß bestehen. Wenn die zweite Kurve zu fremd ist, muß sie von der ersten getrennt werden, normalerweise über eine Ausgliederung.

Pitney Bowes gestaltet seine zweite Kurve auf der Grundlage seiner Kunden, seiner Kenntnisse zur Verschlüsselung und seiner logistischen Fähigkeit, Mitteilungen auf Papier zu befördern. Dank dieser Kenntnisse kann Pitney Bowes sich bei neuen Partnern beteiligen und einige der Schlüsselnischen einnehmen, die beim elektronischen Handel entstehen. Die zweite Kurve von PB wird sich erheblich von der ersten unterscheiden, aber sie wird die Stärken des Unternehmens bei der ersten beanspruchen. Aber um Erfolg zu haben, muß das Unternehmen investieren, in das Verstehen, das Lehren, das Lernen und das Lenken von Tempo und Richtung der Veränderungen. Das bedeutet, die interne politische Ökonomie der Organisation grundlegend zu ändern. Die meisten großen Organisationen haben ein Gleichgewicht entwickelt, bei dem Macht und Geld bis zu einem Punkt vermakelt worden sind, an dem jeder das Verhalten von jedem toleriert. Pitney Bowes und andere Unternehmen, die zweikurvig fahren, müssen die Kultur umgestalten, um die Veränderungen in den Griff zu bekommen.

Organisieren für den Zweikurvenerfolg

Um erfolgreich zweikurvig zu fahren, müssen große Gesellschaften vier häufige organisatorische Fallgruben beachten: Größe, Anreize, Organisation und Menschen.

Größe. Die Unternehmen müssen lernen, kleine Zahlen zu schätzen. Die meisten Großunternehmen rennen fast krankhaft der Größe als Selbstzweck hinterher, statt sie als Mittel zu betrachten. Die Entschädigung beruht mehr auf der *Größe* des Imperiums als auf seinem eigentlichen Beitrag zum laufenden und künftigen Wohlergehen des Unternehmens. Kleine, aber rasch wachsende Sparten innerhalb einer großen Erstkurven-Gesellschaft zu ehren und zu fördern, ist ein erster Schritt zum Zweikurvenerfolg.

Anreize. Unternehmen müssen Zweikurvenanreize schaffen. Die meisten Organisationen belohnen die aktuelle oder kurzfristige Leistung. Aber bei der zweiten Kurve geht es um *künftiges Kapital*, nicht um aktuelles Einkommen. Die Unternehmen müssen Wege finden, innerhalb der Erstkurven-Organisation Zweitkurven-Anreize zu entwickeln – z. B. hohe Prämien für das Halten und Schaffen von Marktanteilen auf der ersten Kurve und Super-Optionen auf der zweiten. Dazu kann gehören, fiktive Aktien an aufstrebenden Zweitkurven-Firmen zu schaffen – warum sollten das Wachstum und der Erfolg von CompuServe mit Aktien des Mutterunternehmens H&R Block entgolten werden, das an der Wall Street als ein Spiel für den Erstkurven-Investor gilt, wenn auch ein lohnendes?

Organisation. Die klassische Unternehmenshierarchie ist kein guter Ort, die zweite Kurve zu pflegen. Wie wir in Kapitel 2 gesehen haben, erwächst die zweite Kurve wahrscheinlich eher aus dem »Chaord«, Fischnetzen oder Allianzen mit Risikoteilung. Was immer Sie tun, halten Sie die Umstrukturierungskaufleute von ihren Zweitkurven-Schmuckstücken fern.

Menschen. Ohne sie können Sie keine zweite Kurve schaffen. Nehmen Sie eine Zweitkurven-Prüfung Ihres Personals vor. Wer baut die zweite Kurve auf, wer versteht sie, wer ist ein Meister? Haben Sie die klassischen F&E-Gruppen beschäftigt? Das Interactive Media System (IMS) von Hongkong Telecom wurde als eigenständige Zweitkurven-Einheit aufgezogen. Sie galten als ein wenig verrückt und ein wenig außer Kontrolle – nicht nur bei Hongkong Telecom, sondern auch bei Cable & Wireless in London – und bauten eine Zweitkurven-Kapazität auf. Volvo baute einen völlig neuen Prototyp eines Autos, in Rekordzeit und mit einem winzigen Team, das sich in den hintersten Winkel Norwegens zurückzog. Applied Materials sucht Zweitkurven-Leute innerhalb des Unternehmens und ermächtigt sie, das Unternehmen für die nächste Wachstumsdekade zu gestalten.

Und los geht's: Einige abschließende Gedanken über die Führung

Für die Führungskräfte eines großen Unternehmens, das auf der ersten Kurve festsitzt, ist dieses Buch vielleicht etwas entmutigend. Ich hoffe es allerdings nicht. Eigentlich sollte es ihnen helfen, die zweite Kurve klarer zu sehen und Sie in die Lage versetzen zu reagieren.

Das können wir machen. Nokia, ein finnischer Produktionsbetrieb, war (nach finnischen Maßstäben) ein Gigant in den Branchen Forstprodukte und Gummi und stellte Streichhölzer und Gummistiefel her. Man erkannte, daß man nicht gerade in einer Branche mit außergewöhnlichen Wachstumschancen tätig war, und begann 1992 sich zu spezialisieren – auf High-Tech-Ausrüstung. Der Schritt hat sich gelohnt: Der Nettoumsatz 1994 betrug 6,4 Milliarden $, und heute ist Nokia eines der führenden Unternehmen in der Produktion von Mobiltelefonen und Computermonitoren der oberen Preisklasse, mit einem Endergebnis und Wachstumsaussichten, die die Wall Street entzückt haben. Das Unternehmen betreibt sein Nordamerikageschäft über ein winziges Büro in San Francisco und hat sich auf den Verkauf an Firmen mit einer kleinen Absatzgruppe konzentriert, die gute Qualität zu niedrigen Preisen bieten.

Die zweite Kurve schreit nach Führung. Aber kein CEO, der bei Verstand ist, sollte sie anrühren. Den Erfolg der Investitionen in die zweite Kurve wird jemand anders ernten. Aber gerade das ist eben Führung: Man verbindet Weitsicht und Mut mit einem Gefühl von Verantwortung für das Erbe der ersten Kurve. Es bedeutet nicht, daß Sie die perfekte Voraussicht haben (auch wenn wir glauben, daß man eine verbesserte Voraussicht lernen oder sich aneignen kann), es bedeutet jedoch, daß Sie als Führungsperson sich der Verpflichtung stellen, sich der zweiten Kurve anzunehmen.

Sie müssen nicht leichtsinnig zur zweiten Kurve wechseln. Sie müssen nicht auf der ersten festkleben. Mein allgemeiner Rat an CEOs, die sich absichern wollen, ist der, den drei verrücktesten Leuten in ihrem Unternehmen 60 Millionen $ zu geben mit der Auflage, den Erlös im 21. Jahrhundert zurückzuschicken.

Aber Sie haben eine Verpflichtung gegenüber den Aktionären, den Kollegen und sich selbst und müssen an das langfristige Wachstum und die zweite Kurve denken. Wird sie Ihrem Unternehmen begegnen? Wenn ja, dann unternehmen Sie etwas. Wenn Sie diese Herausforderung annehmen, hat dieses Buch seinen Zweck erfüllt.

Auswahl-Bibliographie

Davidow, William., and Michael S. Malone. *The Virtual Corporation.* New York: HarperBusiness, 1992.

Davis, Stanley M. *Future Perfect: A Startling Vision of the Future We Should Be Managing Now.* Redding, MA: Addison-Wesley, 1987.

Hawken, Paul. *The Ecology of Commerce.* New York: HarperBusiness, 1993.

Johansen, Robert, and Rob Swigart. *Upsizing the Individual in the Downsized Organisation.* Reading, MA: Addison-Wesley, 1994.

Morrison, Ian, and Gregory Schmid. *Future Tense: Preparing for the Business Realities in the Next Ten Years.* New York: Morrow, 1994.

Nocera, Joseph. *A Piece of the Action: How the Middle Class Joined the Money Class.* New York: Simon & Schuster, 1994.

O'Hara-Devereaux, Mary, and Robert Johansen. *Globalwork: Briding Distance, Culture, and Time.* San Francisco: Jossey-Bass, 1994.

Overholt, William H. *The Rise of China: How Economic Reform Is Creating a New Superpower.* New York: Norton, 1993.

Rothschild, Michael. *Bionomics: Economy as Ecosystem.* New York: Henry Holt, 1992.

Saxenian, AnnaLee. *Regional Advantage: Culture and Competition in Silicon Valley and Route 128.* Cambridge, MA: Harvard University Press, 1994.

Wolffe, Richard. *»Virgin Launches Financial Product.« Financial Times* (London). 4 March 1995, p. 7.

Register